MW01174211

Bestseller

Biografía

Paula Hawkins trabajó como periodista más de quince años antes de pasarse a la ficción. Nacida y criada en Zimbabue, Paula se mudó a Londres en 1989 y vive allí desde entonces. Su primer *thriller*, *La chica del tren*, se ha convertido en un fenómeno global, con más de veinte millones de ejemplares vendidos en todo el mundo. Se ha traducido a más de cuarenta idiomas, colocándose en el primer puesto de las listas de ventas de todo el mundo y ha sido adaptado al cine con Emily Blunt como protagonista. *Escrito en el agua* es su segunda novela.

Paula Hawkins
La chica del tren

Traducción de Aleix Montoto

Obra editada en colaboración con Editorial Planeta – España

Título original: *The Girl on the Train*

© 2015, Paula Hawkins Limited
© 2015, Aleix Montoto, por la traducción
© 2017 Editorial Planeta, S. A.

Derechos reservados

© 2017, Editorial Planeta Mexicana, S.A. de C.V.
Bajo el sello editorial BOOKET M.R.
Avenida Presidente Masarik núm. 111, Piso 2
Polanco V Sección, Miguel Hidalgo
C.P. 11560, Ciudad de México
www.planetadelibros.com.mx

Adaptación de portada: Booket / Área Editorial Grupo Planeta
Fotografía de portada: © plainpicture / Bildhuset

Primera edición impresa en España en Booket: mayo de 2017
ISBN: 978-84-08-17218-5

Primera edición impresa en México en Booket: septiembre de 2018
Tercera reimpresión en México en Booket: marzo de 2020
ISBN: 978-607-07-5217-9

Impreso en los talleres de Litográfica Ingramex, S.A. de C.V.
Centeno núm. 162-1, colonia Granjas Esmeralda, Ciudad de México
Impreso en México - *Printed in Mexico*

Para Kate

Está enterrada debajo de un abedul, cerca de las viejas vías del tren. Un mojón —en realidad, poco más que una pila de piedras— señala su tumba. No quería que su lugar de descanso llamara la atención, pero tampoco podía dejarla sin ningún recordatorio. Ahí dormirá en paz, sin que nadie la moleste, sin ruidos salvo el canto de los pájaros y el rumor de los trenes.

Una por la pena, dos por la alegría, tres por una chica. Tres por una chica. Me he quedado atascada en el tres, soy incapaz de seguir.[1] Tengo la cabeza llena de ruidos y la boca llena de sangre. Tres por una chica. Oigo las urracas, están riéndose, burlándose de mí. Oigo su estridente carcajada. Una noticia. Malas noticias. Ahora puedo verlas, sus siluetas negras se recortan contra el sol. Los pájaros no, otra cosa. Alguien viene. Alguien me está hablando. «Mira. Mira lo que me has hecho hacer.»

1. «Una por la pena, dos por la alegría, tres por una chica»: inicio de una conocida nana tradicional basada en las supersticiones sobre las urracas que existen en algunas culturas. (*N. del t.*)

RACHEL

Viernes, 5 de julio de 2013

Mañana

Hay una pila de ropa a un lado de las vías del tren. Una prenda de color azul cielo —una camisa, quizá—, mezclada con otra de color blanco sucio. Seguramente no es más que basura que alguien ha tirado a los arbustos que bordean las vías. Puede que la hayan dejado los ingenieros que trabajan en esta parte del trayecto, suelen venir por aquí. O quizá es otra cosa. Mi madre solía decirme que tenía una imaginación hiperactiva; Tom también me lo decía. No puedo evitarlo, veo estos restos de ropa, una camiseta sucia o un zapato solitario, y sólo puedo pensar en el otro zapato, y en los pies que los llevaban.

El tren se vuelve a poner en marcha con una estridente sacudida, la pequeña pila de ropa desaparece de mi vista y seguimos el trayecto en dirección a Londres con el enérgico paso de un corredor. Alguien en el asiento de atrás exhala un suspiro de impotente irritación; el lento tren de las 8.04 que va de Ashbury a Euston puede poner a prueba la paciencia del viajero más experimentado. El viaje debería durar cincuenta y cuatro minutos, pero rara vez lo hace: esta sección de las vías es antigua y decrépita, y está asediada por problemas de señalización e interminables trabajos de ingeniería.

El tren sigue avanzando poco a poco y pasa por delante de almacenes, torres de agua, puentes y cobertizos. También de modestas casas victorianas con la espalda vuelta a las vías.

Con la cabeza apoyada en la ventanilla del vagón, veo pasar estas casas como si se tratara del *travelling* de una película. Nadie más las ve así; seguramente, ni siquiera sus propietarios las ven desde esta perspectiva. Dos veces al día, sólo por un momento, tengo la posibilidad de echar un vistazo a otras vidas. Hay algo reconfortante en el hecho de ver a personas desconocidas en la seguridad de sus casas.

Suena el móvil de alguien; una melodía incongruentemente alegre y animada. Tardan en contestar y sigue sonando durante un rato. También puedo oír cómo los demás viajeros cambian de posición en sus asientos, pasan las páginas de sus periódicos o teclean en su ordenador. El tren da unas sacudidas y se bambolea al tomar la curva, y luego ralentiza la marcha al acercarse a un semáforo en rojo. Intento no levantar la mirada y leer el periódico gratuito que me dieron al entrar en la estación, pero las palabras no son más que un borrón, nada retiene mi interés. En mi cabeza, sigo viendo esa pequeña pila de ropa tirada a un lado de las vías, abandonada.

Tarde

El gin-tonic premezclado burbujea en el borde de la lata y yo me la llevo a los labios y le doy un sorbo. Agrio y frío. Es el sabor de mis primeras vacaciones con Tom. En 2005 fuimos a un pueblo de pescadores en la costa del País Vasco. Por las mañanas, nadábamos ochocientos metros hasta la pequeña isla de la bahía y hacíamos el amor en ocultas playas secretas. Por las tardes, nos sentábamos en un bar y bebíamos cargados y amargos gin-tonics mientras observábamos los partidos de fútbol de veinticinco personas por equipo que la gente jugaba aprovechando la marea baja.

Doy otro sorbo al gin-tonic, y luego otro: ya casi me he terminado la lata, pero no pasa nada, llevo tres más en la bolsa de plástico que descansa a mis pies. Es viernes, así que no tengo por qué sentirme culpable por beber en el tren. Por fin es viernes. La diversión comienza aquí.

Este fin de semana va a hacer un tiempo maravilloso. Eso es lo que han dicho. Sol radiante, cielos despejados. En los viejos tiempos, quizá habríamos ido a Corly Wood con comida y periódicos y nos habríamos pasado toda la tarde tumbados en una manta, bebiendo vino bajo la moteada luz del sol. O habríamos hecho una barbacoa con amigos. O tal vez habríamos ido al The Rose, nos habríamos sentado en la terraza y habríamos dejado pasar la tarde con los rostros encendidos a causa del sol y del alcohol. Luego habríamos regresado paseando a casa cogidos del brazo y nos habríamos quedado dormidos en el sofá.

Sol radiante, cielos despejados, nadie con quien jugar, nada que hacer. Vivir tal y como lo hago hoy día resulta más duro en verano, cuando hay tantas horas de sol y tan escaso es el refugio de la oscuridad; cuando todo el mundo está en la calle, mostrándose flagrante y agresivamente feliz. Resulta agotador y una se siente mal por no unirse a los demás.

El fin de semana se extiende ante mí, cuarenta y ocho horas vacías para ocupar. Me vuelvo a llevar la lata a los labios, pero ya no queda una sola gota.

Lunes, 8 de julio de 2013

Mañana

Es un alivio estar de vuelta en el tren de las 8.04. No es que me muera de ganas de llegar a Londres para comenzar la semana. De hecho, no tengo ningún interés en particular por estar en Londres. Sólo quiero reclinarme en el suave y mullido asiento de velvetón y sentir la calidez de la luz del sol que entra por la ventanilla, el constante balanceo del vagón y el reconfortante ritmo de las ruedas en los raíles. Prefiero estar aquí, mirando las casas que hay junto a las vías, que en casi ningún otro lugar.

Aproximadamente a medio camino de mi trayecto, hay un semáforo defectuoso. O, al menos, creo que está defectuoso, pues casi siempre está en rojo. La mayor parte de los días nos detenemos en él, a veces unos pocos segundos, otras durante minutos. Cuando voy en el vagón D —cosa que normalmente hago— y el tren se detiene en este semáforo —cosa que acostumbra hacer—, puedo ver perfectamente mi casa favorita de las que están junto a las vías: la del número 15.

La casa del número 15 es muy parecida a las demás casas que hay en este tramo de las vías: una casa adosada victoriana de dos plantas, con un estrecho y cuidado jardín que se extiende unos seis metros hasta la cerca, más allá de la cual hay unos pocos metros de tierra de nadie antes de llegar a las vías del tren. Conozco esta casa de memoria. Conozco todos sus ladrillos, el color de las cortinas del dormitorio del piso de arriba (beis, con un estampado azul oscuro), los desconchados de la pintura que hay en el marco de la ventanilla del cuarto de baño y las cuatro tejas que faltan en una sección del lado derecho del tejado.

También sé que a veces, en las cálidas tardes de verano, los ocupantes de esta casa, Jason y Jess, salen por la ventana de guillotina para sentarse en la terraza que han improvisado sobre el tejado de la extensión de la cocina. Se trata de una pareja perfecta. Él es moreno y fornido. Parece fuerte, protector y amable. Tiene una gran sonrisa. Ella es una de esas mujeres pequeñas como un pajarillo, muy guapa, de piel pálida y pelo rubio muy corto. La estructura ósea de su rostro le permite llevarlo así: prominentes pómulos salpicados de pecas y marcada mandíbula.

Mientras estamos parados en el semáforo en rojo, echo un vistazo por si los veo. Por las mañanas, Jess suele estar en el jardín tomando café, sobre todo en verano. A veces, cuando la veo ahí, tengo la sensación de que ella también me ve a mí y me entran ganas de saludarla. Soy excesivamente consciente de mí misma. A Jason no lo veo tan a menudo porque suele estar de viaje de trabajo. Pero incluso si no están en casa, suelo pensar en lo que deben de estar haciendo.

Esta mañana puede que se hayan tomado el día libre y ella esté tumbada en la cama mientras él prepara el desayuno, o quizá se han ido a correr juntos, porque ése es el tipo de cosas que hacen. (Tom y yo solíamos salir a correr juntos los domingos; yo lo hacía a un ritmo un poco más rápido de lo habitual en mí y él mucho más lento, así podíamos ir los dos juntos.) Tal vez Jess está en la habitación de sobra del piso de arriba, pintando, o quizá están duchándose juntos, ella con las manos contra las baldosas y él sujetándola por las caderas.

Tarde

Volviéndome levemente hacia la ventanilla para darle la espalda al resto del vagón, abro una de las pequeñas botellas de Chenin Blanc que compré en la estación de Euston. No está fría, pero servirá. Tras verter un poco de vino en un vaso de plástico, vuelvo a cerrar la botella y la guardo en el bolso. Los lunes no es tan aceptable beber en el tren a no ser que lo hagas en compañía, y éste no es mi caso.

En estos trenes hay rostros familiares, gente que veo todas las semanas yendo de un lado para otro. Los reconozco y seguramente ellos me reconocen a mí. Lo que no sé es si me ven tal y como realmente soy.

Es una tarde magnífica. Cálida, pero no demasiado. El sol ha iniciado su perezoso descenso y las sombras se alargan y la luz comienza a teñir de dorado los árboles. El traqueteante tren sigue adelante y pasamos frente a la casa de Jason y Jess, apenas un borrón bajo la luz vespertina. En ocasiones, no muy a menudo, puedo verlos desde este lado de las vías. Si no hay ningún tren en la dirección opuesta, a veces llego a vislumbrarlos en la terraza. Si no —como hoy—, me limito a imaginar lo que estarán haciendo. Jess sentada en la terraza con los pies sobre la mesa, con un vaso de vino en la mano y Jason detrás de ella, con las manos en sus hombros. Imagino el tacto y el peso de las manos de él, reconfortantes y protectoras. A veces me sorprendo a mí misma recordando la última vez que tuve un contacto físico significativo con otra persona, sólo un abrazo o un cordial apretón de manos, y siento una punzada en el corazón.

Martes, 9 de julio de 2013

Mañana

La pila de ropa de la semana pasada sigue ahí, y todavía parece más polvorienta y solitaria que hace unos días. Leí en algún lugar que un tren puede arrancarte la ropa al impactar con tu cuerpo. No es tan inusual, morir atropellada por un tren. Dicen que sucede unas doscientas o trescientas veces al año; es decir, al menos uno de cada dos días. No estoy segura de cuántas de estas muertes son accidentales. Al pasar lentamente junto a la ropa, miro si hay algún resto de sangre, pero no veo ninguno.

Como es habitual, el tren se detiene en el semáforo y veo a Jess en el patio, de pie delante de las puertas correderas. Lleva un vestido con un estampado de color claro y los pies desnudos. Está mirando hacia la casa por encima del hombro. Es probable que esté hablando con Jason, que estará preparando el desayuno. Mientras el tren se vuelve a poner en marcha, mantengo la mirada puesta en Jess. No quiero ver las otras casas; en particular, no quiero ver la que hay cuatro puertas más abajo, la que era mía.

Viví en el número 23 de Blenheim Road durante cinco años, un periodo dichosamente feliz y absolutamente desgraciado. Ahora no puedo mirarla. Fue mi primera casa. No la de mis padres ni un piso compartido con otros estudiantes: *mi* primera casa. Ahora no soporto mirarla. Bueno, sí puedo, lo hago, quiero hacerlo, no quiero hacerlo, intento no hacerlo. Cada día, me digo a mí misma que no debo mirarla y cada día lo hago. No puedo evitarlo, a pesar de que ahí no hay nada que quiera ver y de que todo lo que vea me dolerá; a pesar de que recuerdo claramente cómo me sentí la vez que la miré y advertí que el estor de color crema del dormitorio del piso de arriba había sido reemplazado por algo de un infantil color rosa pálido; a pesar de que todavía recuerdo el dolor que sentí cuando, al ver a Anna regando los rosales de la cerca, reparé en su prominente barriga de embarazada debajo de la camiseta y me mordí el labio con tal fuerza que me hice sangre.

Cierro los ojos y cuento hasta diez, quince, veinte. Ya está, ya ha pasado, ya no hay nada que ver. Entramos en la estación de Witney y luego volvemos a salir y el tren comienza a ganar velocidad a medida que los suburbios dan paso al sucio norte de Londres y las casas con terraza son reemplazadas por puentes llenos de grafitis y edificios vacíos con las ventanas rotas. Cuanto más cerca estamos de Euston, más inquieta me siento. Aumenta la presión: ¿qué tal será el día de hoy? Unos quinientos metros antes de que lleguemos a Euston, en el lado derecho de las vías, hay un sucio edificio bajo de hormigón. En un lateral, alguien ha pintado una flecha apuntando a la estación al lado de las palabras: «EL VIAJE TERMINA». Pienso en la pila de ropa a un lado de las vías y siento un nudo en la garganta.

Tarde

El tren que cojo por la tarde, el de las 17.56, es un poco más lento que el de la mañana: tarda una hora y un minuto, siete minutos más que el de la mañana, a pesar de que no se detiene en ninguna otra estación. No me importa. Del mismo modo que no tengo ninguna prisa por llegar a Londres por las mañanas, tampoco la tengo por llegar a Ashbury por las tardes. Y no sólo porque se trate de Ashbury, aunque sin duda es un lugar suficientemente malo. Este pueblo, creado en los sesenta y que se extiende como un tumor por el centro de Buckinghamshire, no es ni mejor ni peor que docenas de poblaciones similares: un centro plagado de cafeterías, tiendas de móviles y sucursales de JD Sports, rodeado de suburbios y, más allá de éstos, el reino de los cines multiplex y los grandes almacenes Tesco. Yo vivo en un edificio más o menos elegante y más o menos nuevo situado en el punto en el que el centro comercial del pueblo comienza a dar paso a las afueras residenciales, pero no es mi hogar. Mi hogar es la casa adosada victoriana de las vías, de la que era copropietaria. En Ashbury no soy propietaria de nada, ni tampoco arrendataria, sino una mera huésped del pequeño segundo dormitorio del insulso e inofensivo dúplex de Cathy, a cuya buena voluntad estoy sujeta.

Cathy y yo éramos amigas en la universidad. Medio amigas, en realidad; nuestra relación nunca llegó a ser tan estrecha. El primer año, vivía al otro lado del pasillo y hacíamos el mismo curso, de modo que surgió una alianza natural en esas amedrentadoras primeras semanas en las que todavía no habíamos conocido a gente con la que teníamos más cosas en común. Ya no nos solíamos ver demasiado una vez pasado ese primer año, y prácticamente nada después de la universidad salvo en alguna boda ocasional. Sin embargo, cuando me encontré en apuros resultó que ella tenía una habitación de sobra disponible y me pareció una opción aceptable. Yo estaba convencida de que sólo sería por un par de meses, seis a lo sumo, y no sabía qué otra cosa hacer. Nunca había vivido sola; había pasado de vivir en casa de mis padres a hacerlo en una residencia y luego con Tom. La idea, pues, me resultaba abrumadora, así que finalmente acepté la oferta de Cathy. De eso ya casi hace dos años.

No es tan horrible. Cathy es una buena persona de un modo incluso impositivo. Se asegura de que seas consciente de su bondad. Su bondad es palpable, se trata de su rasgo definitorio, y necesita que se le reconozca con frecuencia, casi a diario. Eso puede resultar agotador, pero en el fondo no es tan malo, se me ocurren peores cosas en una compañera de piso. No, lo que más me molesta de mi nueva situación (todavía me parece nueva, aunque ya hayan pasado dos años) no es Cathy, ni tampoco Ashbury, sino la pérdida de control. En el apartamento de Cathy siempre me siento como una invitada no especialmente bienvenida. Es algo que percibo en la cocina, donde a duras penas cabemos cuando ambas hacemos la cena a la vez, o en el sofá cuando me acomodo a su lado (ella aferrada al mando a distancia). El único espacio que siento mío es mi diminuto dormitorio, ocupado casi por entero por una cama doble y un escritorio y sin apenas espacio entre ellos para poder caminar. Es lo bastante cómodo, pero no es un lugar en el que apetezca pasar el rato, de modo que suelo estar en el salón o en la mesa de la cocina, sintiéndome incómoda e impotente. He perdido el control de todo, incluso de los lugares que visito mentalmente.

Miércoles, 10 de julio de 2013

Mañana

Cada vez hace más calor. Apenas son las ocho y media y el calor ya aprieta y la humedad es altísima. Me gustaría que cayera una tormenta, pero hoy el cielo es de un insolente, pálido y acuoso azul. Me seco el sudor del labio superior. Desearía haberme acordado de comprar una botella de agua.

Esta mañana no veo a Jason y a Jess y siento una profunda decepción. Es una tontería, ya lo sé. Observo atentamente la casa, pero no se ve nada. Las cortinas de la planta baja están descorridas, pero las puertas correderas están cerradas y la luz del sol se refleja en el cristal. La ventana de guillotina del piso de arriba también está cerrada. Jason debe de estar fuera por trabajo. Es médico, creo; seguramente trabaja en una de esas organizaciones que operan en el extranjero. Está siempre de guardia, con la bolsa preparada en el estante superior del armario. Cuando hay un terremoto en Irán o un tsunami en Asia, él lo deja todo, coge su bolsa y al cabo de unos minutos ya está en Heathrow, preparado para volar y salvar vidas.

En cuanto a Jess y sus atrevidos estampados, sus zapatillas de deporte Converse, su belleza y su presencia, trabaja en la industria de la moda. O quizá en el negocio de la música, o en publicidad; también podría ser estilista o fotógrafa. Y además, pinta bien. Tiene una marcada vena artística. Ya la imagino en la habitación de sobra del piso de arriba, con la música a todo volumen, las ventanas abiertas, un pincel en la mano y un enorme lienzo apoyado en la pared. Estará ahí hasta medianoche; Jason sabe que no debe molestarla mientras está trabajando.

En realidad no puedo verla, claro está. No sé si pinta ni si Jason se ríe mucho ni tampoco si Jess tiene los pómulos marcados. Desde aquí, no puedo ver su estructura ósea y nunca he oído la voz de Jason. Ni siquiera los he visto nunca de cerca: cuando yo vivía en esa calle ellos todavía no vivían ahí. No sé exactamente cuándo se trasladaron. Creo que comencé a reparar en ellos hará cosa de un año y, poco a poco, a medida que fueron pasando los meses, se fueron volviendo cada vez más importantes para mí.

Tampoco conozco sus nombres, así que tuve que inventármelos. Jason, porque es tan atractivo como una estrella de cine británica; no en plan Depp ni Pitt, sino más bien Firth, o Jason Isaacs. Y Jess simplemente porque queda bien con Jason y a ella le pega. Hace juego con lo guapa y despreocupada que parece. Son un dueto, un equipo. Y son felices, lo noto. Son lo que yo era, son Tom y yo hace cinco años. Son lo que perdí, son todo lo que quiero ser.

Tarde

La camisa me va demasiado pequeña —los botones del pecho parecen a punto de reventar— y unas amplias manchas de sudor son visibles bajo las axilas. Me escuecen los ojos y la garganta. Esta tarde no quiero que el viaje se alargue; quiero llegar cuanto antes a casa, desvestirme y meterme en la ducha, donde nadie pueda verme.

Me quedo mirando al hombre que va sentado delante de mí. Es más o menos de mi edad, unos treinta y pocos años, y tiene el pelo moreno y las sienes canosas. Piel cetrina. Va trajeado, pero se ha quitado la americana y la ha colgado en el respaldo del asiento de al lado. Un MacBook delgado como un papel descansa sobre su regazo. Teclea despacio. En la muñeca derecha lleva un reloj plateado con una esfera de gran tamaño; parece caro, quizá un Breitling. No deja de mordisquearse el interior de la mejilla. Puede que esté nervioso. O quizá profundamente concentrado. Escribiendo un importante email a un colega de la oficina de Nueva York, o redactando con cuidado un mensaje de ruptura a su novia. De repente, levanta la mirada y me repasa de arriba abajo sin dejar de reparar en la pequeña botella de vino que hay en la mesilla. Luego aparta la mirada. Algo en el rictus de su boca sugiere aversión. Me encuentra repulsiva.

No soy la misma chica de antes. Ya no soy deseable. Resulto más bien desagradable. No es sólo que haya engordado un poco, ni que tenga el rostro hinchado por la bebida y la falta de sueño; es como si la gente pudiera ver el dolor escrito en todo mi cuerpo; es visible en mi cara, en mi postura, en mis movimientos.

Una noche de la semana pasada, salí de mi habitación para tomar un vaso de agua y, sin querer, oí a Cathy hablando con Damien, su novio, en el salón. «Estoy realmente preocupada con ella. No ayuda el hecho de que esté siempre sola.» Y luego añadió: «¿No conocerás a alguien en tu trabajo, o quizá en el club de rugby?». A lo que Damien le contestó: «¿Para Rachel? No pretendo ser gracioso, Cath, pero no estoy seguro de conocer a nadie tan desesperado».

Jueves, 11 de julio de 2013

Mañana

No dejo de toquetear la tirita que llevo en el dedo índice. Esta mañana he lavado la taza del café con ella puesta, de modo que todavía está mojada. Y también sucia a pesar de que antes estaba limpia. No quiero quitármela porque el corte es profundo. Cuando llegué ayer por la tarde, Cathy no estaba en casa de modo que fui a la licorería y compré un par de botellas de vino. Me bebí la primera y luego se me ocurrió aprovechar el hecho de estar sola y decidí hacerme un filete con salsa de cebollas rojas y una ensalada verde. Una comida buena y sana. Mientras cortaba las cebollas me hice un corte en la punta del dedo, así que fui al cuarto de baño para limpiarme la herida y luego a la habitación a tumbarme un rato. Debí de olvidarme de todo y quedarme dormida, porque me desperté sobre las diez y Cathy y Damien estaban hablando. Él decía lo mal que le parecía que yo hubiera dejado la cocina así. Cathy subió a verme. Tras llamar con suavidad a la puerta, la abrió ligeramente, asomó la cabeza ladeándola un poco y me preguntó si estaba bien. Yo le pedí disculpas sin estar segura de por qué lo hacía. Ella dijo que no pasaba nada, pero que si no me importaba limpiar un poco la cocina. Había sangre en la tabla de cortar, la cocina olía a carne cruda y el filete se estaba volviendo gris sobre la encimera. Damien ni siquiera me dijo hola, se limitó a negar con la cabeza al verme y se marchó al dormitorio de Cathy.

Cuando ambos se hubieron ido a la cama, recordé que todavía no me había bebido la segunda botella, de modo que la abrí. Me senté en el sofá y puse la televisión con el sonido muy bajo para que no la oyeran. No recuerdo qué estaba viendo, pero en un momento dado me debí de sentir sola, o feliz, o algo, porque quería hablar con alguien. La necesidad debía de ser abrumadora y no había nadie a quien pudiera llamar salvo Tom.

No hay nadie con quien quiera hablar salvo Tom. El registro de llamadas de mi móvil indica que le llamé cuatro veces: a las 23.02, las 23.12, las 23.54 y las 00.09. A juzgar por la duración de las llamadas, dejé dos mensajes. Puede que él incluso llegara a descolgar el teléfono, pero no recuerdo haber hablado con él. Sí recuerdo dejar el primer mensaje; creo que sólo le pedía que me llamara. Eso debió de ser lo que dije en ambos, lo cual tampoco es tan malo.

Al llegar al semáforo en rojo, el tren se detiene con una sacudida y levanto la mirada. Jess está sentada en el patio, bebiendo una taza de café. Tiene los pies encima de la mesa y toma el sol con la cabeza echada hacia atrás. Detrás de ella, creo ver la sombra de alguien moviéndose: Jason. Me muero de ganas de vislumbrar su atractivo rostro. Quiero que salga afuera y, tal y como suele hacer, se coloque detrás de ella y le bese en la coronilla.

Él no sale y, en un momento dado, ella levanta la cabeza. Hay algo en sus movimientos que parece distinto; son más pesados, como si alguien tirara de sus extremidades hacia abajo. Espero que Jason salga, pero el tren se pone en marcha con una sacudida y comienza a avanzar sin que dé ninguna señal; Jess está sola. Y, de repente, me sorprendo a mí misma mirando directamente mi casa, incapaz de apartar la vista. Los ventanales están abiertos de par en par y la luz entra en la cocina. No sé si lo estoy viendo de verdad o son imaginaciones mías. ¿Está ella lavando los platos? ¿Hay una niña pequeña sentada en la mecedora para bebé que descansa sobre la mesa de la cocina?

Cierro los ojos y dejo que la oscuridad se extienda hasta que pasa de ser una sensación de tristeza a algo peor: un recuerdo, un *flashback*. No sólo le pedí que me devolviera la llamada. Ahora también recuerdo que lloraba y que le dije que lo quería y que siempre lo haría. «Por favor, Tom, por favor, necesito hablar contigo. Te echo de menos.» No no no no no no no.

He de aceptarlo, de nada sirve intentar no pensar en ello. Me voy a sentir fatal todo el día. Las oleadas —fuertes, luego más débiles y luego más fuertes otra vez— me provocarán un nudo en la boca del estómago, la zozobra de la vergüenza y un repentino calor en el rostro y yo me limitaré a cerrar con fuerza los ojos como si de ese modo pudiera conseguir que desapareciera todo. Mientras tanto, no dejaré de decirme que, al fin y al cabo, tampoco es lo peor que he hecho. No es como si me hubiera caído en público, o le hubiera gritado a un desconocido en la calle. Tampoco como si hubiera humillado a mi marido durante una barbacoa veraniega al insultar a gritos a la esposa de uno de sus amigos. Ni como si nos hubiéramos peleado una noche en casa, hubiera ido a por él con un palo de golf y hubiera abierto un boquete en la pared del pasillo. Ni como si hubiera vuelto con paso tambaleante a la oficina después de un almuerzo de tres horas y que todo el mundo me mirara y luego Martin Miles me hubiera llevado a un lado y me hubiera dicho: «Creo que deberías irte a casa, Rachel». Una vez leí el libro de una exalcohólica en el que contaba que les había practicado una felación a dos hombres que acababa de conocer en el restaurante de una abarrotada calle de Londres. Cuando lo leí, pensé que yo no estaba tan mal. Ahí es donde pongo el límite.

Tarde

He estado pensando en Jess todo el día y no he podido concentrarme en nada salvo en lo que he visto esta mañana. ¿Qué es lo que me ha hecho pensar que algo iba mal? A esa distancia no podía verla bien, pero he tenido la sensación de que estaba sola. Más que sola: abandonada. Quizá efectivamente lo estaba, quizá él ha viajado a uno de esos países calurosos a los que acude para salvar vidas. Y ella lo echa de menos y se preocupa aunque sepa que él tiene que ir.

Claro que lo echa de menos, igual que yo. Jason es amable y fuerte, todo lo que un marido debería ser. Y los dos forman un auténtico equipo, puedo verlo, lo sé. La fuerza de Jason, la actitud protectora que irradia, no quiere decir que ella sea débil. Ella es fuerte de otro modo: las conexiones intelectuales que realiza lo dejan a él con la boca abierta de admiración; es capaz de diseccionar el meollo de un problema y analizarlo en el tiempo que otras personas tardan en decir buenos días. En las fiestas, él suele cogerla de la mano aunque hace años que están juntos. Se respetan mutuamente, jamás infravaloran al otro.

Esta tarde me siento agotada. Estoy completamente sobria. Algunos días me muero por beber; otros soy incapaz. Hoy, la simple idea hace que se me revuelva el estómago. Pero la sobriedad en el tren vespertino es un desafío. Sobre todo ahora, con este calor. Una fina capa de sudor cubre cada centímetro de mi piel, siento un hormigueo en el interior de la boca y los ojos me escuecen cuando, al frotármelos, el rímel se me mete por las comisuras.

De repente, el móvil vibra en mi bolso, me sobresalta. Las dos chicas que van sentadas al otro lado del vagón se vuelven hacia mí y luego se miran entre sí e intercambian una sonrisa. No sé qué pensarán de mí, pero sé que no es algo bueno. El corazón me late con fuerza cuando cojo el teléfono. Sé que esto tampoco será algo bueno: quizá se trata de Cathy para pedirme amablemente que esta tarde le dé un descanso a la bebida. O de mi madre para decirme que la semana que viene estará en Londres y se pasará por mi oficina para ir a almorzar. Miro la pantalla. Es Tom. Vacilo durante un segundo y luego contesto.

—¿Rachel?

Durante los primeros cinco años, nunca fui Rachel. Siempre Rach. O, a veces, Shelley, porque él sabía que lo odiaba y le hacía gracia ver cómo me enfadaba y que, a pesar de ello, al final no pudiera evitar unirme a sus risas.

—Soy yo, Rachel —dice con voz plúmbea, parece cansado—. Escucha, tienes que dejar de hacer esto, ¿de acuerdo? —Yo no digo nada. El tren está aminorando su marcha y casi está enfrente de su casa, mi antigua casa. Me gustaría decirle que saliera al patio y me permitiera verlo—. Por favor, Rachel, no puedes estar llamándome continuamente. Has de resolver tus problemas de una vez. —Siento un nudo en la garganta tan grande como un guijarro, prieto e inamovible. No puedo tragar. No puedo hablar—. ¿Rachel? ¿Estás ahí? Sé que las cosas no te van bien, y lo siento de veras pero... Yo no puedo ayudarte, y todas estas llamadas están molestando a Anna. Ya no te puedo ayudar más. Ve a Alcohólicos Anónimos o algo así. Por favor, Rachel. Cuando salgas hoy del trabajo, ve a una reunión de Alcohólicos Anónimos.

Me quito la sucia tirita del dedo y me quedo mirando la carne pálida y arrugada y la sangre reseca que hay en el borde de la uña. Entonces presiono con el pulgar de la mano derecha el centro del corte hasta que noto cómo se abre. El dolor es intenso y candente. Contengo el aliento y la herida comienza a sangrar. Las chicas que van sentadas al otro lado del vagón se me quedan mirando con el rostro lívido.

MEGAN

Un año antes

Miércoles, 16 de mayo de 2012

Mañana

Oigo cómo se acerca el tren; me conozco su ritmo de memoria. Coge velocidad al salir de la estación de Northcore y, tras tomar la curva, comienza a aminorar la marcha, el traqueteo da paso a un murmullo y, a veces, éste al chirrido de los frenos cuando el tren se detiene en el semáforo que hay a un par de cientos de metros de la casa. El café que descansa sobre la mesa se ha enfriado, pero me da mucha pereza levantarme y hacerme otro.

A veces ni siquiera miro pasar los trenes, sólo los escucho. Sentada aquí por las mañanas con los ojos cerrados y la anaranjada luz del cálido sol en los párpados, tengo la sensación de que podría estar en cualquier lugar. En el sur de España, en la playa; o en Italia, en Cinque Terre, con todas esas bonitas casas de colores y los trenes que llevan a la gente de una población a otra. O podría estar de vuelta en Holkham, con los chillidos de las gaviotas en los oídos, sal en la lengua y un tren fantasma pasando por las herrumbrosas vías que había a medio kilómetro.

Hoy el tren no se detiene, se limita a desplazarse lentamente. Oigo el ruido de las ruedas cuando pasan por el cambio de agujas y casi noto su balanceo. No puedo ver los rostros de los pasajeros, y sé que no son más que trabajadores que se dirigen a Euston para sentarse detrás de sus escritorios, pero eso no impide que sueñe con viajes más exóticos, con aventuras al final de la línea y más allá. Mentalmente, regreso una y otra vez a Holkham; es extraño que en mañanas como ésta todavía piense en ese lugar con tal afecto y nostalgia, pero lo hago. El viento en la hierba, el cielo extendiéndose sobre las dunas, la destartalada casa infestada de ratones y llena de velas, polvo y música. Ahora es todo como un sueño.

De pronto, noto que mi corazón se acelera ligeramente.

Luego oigo sus pasos en la escalera y la pregunta que me hace:

—¿Quieres otra taza de café, Megs?

El hechizo se ha roto, estoy despierta.

Los dos dedos de vodka del Martini seco que me he servido me han hecho entrar en calor a pesar de la fresca brisa que corre. Estoy en la terraza, esperando que Scott vuelva a casa. Voy a intentar convencerlo para que me lleve a cenar al italiano de Kingly Road. Hace siglos que no vamos.

Hoy no he hecho mucho. Debería haber cumplimentado el formulario de admisión para el curso de telas de la escuela St. Martins, y he comenzado a hacerlo en la cocina, pero de repente he oído a una mujer gritando de un modo horrible y he pensado que estaban matando a alguien. He salido corriendo al jardín, pero no he visto nada.

Sin embargo, todavía podía oírla. En un tono de voz estridente y desesperado, la mujer ha exclamado entonces:

—¡¿Qué estás haciendo?! ¡¿Qué pretendes hacerle a la pequeña?! ¡Dámela! ¡Dámela!

He tenido la sensación de que ha estado gritando durante mucho rato, aunque probablemente sólo han sido unos segundos.

He subido corriendo a la terraza del piso de arriba y, a través de los árboles, he visto que unos cuantos jardines más allá, junto a la cerca, había dos mujeres. Una de ellas estaba llorando —o tal vez lo hacían las dos—, y también había un bebé desgañitándose.

He pensado en llamar a la policía, pero finalmente la situación se ha calmado. La mujer que gritaba se ha metido corriendo en casa con el bebé en brazos y la otra se ha quedado fuera. Luego también ella ha salido corriendo hacia la casa, pero ha tropezado y, tras ponerse otra vez en pie, se ha quedado dando vueltas por el jardín. Realmente extraño. Dios sabrá a qué se ha debido todo esto, pero es lo más excitante que me ha pasado en semanas.

Ahora que ya no voy a la galería mis días están vacíos. De veras lo echo de menos. Echo de menos hablar con los artistas, echo de menos tratar con todas esas aburridas mamás jóvenes que miraban embobadas los cuadros con un vaso de café de Starbucks en la mano mientras les decían a sus amigas que cuando su pequeña Jessie iba a la guardería pintaba mejor.

A veces, me entran ganas de ponerme en contacto con alguien de los viejos tiempos, pero luego pienso que no tendríamos nada de lo que hablar. Ni siquiera reconocerían a Megan, la suburbanita felizmente casada. En cualquier caso, no puedo arriesgarme a mirar atrás. Eso es siempre una mala idea. Esperaré a que termine el verano y buscaré un trabajo. Sería una pena desperdiciar estos largos días de verano. Ya encontraré algo, aquí o en otro lugar, sé que lo haré.

Martes, 14 de agosto de 2012

Mañana

Repaso por enésima vez la ropa que cuelga de mi armario, toda perfecta para la encargada de una pequeña pero vanguardista galería de arte, pero no para hacer de «niñera». Dios mío, hasta la palabra me da arcadas. Finalmente, me pongo unos pantalones vaqueros y una camiseta y me hago una coleta. Ni siquiera me molesto en maquillarme. No tiene ningún sentido ponerme guapa para pasarme todo el día con un bebé.

Bajo a la planta baja con ganas de pelea. Scott está haciendo café en la cocina. Se vuelve hacia mí con una sonrisa y, al instante, me siento más animada. Mi mohín se transforma en una sonrisa. Él me ofrece una taza de café y me da un beso.

No tiene sentido culparlo de esto, fue idea mía. Yo me ofrecí voluntaria para hacerlo, para convertirme en niñera de esa pareja de nuestra calle. En aquel momento, me pareció que podía ser divertido. En realidad, fue una estupidez, debía de estar loca. Loca y aburrida. Sentía curiosidad. Creo que la idea se me ocurrió después de oír a la mujer gritando en el jardín. Quería saber qué había sucedido. No es que se lo haya preguntado, claro está. Eso no es algo que se pregunte sin más, ¿verdad?

Scott me animó a hacerlo. Se puso realmente contento cuando lo sugerí. Cree que pasar tiempo alrededor de bebés despertará mi instinto maternal. En realidad, sin embargo, está consiguiendo exactamente lo contrario: en cuanto salgo de su casa, voy corriendo a la mía, me desvisto y me meto en la ducha para quitarme el olor a bebé.

Añoro mis días en la galería, arreglada, peinada, hablando con adultos sobre arte, películas, o sobre nada en particular. Nada en particular sería un progreso respecto a mis conversaciones con Anna. ¡Qué aburrida es, por Dios! Probablemente, antes tenía alguna cosa que contar, pero ahora sólo habla del bebé. ¿Va lo bastante abrigada? ¿Va demasiado abrigada? ¿Cuánta leche ha tomado? Y siempre está presente, de modo que la mayor parte del tiempo me siento como si yo sólo fuera de repuesto. Mi trabajo consiste en vigilar al bebé mientras Anna descansa, para darle un respiro (me pregunto exactamente de qué). Se trata de una mujer extrañamente nerviosa. Todo el rato soy consciente de su presencia. No deja de revolotear a mi alrededor. Se sobresalta cada vez que pasa un tren. O cuando suena el teléfono. «Son tan frágiles, ¿verdad?», suele decir, y de eso no puedo discrepar.

Salgo de casa y recorro los cincuenta metros que separan nuestra vivienda de la suya, en la misma Blenheim Road. Lo hago sin prisa. Hoy no es ella quien me abre la puerta, sino el marido, Tom, todo trajeado y a punto de marcharse al trabajo. Con traje tiene buen aspecto; no tanto como Scott, pero no está mal (es más pequeño y pálido y, si lo miras de cerca, se puede advertir que tiene los ojos un poco demasiado juntos). Me ofrece su amplia sonrisa a lo Tom Cruise y luego se marcha, de modo que me quedo con Anna y el bebé.

Jueves, 16 de agosto de 2012

Tarde

¡He dejado el trabajo!

Me siento mucho mejor, como si todo fuera posible. ¡Soy libre!

Estoy sentada en la terraza, esperando que llueva. El cielo está oscuro y las golondrinas revolotean nerviosamente de un lado para otro. El aire está preñado de humedad. Scott llegará a casa dentro de más o menos una hora y tendré que contárselo. Se enfadará un poco, pero ya se lo compensaré. Y no pienso quedarme en casa sentada todo el día: he estado haciendo planes. Podría hacer un curso de fotografía, o poner un puesto en el mercadillo y vender joyas. O aprender a cocinar.

Un profesor del colegio me dijo una vez que yo era una maestra de la reinvención. Por aquel entonces, no entendí bien a qué se refería, pensaba que estaba intentando quedarse conmigo, pero ahora me gusta la idea. Fugitiva, amante, esposa, camarera, encargada de una galería, niñera y, entre medias, algunas pocas cosas más. Así pues, ¿qué quiero ser mañana?

En realidad, no tenía intención de dejarlo, pero las palabras han salido de mi boca. Estábamos sentados a la mesa de la cocina, Anna con el bebé en el regazo y Tom —que había regresado un momento para coger algo— tomándose una taza de café y, de repente, todo me ha parecido ridículo, no tenía ningún sentido que yo estuviera ahí. Todavía peor: me sentía incómoda, como si fuera una intrusa.

—He encontrado otro trabajo, así que ya no podré seguir viniendo —he dicho sin pensar de verdad en ello.

Anna se me ha quedado mirando fijamente. Dudo que me haya creído. Al final, se ha limitado a decir:

—¡Oh, qué pena!

Pero he notado que no lo decía en serio. Parecía aliviada. Ni siquiera me ha preguntado en qué consistía el otro trabajo (por suerte, porque no tenía preparada ninguna mentira convincente).

Tom se ha mostrado un tanto sorprendido.

—Te echaremos de menos —ha dicho, pero también era mentira.

La única persona que estará realmente decepcionada es Scott, de modo que he de pensar en qué le diré. Tal vez podría decirle que Tom estaba tirándome los tejos. Eso pondría punto final a la cuestión.

Jueves, 20 de septiembre de 2012

Mañana

Son poco más de las siete y fuera hace frío, pero ahora está todo tan bonito con esas franjas de jardín unas al lado de las otras, verdes y frías, a la espera de que los rayos del sol asomen por encima de las vías y les hagan cobrar vida... Llevo horas despierta; no puedo dormir. Hace días que no lo hago. Lo odio. Odio el insomnio más que ninguna otra cosa: ahí tumbada, dándole vueltas a la cabeza, tictac, tictac, tictac, tictac. Me pica todo. Quiero raparme al cero.

Quiero correr. Quiero ir de viaje en un descapotable con la capota bajada. Quiero conducir hasta la costa, cualquier costa. Quiero caminar por la playa. Mi hermano mayor y yo pensábamos dedicarnos a viajar. Teníamos tantos planes, Ben y yo... Bueno, en su mayor parte eran planes de Ben. Estaba hecho un soñador. Íbamos a viajar en moto de París a la Costa Azul, o a recorrer la costa Oeste de Estados Unidos, de Seattle a Los Ángeles, o a seguir los pasos del Che Guevara, de Buenos Aires a Caracas. Si hubiera hecho todo eso, quizá yo no habría terminado aquí sin saber qué hacer. O quizá habría terminado justo donde estoy y sería plenamente feliz. Pero no lo hice, claro está, porque Ben nunca llegó a París. De hecho, no llegó ni siquiera a Cambridge. Murió en la A10 cuando las ruedas de un camión articulado le aplastaron el cráneo.

Lo echo de menos todos los días. Más que a nadie, creo. Es el gran agujero de mi vida, en el centro mismo de mi alma, o quizá sólo fue su principio. No lo sé. Ni siquiera sé si todo esto está realmente relacionado con Ben, o si lo está con todo lo que pasó después, y todo lo que ha pasado desde entonces. Lo único que sé es que, un minuto estoy bien y la vida es dulce y no echo nada en falta y, al siguiente, me disperso, comienzo a desbarrar y otra vez me muero por escaparme.

Así pues, ¡he decidido que iré a ver a un psicoanalista! Puede que sea raro, pero quizá también resulte gracioso. Siempre he pensado que sería divertido ser católica y poder acudir a un confesionario, desahogarse y que, al perdonarte, el sacerdote erradique todos tus pecados y haga borrón y cuenta nueva.

Esto no es exactamente lo mismo, claro está. Estoy un poco nerviosa, pero en los últimos tiempos no consigo dormir y Scott ha insistido en que vaya. Yo le he dicho que me cuesta hablar sobre esto incluso con la gente que conozco y que apenas puedo hacerlo con él, a lo que él me ha contestado que de eso se trata, que a un desconocido se le puede contar cualquier cosa. Pero eso no es cierto. No se le puede contar sin más cualquier cosa. Pobre Scott. No sabe ni la mitad. Me quiere tanto que me resulta doloroso. No sé cómo lo hace. Yo me volvería loca a mí misma.

Pero he de hacer algo y al menos esto parece un primer paso. Si lo pienso bien, todos esos planes que tenía (cursos de fotografía, clases de cocina) eran un poco absurdos, como si estuviera jugando a la vida real en vez de vivirla de verdad. Necesito encontrar algo que *deba* hacer, algo indiscutible. No puedo limitarme a esto, no puedo ser sólo una esposa. No entiendo cómo alguien puede hacerlo; no hay literalmente nada que hacer salvo esperar. Esperar a que el hombre regrese a casa y te quiera. O eso, o buscar alrededor algo que te distraiga.

Tarde

Me están haciendo esperar. La cita era hace media hora y todavía estoy aquí, sentada en recepción hojeando un *Vogue* y pensando en levantarme y marcharme. Ya sé que las citas de los médicos suelen retrasarse, pero ¿las de los psicoanalistas? Las películas me habían hecho creer que te echaban en cuanto se cumplían tus cincuenta minutos. Supongo que Hollywood no se refiere a los psicoanalistas a los que te envía el Servicio Nacional de Salud inglés.

Estoy a punto de acercarme a la recepcionista y decirle que ya he esperado suficiente y que me marcho cuando la puerta de la consulta se abre y aparece un hombre alto y delgado que me ofrece la mano con expresión de disculpa.

—Señora Hipwell, lamento mucho haberla hecho esperar —dice.

Yo sonrío, le digo que no pasa nada y, en este mismo momento, tengo la sensación de que todo irá bien, pues sólo llevo en su compañía uno o dos minutos y ya me siento más tranquila.

Creo que se debe a su voz. Suave y baja. Con un ligero acento, cosa que ya esperaba porque se llama Kamal Abdic. Debe de tener unos treinta y pico años, aunque con esa increíble piel de color miel oscura parece más joven. Tiene unas manos de largos y delicados dedos que no puedo evitar imaginar sobre mí; casi puedo sentirlos recorriendo mi cuerpo.

Se trata de una sesión introductoria, para conocernos, así que no hablamos de nada sustancial. Me pregunta cuál es el problema y le explico lo de los ataques de pánico, el insomnio, el hecho de que por las noches permanezco despierta demasiado asustada como para quedarme dormida. Él quiere que desarrolle un poco más esto, pero yo todavía no estoy lista. Me pregunta si tomo drogas o bebo alcohol. Yo le digo que actualmente tengo otros vicios. Me fijo en su expresión y creo que sabe a qué me refiero. Luego tengo la sensación de que me debería estar tomando todo esto algo más en serio, de modo que le hablo del cierre de la galería y que no sé qué hacer, de mi falta de dirección, del hecho de que paso demasiado rato encerrada en mis pensamientos. Él no habla mucho, apenas realiza algún apunte ocasional, pero quiero oírlo hablar más, de modo que cuando ya me voy le pregunto de dónde es.

—Maidstone —explica—, en Kent. Aunque me mudé a Corly hace ya algunos años. —Sabe que eso no es lo que le he preguntado y me ofrece una sonrisa lobuna.

Cuando llego a casa, Scott me está esperando y, de inmediato, me pone una copa en la mano y me pregunta qué tal ha ido. Yo le contesto que bien. Luego me pregunta por el psicoanalista. ¿Me ha gustado? ¿Parecía un tipo agradable? Le vuelvo a decir que ha estado bien porque no quiero parecer demasiado entusiasta. Me pregunta entonces si hemos hablado sobre Ben. Scott piensa que todo está relacionado con Ben. Puede que tenga razón. Puede que me conozca mejor de lo que pienso.

Martes, 25 de septiembre de 2012

Mañana

Esta mañana me he despertado temprano, pero he podido dormir unas cuantas horas, lo cual supone una mejora respecto a la semana pasada. Al levantarme casi me sentía revitalizada, de modo que en vez de sentarme en la terraza, he decidido ir a dar un paseo.

Últimamente me he estado recluyendo casi sin darme cuenta. Sólo voy a comprar comida, a las clases de pilates y al psicoanalista. De vez en cuando, voy a casa de Tara. El resto del tiempo lo paso encerrada en casa. No me extraña que esté inquieta.

Salgo de casa, tuerzo a la derecha, luego a la izquierda y enfilo Kingly Road. Dejo atrás el pub The Rose. Antes íbamos siempre; no consigo recordar por qué dejamos de hacerlo. A mí nunca me gustó mucho: demasiadas parejas de treinta y largos años bebiendo excesivamente mientras escudriñan el local en busca de algo mejor y se preguntan si tendrán el valor necesario. Quizá por eso dejamos de ir, porque no me gustaba. Dejo atrás el pub, pues, y también las tiendas. No quiero ir muy lejos, sólo dar una pequeña vuelta para estirar las piernas.

Es agradable estar en la calle temprano, antes de que los padres lleven a los niños a la escuela y de que los trabajadores acudan a sus empleos; las calles están vacías y limpias, y el día lleno de posibilidades. Vuelvo a girar a la izquierda y me dirijo hacia el pequeño parque infantil, el único —y más bien pobre— espacio verde del que disponemos. Ahora está vacío, pero en unas pocas horas estará repleto de niños pequeños, madres y *au pairs*. La mitad de las chicas de pilates también estarán aquí, vestidas de la cabeza a los pies con ropa deportiva Sweaty Betty, estirando los músculos competitivamente y con una taza de café Starbucks en sus cuidadas manos.

Sigo adelante y llego a Roseberry Avenue. Si girara por esta calle, llegaría a mi galería —o a lo que antes era mi galería y ahora un escaparate vacío—, pero no quiero hacerlo, porque eso es algo que todavía me duele un poco. Hice todo lo posible para que funcionara, pero la abrí en el lugar equivocado y en el momento equivocado: en los suburbios no interesa el arte, no con esta situación económica. En vez de eso, pues, tuerzo a la derecha y paso por delante del Tesco Express, luego por delante del otro pub, ése al que va la gente de la zona, y emprendo el camino de vuelta a casa. Ahora siento mariposas en el estómago. Estoy comenzando a ponerme nerviosa. Temo toparme con los Watson, porque cuando nos vemos la situación resulta algo incómoda. Está claro que no tengo ningún trabajo nuevo y que mentí porque no quería seguir trabajando para ellos.

O, más bien, la situación resulta incómoda siempre que la veo a ella. Tom simplemente me ignora. Anna, en cambio, parece tomarse las cosas de forma personal. Está claro que piensa que mi corta carrera como niñera llegó a su fin por culpa de ella o tal vez de su hija. En realidad, *su hija* no tuvo nada que ver, aunque el hecho de que no dejara de llorar tampoco la hacía demasiado adorable. Es todo mucho más complicado, aunque claro está, a ella no puedo explicárselo. En cualquier caso, supongo que ésta es una de las razones por las que he estado recluida, para evitar ver a los Watson. Una parte de mí espera que simplemente se muden. Sé que a ella no le gusta nada vivir aquí: odia la casa, odia vivir entre las cosas de la exesposa de él, odia los trenes.

Me detengo en la esquina y me quedo mirando el paso subterráneo. Ese olor a frío y humedad siempre me provoca un pequeño escalofrío. Es como levantar una roca para ver qué hay debajo: humedad, gusanos y tierra. Me recuerda a cuando de niña jugaba en el jardín y buscaba ranas en el estanque con Ben. La calle está despejada —no hay señal alguna de Tom o Anna—, y la parte de mí que no puede resistirse a un poco de melodrama se siente algo decepcionada.

Tarde

Scott acaba de llamar para decir que se quedará a trabajar hasta tarde, lo cual no era lo que quería oír. Me siento intranquila, llevo así todo el día. No puedo estarme quieta. Necesitaba que volviera a casa y me tranquilizara, pero ahora todavía tardará unas horas más. Mi mente no va a dejar de dar vueltas y más vueltas y más vueltas y sé que me espera otra noche en vela.

No puedo limitarme a permanecer aquí sentada mirando los trenes, estoy demasiado agitada. El corazón me va a mil por hora, como si fuera un pájaro intentando escapar de su jaula. Me pongo las chanclas, desciendo a la planta baja y salgo a la calle. Son más o menos las siete y media y por la calle todavía hay algunos trabajadores rezagados de vuelta a casa. No hay nadie más a la vista, aunque se pueden oír los gritos de los niños jugando en los jardines traseros, aprovechando los últimos rayos del sol veraniego antes de que los llamen para ir a cenar.

Recorro la calle rumbo a la estación, me detengo un momento delante del número 23 y pienso en llamar al timbre. ¿Qué diría? ¿Que me he quedado sin azúcar? ¿Si les apetece charlar? Tienen las persianas medio abiertas, pero no veo a nadie dentro.

Sigo adelante en dirección a la esquina y, sin pensar realmente en ello, continúo hasta el paso subterráneo. Justo cuando estoy recorriéndolo, pasa un tren por encima. Es glorioso: parece un terremoto, lo puedo sentir en el centro del cuerpo, revolviéndome la sangre. Entonces bajo la mirada y advierto que en el suelo hay algo. Es una cinta para la cabeza de color púrpura, muy usada y dada de sí. La habrá tirado un corredor, pero algo en ella me provoca escalofríos y quiero salir de ahí a toda prisa y volver a estar bajo la luz del sol.

De camino a casa, lo veo pasar a mi lado con el coche. Nuestras miradas se encuentran un segundo y me sonríe.

RACHEL

Viernes, 12 de julio de 2013

Mañana

Estoy agotada y con la cabeza abotargada por el sueño que tengo. Cuando bebo, apenas puedo dormir. Pierdo completamente el conocimiento durante una hora o dos y luego me despierto, presa del miedo y asqueada conmigo misma. Los días en los que no bebo nada, en cambio, por la noche me quedo sumida en el más pesado de los sueños y caigo en una profunda inconsciencia. Al día siguiente, no consigo despertarme del todo y continúo adormilada durante horas, a veces incluso todo el día.

Hoy hay poca gente en mi vagón y ninguna en mi vecindad inmediata. Nadie me está mirando, así que apoyo la cabeza contra el cristal y cierro los ojos.

El chirrido de los frenos del tren me despierta. Estamos en el semáforo. A esta hora de la mañana, en esta época del año, el sol ilumina directamente la parte posterior de las casas que hay junto a las vías, inundándolas de luz. Casi puedo sentir la calidez de esos rayos de sol matutinos en el rostro y los brazos mientras permanezco sentada a la mesa del desayuno, delante de Tom, con los pies sobre los suyos porque siempre están mucho más calientes que los míos y con la mirada puesta en el periódico. Él me sonríe y yo me sonrojo; noto cómo el rubor se extiende desde mi pecho hasta el cuello, tal y como siempre hacía cuando él me miraba de un modo determinado.

Parpadeo con fuerza y Tom desaparece. Todavía estamos en el semáforo. Veo a Jess en el jardín y, detrás de ella, a un hombre que sale de casa. Lleva algo en las manos —una taza de café, quizá— y, al mirarle bien la cara, me doy cuenta de que no se trata de Jason. Este hombre es más alto, más delgado, más oscuro. Debe de ser un amigo de la familia; o quizá un hermano de ella, o de Jason. El tipo se inclina y deja la taza sobre la mesa metálica del patio. Tal vez se trata de un primo de Australia que ha venido a pasar un par de semanas, o el más viejo amigo de Jason (que hizo de padrino en su boda). Jess se acerca a él, coloca las manos alrededor de su cintura y le da un largo y profundo beso. El tren se pone en marcha.

No me lo puedo creer. Cuando por fin consigo coger aire, me doy cuenta de que había estado conteniendo la respiración. ¿Por qué iba ella a hacer algo así? Jason la quiere, lo sé, son felices. No puedo creerme que ella le haga eso, él no se lo merece. Siento una profunda decepción, como si la persona engañada hubiera sido yo. Un dolor familiar me inunda el pecho. Ya me he sentido antes así. A una escala mayor y un nivel más intenso, claro está, pero recuerdo este tipo de dolor. Es imposible olvidarse de él.

Lo descubrí del modo que todo el mundo parece descubrirlo hoy en día: un despiste electrónico. A veces se trata de un mensaje de texto o de voz, en mi caso fue un email (ese equivalente moderno del lápiz de labios en el cuello). Fue un accidente, no estaba fisgoneando. Tenía prohibido tocar el ordenador de Tom porque él temía que le pudiera borrar por error algo importante, o abrir algo que no debiera y descargar con ello un virus, un troyano o algo así.

«La tecnología no es tu punto fuerte, ¿verdad, Rach?», dijo una vez que borré sin querer todos los contactos de su cuenta de correo electrónico. Así pues, no debía tocar su ordenador. Pero ese día estaba haciendo algo bueno, sólo quería compensarlo por haber estado últimamente un poco arisca y difícil. Había planeado hacer una escapada para celebrar nuestro cuarto aniversario, un viaje para recordar cómo éramos antes. Quería que fuera una sorpresa, de modo que tuve que mirar su agenda de trabajo. Tuve que hacerlo.

No estaba fisgoneando. Mi intención no era pillarlo ni nada de eso. No quería convertirme en una de esas lamentables esposas recelosas que rebuscan en los bolsillos de sus maridos. Una vez, contesté su móvil mientras él estaba en la ducha y él se enfadó mucho y me acusó de no confiar en él. Pareció sentirse realmente dolido, de modo que me sentí fatal.

Necesitaba ver su agenda de trabajo y él había dejado su portátil encendido porque llegaba tarde a una reunión. Era la oportunidad perfecta, de modo que eché un vistazo en su calendario y anoté algunas fechas. Cuando cerré la ventana de la agenda, la de su cuenta de correo electrónico con la sesión abierta quedó a plena vista. El último email recibido era de aboyd@cinnamon.com. Lo abrí. XXXXX. Eso era todo: una línea de equis. Al principio, pensé que se trataba de correo basura, pero luego me di cuenta de que eran besos.

Era la respuesta a un email que él había enviado hacía unas pocas horas, justo antes de las siete, cuando yo todavía estaba durmiendo.

Anoche me quedé dormido pensando en ti, soñando con que besaba tu boca, tus pechos, el interior de tus muslos. Al despertarme esta mañana, tú seguías ocupando mis pensamientos y me moría por tocarte. No esperes que esté cuerdo, no puedo, no sin ti.

Revisé sus emails: había docenas escondidos en una carpeta llamada «Admin». Descubrí que la mujer se llamaba Anna Boyd y que mi marido estaba enamorado de ella. Eso era lo que él le decía frecuentemente. También que nunca antes se había sentido así, que se moría de ganas de estar con ella, que dentro de poco estarían juntos.

No tengo palabras para describir lo que sentí aquel día, pero ahora, sentada en el tren, me invade la furia. Me clavo las uñas en las palmas de las manos y las lágrimas acuden a mis ojos. Siento una oleada de intensa ira. Tengo la sensación de que algo me ha sido arrebatado. ¿Cómo ha podido hacerlo? ¿Cómo ha podido Jess hacer algo así? ¿Qué diantre le pasa? ¡Con la vida que tienen! ¡Es realmente maravillosa! Nunca he comprendido cómo la gente puede ignorar como si tal cosa el daño que causa al seguir el dictado de su corazón. ¿Quién ha dicho que hacer eso sea algo bueno? Es puro egoísmo, mero interés personal por conquistarlo todo. Me inunda el odio. Si viera a esa mujer ahora, si viera a Jess, le escupiría en la cara. Le arrancaría los ojos.

Tarde

Hay un problema en la línea. Han cancelado el tren rápido de las 17.56 a Stoke, de modo que sus pasajeros han ocupado el mío y van apretujados de pie en el vagón. Afortunadamente, he conseguido asiento, pero es de pasillo, no de ventanilla, así que ahora hay cuerpos pegados a mi hombro y mi rodilla, invadiendo mi espacio. Siento el impulso de obligarlos a retroceder, de levantarme y empujarlos. El calor ha ido en aumento todo el día, asfixiándome cada vez más. Me siento como si respirara a través de una máscara. Todas las ventanas del vagón están abiertas y, a pesar de que estamos en marcha, parece que no haya aire. Es como si fuéramos encerrados en una caja metálica. Mis pulmones no tienen suficiente aire. Siento náuseas. Sigo pensando en la escena de la cafetería. Me siento como si todavía estuviera ahí, viendo la expresión de sus rostros.

Culpo a Jess. Esta mañana seguía obsesionada con el asunto. No podía dejar de pensar en lo que le había hecho a Jason y en la pelea que tendrían cuando él lo descubriera y su mundo —como antaño el mío— se hiciera pedazos. Iba absorta en mis pensamientos sin fijarme por dónde iba y, sin darme cuenta, me he metido en la cafetería a la que acude todo Huntingdon Whitely. No los he visto hasta que estaba en la puerta y, para entonces, ya era demasiado tarde: me estaban mirando. Han abierto los ojos como platos durante una fracción de segundo, pero rápidamente han fingido una sonrisa. El triunvirato de incomodidad formado por Martin Miles, Sasha y

57

Harriet ha comenzado a hacerme señas y a indicarme que me acercara.

—¡Rachel! —ha dicho Martin extendiendo los brazos y dándome un abrazo.

No me lo esperaba y mis brazos han quedado atrapados entre ambos, incómodamente apretujados contra su cuerpo. Sasha y Harriet me han sonreído y me han dado un par de vacilantes besos en la mejilla, procurando no acercar demasiado el rostro al mío.

—¿Qué estás haciendo aquí?

Durante un momento excesivamente largo, me he quedado en blanco. He bajado la mirada al suelo, he notado que me sonrojaba y, al darme cuenta de que estaba empeorando la situación, he fingido una sonrisa y he dicho:

—Una entrevista. Una entrevista.

—¡Oh! —Martin no ha conseguido ocultar su sorpresa, mientras que Sasha y Harriet han asentido y sonreído—. ¿Con quién?

No he conseguido recordar el nombre de ninguna empresa de relaciones públicas. Ni una sola. Tampoco el de ninguna inmobiliaria (y ya no digamos una en la que fuera plausible que estuvieran contratando personal). Me he limitado a quedarme ahí de pie, frotándome el labio inferior con el dedo índice y negando con la cabeza hasta que finalmente Martin ha dicho:

—Es alto secreto, ¿no? Algunas empresas son así

de raras, ¿verdad? No quieren que uno diga nada hasta que los contratos están firmados y todo es oficial.

Eso era una gilipollez y él lo sabía. Lo ha dicho para salvarme y nadie se lo ha tragado, pero todo el mundo ha hecho ver que sí y ha asentido. Avergonzadas de mí, Harriet y Sasha no dejaban de mirar la puerta por encima de mi hombro en busca de una escapatoria.

—Será mejor que vaya a pedir mi café —he dicho—. No quiero llegar tarde.

Martin me ha colocado la mano sobre mi antebrazo y ha afirmado:

—Me alegro de verte, Rachel. —Su compasión era casi palpable. Hasta estos últimos uno o dos años no me había dado cuenta de lo vergonzoso que resulta que se compadezcan de una.

Mi plan para esa mañana consistía en ir a la biblioteca de Holborn, en Theobalds Road, pero después de ese encuentro ya no tenía ánimos para ello, así que he optado por ir a Regents Park. Una vez ahí, me he dirigido al extremo más lejano —cerca del zoo—, me he sentado bajo la sombra de un sicomoro y me he puesto a pensar en todas las horas que se extendían ante mí mientras recordaba la conversación de la cafetería y la expresión en el rostro de Martin cuando se ha despedido de mí.

No debía de llevar ni media hora en el parque cuando de repente ha sonado el móvil. Era otra vez Tom, esta vez llamándome desde el fijo de casa. He intentado visualizarlo trabajando con el portátil en nuestra soleada cocina, pero la imagen se ha visto arruinada por las intrusiones de su nueva vida: ella estaría rondando a su alrededor, haciendo té o dando de comer a la pequeña. Así pues, he dejado que saltara el buzón de voz y he vuelto a guardar el móvil en el bolso. No quería volver a oír a Tom, hoy no: ya estaba siendo un día lo bastante horrible y todavía no eran las diez y media de la mañana. Sin embargo, al cabo de tres minutos he vuelto a coger el móvil para consultar el buzón de voz. Me he preparado para lo doloroso que todavía me resulta oír su voz —esa voz antiguamente risueña y luminosa y que ahora utiliza sólo para regañarme, consolarme o mostrarme su compasión—, pero no era él.

—Rachel, soy Anna. —He colgado de golpe.

De repente, me costaba respirar y no he podido evitar que los pensamientos se arremolinaran en mi cabeza ni que me picara la piel, de modo que me he puesto en pie y he ido hasta el colmado de Titchfield Street. Allí he comprado cuatro latas de gin-tonic y, tras regresar al parque, he abierto la primera, me la he bebido tan rápido como he podido y rápidamente he abierto la segunda. Todo de espaldas al sendero para no ver a los corredores, a las madres con cochecitos o a los turistas, pues si no los veía podía fingir que ellos tampoco me veían a mí, como si fuera una niña. Entonces he vuelto a llamar al buzón de voz.

—Rachel, soy Anna. —Una larga pausa—. Necesito hablar contigo sobre las llamadas. —Otra larga pausa. Tal y como suelen hacer las esposas y las madres ocupadas, mientras hablaba conmigo estaba haciendo otra cosa: recogiendo la casa, cargando el lavavajillas...—. Mira, sé que lo estás pasando mal —ha dicho, como si ella no tuviera nada que ver con mi dolor—, pero no puedes llamarnos continuamente por la noche. —Su tono de voz era cortante e irritado—. Cuando llamas, no sólo nos despiertas a nosotros, sino también a Evie, y eso es inaceptable. Últimamente nos está costando mucho que se duerma.

—Últimamente nos está costando mucho que se duerma. Nos. A nosotros. A nuestra pequeña familia. Con nuestros problemas y nuestras rutinas. Puta zorra. Es un cuco que dejó su huevo en mi nido. Me lo quitó todo, absolutamente todo, ¿y ahora me llama para decirme que mi sufrimiento la incomoda?

En cuanto me he terminado la segunda lata, he abierto la tercera. Por desgracia, el dichoso bienestar provocado por la presencia del alcohol en el flujo sanguíneo tan sólo ha durado unos minutos y luego me he comenzado a sentir mal. Estaba yendo demasiado deprisa, incluso para mí, y he tenido que bajar el ritmo; si no lo hacía, iba a pasar algo malo. Haría algo de lo que me arrepentiría. La llamaría y le diría que no me importa ella, ni me importa su familia, ni me importa si su hija no vuelve a dormir bien el resto de su vida. Le diría que la frase que Tom utilizó con ella —«No esperes que esté cuerdo»— también la había utilizado conmigo al principio de nuestra relación; me la escribió en una carta en la que me declaraba su imperecedera pasión. Y ni siquiera era suya: la había copiado de Henry Miller. Todo lo que ella tenía era de segunda mano. Me gustaría saber cómo le hacía sentir eso. Me gustaría llamarla y preguntárselo: ¿cómo te sienta, Anna, vivir en mi casa, rodeada de los muebles que compré yo, dormir en la cama que compartí con él durante años, dar de comer a tu hija en la mesa de la cocina sobre la que me follaba?

Todavía me parece increíble que decidieran quedarse ahí, en esa casa, en *mi* casa. Cuando Tom me lo dijo, no podía creérmelo. A mí me encantaba esa casa. Era la que insistí que compráramos a pesar de su localización. Me gustaba estar cerca de las vías y ver pasar los trenes. Me encantaba su sonido; no el aullido del exprés interurbano, sino el anticuado traqueteo de los viejos trenes. Tom me dijo que no siempre sería así, que poco a poco irían actualizando la línea y al final sólo habría trenes rápidos, pero a mí me costaba creer que eso fuera a pasar. Yo me habría quedado ahí cuando nos divorciamos. Si hubiera tenido el dinero, le habría comprado a Tom su parte. Pero no lo tenía y no encontramos un comprador que pagara un precio decente, de modo que fue él quien compró mi parte y ambos decidieron quedarse. Imagino que ella debía de sentirse muy segura de sí misma y de ambos para que no le molestara caminar por donde lo había hecho otra mujer. Está claro que no me considera una amenaza. Pienso en Ted Hugues y en el hecho de que acogiera a Assia Wevill en la casa que él había compartido con Plath. La imagino a ella llevando las ropas de Sylvia, o peinándose con su cepillo. Me entran ganas de llamar a Anna y recordarle que Assia terminó metiendo la cabeza en el horno, igual que Sylvia.

Debo de haberme quedado dormida arrullada por los gin-tonics y el sol. De pronto, me he despertado con un sobresalto y he comenzado a buscar desesperadamente el bolso. Todavía estaba ahí. Me picaba la piel; estaba llena de hormigas. Las tenía en el pelo, en el cuello y en el pecho. Me he puesto de pie de un salto mientras me las quitaba de encima a palmetazos. Dos adolescentes que jugaban a la pelota a unos veinte metros se han detenido para mirarme y se han puesto a reír.

El tren frena. Estamos casi delante de la casa de Jess y Jason, pero no puedo ver nada por la ventana porque hay demasiada gente en medio. Me pregunto si estarán en casa y si él ya se ha enterado y se ha marchado, o si todavía está viviendo una vida que es una mentira.

Sábado, 13 de julio de 2013

Mañana

Sin mirar siquiera el reloj, sé que son alrededor de las ocho de la mañana. Lo sé por la luz, los sonidos de la calle que oigo a través de la ventana y el ruido que hace Cathy al pasar el aspirador en el pasillo. Todos los sábados, se despierta pronto para limpiar la casa. Ya sea su cumpleaños o el día del Juicio Final, Cathy se despertará pronto para limpiar. Dice que es catártico, que la predispone a pasar un buen fin de semana y que, como lo hace con movimientos aeróbicos, así ya no le hace falta ir al gimnasio.

A mí que pase la aspiradora tan pronto no me importa, pues tampoco estaría dormida. Por las mañanas no puedo dormir; soy incapaz de dormitar tranquilamente hasta el mediodía. Suelo despertarme de golpe, con la respiración agitada, el corazón a mil por hora y un sabor rancio en la boca y, de inmediato, sé que ya está: estoy despierta. Cuanto más inconsciente deseo estar, menos posible resulta. La vida y la luz no me lo permiten. Permanezco un rato tumbada en la cama, escuchando el ruido de la apremiante y alegre actividad de Cathy, y pienso en la pila de ropa que hay a un lado de las vías y en Jess besando a su amante bajo la luz matutina.

El día se extiende ante mí y no sé con qué ocuparlo.

Podría ir al mercadillo de granjeros que hay en Broad, comprar carne de venado y panceta y pasarme el día cocinando.

Podría sentarme en el sofá con una taza de té y ver *Saturday Kitchen* en la tele.

Podría ir al gimnasio.

Podría rehacer mi currículo.

Podría esperar a que Cathy se fuera de casa, ir al colmado y comprar dos botellas de Sauvignon Blanc.

En mi otra vida, también me despertaba temprano. Abría los ojos con el sonido del tren de las 8.04, y, si llovía, me quedaba un momento escuchando el ruido de la lluvia en la ventana mientras lo sentía detrás de mí, dormido, cálido y duro. Luego, él iba a buscar los periódicos y yo hacía huevos revueltos, nos sentábamos a la mesa de la cocina a tomar té, íbamos al pub a almorzar tarde y finalmente nos quedábamos dormidos delante de la tele con las extremidades entrelazadas. Imagino que para él ahora las cosas son distintas. Los sábados ya no debe de disfrutar de sexo perezoso ni de huevos revueltos. En vez de eso, ahora disfruta de otro tipo de felicidad: una balbuceante niña pequeña tumbada entre él y su esposa. Ahora su hija debe de estar aprendiendo a hablar y seguramente no dejará de decir *papá* y *mamá* y palabras de un lenguaje secreto incomprensible para todo el mundo salvo sus padres.

El dolor es sólido y pesado, lo siento en medio del pecho. No puedo esperar a que Cathy se vaya de casa.

Tarde

Voy a ir a ver a Jason.

Me he pasado todo el día en el dormitorio, esperando a que Cathy se fuera de casa para poder beber algo, pero no lo ha hecho. Ha permanecido toda la tarde sentada en el salón, «poniéndose al día con el papeleo». A última hora de la tarde, yo ya no podía soportar más el encierro ni el aburrimiento, de modo que le he dicho que iba a dar un paseo y he ido al Wheatsheaf, el pub grande y anónimo que hay junto a High Street. Allí me he tomado tres grandes vasos de vino y dos chupitos de Jack Daniel's. Luego he ido hasta la estación, he comprado un par de latas de gin-tonic y he subido al tren.

Voy a ir a ver a Jason.

No voy a *visitarlo*; mi intención no es presentarme en su casa y llamar a la puerta. Nada de eso. No voy a cometer ninguna locura. Sólo quiero pasar por delante de su casa con el tren. No tengo nada más que hacer y no me apetece volver a casa. Sólo quiero verlo. Sólo quiero verlos.

No es una buena idea. Sé que no es una buena idea.

Pero ¿qué daño puede hacer?

Iré a Euston, daré la vuelta y regresaré. (Me gustan los trenes, ¿qué tiene eso de malo? Los trenes son maravillosos.)

Antes, cuando todavía era yo misma, solía soñar con que hacía románticos viajes en tren con Tom. (La Línea de Bergen para celebrar nuestro quinto aniversario, el Tren Azul para celebrar sus cuarenta años.)

Un momento, vamos a pasar por delante.

Tienen las luces encendidas, pero no puedo ver demasiado bien. (Veo doble. Cierro un ojo. Mejor.)

¡Ahí están! ¿Es ése él? Están en la terraza, ¿no? ¿Es ése Jason? ¿Es ésa Jess?

Quiero acercarme, no veo bien. Quiero estar más cerca de ellos.

No voy a ir hasta Euston. Voy a bajar en Witney. (No debería bajar en Witney, es demasiado peligroso, ¿y si Tom o Anna me ven?)

Voy a bajar en Witney.

No es una buena idea.

Es una idea muy mala.

En el vagón hay un hombre de pelo rubio pajizo tirando a pelirrojo que me sonríe. Me gustaría decirle algo, pero las palabras no dejan de evaporarse y desaparecer de mi lengua antes de que tenga siquiera oportunidad de pronunciarlas. Puedo saborearlas, pero no sé si son dulces o amargas.

¿Es eso una sonrisa o una mueca de desdén? No lo tengo claro.

Domingo, 14 de julio de 2013

Mañana

Siento los latidos del corazón en la base de la garganta, molestos y ruidosos. Tengo la boca seca y tragar saliva me resulta doloroso. Me pongo de lado, de cara a la ventana. Las cortinas están echadas, pero aun así la luz me hace daño en los ojos. Me llevo la mano a la cara y me presiono los párpados con los dedos para mitigar el dolor de cabeza. Tengo las uñas sucias.

Algo va mal. Durante un segundo, me siento como si me estuviera cayendo, como si la cama hubiera desaparecido de debajo de mi cuerpo. Anoche sucedió algo. Aspiro bruscamente y me incorporo de golpe; el corazón me late con fuerza y siento palpitaciones en la cabeza.

Espero un momento a que lleguen los recuerdos. A veces tardan un rato. Otras están ante mis ojos al cabo de unos segundos. En alguna ocasión, ni siquiera consigo evocarlos.

Pasó algo, algo malo. Hubo una discusión. A gritos. ¿Puñetazos? No lo sé, no lo recuerdo. Fui al pub, subí al tren, llegué a la estación, salí a la calle. Blenheim Road. Fui a Blenheim Road.

Siento una oleada de oscuro pavor.

Pasó algo, lo sé. No puedo recordarlo, pero lo noto. Me duele el interior de la boca, como si me hubiera mordido la parte interna de los carrillos, y la lengua tiene un sabor metálico. Tengo náuseas y me siento mareada. Me paso las manos por el pelo y recorro el cuero cabelludo. Me encojo de dolor. Tengo un chichón en la parte derecha de la cabeza. Y el pelo apelmazado de sangre.

Tropecé, eso es. En la escalera, en la estación de Witney. ¿Me golpeé en la cabeza? Recuerdo ir en el tren, pero después de eso hay un abismo negro, un vacío. Respiro hondo e intento ralentizar mis pulsaciones y sofocar el pánico que crece en mi pecho. ¿Qué hice? Fui al pub, me subí al tren. Había un hombre, ahora lo recuerdo. Pelirrojo. Me sonrió. Creo que me dijo algo, pero no me acuerdo de qué. Hay algo más relacionado con este tipo y su recuerdo, pero no consigo saber de qué se trata, no consigo evocarlo en medio de la negrura de mi mente.

Estoy asustada, pero no estoy segura de qué, lo cual todavía exacerba más el miedo que siento. Ni siquiera sé si hay algo de lo que tener miedo. Miro a mi alrededor. Mi móvil no está en la mesita de noche. Mi bolso no está en el suelo. Tampoco en el respaldo de la silla donde suelo dejarlo. Pero si estoy en casa, es que tenía las llaves, así que no debí de perderlo.

Me levanto de la cama. Estoy desnuda. Me miro en el espejo de cuerpo entero del armario. Me tiemblan las manos. Tengo el rímel corrido por las mejillas y un corte en el labio inferior. También moratones en las piernas. Siento náuseas. Me vuelvo a sentar en la cama y coloco la cabeza entre las rodillas para que se me pasen. Luego me pongo otra vez en pie, cojo mi bata y entreabro la puerta de la habitación. El apartamento está en silencio. Por alguna razón, estoy segura de que Cathy no está. ¿Me dijo que se quedaría en casa de Damien? Tengo la sensación de que sí, aunque no puedo recordar cuándo. ¿Antes de que yo saliera de casa? ¿O hablé con ella después? Salgo al pasillo con cuidado de no hacer ruido. Veo que la puerta del dormitorio de Cathy está abierta. Echo un vistazo. La cama está hecha. Es posible que ya se haya levantado y la haya hecho, pero no creo que pasara aquí la noche, lo cual supone cierto alivio. Si no está aquí, anoche no me vio ni me oyó llegar y no sabe lo mal que iba. Esto no debería importarme, pero lo hace: la vergüenza que siento por un incidente es proporcional no sólo a la gravedad de la situación sino al número de personas que fueron testigos del mismo.

En lo alto de la escalera me vuelvo a sentir mareada y me cojo con fuerza a la barandilla. Es uno de mis grandes miedos (junto con desangrarme internamente cuando por fin me reviente el hígado): caer por la escalera y romperme el cuello. Pensar en ello hace que vuelva a sentir náuseas. Quiero tumbarme, pero antes necesito encontrar el bolso y consultar el móvil. Al menos he de asegurarme de que no perdí las tarjetas de crédito. También necesito saber a quién llamé y cuándo. Veo mi bolso tirado en el pasillo, frente a la puerta de entrada. Mis pantalones vaqueros y mi ropa interior descansan a su lado formando una pila de ropa arrugada. Desde el pie de la escalera puedo oler la orina. Cojo el bolso y busco el móvil. Gracias a Dios, está dentro junto con un puñado de billetes de veinte arrugados y un pañuelo de papel manchado de sangre. Vuelvo a sentir náuseas. Esta vez son más fuertes: siento la bilis en la garganta y salgo corriendo, pero no consigo llegar al cuarto de baño y al final vomito sobre la moqueta en mitad de la escalera.

He de tumbarme. Si no lo hago, me desmayaré y me caeré. Ya limpiaré luego.

En mi habitación, enchufo el móvil y me tumbo en la cama. Lenta y cuidadosamente, alzo las piernas para inspeccionarlas. Hay unos cuantos moratones por encima de la rodilla, pero son los habituales de cuando voy bebida, los que me suelo hacer al tropezar con cosas. Las oscuras marcas ovaladas que tengo en la parte superior de los brazos son más preocupantes. Parecen huellas dactilares. Ahora bien, su origen no tiene por qué ser a la fuerza siniestro. Ya las he tenido antes. Normalmente, se deben a que alguien me ha ayudado a levantarme tras una caída. La herida de la cabeza parece más grave, pero podría habérmela hecho al entrar en un coche. Quizá cogí un taxi para venir a casa.

Cojo el móvil. Hay dos mensajes. El primero es de Cathy, lo recibí justo después de las cinco y me pregunta dónde me he metido. Dice que va a pasar la noche en casa de Damien y que ya me verá mañana. También que espera que no esté bebiendo sola. El segundo es de Tom y lo recibí a las diez y cuarto. Casi se me cae el teléfono al oír su voz: está gritando.

—Por el amor de Dios, Rachel, ¿qué coño pasa contigo? Ya he tenido bastante, ¿lo entiendes? Me acabo de pasar una hora en el coche buscándote. Has asustado a Anna. Ella pensaba que ibas a... Pensaba que... Ya no sé qué puedo hacer para que no llame a la policía. Déjanos en paz. Deja de llamarme, deja de venir a casa, déjanos en paz de una vez. No quiero hablar contigo. ¿Me entiendes? No quiero hablar contigo, no quiero verte, no quiero que te acerques a mi familia. Puedes arruinar tu vida si quieres, pero no vas a arruinar la mía. Ya no. No pienso seguir protegiéndote, ¿lo entiendes? Mantente alejada de nosotros.

No sé a qué viene todo esto. ¿Qué hice ayer? ¿Qué estuve haciendo entre las cinco y las diez y cuarto? ¿Qué le hice a Anna? Me tapo la cabeza con el edredón y cierro los ojos con fuerza. Me imagino a mí misma yendo a su casa, recorriendo el pequeño sendero que hay entre su jardín y el del vecino y saltando por encima de la cerca. Luego me veo abriendo las puertas correderas del patio y colándome sigilosamente en su cocina. Anna está sentada a la mesa. La agarro por detrás, enrollo la mano en su largo pelo rubio y, tirando con fuerza, la tumbo en el suelo y le hago añicos la cabeza contra los duros y fríos azulejos.

Tarde

Alguien está gritando. A juzgar por el ángulo de la luz que entra por la ventana de mi dormitorio, he estado dormida mucho rato. Ya debe de ser última hora de la tarde, o primera del anochecer. Me duele la cabeza. Hay sangre en mi almohada. Oigo los gritos de alguien en la planta baja.

—¡No me lo puedo creer! ¡Por el amor de Dios! ¡Rachel! ¡RACHEL!

Me he quedado dormida sin limpiar antes el vómito de la escalera ni recoger la ropa del vestíbulo. Oh, Dios. Oh, Dios.

Me pongo unos pantalones de chándal y una camiseta. Cuando abro la puerta del dormitorio, Cathy está delante, esperándome. Al verme, parece sentirse horrorizada.

—¿Qué diantre te ha pasado? —dice, y luego levanta la mano—. En realidad, Rachel, lo siento, pero no quiero saberlo. No puedo aguantar esto en mi casa. No puedo aguantar... —Se calla, pero echa un vistazo por encima del hombro hacia la escalera.

—Lo siento —digo—. Lo siento mucho. Estaba muy enferma y pretendía limpiarlo...

—No estabas enferma, ¿verdad? Lo que estabas es borracha. O tenías resaca. Lo siento, Rachel. No puedo aguantarlo más. No puedo vivir así. Vas a tener que marcharte, ¿de acuerdo? Te daré cuatro semanas para que encuentres otro lugar, pero tienes que irte. —Se da la vuelta y se dirige hacia su dormitorio—. Y por el amor de Dios, limpia ese desastre. —Se marcha a su dormitorio y cierra tras de sí la puerta de un portazo.

Cuando termino de limpiarlo todo, vuelvo a mi habitación. La puerta del dormitorio de Cathy está cerrada, pero a través de ella puedo sentir su silenciosa rabia. Yo también estaría furiosa si al llegar a casa me encontrara con unas bragas empapadas de orina y un charco de vómito en la escalera. Me siento en la cama, abro el ordenador portátil y entro en mi cuenta de correo electrónico con la intención de escribirle un email a mi madre. Creo que finalmente ha llegado el momento. He de pedirle ayuda. Si me mudara con ella, no podría seguir así, tendría que cambiar, tendría que mejorar. Pero no me salen las palabras. No se me ocurre cómo explicarle todo esto. Imagino su rostro mientras lee mi petición de ayuda, la amarga decepción, la exasperación. Casi puedo oír cómo suspira.

Mi móvil emite un pitido. Se trata de un mensaje recibido hace horas. Vuelve a ser Tom. No quiero oír lo que tiene que decirme, pero he de hacerlo, no puedo ignorarlo. Los latidos del corazón se me aceleran mientras llamo a mi buzón de voz, preparándome para lo peor.

—¿Puedes llamarme, Rachel? —Ya no parece enfadado y mi corazón se tranquiliza un poco—. Sólo quiero asegurarme de que llegaste bien a casa. Anoche ibas muy mal. —Se oye un largo y sentido suspiro—. Mira, siento haberte gritado, las cosas se pusieron un poco... tensas. Lo siento mucho, Rachel, de verdad, pero esto ha de terminar.

Vuelvo a reproducir el mensaje otra vez y se me saltan las lágrimas al oír la amabilidad de su voz. Pasa mucho rato hasta que dejo de llorar y puedo escribir un mensaje de texto diciéndole que lo siento mucho y que estoy en casa. No sé qué más decir porque no sé exactamente qué es lo que lamento. Desconozco qué es lo que le hice a Anna, cómo la asusté. La verdad es que tampoco me importa mucho, pero sí me preocupa que Tom se enfade. Después de todo lo que ha pasado, merece ser feliz. Nunca le envidiaré su felicidad, sólo desearía que pudiéramos disfrutarla juntos.

Permanezco tumbada en la cama y me meto debajo del edredón. Quiero saber qué es lo que pasó; me gustaría saber qué es lo que lamento. Intento desesperadamente encontrarles sentido a mis elusivos recuerdos fragmentarios. Estoy segura de que estuve involucrada en una discusión o de que fui testigo de una.

¿Fue con Anna? Me llevo los dedos a la herida de la cabeza y el corte del labio. Casi puedo verlo, casi puedo oír las palabras, pero el recuerdo vuelve a eludirme. No consigo evocarlo. Cada vez que estoy a punto de hacerlo, se oculta de nuevo en las sombras y queda fuera de mi alcance.

MEGAN

Martes, 2 de octubre de 2012

Mañana

Va a llover pronto, lo noto. Me castañetean los dientes y tengo las puntas de los dedos blancas y amoratadas. Pero no pienso entrar en casa. Aquí se está bien, es catártico, purificador, como un baño de hielo. En cualquier caso, pronto regresará Scott y me llevará adentro. Luego me envolverá en mantas, como si fuera una niña.

Anoche, de vuelta a casa, sufrí un ataque de pánico. En la calle, había un motorista que no dejaba de dar gas una y otra vez, un coche rojo que avanzaba lentamente, como si su conductor buscara prostitutas en la acera, y dos mujeres con cochecitos que me bloqueaban el paso. No podía rodearlas, de modo que bajé a la calzada y casi me atropella otro coche que venía en la dirección opuesta y que no había visto. El conductor tocó el claxon y me gritó algo. De repente, comencé a respirar con dificultad, el corazón se me aceleró y sentí retortijones en el estómago, como cuando te has tomado una pastilla y está a punto de hacerte efecto: ese subidón de adrenalina que te hace sentir indispuesta, excitada y asustada a la vez.

Apreté a correr hacia casa y, nada más entrar, la atravesé de punta a punta en dirección a las vías y me senté en el jardín a la espera de que pasara el tren y su traqueteo se llevara los demás ruidos. Esperé que Scott viniera y me calmara, pero no estaba en casa. Intenté saltar la cerca porque quería sentarme un rato en el otro lado, donde nunca hay nadie, pero me hice un corte en la mano, de modo que entré en casa. Luego llegó Scott y me preguntó qué había pasado. Yo le dije que había estado fregando los platos y se me había caído un vaso. No me creyó y se disgustó mucho.

A medianoche me he levantado de la cama, he dejado a Scott durmiendo y he bajado a la terraza. He marcado el número de mi psicólogo. Ha contestado con voz al principio todavía adormilada, luego más alta, recelosa, preocupada, exasperada. Yo entonces he colgado y he esperado a ver si me llamaba de vuelta. No había ocultado mi número, de modo que he pensado que quizá lo haría. No lo ha hecho, así que he llamado otra vez, y luego otra vez, y luego otra vez más. Al final, me ha saltado el mensaje del contestador de voz. En un tono insulso y formal, me informaba que me devolvería la llamada en cuanto pudiera. He pensado entonces en llamar a la consulta y adelantar mi siguiente cita, pero no creo que ni siquiera el sistema automatizado que tienen funcione en mitad de la noche, así que he vuelto a la cama. Ya no he dormido.

Esta mañana puede que vaya a Corly Wood para tomar algunas fotografías. Hoy ahí la atmósfera será neblinosa y oscura, así que debería poder conseguir unas cuantas fotos buenas. Luego quizá podría hacer varias postales e intentar venderlas en la tienda de regalos de Kingly Road. Scott no deja de decir que no he de preocuparme por el trabajo, que debería descansar. ¡Como si fuera inválida! Lo último que necesito es descansar. Necesito encontrar algo con lo que ocupar mis días. Sé lo que sucederá si no lo hago.

Tarde

En la sesión de esta tarde, el doctor Abdic —o Kamal, como me ha pedido que lo llame— me ha sugerido que llevara un diario. Casi le digo que no puedo hacerlo porque no me fío de que mi marido no lo lea.

Por suerte no lo he hecho, pues eso habría sido tremendamente desleal con Scott. Pero es cierto. Nunca podría poner por escrito las cosas que de verdad siento, pienso o hago. Valga un ejemplo: cuando esta tarde he llegado a casa, mi ordenador portátil estaba caliente. Mi marido sabe borrar el historial de búsquedas del navegador y esas cosas, de modo que puede borrar sus pasos perfectamente, pero yo sé que antes de marcharme he apagado el ordenador. Ha estado leyendo mis emails otra vez.

En realidad, me da igual, en ellos no hay nada importante. (Un montón de correo basura de agencias de empleo y emails de Jenny de pilates preguntándome si quiero unirme a su club gastronómico de los jueves por la noche: ella y unas amigas se turnan para cocinarles una cena a las demás. Preferiría morir.) Me da igual porque así confirma que no sucede nada, que no estoy haciendo nada raro. Y eso es bueno para mí —es bueno para los dos—, aunque no sea cierto. Además, tampoco puedo enfadarme con él porque tiene razones para mostrarse receloso. En el pasado, le he dado razones para ello y, probablemente, volveré a hacerlo. No soy una esposa modélica. No puedo serlo. No importa lo mucho que lo quiera, nunca será suficiente.

Mañana

Anoche dormí cinco horas. Hacía siglos que no dormía tanto. Lo raro es que, cuando llegué a casa por la tarde, estaba tan inquieta que pensaba que me pasaría horas dando vueltas en la cama. Me había dicho a mí misma que no volvería a hacerlo, no después de la última vez, pero entonces lo vi y quise estar con él y pensé, ¿por qué no? No sé por qué debería contenerme. Hay mucha gente que no lo hace. Los hombres no lo hacen. No quiero herir a nadie, pero una ha de ser sincera consigo misma, ¿no? Eso es lo único que estoy haciendo, ser realmente sincera conmigo misma. Con mi verdadero yo, el que no conocen ni Scott, ni Kamal, ni nadie.

Anoche, después de la clase de pilates, le pregunté a Tara si le apetecía ir conmigo al cine algún día de la semana que viene, y luego si le importaría cubrirme.

—Si él me llama, ¿podrías decirle que he ido un momento al cuarto de baño y que le devolveré la llamada en cuanto pueda? Luego me avisas para que pueda llamarlo y todos tan contentos.

Ella sonrió, se encogió de hombros y dijo:

—Está bien.

Ni siquiera me preguntó adónde iba o con quién. Realmente quiere ser amiga mía.

Él había reservado una habitación en el Swan de

Corly y quedamos directamente ahí. Hemos de tener cuidado, no podemos dejar que nos pillen. Sería terrible para él, le destrozaría la vida. Y para mí también sería un desastre. No quiero pensar en lo que haría Scott.

Luego quiso que le hablara sobre lo que había sucedido cuando era joven y vivía en Norwich. En anteriores ocasiones me había referido a ello, pero anoche quiso que le diera más detalles. Le expliqué algo, aunque no la verdad. Mentí, me inventé cosas, le conté todas las sordideces que quería oír. Fue divertido. No me siento mal por haber mentido. Y, en cualquier caso, dudo que se lo creyera todo. Estoy segura de que él también miente.

Tumbado en la cama mientras yo me vestía, dijo:

—Esto no puede volver a pasar, Megan. Y lo sabes. No podemos seguir haciendo esto.

Y tenía razón, sé que no podemos. No deberíamos, pero lo haremos. Y no será la última vez. No me dirá que no. Estuve pensando en ello de camino a casa y eso es lo que más me gusta: el hecho de tener poder sobre alguien. Eso es lo que me resulta embriagador.

Tarde

Estoy en la cocina abriendo una botella de vino cuando de repente Scott se acerca por detrás, me coloca las manos en los hombros y dice:

—¿Cómo te ha ido con el psicólogo?

Yo le digo que bien, que estamos haciendo progresos. A estas alturas, ya está acostumbrado a que no entre en detalles. Luego me pregunta si me lo pasé bien anoche con Tara.

Como estoy de espaldas, no sé si me lo pregunta de verdad o si sospecha algo. En su tono de voz no puedo detectar nada.

—Es realmente encantadora —le contesto—. Tú y ella os llevaríais bien. La semana que viene vamos al cine. Quizá después podría traerla a casa a comer algo.

—¿Y yo no estoy invitado al cine? —pregunta.

—Claro que sí —digo yo, y me doy la vuelta y lo beso en la boca—. Pero ella quiere ver esa peli en la que sale Sandra Bullock, así que...

—¡No digas más! Tráela luego a cenar —dice, y noto cómo sus manos me presionan ligeramente en la parte baja de la espalda.

Yo sirvo unas copas de vino y salimos afuera. Nos sentamos uno al lado del otro en el borde de la terraza, con los pies en la hierba.

—¿Está casada? —me pregunta.

—¿Tara? No, está soltera.

—¿No tiene novio?

—No creo.

—¿Novia? —me pregunta con una ceja enarcada, y yo me río—. ¿Cuántos años tiene?

—No sé —contesto—. Unos cuarenta.

—¿Y no tiene a nadie? Es un poco triste.

—Mmm. Creo que es algo solitaria.

—Siempre atraes a las solitarias, ¿no? Acuden directamente a ti.

—¿Ah, sí?

—¿Tampoco tiene hijos? —me pregunta, y no sé si me lo estoy imaginando, pero en cuanto sale el tema de los niños creo percibir un cambio en el tono de su voz. Noto que se acerca una discusión y no quiero, ahora no tengo fuerzas, de modo que me pongo en pie y le digo que coja las copas de vino y vayamos al dormitorio.

Él viene detrás de mí y mientras subimos la escalera yo me voy quitando la ropa. Cuando llegamos a la habitación y me empuja a la cama ni siquiera estoy pensando en él, pero no importa porque no lo sabe. Soy lo bastante buena para que no se dé cuenta.

RACHEL

Lunes, 15 de julio de 2013

Mañana

Justo cuando yo iba a salir del apartamento esta mañana, Cathy me ha llamado y me ha dado un pequeño y rígido abrazo. Creía que iba a decirme que al final no me echaba, pero en vez de eso me ha dado una nota escrita a máquina en la que me comunicaba oficialmente mi desahucio, incluida la fecha límite. Mientras lo hacía, no ha podido mirarme a los ojos. La verdad es que me ha sabido mal por ella, aunque no tanto como por mí. Luego ha sonreído con tristeza y me ha dicho:

—Odio hacerte esto, Rachel, de verdad.

Estaba siendo todo muy incómodo. Nos encontrábamos de pie en el vestíbulo (que, a pesar de mis esfuerzos con la lejía, seguía oliendo un poco a vómito) y me han entrado ganas de llorar, pero no quería hacerla sentir peor, de modo que he sonreído alegremente y le he contestado:

—No te preocupes. No supone ningún problema, en serio —como si me acabara de pedir un pequeño favor.

En el tren, las lágrimas acuden a mis ojos y no me importa que la gente me mire. Que ellos sepan, puede que hayan atropellado a mi perro. O quizá me han diagnosticado una enfermedad terminal. O podría ser una alcohólica estéril, divorciada y —dentro de poco— sin hogar.

Cuando pienso en ello me parece ridículo. ¿Cómo he llegado hasta aquí? Me pregunto cuándo comenzó mi declive; en qué momento podría haberlo interrumpido. ¿Dónde tomé el camino equivocado? No cuando conocí a Tom. Él me salvó del dolor por la muerte de mi padre. Tampoco cuando nos casamos, despreocupados y llenos de dicha en un mayo extrañamente ventoso de hace siete años. Por aquel entonces, yo era feliz, solvente, exitosa. Tampoco cuando nos mudamos al número 23 de Blenheim Road, una casa más espaciosa y encantadora de lo que había imaginado que viviría a la tierna edad de veintiséis años. Recuerdo con claridad esos primeros días: deambulando por la casa descalza, sintiendo la calidez de los tablones de madera, deleitándome con el espacio y las dimensiones de todas esas habitaciones a la espera de ser ocupadas. También a Tom y a mí haciendo planes: qué plantaríamos en el jardín, qué colgaríamos en las paredes, de qué color pintaríamos la habitación de sobra (que, en mi cabeza, ya era la habitación del bebé).

Puede que fuera entonces. Quizá fue ése el momento en el que las cosas comenzaron a ir mal: cuando ya no nos imaginé como una pareja, sino como una familia. En cuanto tuve esa imagen en la cabeza, el hecho de que fuéramos sólo nosotros dos dejó de ser suficiente. Ya nunca lo sería. ¿Fue entonces cuando Tom empezó a mirarme de otro modo y su decepción comenzó a reflejar la mía? Después de todas las cosas a las que había renunciado para que estuviéramos juntos, le dejé pensar que él no era suficiente para mí.

Dejo que me sigan cayendo las lágrimas por las mejillas hasta que llegamos a Northcote, luego me recompongo, me seco los ojos y comienzo a escribir una lista de cosas para hacer en el dorso de la carta de desahucio de Cathy.

Biblioteca de Holborn
Enviar email a mamá
Enviar email a Martin, ¿¿¿carta de recomendación???
Informarme sobre reuniones de AA – centro de Londres/ Ashbury
¿Contarle a Cathy lo del trabajo?

Cuando el tren se detiene en el semáforo, levanto la vista y veo a Jason en la terraza, observando las vías. Me da la impresión de que me está mirando directamente a mí y tengo una sensación extraña, como si ya me hubiera mirado así antes, como si en realidad me hubiera visto. Lo imagino sonriéndome y, por alguna razón, tengo miedo.

Él se vuelve y el tren sigue adelante.

Tarde

Estoy sentada en la sala de urgencias del University College Hospital. Me ha atropellado un taxi mientras cruzaba Gray's Inn Road. Quiero dejar claro que estaba completamente sobria, aunque reconozco que me sentía algo alterada y distraída, casi asustada. Tengo un corte de un centímetro y medio sobre el ojo derecho que me ha cosido un médico *junior* extremadamente apuesto pero decepcionantemente brusco y formal. Cuando ha terminado de coserme la herida, ha reparado en el bulto de mi cabeza.

—No es nuevo —le digo.

—Pues parece muy reciente —dice él.

—Bueno, me refiero a que no es de hoy.

—¿Suele hacerse heridas?

—Me di un golpe subiendo a un coche.

Me examina la cabeza durante unos segundos y luego dice:

—¿Sí? —Retrocede y me mira a los ojos—. No lo parece. Diría más bien que alguien la ha golpeado con algo —añade, y yo siento un escalofrío.

De pronto, me viene a la mente el recuerdo de agacharme y levantar los brazos para evitar un golpe. ¿Es un recuerdo auténtico? El médico se vuelve a acercar a mí y mira la herida con más detenimiento.

—Algo afilado, quizá serrado.

—No —digo—. Fue un coche. Me di un golpe al subir a un coche. —Intento convencerme a mí misma tanto como a él.

—De acuerdo. —Me sonríe y vuelve a retroceder. Luego se agacha un poco para que sus ojos queden a la altura de los míos y me pregunta—: ¿Se encuentra usted bien... —consulta sus notas—, Rachel?

—Sí.

Se me queda mirando un largo rato. No me cree. Está preocupado. Tal vez piensa que soy una esposa maltratada.

—Está bien. Voy a limpiarle la herida, tiene mal aspecto. ¿Hay alguien a quien pueda llamar por usted? ¿A su marido, quizá?

—Estoy divorciada —le digo.

—¿A alguna otra persona? —No le importa que esté divorciada.

—A una amiga, por favor, estará preocupada por

mí. —Le doy el nombre y el número de Cathy. No estará nada preocupada por mí.

Ni siquiera estoy llegando tarde a casa, pero espero que la noticia de que me ha atropellado un taxi le haga sentir lástima por mí y me perdone por lo que sucedió anoche. Probablemente, pensará que si me han atropellado, es porque estaba borracha. Me pregunto si puedo pedirle al médico que me haga un análisis de sangre o algo así para demostrarle a Cathy que estaba sobria. Le sonrío, pero él no me mira. Está tomando notas. De todos modos, es una idea ridícula.

Ha sido culpa mía, no del taxista. He cruzado la calle sin mirar. Corriendo, de hecho. No sé hacia dónde creía que iba. Supongo que no estaba pensando, al menos no en mí misma. Estaba pensando en Jess. Que no es Jess, sino Megan Hipwell, y ha desaparecido.

Me encontraba en la biblioteca de Theobalds Road. Acababa de enviarle un email a mi madre desde mi cuenta de Yahoo (no le contaba nada de importancia, sólo tanteaba el terreno para ver lo maternal que se siente ahora). En la página principal de Yahoo hay noticias de actualidad adaptadas a tu código postal o algo así (sólo Dios sabe cómo conocen mi código postal, pero lo hacen). Y había una fotografía de Jess, mi Jess, la rubia perfecta, junto a un titular que decía: «PREOCUPACIÓN POR MUJER DESAPARECIDA EN WITNEY».

Al principio, he dudado de que fuera ella. La chica

de la foto se parecía, tenía exactamente el mismo aspecto que Jess tiene en mi cabeza, pero seguía sin estar segura. Luego, al leer la noticia, el nombre de la calle me lo ha confirmado.

La policía de Buckinghamshire está preocupada por el paradero de una mujer de veintinueve años que ha desaparecido, Megan Hipwell, vecina de Blenheim Road, Witney. La señora Hipwell fue vista por última vez por su marido, Scott Hipwell, el sábado por la noche cuando salió de casa sobre las siete para ir a ver a una amiga. Desaparecer «es algo absolutamente impropio de ella», ha declarado el señor Hipwell. La señora Hipwell vestía pantalones vaqueros y una camiseta roja. Mide un metro sesenta y cuatro, es delgada, tiene el pelo rubio y los ojos azules. Se ruega que todo aquel que posea información sobre ella se ponga en contacto con la policía de Buckinghamshire.

Ha desaparecido. Jess ha desaparecido. Megan ha desaparecido. Nadie la ha visto desde el sábado. He buscado más detalles en Google, pero sólo he encontrado la noticia en el *Witney Argus* y no decían nada más. Entonces he recordado a Jason —Scott— en la terraza esta mañana, mirándome, sonriéndome y he cogido mi bolso, me he puesto en pie y he salido corriendo a la calle sin reparar en el taxi negro que venía.

—¿Rachel? ¿Rachel? —El médico atractivo está intentando llamar mi atención—. Tu amiga ha venido a recogerte.

MEGAN

Jueves, 10 de enero de 2013

Mañana

A veces, no tengo ganas de ir a ningún lado y creo que sería feliz si no tuviera que volver a salir de casa. Ni siquiera echo de menos trabajar. Sólo quiero permanecer en mi seguro y acogedor refugio junto a Scott, sin que nadie nos moleste.

Ayuda el hecho de que la calle esté oscura y fría y que el tiempo sea pésimo. También que estas últimas semanas no haya dejado de llover. Una lluvia torrencial, gélida e implacable acompañada por los aullidos del viento en los árboles. Éstos suenan tan alto que ahogan el ruido de los trenes y no puedo oírlos en las vías, seduciéndome y tentándome a viajar a otro lugar.

Hoy no quiero ir a ningún lado, no quiero huir, ni siquiera quiero salir a la calle. Quiero quedarme aquí, recluida con mi marido, viendo la tele y comiendo helado después de haberlo llamado para que volviera temprano del trabajo y poder así tener relaciones sexuales en mitad de la tarde.

Luego tendré que salir, claro está, pues tengo cita con Kamal. Últimamente he estado hablándole sobre Scott y todas las cosas que he hecho mal: mi fracaso como esposa. Kamal dice que he de encontrar un modo de hacerme feliz a mí misma. También que he de dejar de buscar la felicidad en otro sitio. Es cierto, he de hacerlo, lo sé, pero luego me encuentro en la situación y pienso: «Que le den, la vida es demasiado corta».

Recuerdo un viaje familiar a la isla Santa Margarita durante las vacaciones escolares de Semana Santa. Acababa de cumplir quince años y conocí a un tipo en la playa. Era mucho mayor que yo —debía de tener unos treinta y pico, quizá cuarenta y pocos—, y me propuso que al día siguiente fuéramos a navegar. Ben estaba conmigo y también fue invitado pero, en su papel protector de hermano mayor, me dijo que no deberíamos ir porque no se fiaba del tipo, tenía la impresión de que se trataba de un pervertido asqueroso. Estaba claro que lo era, pero yo me puse hecha una furia. ¿Cuándo íbamos a tener otra oportunidad de navegar por el mar de Liguria en el yate privado de alguien? Ben me dijo entonces que tendríamos muchas otras oportunidades y que nuestras vidas estarían llenas de aventuras. Al final no fuimos y ese verano Ben perdió el control de su motocicleta en la A10 y ya nunca pudimos ir a navegar.

Echo de menos cómo éramos Ben y yo cuando estábamos juntos. No sentíamos miedo alguno.

Le he contado a Kamal todo sobre Ben y ahora nos estamos acercando a lo otro, a la verdad, a toda la verdad; a lo que sucedió con Mac, lo de antes y lo de después. Con Kamal me siento segura: a causa de la confidencialidad que ha de mantener con sus pacientes no se lo puede contar a nadie.

E incluso si se lo pudiera contar a alguien, no creo que lo hiciera. Confío de veras en él. Es curioso, pero lo que ha estado impidiendo que se lo cuente todo no es el miedo a su reacción, ni tampoco a ser juzgada, sino Scott. Si le cuento a Kamal algo que no puedo contarle a él, tendría la sensación de estar traicionándolo. Teniendo en cuenta todo lo que he hecho, las demás traiciones, esto podría parecer insignificante, pero no lo es. Por alguna razón, esto es peor porque se trata de la vida real y es mi corazón lo que no estoy compartiendo con él.

Sigo callándome cosas, pues obviamente no puedo contarle todo lo que siento. Soy consciente de que para eso sirve la terapia, pero simplemente no puedo. He de ser imprecisa, mezclar todos los hombres, los amantes y las exparejas. Pero me digo a mí misma que no pasa nada, porque no importa quiénes sean éstos. Lo que importa es cómo me hacen sentir. Reprimida, inquieta, hambrienta. ¿Por qué no puedo simplemente conseguir lo que quiero? ¿Por qué no pueden dármelo?

Bueno, a veces lo hacen. Otras, sólo necesito a Scott. Si fuera capaz de mantener vivo esto que siento ahora mismo; si pudiera simplemente descubrir cómo concentrarme en esta felicidad y disfrutar del momento, sin preguntarme de dónde provendrá el siguiente estímulo, todo iría bien.

Tarde

Cuando estoy con Kamal he de concentrarme. Me resulta difícil impedir que mi mente divague cuando me mira con esos ojos leoninos al tiempo que entrelaza las manos sobre el regazo y cruza las piernas por la rodilla. Me resulta difícil no pensar en las cosas que podríamos hacer juntos.

He de concentrarme. Hemos estado hablando sobre lo que sucedió tras el funeral de Ben, después de que yo me marchara. Estuve un tiempo en Ipswich, no mucho. Ahí conocí a Mac. Trabajaba en un pub o algo así. Me recogió un día de camino a su casa. Le di pena.

—Él ni siquiera quería... ya sabe. —Me río—. Regresamos a su apartamento y cuando le pedí el dinero él me miró como si estuviera loca. Le dije que era lo bastante mayor, pero él no me creyó. Y esperó hasta que cumplí los dieciséis. Para entonces, se había mudado cerca de Holkham. A una vieja casa de campo de piedra que se encontraba al final de un sendero que no conducía a ninguna parte, con tierras alrededor y a casi un kilómetro de la playa. Unas viejas vías de tren recorrían un extremo de la propiedad. Por las noches, solía permanecer despierta (por aquel entonces nos pasábamos las noches fumando porros) e imaginaba que oía los trenes. Estaba tan segura de hacerlo que me levantaba y salía de casa para intentar ver sus luces.

Kamal cambia de posición en la silla y asiente lentamente, pero no dice nada. Esto quiere decir que siga hablando, que no me detenga.

—Lo cierto es que fui muy feliz ahí con Mac. Viví con él durante... Uf, creo que al final fueron unos tres años. Cuando me fui tenía... diecinueve. Sí. Diecinueve.

—Si ahí eras feliz, ¿por qué te fuiste? —me pregunta.

Ya hemos llegado a este punto. La verdad es que lo hemos hecho más rápido de lo que esperaba. No he tenido tiempo de repasarlo todo, de ir preparando el terreno. Me temo que todavía no puedo contárselo. Es demasiado pronto.

—Mac me dejó. Me rompió el corazón —le contesto, lo cual es cierto, pero también mentira. Todavía no estoy preparada para contarle toda la verdad.

Cuando vuelvo a casa Scott aún no ha llegado, de modo que enciendo mi portátil y, por primera vez, lo busco en Google. Por primera vez en una década, busco a Mac. Pero no lo encuentro. En el mundo hay cientos de Craig McKenzies, y ninguno parece ser el mío.

Viernes, 8 de febrero de 2013

Mañana

Estoy paseando por el bosque. He salido de casa cuando todavía era de noche. Ahora está comenzando a amanecer y el silencio es total si exceptuamos los ocasionales graznidos de las urracas en las copas de los árboles. Noto cómo me observan con sus ojos calculadores, pequeños y brillantes. Una bandada de urracas. Una por la pena, dos por la alegría, tres por una chica, cuatro por un chico, cinco por la plata, seis por el oro, siete por un secreto que jamás debe ser contado.

De ésos tengo unos cuantos.

Scott está de viaje, haciendo un curso en algún lugar de Sussex. Se marchó ayer por la mañana y no volverá hasta esta noche. Puedo hacer lo que quiera.

Antes de que se fuera, le dije que después de la sesión iría al cine con Tara y que tendría el móvil apagado. Luego hablé con ella y la avisé de que Scott quizá la llamaba para ver si estaba con ella. Esta vez Tara me preguntó qué estaba tramando. Yo me limité a guiñarle un ojo y sonreír, y ella se rio. Creo que es un poco solitaria y que a su vida le sienta bien algo de intriga.

En la sesión con Kamal, le conté lo de Scott y el portátil. Sucedió hace dos semanas. Yo había estado buscando a Mac. Sólo quería averiguar dónde se encontraba y qué estaba haciendo. Hoy en día, en internet hay fotografías de casi todo el mundo, y quería verle la cara. No pude localizarlo. Esa noche me fui pronto a la cama. Scott se quedó viendo la tele y yo me olvidé de borrar el historial del navegador. Un fallo estúpido, normalmente es lo último que hago antes de apagar el ordenador, al margen de lo que haya estado buscando. Sé que, con sus conocimientos informáticos, Scott tiene otras formas de descubrir qué he estado haciendo, pero son más laboriosas, así que por lo general no se toma la molestia.

En cualquier caso, lo olvidé. Y, al día siguiente, tuvimos una discusión. Una de las feas. Scott quería saber quién era Craig, cuánto tiempo lo había estado viendo, dónde nos habíamos conocido, qué había hecho por mí que él no hubiera hecho. Yo cometí la estupidez de decirle que se trataba de un amigo del pasado, lo cual no hizo sino empeorar la situación.

Kamal me preguntó entonces si tenía miedo de Scott, y eso me cabreó.

—Es mi marido —contesté bruscamente—. Por supuesto que no le tengo miedo.

Kamal se quedó estupefacto. Y, de hecho, yo también me sentí desconcertada. No esperaba la intensidad de mi ira ni esa actitud protectora respecto a Scott. Para mí supuso una sorpresa.

—Me temo, Megan, que hay muchas mujeres que tienen miedo de sus maridos. —Yo intenté decir algo, pero él alzó la mano para que no lo hiciera—. Describes su comportamiento (leer tus emails, repasar el historial del navegador) como si fuera algo común, algo normal. No lo es, Megan. Invadir la privacidad de alguien hasta este extremo no es normal. De hecho, suele considerarse una forma de abuso emocional.

Sonó muy melodramático, y no pude evitar echarme a reír.

—No es ningún abuso —le dije—. No si no te importa. Y a mí no me importa. Para nada.

Entonces Kamal me sonrió de un modo algo triste.

—¿No crees que debería? —me preguntó.

Me encogí de hombros.

—Quizá sí, pero el hecho es que no lo hace. Scott es celoso y posesivo. Así es él. Eso no impide que lo quiera, y hay batallas que no merece la pena luchar.

Suelo tener cuidado y borro mis huellas, así que no supone ningún problema.

Él negó con la cabeza ligeramente, de un modo casi imperceptible.

—No sabía que estuviera aquí para juzgarme —dije.

Cuando la sesión terminó, le pregunté si quería ir a tomar algo conmigo. Él me dijo que no, que no podía, que sería inapropiado. Entonces decidí seguirlo hasta su casa. Descubrí que vive en un apartamento que hay en la misma calle de la consulta. Llamé a la puerta y, cuando la abrió, le pregunté:

—¿Es esto apropiado? —Y, tras colocarle la mano en la nuca, me puse de puntillas y lo besé en la boca.

—Megan —dijo con su aterciopelada voz—. No. No puedo hacer esto. No puedo.

Fue exquisito. Todo ese tira y afloja, el deseo y la contención. No quería que la sensación terminara nunca, habría dado lo que fuera por ser capaz de retenerla.

Me he levantado a primera hora de la mañana. La cabeza me daba vueltas, llena de historias. No podía permanecer aquí tumbada, despierta, sola, pensando en todas esas oportunidades que podía tomar o dejar, de modo que me he levantado, me he vestido y he salido a la calle. Mientras paseaba, lo he repasado todo: él ha dicho, ella ha dicho, tentación, renuncia; ojalá pudiera decidirme por algo, optar por quedarme en vez de marcharme. ¿Y si no encuentro lo que busco? ¿Y si no es posible encontrarlo?

Siento el frío aire en los pulmones y las puntas de los dedos se me están amoratando. Una parte de mí sólo quiere tumbarse aquí, sobre las hojas, y dejar que el frío se haga cargo de mí. No puedo. He de ponerme en marcha.

Son casi las nueve cuando llego a Blenheim Road y, al torcer la esquina, la veo caminando hacia mí con el cochecito. Por una vez, la niña está en silencio. Ella me mira y me saluda con un movimiento de cabeza al tiempo que me ofrece una débil sonrisa que no le devuelvo. Normalmente, me haría la simpática, pero esta mañana me siento más auténtica, como si fuera yo misma. Me siento eufórica, casi como si estuviera colocada, y no podría fingir simpatía aunque lo intentara.

Primera hora de la tarde

Me he quedado dormida y, al despertarme, me he sentido febril y asustada. Y culpable. Me siento culpable. Sólo que no lo suficiente.

He recordado nuestro último encuentro: él marchándose en mitad de la noche mientras me decía, una vez más, que ésta era la última vez, la última de verdad, y que no podíamos seguir haciendo esto. Yo estaba tumbada en la cama mientras él se ponía los vaqueros y no pude evitar reírme porque eso mismo me dijo la última vez, y la otra, y también la otra. Entonces me lanzó una mirada que no sabría cómo describir. No fue exactamente de ira, ni de desprecio: se trató más bien de una advertencia.

Estoy intranquila. No dejo de ir de un lado para otro de la casa, incapaz de quedarme quieta. Me siento como si alguien hubiera estado aquí mientras dormía. No hay nada fuera de su lugar, pero la casa parece diferente, como si hubieran tocado las cosas y las hubieran cambiado ligeramente de sitio y, mientras deambulo por la casa, tengo la sensación de que hay alguien escondido. Compruebo tres veces las puertas correderas del jardín, pero están cerradas. No veo el momento de que Scott llegue a casa. Lo necesito.

RACHEL

Martes, 16 de julio de 2013

Mañana

Estoy en el tren de las 8.04, pero no me dirijo a Londres, sino a Witney. Lo hago con la esperanza de que eso me refresque la memoria y que, al llegar a la estación, lo pueda ver todo con claridad y recuerde qué sucedió. No confío mucho en ello, pero no puedo hacer otra cosa. No puedo llamar a Tom. Estoy demasiado avergonzada y, en cualquier caso, ha sido tajante. Ya no quiere saber nada de mí.

Megan sigue desaparecida. Hace más de sesenta horas que no se sabe nada de ella y la noticia ya es de alcance nacional. Esta mañana ha salido en las páginas web de la BBC y del *Daily Mail,* además de menciones en otros medios.

He impreso los artículos de la BBC y del *Mail* y los llevo conmigo. De su lectura he deducido lo siguiente:

Megan y Scott discutieron el sábado al atardecer. Una vecina ha declarado que los oyó gritar. Scott ha admitido que discutieron y ha dicho que creía que su esposa había ido a pasar la noche con una amiga que vive en Corly, Tara Epstein.

Megan nunca llegó a casa de Tara. Ésta dice que la última vez que vio a Megan fue el viernes por la tarde, en su clase de pilates. (Sabía que Megan hacía pilates.) Según la señora Epstein: «La vi bien, normal. Estaba de buen humor. Había comentado que quería hacer algo especial para su treinta cumpleaños el mes que viene».

Megan fue vista por un testigo caminando rumbo a la estación de tren de Witney alrededor de las siete y cuarto de la tarde del sábado.

Megan no tiene familia en la zona. Sus padres están muertos.

Megan está desempleada. Antes dirigía una pequeña galería de arte en Witney, pero cerró en abril del año pasado. (Estaba segura de que Megan tendría inclinaciones artísticas.)

Scott es consultor informático autónomo. (No me puedo creer que Scott sea un maldito consultor informático.)

Megan y Scott llevan tres años casados y viven en la casa de Blenheim desde enero de 2012.

Según el *Daily Mail*, la casa tiene un valor de 400.000 libras esterlinas.

Al leer todo esto, me he dado cuenta de que las cosas pintan mal para Scott. No sólo por la discusión, sino porque así son las cosas: cuando algo malo le pasa a una mujer, la policía sospecha primero del marido o del novio. En este caso, sin embargo, la policía no conoce todos los hechos. Sólo están investigando al marido, seguramente porque no saben nada del novio.

Es posible que yo sea la única persona que conozca su existencia.

Rebusco un trozo de papel en mi bolso. En el dorso del comprobante de pago de dos botellas de vino, escribo una lista de las explicaciones más posibles para la desaparición de Megan Hipwell:

1. *Ha huido con su novio, a quien a partir de ahora me referiré como N.*
2. *N le ha hecho daño.*
3. *Scott le ha hecho daño.*
4. *Simplemente ha dejado a su marido y se ha ido a vivir a otra parte.*
5. *Alguien que no es N o Scott le ha hecho daño.*

Creo que la primera opción es la más probable, seguida de cerca por la cuarta, pues Megan es una mujer independiente y muy resuelta, estoy segura de ello. Y si estuviera teniendo una aventura, bien podría haber necesitado marcharse para aclararse la cabeza, ¿no? La quinta no parece muy probable, pues ser asesinada por un desconocido no es algo tan común.

Siento palpitaciones en la herida de la cabeza y no puedo dejar de pensar en la discusión que vi, o imaginé, o soñé la noche del sábado. Al pasar por delante de la casa de Megan y Scott, levanto la mirada. Puedo oír las pulsaciones del flujo sanguíneo en la cabeza. Me siento excitada. Tengo miedo. La luz matutina se refleja en las ventanas del número 15 confiriéndoles una apariencia de ojos ciegos.

Tarde

Estoy acomodándome en el asiento cuando suena mi móvil. Es Cathy. Dejo que salte el buzón de voz.

Me deja un mensaje: «Hola, Rachel. Sólo llamo para asegurarme de que estás bien». Está preocupada por mí a causa de lo del taxi. «Sólo quería decirte que lamento lo que te dije el otro día, ya sabes, lo de que te marcharas de casa. No debería haberlo hecho. Mi reacción fue exagerada. Puedes quedarte en casa todo el tiempo que quieras». Hay una larga pausa y luego añade: «Llámame, ¿vale? Y ven directamente a casa, Rach, no vayas al pub».

No tengo intención de hacerlo. Durante el almuerzo deseaba tomar algo, después de lo que ha pasado en Witney esta mañana me moría por una copa, pero no la he tomado porque quería mantener la cabeza despejada. Hacía mucho tiempo que no tenía nada por lo que mereciera la pena mantener la cabeza despejada.

Mi visita a Witney esta mañana ha sido muy extraña. Me he sentido como si llevara siglos sin ir aunque sólo hubieran pasado unos días desde la última vez. Podría haberse tratado perfectamente de un lugar del todo distinto, la verdad; de una estación distinta en un pueblo distinto. Desde luego yo era una persona del todo distinta a la del sábado por la noche: hoy no sólo me sentía dolorida y sobria sino que era bien consciente del ruido y la luz. También estaba asustada por lo que pudiera encontrar.

Como si estuviese invadiendo una propiedad, así es como me he sentido esta mañana. Porque ahora es su territorio, el de Tom y Anna y el de Scott y Megan. Yo soy la extranjera, ya no pertenezco a este lugar. Y, sin embargo, al mismo tiempo todo me resulta familiar. Desciendo los escalones de hormigón de la estación, paso por delante del quiosco y salgo a Roseberry Avenue, recorro media manzana hasta la bifurcación: a la derecha, el arco del frío y húmedo paso subterráneo que cruza por debajo de las vías del tren y, a la izquierda, Blenheim Road, estrecha, bordeada de árboles y flanqueada por bonitas terrazas victorianas. Es como volver a casa, pero no a cualquiera, sino a la de la infancia, un lugar que abandoné hace toda una vida; es la familiaridad de subir una escalera y saber exactamente qué escalón crujirá.

La familiaridad no estaba únicamente en mi cabeza, también la sentía en mis huesos; era un conocimiento adquirido. De hecho, al cruzar por delante de la negra boca del paso subterráneo, he ido un poco más deprisa. No he tenido que pensar en ello porque cuando vivía en Witney siempre caminaba un poco más rápido al llegar aquí. Cada noche, al regresar a casa y sobre todo en invierno, aceleraba el paso al tiempo que, por si acaso, echaba un vistazo rápido a la derecha. Nunca vi a nadie —no lo hice por aquel entonces ni tampoco lo hago hoy— y, sin embargo, esta mañana me he detenido de golpe porque de repente me he visto a mí misma. Dentro del paso subterráneo, tirada en el suelo con la espalda contra la pared y la cabeza apoyada en las manos, y tanto la cabeza como las manos manchadas de sangre.

El corazón me ha comenzado a latir con fuerza y me he quedado ahí parada mientras los transeúntes me rodeaban para seguir su camino hacia la estación. Uno o dos se me han quedado mirando mientras pasaban a mi lado. Yo seguía completamente inmóvil. No sabía —ni todavía sé— si el recuerdo es real. ¿Para qué demonios me iba a meter en el paso subterráneo? ¿Qué razón podía tener para ir a ese lugar oscuro y húmedo que huele a meado?

Finalmente, he dado media vuelta y he regresado a la estación. Ya no quería estar ahí; no quería llegar a la casa de Scott y Megan. Quería marcharme. Ahí había pasado algo malo, estaba segura de ello.

Tras pagar el billete, he subido rápidamente la escalera de la estación para llegar al otro lado del andén y, entonces, he tenido otro recuerdo súbito. Esta vez no estoy en el paso subterráneo, sino en la escalera. Tropiezo y un hombre me coge del brazo para que no caiga. Es el pelirrojo del tren. Rememoro la escena sin diálogo. En un momento dado, me río, de mí misma o de algo que dice él. Ese tipo se portó bien conmigo, estoy segura. O casi. Sé que sucedió algo malo, pero no creo que él tuviera nada que ver con ello.

Luego he subido al tren y he ido a Londres. En cuanto he llegado a la biblioteca, me he sentado frente a una terminal de ordenador para buscar noticias sobre Megan. En la página web del *Telegraph* había un texto breve en el que se decía que «un treintañero está ayudando a la policía en sus investigaciones». Supongo que se trata de Scott. Estoy convencida de que él no le ha hecho daño a Megan. Sé que no lo haría. Los he visto juntos; sé cómo eran. En la noticia también daban el número de teléfono de la organización

Crimestoppers para que la gente llame si tiene información. De vuelta a casa llamaré desde una cabina. Les contaré lo de N, lo que vi.

Mi móvil suena justo cuando estamos llegando a Ashbury. Vuelve a ser Cathy. Pobrecilla, realmente está preocupada por mí.

—¿Rach? ¿Estás en el tren? ¿Estás de camino a casa? —Parece inquieta.

—Sí, estoy de camino —le explico—. Llegaré en quince minutos.

—Han venido a verte unos policías, Rachel —dice, y se me hiela la sangre—. Quieren hablar contigo.

Miércoles, 17 de julio de 2013

Mañana

Megan sigue desaparecida y he mentido —repetidamente— a la policía.

Cuando llegué anoche a casa estaba asustada. Intenté convencerme de que habían venido a verme por lo del accidente con el taxi, pero eso no tenía ningún sentido. Ya había hablado con un policía en la escena del atropello: estaba claro que había sido culpa mía. Así pues, la visita tenía que estar relacionada con los acontecimientos de la noche del sábado. Debía de haber hecho algo. Debía de haber cometido algún acto terrible que no recordaba.

Sé que parece improbable. ¿Qué podría haber hecho? ¿Ir a Blenheim Road, atacar a Megan Hipwell, deshacerme de su cadáver en algún lugar y luego olvidarlo todo? Suena ridículo. Es ridículo. Pero sé que el sábado pasó algo. Lo supe en cuanto miré ese oscuro túnel que cruza por debajo de la línea del tren y la sangre se me congeló en las venas.

Las lagunas mentales existen, y no me refiero únicamente al hecho de no recordar bien cómo se regresó del club a casa o a haber olvidado aquello tan gracioso de lo que se habló en el pub. Es distinto. Me refiero a una negrura absoluta, a horas perdidas que ya nunca se recordarán.

Tom me compró un libro al respecto. No es algo muy romántico, pero estaba cansado de que le pidiera perdón por las mañanas cuando ni siquiera sabía por qué lo estaba haciendo. Creo que quería que me diera cuenta del daño que estaba causando y el tipo de cosas que podía ser capaz de hacer. Lo había escrito un médico, pero no tengo ni idea de si era riguroso: el autor aseguraba que las lagunas mentales no consistían sólo en el hecho de olvidar lo que había sucedido, sino en no llegar ni siquiera a tener recuerdos. Su teoría se basaba en que uno alcanza un estado en el que la memoria de corto alcance deja de funcionar. Y cuando una persona se encuentra en ese estado, en la negrura más absoluta, no se comporta como lo haría normalmente, sino que se limita a reaccionar a la última cosa que cree que ha sucedido. Ahora bien, como no está creando nuevos recuerdos, en realidad no sabe cuál es la última cosa que realmente ha sucedido. Luego el autor contaba una serie de anécdotas, historias de carácter aleccionador para el bebedor con lagunas mentales. Había una de un tipo en Nueva Jersey que, tras emborracharse durante la celebración de un Cuatro de Julio, se subía a su coche, conducía varios kilómetros en dirección contraria y chocaba contra una furgoneta en la que iban siete personas. La furgoneta estallaba en llamas y morían seis de sus ocupantes. Al borracho no le pasaba nada (nunca les pasa nada). Ni siquiera recordaba haber subido al coche.

Luego había otro tipo, esta vez de Nueva York, que salía de un bar, conducía hasta la casa en la que se había criado, apuñalaba a sus ocupantes, se quitaba toda la ropa, regresaba a su casa en coche y se metía en la cama. A la mañana siguiente, se despertaba hecho polvo, preguntándose dónde se encontraba su ropa y cómo había llegado a casa. Hasta que la policía aparecía por allí, el tipo no descubría que la noche anterior había asesinado brutalmente a dos personas sin ninguna razón aparente.

De modo que suena ridículo, pero no es imposible, y para cuando llegué anoche a casa, me había convencido a mí misma de que estaba implicada de algún modo en la desaparición de Megan.

Los agentes de policía estaban sentados en el sofá del salón. Había un hombre de unos cuarenta y tantos años vestido de paisano y otro más joven de uniforme y con acné en el cuello. Cathy estaba de pie junto a la ventana, frotándose nerviosamente las manos. Parecía aterrorizada. Cuando entré, los policías se pusieron de pie. El de paisano, muy alto y ligeramente encorvado, me estrechó la mano y se presentó como inspector Gaskill. También me dijo el nombre del agente, pero no lo recuerdo. No estaba concentrada. Apenas podía respirar.

—¿A qué viene esto? —les solté—. ¿Le ha pasado algo a mi madre? ¿A Tom?

—No le ha pasado nada a nadie, señorita Watson, sólo queremos hablar con usted sobre lo que hizo el sábado por la noche —dijo Gaskill. Era algo que podría haber dicho la policía en la tele; no parecía real. Querían saber qué había hecho el sábado por la noche. ¿Qué coño hice el sábado por la noche?

—He de sentarme —dije, y el detective me indicó con la mano que ocupara su lugar en el sofá, junto a Don Acné.

Cathy no dejaba de cambiar de posición, saltando de un pie a otro mientras se mordía el labio inferior. Parecía frenética.

—¿Está usted bien, señorita Watson? —me preguntó Gaskill al tiempo que señalaba el corte que tenía encima del ojo.

—Me atropelló un taxi —le contesté—. Ayer por la tarde, en Londres. Fui al hospital, pueden comprobarlo.

—Ok —dijo mientras negaba ligeramente con la cabeza—. Bueno, ¿qué hay del sábado por la noche?

—Fui a Witney —dije, intentando que no me temblara la voz.

—¿Para qué?

Don Acné había sacado el cuaderno y tenía el lápiz en la mano.

—Quería ver a mi marido —contesté.

—¡Oh, Rachel! —saltó Cathy.

El detective la ignoró.

—¿Su marido? —dijo—. ¿Se refiere a su exmarido? ¿Tom Watson?

Efectivamente, todavía llevo su apellido. Me pareció lo más práctico. Así no tenía que cambiar las tarjetas de crédito, ni las direcciones de email, ni sacarme un nuevo pasaporte, etcétera.

—Así es. Quería verlo, pero luego decidí que no era una buena idea, y volví a casa.

—¿A qué hora fue eso? —El tono de voz de Gaskill era uniforme y su rostro, absolutamente inexpresivo; al hablar apenas movía los labios. Podía oír el roce del lápiz de Don Acné en el papel. También las pulsaciones de mi flujo sanguíneo aporreándome los oídos.

—Eran las... Um... Creo que las seis y media. Es decir, creo que subí al tren sobre las seis y media.

—¿Y a qué hora volvió a casa...?

—¿Quizá a las siete y media? —Levanté la mirada hacia Cathy y, por la expresión de su rostro, advertí que sabía que estaba mintiendo—. Puede que un poco más tarde. Hacia las ocho, tal vez. Sí, ahora lo recuerdo, creo que llegué a casa justo pasadas las ocho. —Noté que mis mejillas enrojecían. Si este hombre no se daba cuenta de que estaba mintiendo, no merecía estar en el cuerpo de policía.

Entonces el inspector se dio la vuelta, cogió una de las sillas de la mesa del rincón y la atrajo hacia sí con un movimiento rápido y casi violento. La colocó a apenas medio metro de mí y se sentó en ella con las manos en las rodillas y la cabeza ladeada.

—Vamos a ver —dijo—. Salió usted de casa alrededor de las seis, lo cual quiere decir que debió de llegar a Witney sobre las seis y media. Y regresó a casa sobre las ocho, lo cual quiere decir que debió de marcharse de Witney sobre las siete y media. ¿Es esto correcto?

—Sí, creo que sí —dije. La voz me volvía a temblar, traicionándome. En uno o dos segundos me iba a preguntar qué había estado haciendo durante esa hora, y no tenía ninguna respuesta que ofrecerle.

—Y al final no vio a su exmarido, así pues, ¿qué hizo mientras estuvo en Witney?

—Estuve paseando.

Gaskill esperó un momento a ver si desarrollaba un poco más mi respuesta. Por un instante, consideré la posibilidad de decirle que había ido a un pub, pero eso habría sido una estupidez pues lo podía comprobar fácilmente. Me preguntaría a qué pub había ido y si había hablado con alguien. Mientras pensaba qué podía decirle, me di cuenta de que no se me había ocurrido preguntarle por qué quería saber dónde había estado el sábado por la noche, y que eso mismo debía de resultar algo extraño. Seguramente, me hacía parecer culpable.

—¿Habló usted con alguien? —me preguntó como si me hubiera leído el pensamiento—. ¿Entró en alguna tienda o bar...?

—¡En la estación hablé con un hombre! —solté de golpe en un tono de voz alto y casi triunfal, como si eso significara algo—. ¿Por qué necesita saber todo esto? ¿Qué sucede?

El inspector Gaskill se reclinó en la silla.

—Tal vez haya oído que ha desaparecido una mujer de Witney. Se trata de una mujer que vive en Blenheim Road, a apenas unos metros de la casa de su exmarido. Hemos estado preguntando puerta a puerta si alguien la vio esa noche, o si recuerdan haber visto u oído algo inusual. Durante el curso de nuestras pesquisas, surgió el nombre de usted. —Se quedó un momento callado, dejando que asimilara lo que acababa de decir—. Esa noche la vieron en Blenheim Road sobre la hora en la que la señorita Hipwell, la mujer desaparecida, salió de casa. La señora Anna Watson nos contó que la vio a usted en la calle, cerca de la casa de la señorita Hipwell y de su propia propiedad. Dijo que estaba usted actuando de un modo extraño y que se asustó. Tanto que, de hecho, consideró la posibilidad de llamar a la policía.

El corazón me latía con fuerza, como si fuera un pájaro atrapado. No podía hablar. Sólo podía verme a mí misma en el paso subterráneo, encorvada y con sangre en las manos. Sangre en las manos. ¿Era mía? Sí, tenía que ser mía. Levanté la vista hacia Gaskill y vi que me estaba mirando. Tenía que decir algo deprisa para que dejara de leerme la mente.

—No hice nada —dije—. Yo sólo... sólo quería ver a mi marido.

—Su *ex*marido. —Gaskill me corrigió otra vez. Cogió una fotografía que llevaba en el bolsillo de la americana y me la enseñó. Era de Megan—. ¿Vio a esta mujer el sábado por la noche? —me preguntó.

Yo me quedé mirando la fotografía un largo rato. Me parecía surrealista que me estuvieran enseñando a la rubia perfecta a la que solía observar desde el tren y cuya vida había construido y deconstruido tantas veces en mi cabeza. Sus rasgos eran un poco más marcados de lo que había imaginado, no tan suaves como los que le había atribuido a mi Jess.

—¿Señorita Watson? ¿La vio?

La verdad era que no sabía si la había visto. Y todavía no lo sé.

—Creo que no —dije.

—¿Cree que no? O sea, ¿que podría haberla visto?

—Yo... no estoy segura.

—¿Estuvo usted bebiendo el sábado por la tarde? —me preguntó entonces—. Antes de ir a Witney, ¿había estado bebiendo?

Mi rostro volvió a enrojecer.

—Sí —respondí.

—La señora Watson, Anna Watson, nos dijo que, cuando la vio fuera de su casa, tuvo la impresión de que estaba usted borracha. ¿Lo estaba?

—No —contesté, manteniendo la mirada firme sobre el detective para no ver la expresión acusatoria de Cathy—. Me había tomado un par de copas por la tarde, pero no estaba borracha.

Gaskill suspiró. Parecía decepcionado conmigo. Se volvió hacia Don Acné y luego otra vez hacia mí. Luego se puso en pie lenta y deliberadamente y volvió a colocar la silla junto a la mesa.

—Si recuerda usted algo, cualquier cosa que nos pueda ser de ayuda, ¿haría usted el favor de llamarme? —dijo, y me entregó una tarjeta.

Mientras Gaskill se despedía de Cathy con un movimiento de cabeza y se disponía a marcharse, yo me dejé caer en el sofá y mi corazón comenzó a tranquilizarse. Volvió a acelerarse rápidamente cuando, antes de salir por la puerta, Gaskill me preguntó:

—Se dedica usted a las relaciones públicas, ¿no es así? ¿Huntingdon Whitely?

—Así es —dije—. Huntingdon Whitely.

Ahora temo que lo compruebe y descubra que mentí. No puedo dejar que lo averigüe por sí mismo, he de decírselo yo.

De modo que eso es lo que voy a hacer esta mañana. Voy a ir a la comisaría de policía para confesar. Voy a contárselo todo: que perdí mi trabajo hace meses, que el sábado por la noche estaba muy borracha y que no tengo ni idea de qué hora era cuando llegué a casa. Voy a decirle lo que debería haberle dicho ayer: que está buscando en la dirección equivocada. Voy a revelarle a Gaskill mis sospechas de que Megan Hipwell tenía una aventura.

Tarde

La policía me ha tomado por una fisgona. Una acosadora, una pirada, alguien mentalmente inestable. No debería haber ido nunca a la comisaría. Sólo he empeorado mi situación y no creo haber ayudado a Scott (razón por la cual había acudido en primer lugar). Él necesita mi ayuda pues resulta obvio que la policía sospechará que le ha hecho algo a Megan, y yo sé que no es cierto porque lo conozco. Al menos así es como lo siento, por loco que parezca. He visto cómo la trata. Él no podría haberle hecho daño.

Bueno, ayudar a Scott no ha sido la única razón por la que he ido a la policía. También estaba la cuestión de la mentira que debía rectificar. Lo de que todavía trabajaba en Huntingdon Whitely.

Me ha costado mucho hacer acopio del coraje necesario para ir a la comisaría. He estado a punto de dar media vuelta y volver a casa una docena de veces, pero finalmente he entrado. Una vez dentro, le he preguntado al sargento del mostrador si podía hablar con el inspector Gaskill y me ha conducido a una sofocante sala de espera en la que he estado sentada más de una hora hasta que alguien ha venido a buscarme. Para entonces, estaba sudando y temblando como una mujer de camino al cadalso. Luego me han llevado a otra habitación más pequeña y todavía más sofocante en la que no había ni ventanas ni aire. Ahí he permanecido diez minutos más hasta que por fin ha aparecido Gaskill junto a una mujer también de paisano. El inspector Gaskill no parecía sorprendido de verme de nuevo. Me ha saludado educadamente y me ha presentado a su acompañante, la sargento Riley. Ésta era más joven que yo, alta, delgada, de pelo moreno y unos atractivos y marcados rasgos algo zorrunos. No me ha devuelto la sonrisa.

Nos hemos sentado y nadie ha dicho nada; se han limitado a mirarme expectantes.

—He recordado el aspecto del hombre —he dicho—. Ayer le dije que en la estación había un hombre. Puedo describirlo. —Riley ha enarcado las cejas ligeramente y ha cambiado de posición en el asiento—. Era un tipo de altura y constitución medias. Pelirrojo. Resbalé en la escalera y él me cogió del brazo. —Gaskill se ha inclinado hacia delante y, tras colocar los codos sobre la mesa, ha enlazado las manos delante de la boca—. Llevaba... Creo que llevaba una camisa azul.

Esto no es del todo cierto. Recuerdo a un hombre, estoy segura de que era pelirrojo y creo que me sonrió o me hizo una mueca cuando todavía estábamos en el tren. También creo que bajó en Witney y también que me dijo algo. Es posible que yo resbalara en la escalera. Eso lo recuerdo, pero no estoy segura de si ese recuerdo pertenece al sábado por la noche o a otro día. Ha habido muchos resbalones en muchas escaleras. No tengo ni idea de cómo iba vestido.

A los detectives no les ha impresionado mi historia. Riley ha negado con la cabeza de un modo prácticamente imperceptible. Gaskill ha desenlazado las manos y las ha extendido hacia delante con las palmas hacia arriba.

—¿De verdad es esto lo que ha venido a contarme, señorita Watson? —me ha preguntado. No lo ha dicho enfadado, sino en un tono alentador. Yo quería que Riley se marchara. Con él podía hablar; confiaba en él.

—Ya no trabajo en Huntingdon Whitely —he dicho.

—Oh. —Se ha reclinado en el asiento. Esto parecía interesarle más.

—Lo dejé hace tres meses. A mi compañera de piso (bueno, en realidad casera) no se lo he dicho. Estoy intentando encontrar otro trabajo. No quería que lo supiera porque pensé que se preocuparía por el alquiler. Tengo algo de dinero. Puedo pagar el alquiler, pero... En cualquier caso, ayer le mentí sobre mi trabajo y le pido perdón.

Riley se ha inclinado hacia delante y me ha ofrecido una sonrisa falsa.

—Entiendo. Ya no trabaja en Huntingdon Whitely ni en ningún otro lugar. Así pues, está desempleada, ¿correcto? —He asentido—. ¿Y recibe alguna prestación de desempleo?

—No.

—¿Y... su compañera de piso no se ha dado cuenta de que ya no va a trabajar cada día?

—Es que sí lo hago. Bueno..., no voy a ninguna oficina, pero sí a Londres, tal y como hacía antes, a la misma hora y todo, para que ella..., para que ella no lo descubra. —Riley se ha vuelto hacia Gaskill, éste me estaba mirando fijamente con el ceño un tanto fruncido—. Suena extraño, ya lo sé... —he añadido, y me he quedado callada, pues en voz alta no sólo sonaba extraño, sino descabellado.

—Así pues, ¿cada día hace usted ver que va a trabajar? —me ha preguntado Riley también con el ceño fruncido. Como si estuviera preocupada por mí. Como si pensara que estoy completamente trastornada. Yo no he respondido ni he asentido ni nada. He permanecido en silencio—. ¿Puedo preguntarle por qué dejó su trabajo, señorita Watson?

No tenía ningún sentido que mintiera. Si antes de esta conversación no se les había ocurrido comprobar mi historial laboral, estaba condenadamente claro que ahora sí lo harían.

—Me despidieron —he dicho.

—La despidieron... —ha repetido Riley. En su tono de voz se podía percibir una ligera nota de satisfacción: estaba claro que era la respuesta que esperaba—. ¿Y a qué se debió el despido?

En ese momento he exhalado un leve suspiro y me he vuelto hacia Gaskill.

—¿Es esto importante? ¿De verdad es relevante por qué dejé mi trabajo?

Gaskill no ha dicho nada. Estaba consultando unas notas que le había pasado Riley, pero ha negado ligeramente con la cabeza. Riley ha cambiado entonces de táctica.

—Señorita Watson, me gustaría hacerle unas preguntas sobre el sábado por la noche. —Yo me he quedado mirando a Gaskill como diciendo «Esta conversación ya la hemos tenido», pero él no me ha devuelto la mirada.

—Está bien —he contestado. No dejaba de llevarme la mano al cuero cabelludo, preocupada por la herida. No podía evitarlo.

—Dígame, ¿por qué fue a Blenheim Road el sábado por la noche? ¿Por qué quería hablar con su exmarido?

—No creo que sea asunto suyo —he dicho, y rápidamente, antes de que ella tuviera tiempo de decir nada más, he añadido—: ¿Les importaría darme un vaso de agua?

Gaskill se ha puesto en pie y ha salido de la habitación. Eso no era exactamente lo que yo pretendía. Riley no ha dicho una sola palabra. Se ha limitado a mirarme sin parpadear con una leve sonrisa en los labios. Incapaz de sostenerle la mirada, he optado por echar un vistazo alrededor de la habitación. Era consciente de que se trataba de una táctica: Riley pretendía incomodarme con su silencio para que yo sintiera la necesidad de decir algo, aunque no quisiera hacerlo.

—Quería discutir algunas cosas con él —he respondido al fin—. Asuntos privados. —He sonado pomposa y ridícula.

Riley ha suspirado y yo me he mordido el labio, decidida a no hablar más hasta que Gaskill regresara a la sala. En cuanto ha aparecido y ha dejado un vaso de agua turbia delante de mí, Riley por fin me ha contestado.

—¿Asuntos privados? —ha dicho de golpe.

—Así es.

Riley y Gaskill han intercambiado una mirada, no estoy segura si de irritación o de diversión. Yo he advertido entonces que me sudaba el labio superior, así que he bebido un poco de agua. Sabía fatal. Mientras tanto, Gaskill ha ordenado los papeles que tenía delante y luego los ha apartado, como si ya hubiera terminado con ellos, o como si su contenido no le interesara tanto.

—Señorita Watson, parece usted suscitar cierta inquietud en su... esto... en la actual esposa de su exmarido, la señora Anna Watson. Según ésta, usted ha estado acosándolos tanto a ella como a su marido, se ha presentado varias veces en su casa sin haber sido invitada y, en una ocasión... —Gaskill ha consultado sus notas, pero Riley lo ha interrumpido.

—En una ocasión, entró en casa del señor y la señora Watson e intentó llevarse a su hija recién nacida.

Un agujero negro se ha abierto entonces en el centro de la habitación y se me ha tragado.

—¡Eso no es cierto! —he dicho—. Yo no *intenté llevarme* a... No sucedió así, eso es falso. Yo no... Y no intenté llevármela.

Entonces he comenzado a temblar y a llorar y he

dicho que me quería marchar. Riley se ha puesto en pie de golpe empujando con ello su silla hacia atrás, se ha encogido de hombros mirando a Gaskill y ha salido de la habitación. Éste me ha ofrecido un pañuelo de papel.

—Puede irse cuando quiera, señorita Watson. Ha sido usted quien ha venido a hablar con nosotros —ha dicho, y me ha sonreído en señal de disculpa. De inmediato, me ha caído bien y me han entrado ganas de estrecharle las manos, pero no lo he hecho porque habría resultado raro—. Creo que tiene usted más cosas que contarme —ha señalado entonces, y me ha caído todavía mejor por el mero hecho de haber dicho «contarme» en vez de «contarnos». Luego, mientras se ponía en pie y me conducía a la puerta, ha añadido—: Quizá le gustaría tomarse un descanso, estirar las piernas y comer algo. Cuando esté lista, puede volver y explicármelo todo.

Mi intención era olvidarme del asunto y regresar a casa. Pero cuando estaba de camino a la estación dispuesta a darle la espalda a todo, he pensado en el trayecto del tren que cojo cada mañana y en que cada día tendría que pasar por delante de la casa de Megan y Scott. ¿Y si no la encontraban? No dejaría de preguntarme si el hecho de haberle dicho hoy algo a la policía podría haberla ayudado (sé que no es muy probable, pero bueno). ¿Y si acusaban a Scott de haberle hecho daño sólo porque no llegaban a conocer la existencia de N? ¿Y si ella estaba en esos momentos en casa de N, atada en el sótano, herida y sangrando, o enterrada en el jardín?

Así pues, al final he hecho lo que me ha aconsejado Gaskill y, tras comprarme un sándwich de jamón y queso, he ido al único parque que hay en Witney (una pequeña parcela de tierra más bien triste rodeada de casas de la década de 1930 y ocupada casi por completo por un parque infantil de asfalto). Una vez ahí, me he sentado en un banco al fondo mientras las madres y las niñeras regañaban a sus niños por comer arena del foso. Tiempo atrás solía soñar con esto. Soñaba con venir aquí. No para comer un sándwich de jamón y queso entre interrogatorios de la policía, claro está, sino con mi propio bebé. Pensaba en el cochecito que compraría, en el tiempo que pasaría en Trotters y Early Learning Centre mirando ropa adorable y juguetes educativos, y en cómo me sentaría aquí para acunar en el regazo a mi propio fardo de felicidad.

Nunca llegó a suceder. Ningún médico ha sido capaz de explicarme por qué no puedo quedarme embarazada. Soy suficientemente joven, me encuentro suficientemente bien, cuando lo estábamos intentando no bebía mucho y el esperma de mi marido era activo y abundante. Simplemente, no pasó. No sufrí la desgracia de un aborto natural. Nunca llegué a quedarme embarazada. Hicimos una ronda de fecundación in vitro (la única que pudimos permitirnos) y, tal y como todo el mundo nos advirtió, resultó desagradable e infructuoso. Lo que no me dijo nadie fue que se cargaría nuestra relación. Pero lo hizo. O, más bien, a mí me hizo añicos y yo me cargué nuestra relación.

El problema de ser estéril es que no se puede huir de ello. No cuando eres treintañera. Mis amigas estaban teniendo hijos, las amigas de mis amigas estaban teniendo hijos y por todas partes había fiestas para celebrar embarazos, nacimientos o el primer aniversario de un hijo. Mi madre, nuestros amigos, los colegas del trabajo. ¿Cuándo iba a ser mi turno? En un momento dado, nuestra falta de hijos se convirtió en un tema aceptable de conversación durante los almuerzos de los domingos. No entre Tom y yo, pero sí en general. Qué estábamos intentando, qué deberíamos hacer, ¿de verdad pensaba beber otro vaso de vino? Todavía era joven y había mucho tiempo, pero el fracaso a la hora de quedarme embarazada terminó por envolverme como una manta, abrumándome y amargándome hasta que perdí toda esperanza. Por aquel entonces, me molestaba el hecho de que siempre se considerara que era culpa mía y que era yo la que estaba haciendo algo que no debía. Pero tal y como demostró la velocidad con la que dejó a Anna embarazada, nunca hubo ningún problema con la virilidad de Tom. Yo estaba equivocada al pensar que debíamos compartir la culpa. Era toda mía.

Lara, mi mejor amiga desde la universidad, tuvo dos hijos en dos años: primero un niño y luego una niña. No me gustaban. No quería saber nada de ellos. No quería estar cerca de ellos. Al poco, Lara dejó de hablarme. En el trabajo, había una chica que me contó —de forma casual, como si se estuviera refiriendo a una apendicectomía o a la extracción de una muela del juicio— que recientemente había tenido un aborto médico, y que había sido mucho menos traumático que el quirúrgico al que se había sometido cuando iba a la universidad. Después de eso, ya no pude volver a hablar con ella ni mirarla a la cara. Las cosas comenzaron a volverse raras en la oficina y la gente se dio cuenta.

Tom no se sentía igual que yo. Para empezar, no era culpa suya y, en cualquier caso, no necesitaba un hijo como yo. Quería ser padre, realmente lo quería (estoy segura de que soñaba con jugar al fútbol con su hijo en el jardín, o con llevar a su hija sobre los hombros en el parque), pero también pensaba que nuestras vidas podían ser buenas sin hijos. «Somos felices —solía decirme—, ¿por qué no nos limitamos a seguir siéndolo?» Al poco, comenzó a sentirse frustrado conmigo. Nunca comprendió que era posible echar de menos y llorar lo que nunca se ha tenido.

Me sentía aislada en mi tristeza. Me volví solitaria, de modo que comencé a beber un poco, y luego un poco más, y entonces me volví todavía más solitaria, pues a nadie le gusta estar alrededor de una borracha. Perdía y bebía y bebía y perdía. Me gustaba mi trabajo, pero no tenía una carrera especialmente brillante y, aunque la hubiera tenido, la realidad es que a las mujeres todavía se las valora únicamente por dos cosas: su aspecto y su papel como madres. Yo no soy guapa y no puedo tener hijos. ¿En qué me convierte eso? En alguien inútil.

No puedo echarle la culpa de todo esto a la bebida. Tampoco a mis padres, ni a mi infancia, ni a que abusara de mí un tío o alguna otra tragedia terrible. Fue únicamente culpa mía. Yo ya bebía, siempre me había gustado el alcohol. Pero me volví más triste y, al cabo de un tiempo, la tristeza se vuelve aburrida tanto para la persona triste como para la gente que hay a su alrededor. Entonces pasé de ser una bebedora a una borracha, y no hay nada más aburrido que eso.

Ahora ya llevo mejor lo de los niños; desde que vivo sola he mejorado. He tenido que hacerlo. He leído muchos libros y artículos y me he dado cuenta de que tengo que aceptar la situación. Hay estrategias, hay esperanza. Si enderezara mi situación y dejara de beber, podría adoptar. Y ni siquiera he cumplido los treinta y cuatro, todavía tengo tiempo. Estoy mejor de lo que estaba hace unos pocos años, cuando abandonaba el carrito y salía del supermercado si dentro había demasiadas madres con hijos. Por aquel entonces, no habría sido capaz de venir a un parque como éste, sentarme cerca del parque infantil y ver cómo los niños se deslizan por el tobogán. Hubo momentos, cuando peor estaba y mis ansias eran más acuciantes, en los que creí que iba a perder la cabeza.

Puede que alguna vez lo hiciera. El día por el que me han preguntado en la comisaría de policía puede que estuviera algo trastornada. Algo que Tom dijo aquella mañana terminó de desquiciarme y enloquecí. O, mejor dicho, algo que escribió: lo leí en Facebook. No fue una sorpresa, sabía que ella iba a tener una hija, él me lo había dicho y la había visto a ella —y también la persiana rosa de la ventana del cuarto del bebé—, así que sabía que estaba a punto de llegar. Para mí, sin embargo, se trataba del bebé de *ella*. Hasta que vi la fotografía de Tom mirando y sonriendo a la recién nacida que tenía en brazos. Debajo había escrito: «¡Así que esto es de lo que tanto hablan! ¡Nunca había conocido un amor igual! ¡Es el día más feliz de mi vida!». Lo imaginé escribiendo eso a sabiendas de que yo leería esas palabras y me harían polvo. Lo hizo de todos modos. No le importó. A los padres no les importa otra cosa que sus hijos. Éstos son el centro del universo, lo único que importa. Nadie más es importante, el sufrimiento o la alegría de los demás es irrelevante, no son reales.

Estaba furiosa. Estaba consternada. Puede que me

sintiera vengativa y quisiera demostrarles que mi sufrimiento era real. No lo sé. Cometí una estupidez.

Un par de horas más tarde he vuelto a la comisaría de policía. He preguntado si podía hablar únicamente con Gaskill, pero él me ha dicho que quería que Riley estuviera presente. Después de eso me ha caído un poco peor.

—No entré a la fuerza en su casa —he dicho cuando Riley ha llegado—. Había ido a visitarlos porque quería hablar con Tom y nadie contestó al timbre...

—Entonces ¿cómo entró? —me ha preguntado Riley.

—La puerta estaba abierta.

—¿La puerta de entrada estaba abierta?

He suspirado.

—No, claro que no. La puerta corredera de cristal que hay en la parte trasera, la que da al jardín.

—¿Y cómo llegó al jardín trasero?

—Salté la cerca, sabía por dónde hacerlo.

—O sea, ¿que saltó una cerca para entrar en casa de su exmarido?

—Sí. Antes... siempre dejábamos unas llaves de emergencia en la parte trasera. Las escondíamos ahí por si uno de los dos perdía las llaves o se las dejaba dentro o algo así. Pero no estaba entrando a la fuerza, de verdad. Sólo quería hablar con Tom. Pensaba que quizá el timbre no funcionaba o algo así.

—Lo hizo en un día entre semana en horario laboral, ¿no? ¿Qué le hacía pensar que su exmarido estaría en casa? ¿Había llamado antes para confirmarlo? —me ha preguntado entonces Riley.

—¡Por el amor de Dios! ¿Quiere dejarme hablar? —he exclamado. Ella ha negado con la cabeza y me ha vuelto a sonreír de aquel modo; como si me conociera, como si pudiera leer mi mente—. Salté la cerca —he proseguido, intentando controlar el volumen de mi voz— y llamé con los nudillos a las puertas correderas, que estaban parcialmente abiertas. No hubo respuesta, pero oí los lloros del bebé, así que entré y vi que Anna...

—¿La señora Watson?

—Sí, vi que la señora Watson estaba durmiendo en el sofá mientras el bebé lloraba en su canasta. Lo hacía a gritos y tenía el rostro enrojecido, así que supuse que debía de llevar ya un rato haciéndolo. —Al decir eso, me he dado cuenta de que debería haberles dicho que había oído sus lloros desde la calle y que por eso había rodeado la casa para entrar por el jardín. Eso me habría hecho parecer menos perturbada.

—O sea, ¿que el bebé estaba llorando a gritos y su madre, que estaba ahí mismo, no se despertaba? —ha preguntado Riley.

—Así es. —La sargento tenía los codos sobre la mesa y las manos delante de la cara, de modo que no podía ver bien su expresión, pero sabía que no me creía—. La cogí para tranquilizarla. Eso es todo. Lo hice para que dejara de llorar.

—Pero eso no es todo, ¿verdad? Cuando Anna se despertó usted ya no estaba ahí, ¿no es así? Estaba junto a la cerca, al lado de las vías del tren.

—No dejó de llorar nada más cogerla —le he explicado entonces—. Estuve un rato acunándola, pero seguía gimoteando, de modo que salí afuera con ella.

—¿Hasta las vías?

—Al jardín.

—¿Tenía intención de hacerle daño a la hija de los Watson?

Al oír eso, me he puesto en pie de golpe. Soy consciente de que ha sido algo melodramático, pero quería hacerles ver —a Gaskill en concreto— hasta qué punto resultaba descabellada esa sugerencia.

—¡No tengo por qué escuchar esto! ¡He venido aquí a hablarles del hombre! ¡He venido aquí a ayudarlos! Y ahora... ¿De qué me están acusando exactamente? ¿De qué me acusan?

Gaskill ha permanecido impasible y ha hecho un gesto para que me volviera a sentar.

—Señorita Watson, la otra... esto, señora Watson, Anna, la mencionó en el curso de nuestras investigaciones por la desaparición de Megan Hipwell. Nos dijo que en el pasado su comportamiento había sido errático e inestable. Mencionó este incidente con su hija. Nos dijo que la había estado acosando a ella y a su marido y que no dejaba de llamar repetidamente a su casa. —Ha bajado la mirada a sus notas un momento—. Casi cada noche, de hecho. Según ella, usted se niega a aceptar que su matrimonio terminó.

—¡Eso no es cierto! —he insistido. Y no lo era. Sí, de vez en cuando llamaba a Tom, pero no cada noche. Eso era una exageración. He comenzado a tener la sensación de que Gaskill no estaba de mi lado, y he vuelto a sentirme al borde de las lágrimas.

—¿Por qué no se ha cambiado de apellido? —me ha preguntado Riley.

—¿Cómo dice?

—Todavía utiliza el de su exmarido. ¿Por qué? Si un hombre me dejara por otra mujer, creo que querría librarme de su apellido. Y, desde luego, no querría compartir apellido con mi reemplazo...

—Bueno, quizá no soy tan mezquina. —Sí lo soy: odio que ella sea Anna Watson.

—Ya. ¿Y el anillo que cuelga de la cadena que lleva al cuello? ¿Es eso su alianza?

—No. —He mentido—. Es un... Era de mi abuela.

—¿Ah, sí? Bueno, a mí su comportamiento me sugiere que, tal y como dio a entender la señora Watson, usted se niega a pasar página y a aceptar que su exmarido tiene una nueva familia.

—No veo...

—¿... qué tiene esto que ver con la desaparición de Megan Hipwell? —Riley ha terminado mi frase—.

Bueno, algunos informes indican que, la noche en la que Megan desapareció, usted (una mujer inestable que había estado bebiendo excesivamente) fue vista en la calle en la que vive. Teniendo en cuenta que hay ciertas similitudes físicas entre Megan y la señora Watson...

—¡No se parecen en nada! —La sugerencia me ha parecido escandalosa. Jess no se parece en nada a Anna. Megan no se parece en nada a Anna.

—Ambas son rubias, delgadas, menudas, de piel pálida...

—¿De modo que ataqué a Megan Hipwell creyendo que era Anna? Es lo más estúpido que he oído nunca —he dicho. Pero he vuelto a sentir palpitaciones en la herida de la cabeza y todos mis recuerdos del sábado por la noche seguían en la más absoluta oscuridad.

—¿Sabía que Anna Watson conoce a Megan Hipwell? —me ha preguntado Gaskill. Eso me ha dejado estupefacta.

—Yo... ¿qué? No, no se conocen.

Riley ha sonreído un momento y luego ha vuelto a ponerse seria.

—Sí que lo hacen. Megan trabajó un tiempo de canguro para los Watson... —Ha bajado la mirada a sus notas—. En agosto y septiembre del año pasado.

No he sabido qué decir. No podía siquiera imaginármelo: Megan en mi casa, con *ella*, con su bebé.

—El corte que tiene en el labio, ¿se lo hizo cuando la atropellaron el otro día? —me ha preguntado Gaskill.

—Sí. Me mordí cuando caí, creo.

—¿Dónde tuvo lugar este accidente?

—En Londres, en Theobalds Road. Cerca de Holborn.

—¿Y qué estaba haciendo ahí?

—¿Cómo dice?

—¿Por qué estaba en el centro de Londres?

Me he encogido de hombros.

—Ya se lo he dicho —he contestado fríamente—. Mi compañera de piso no sabe que he perdido el trabajo, de modo que sigo viajando cada mañana a Londres. Voy a bibliotecas para buscar trabajo y revisar mi currículo.

Riley ha negado con la cabeza, ignoro si de incredulidad o de asombro. ¿Cómo puede una llegar a ese punto?

He empujado mi silla hacia atrás, dispuesta a marcharme. Ya estaba harta de su condescendencia y de que me tomaran por idiota o perturbada. Había llegado el momento de sacar el as de la manga.

—No sé por qué estamos hablando de todo esto —he dicho—. Creía que tenían ustedes mejores cosas que hacer, como investigar la desaparición de Megan Hipwell, por ejemplo. Supongo que ya habrán hablado con su amante. —Ninguno de los dos ha dicho nada, se han limitado a mirarme fijamente. No se lo esperaban. Desconocían su existencia—. Tal vez no lo sabían, pero Megan Hipwell tenía una aventura —he añadido, y he comenzado a caminar hacia la puerta, pero Gaskill me ha detenido. Sin hacer ruido y con sorprendente rapidez, se ha interpuesto en mi camino antes de que yo pudiera coger el tirador de la puerta.

—Pensaba que no conocía a Megan Hipwell —ha dicho.

—Y no la conozco —he contestado, intentando rodearlo.

—Siéntese. —Me ha bloqueado el paso.

Entonces les he contado lo que vi desde el tren. Les he explicado que solía ver a Megan sentada en la terraza, tomando el sol por la tarde o bebiendo café por la mañana, y que la semana pasada la había visto besándose con alguien que no era su marido en el jardín.

—¿Cuándo sucedió eso? —ha preguntado Gaskill. Parecía molesto conmigo, quizá porque debería haberles contado esto directamente en vez de perder todo el día hablando de mí misma.

—El viernes. Fue el viernes por la mañana.

—¿Dice que el día anterior a su desaparición la vio con otro hombre? —me ha preguntado Riley.

Luego ha suspirado exasperada y ha cerrado el archivo que tenía delante. Gaskill, por su parte, se ha reclinado en su asiento y ha estudiado mi expresión.

Estaba claro que ella pensaba que me lo estaba inventando; él no lo tenía tan claro.

—¿Podría describirlo? —me ha preguntado Gaskill.

—Alto, moreno...

—¿Apuesto? —me ha interrumpido Riley.

No he podido evitar resoplar. Luego he proseguido:

—Más alto que Scott Hipwell. Lo sé porque he visto juntos a Jess, perdón, a Megan y a Scott, y este hombre era distinto. Menos corpulento, más delgado y de piel más oscura. Posiblemente, se trataba de un asiático —he dicho.

—¿Pudo determinar su grupo étnico desde el tren? —ha dicho Riley—. Impresionante. Por cierto, ¿quién es Jess?

—¿Cómo dice?

—Hace un momento ha mencionado a Jess.

He notado cómo mi rostro volvía a sonrojarse y he negado con la cabeza.

—No, no lo he hecho —he dicho.

Gaskill se ha puesto en pie y me ha ofrecido la mano para que se la estrechara.

—Creo que ya es suficiente. —Le he dado la mano, he ignorado a Riley y me he dado la vuelta para irme—. No se acerque a Blenheim Road, señorita Watson —me ha advertido Gaskill—. Ni se ponga en contacto con su exmarido a no ser que sea importante. Tampoco se acerque a Anna Watson o a su hija.

En el tren de vuelta a casa, analizo todas las cosas que hoy han salido mal y me sorprende el hecho de que no me siento tan horrible como debería. Al pensar más en ello, me doy cuenta de a qué se debe: anoche no bebí nada, y ahora no tengo deseo alguno de hacerlo. Por primera vez en siglos, estoy interesada en otra cosa que mi propia desdicha. Tengo un propósito. O, al menos, tengo una distracción.

Jueves, 18 de julio de 2013

Mañana

Antes de subir al tren esta mañana he comprado tres periódicos: Megan lleva desaparecida cuatro días y cinco noches y la noticia está recibiendo una amplia cobertura. Como era de esperar, el *Daily Mail* ha conseguido encontrar fotografías de Megan en biquini, pero también ha hecho el perfil más detallado que he visto de ella hasta la fecha.

Nacida en Rochester en 1983, Megan Mills se mudó con sus padres a King's Lynn en Norfolk cuando tenía diez años. Fue una chica brillante, muy extrovertida y con talento para la pintura y el canto. Según una amiga de la escuela, Megan «tenía mucho sentido del humor, era muy guapa y algo salvaje». Su salvajismo parece haber sido exacerbado por la muerte de su hermano Ben, al que estaba muy unida. Murió en un accidente de motocicleta cuando él tenía diecinueve años y ella quince. Después de su funeral, Megan se escapó tres días de casa. Fue arrestada en dos ocasiones (una por robo y otra por prostitución). Según el *Mail*, la relación con sus padres se rompió por completo. Ambos murieron hace unos pocos años sin haber llegado a reconciliarse nunca con su hija. (Al leer esto, me siento desesperadamente triste por Megan y me doy cuenta de que, después de todo, quizá no es tan distinta de mí. Ella también es una persona aislada y solitaria.)

Cuando tenía dieciséis años, se fue a vivir con un novio que tenía una casa cerca del pueblo de Holkham, en el norte de Norfolk. La amiga de la escuela dice que «era un tipo mayor, músico o algo así. Tomaba drogas. Cuando se juntaron ya no vimos mucho más a Megan». El *Mail* no menciona el nombre del novio, de modo que presumiblemente no lo han encontrado. Puede incluso que no exista. Tal vez la amiga de la escuela se lo esté inventando para aparecer en el periódico.

Después de eso, saltan unos cuantos años: de repente, Megan tiene veinticuatro, vive en Londres y trabaja como camarera en un restaurante del norte de la ciudad. Ahí conoce a Scott Hipwell, un consultor informático amigo del encargado del restaurante, y se enamoran. Después de un «intenso noviazgo», Megan y Scott se casan cuando ella tiene veintiséis años y él treinta.

Citan a unas personas más, entre ellas a Tara Epstein, la amiga con la que Megan se suponía que iba a pasar la noche el día que desapareció. Ésta dice que Megan es una «chica encantadora y desenfadada» y que parecía «muy feliz». «No creo que Scott le haya hecho daño —dice Tara—. Él la quiere mucho.» No dice nada que no sea un cliché. Me interesan más las declaraciones de Rajesh Gujral, uno de los artistas que expusieron su obra en la galería que Megan dirigió: «Es una mujer maravillosa, inteligente, divertida y guapa, una persona profundamente reservada y cariñosa». Me parece que a Rajesh le gustaba un poco. La otra persona a la que citan es un hombre llamado David Clark, «un antiguo colega» de Scott para el que «Megs y Scott son una gran pareja. Son muy felices juntos y están muy enamorados».

También hay algunas noticias sobre la investigación, pero las declaraciones de la policía ofrecen menos que nada: han hablado con «algunos testigos» y están «siguiendo varias líneas de investigación». El único comentario interesante proviene del inspector Gaskill, que confirma que dos hombres están ayudando a la policía. Estoy segura de que eso significa que ambos son sospechosos. Uno debe de ser Scott. ¿Podría ser el otro N? ¿Podría N ser Rajesh?

He estado tan absorta en los periódicos que no he prestado la atención habitual al trayecto. Es como si no me hubiera sentado hasta que, como de costumbre, el tren se ha detenido ante el semáforo en rojo. En el jardín de Scott hay gente: dos policías uniformados justo enfrente de la puerta trasera. Los pensamientos comienzan a arremolinarse en mi cabeza. ¿Han encontrado algo? ¿Han encontrado a Megan? ¿Hay un cadáver enterrado en el jardín o debajo de los tablones del suelo? No puedo dejar de pensar en la ropa a un lado de las vías, lo cual es estúpido, pues la vi antes de que Megan desapareciera y, en cualquier caso, si le han hecho algún daño, no ha sido Scott, no puede haber sido él. Scott está locamente enamorado de ella, todo el mundo lo dice. Hoy la luz no es muy buena, el tiempo ha cambiado y el cielo está de un amenazante color gris. No puedo ver el interior de la casa ni saber lo que ocurre en su interior. Me siento algo desesperada. No puedo soportar que me dejen fuera. Para bien o para mal, ahora soy parte de esto. Necesito saber qué está pasando.

Al menos tengo un plan. En primer lugar, he de descubrir si hay algún modo mediante el que pueda recordar qué sucedió el sábado por la noche. Cuando llegue a la biblioteca, pienso investigar al respecto y averiguar si la hipnoterapia podría servir y si es posible recuperar ese tiempo perdido. En segundo —y creo que esto es importante, pues dudo que la policía

143

me creyera cuando les dije que Megan tenía un amante—, he de ponerme en contacto con Scott Hipwell.
He de contárselo. Tiene derecho a saberlo.

Tarde

El tren está lleno de gente empapada por la lluvia y el
vapor que emana su ropa se condensa en las ventanas.
Una mezcla de olor corporal, perfume y jabón de la-
var se extiende opresivamente sobre sus cabezas incli-
nadas y mojadas. Las nubes que esta mañana amena-
zaban lluvia lo han seguido haciendo todo el día, cada
vez más pesadas y oscuras, hasta que esta tarde han
estallado cual monzón justo cuando los trabajadores
salían de sus oficinas y la hora punta se encontraba en
su punto álgido, dejando las calles bloqueadas y las
entradas de las estaciones de metro repletas de personas abriendo y cerrando paraguas.

Yo no llevaba paraguas y me he empapado entera.
Me siento como si alguien me hubiera tirado un cubo
de agua encima. Llevo los pantalones de algodón pegados a los muslos y la camisa azul claro se ha vuelto
vergonzosamente transparente. He corrido desde la
biblioteca hasta la estación de metro con el bolso pegado al pecho para intentar tapar algo. Por alguna razón, esto me ha parecido gracioso —hay algo ridículo
en que te pille la lluvia— y para cuando he llegado a

Gray's Inn Road estaba riendo con tal fuerza que apenas podía respirar. No recuerdo la última vez que me reí así.

Ahora ya no estoy riendo. En cuanto me he sentado, he consultado las novedades del caso de Megan en el móvil y he visto la noticia que temía: «Un hombre de treinta y cinco años está siendo interrogado en la comisaría de policía de Witney en relación con la desaparición de Megan Hipwell, sin rastro de su casa desde el sábado por la noche». Se trata de Scott, estoy segura de ello. Espero que haya leído mi email antes de que lo hayan detenido, pues ser interrogado es algo serio: significa que lo consideran culpable. Aunque, claro está, el supuesto delito todavía está por determinar. *Puede* que no haya pasado nada. *Puede* que Megan esté bien. De vez en cuando, me la imagino viva y coleando en el balcón de un hotel con vistas al mar, con los pies sobre la barandilla y una bebida fría en la mesita.

Este pensamiento me emociona y me desilusiona a la vez, y entonces me siento mal por estar desilusionada. No le deseo nada malo a Megan, por más que me enfadase que engañara a Scott y destrozara así mis ilusiones sobre la pareja perfecta. No, se debe a que me siento parte de este misterio. Estoy conectada a él. Ya no soy sólo una chica del tren que va de arriba abajo sin propósito alguno. Quiero que Megan aparezca sana y salva. De verdad. Pero todavía no.

Esta mañana le he enviado a Scott un email. No me ha costado nada encontrar su dirección: he buscado en Google y rápidamente he encontrado <www.hipwellconsulting.co.uk>, la página web en la que ofrece «diversos servicios de consultoría informática para empresas y organizaciones sin ánimo de lucro». He sabido que se trataba de él porque la dirección del negocio era la misma que la de su casa.

Le he enviado un breve mensaje a la dirección que aparecía en la página.

Estimado Scott:

Me llamo Rachel Watson. No me conoces. Me gustaría hablar contigo sobre tu esposa. No tengo información de su paradero ni sé qué le ha pasado, pero poseo información que podría ayudarte.

Entendería que no quisieras hablar conmigo, pero en caso de que sí lo hagas, envíame un email a esta dirección.

Atentamente,

RACHEL

No sé si, de ser él, yo me habría puesto en contacto conmigo; lo dudo. Al igual que la policía, probablemente Scott habrá pensado que estoy chiflada y que no soy más que una tía rara que ha leído sobre el caso de Megan en el periódico. Ahora nunca lo sabré: si lo han arrestado, puede que no llegue a leer el mensaje. De hecho, si lo han arrestado, las únicas personas que lo verán serán policías, lo cual supondrá un problema para mí. Pero tenía que intentarlo de todos modos.

Y ahora me siento desesperada y frustrada. La gente que abarrota el vagón no me deja ver por la ventanilla e, incluso si pudiera, con la lluvia que sigue cayendo no podría ver nada más allá de la cerca de las vías. Me pregunto si se estarán perdiendo pruebas por culpa de este tiempo; si, en este momento, pistas vitales estarán desapareciendo para siempre: manchas de sangre, pisadas, colillas de cigarrillos con ADN. Tengo tantas ganas de beber algo que casi puedo saborear el vino en la boca. Puedo imaginar perfectamente la sensación del alcohol al llegar a mi flujo sanguíneo y la euforia extendiéndose por mi cuerpo.

Quiero y no quiero una copa. Si no tomo nada, hará tres días que no bebo, y no puedo recordar la última vez que permanecí sobria durante tres días seguidos. También puedo saborear otra cosa en la boca: una vieja obstinación. Hubo un tiempo en el que tenía fuerza de voluntad y podía correr diez kilómetros antes de desayunar o subsistir durante semanas con 1.300 calorías diarias. Tom me dijo que era una de las cosas que le gustaban de mí: mi terquedad, mi fortaleza. Recuerdo una discusión hacia el final de la relación, cuando las cosas estaban a punto de ponerse realmente feas. Perdió los estribos conmigo. «¿Qué te ha pasado, Rachel? —me preguntó—. ¿Cuándo te has vuelto tan débil?»

No lo sé. No sé adónde se fue la fortaleza, ni siquiera recuerdo haberla perdido. Creo que, con el tiempo, la vida fue haciéndole mella poco a poco.

Al llegar al semáforo entre Londres y Witney, el tren se detiene de golpe con un alarmante chirrido de frenos. El vagón se llena de murmullos de disculpa de los pasajeros por los empujones y los pisotones. Yo levanto la vista y, de repente, me encuentro mirando directamente a los ojos del hombre del sábado por la noche: el pelirrojo que me ayudó. Sus ojos azules me están mirando fijamente y me llevo tal susto que el móvil se me cae al suelo. Tras recogerlo, vuelvo a levantar los ojos. Esta vez lo hago como tentativa, evitándolo. Primero examino el vagón, luego limpio la ventanilla empañada con el codo y echo un vistazo fuera. Por fin, vuelvo a mirarlo y él me sonríe ladeando la cabeza.

Noto entonces cómo mi rostro se sonroja. No sé de qué modo reaccionar a su sonrisa porque no sé lo que quiere decir. ¿Significa «Oh, hola, te recuerdo de la otra noche» o «Ah, es esa borracha que la otra noche se cayó por la escalera y no dejaba de decirme chorradas»? ¿O quizá otra cosa? No lo sé, pero al pensar ahora en ello, creo recordar un fragmento de la banda sonora que acompaña a las imágenes en las que resbalo en un escalón: él diciendo «¿Estás bien, guapa?». Entonces aparto la mirada y vuelvo a echar un vistazo por la ventanilla. Puedo sentir sus ojos observándome. Yo sólo quiero esconderme, desaparecer. El tren se pone en marcha con un traqueteo y al cabo de unos segundos llegamos a la estación de Witney. La gente comienza a colocarse en la salida a base de empujones y se prepara para desembarcar doblando sus periódicos y guardando sus Kindles y iPads. Cuando vuelvo a levantar la mirada, me invade una sensación de alivio: el tipo se ha dado la vuelta y se dispone a bajar del tren.

Entonces me doy cuenta de que me estoy comportando como una idiota. Debería levantarme y seguirlo, hablar con él. Podría decirme qué sucedió, o qué no sucedió; podría rellenar algunos huecos. Me pongo en pie. Vacilo, sé que ya es demasiado tarde, las puertas están a punto de cerrarse, estoy en medio del vagón, no conseguiré abrirme paso entre la gente a tiempo. Se oye un pitido y las puertas se cierran. Todavía de pie, me vuelvo y miro por la ventana mientras el tren se pone en marcha. El tipo del sábado por la noche está en el andén, bajo la lluvia, mirando cómo me alejo.

Cuanto más cerca estoy de casa más irritada me siento conmigo misma. Casi estoy tentada de cambiar de tren en Northcote y regresar a Witney para buscarlo. Se trata de una idea ridícula, claro está, además de estúpidamente arriesgada, pues ayer mismo Gaskill me advirtió que permaneciera alejada de esa zona. El problema es que cada vez tengo más claro

149

que no podré recordar lo que sucedió el sábado. Unas pocas horas de búsqueda en internet me han confirmado lo que sospechaba: la hipnosis no suele ser útil para recuperar las horas perdidas durante una laguna mental pues, tal y como había leído, en esos casos no creamos nuevos recuerdos. No hay nada que recordar. Es y siempre será un agujero negro en mi línea temporal.

MEGAN

Jueves, 7 de marzo de 2013

Primera hora de la tarde

La habitación está a oscuras e impregnada de nuestro dulce olor. Volvemos a encontrarnos en el Swan, en la habitación de techo abuhardillado. Esta vez, sin embargo, la situación es distinta: él todavía está aquí, observándome.

—¿Adónde quieres ir? —me pregunta.

—A una casa en la playa en la Costa de la Luz —le digo.

Él sonríe.

—¿Y qué haremos?

Yo me río.

—¿Además de esto?

Me acaricia lentamente la barriga con los dedos.

—Además de esto.

—Abriremos una cafetería, haremos exposiciones, aprenderemos a hacer surf.

Él besa la punta del hueso de la cadera.

—¿Qué hay de Tailandia? —dice.

Yo arrugo la nariz.

—Demasiados jóvenes de viaje antes de empezar la universidad. Mejor Sicilia —digo yo—. Las islas Egadas. Abriremos un chiringuito en la playa, iremos a pescar...

Él se vuelve a reír, acerca su cuerpo al mío y me besa.

—Irresistible —farfulla—. Eres irresistible.

Quiero reírme. Quiero decir en voz alta: «¿Lo ves? ¡He ganado! Ya te dije que no sería la última vez, nunca lo es». Pero me muerdo el labio y cierro los ojos. Tenía razón, sabía que la tenía, pero no me hará ningún bien decirlo. Disfruto de mi victoria en silencio; me deleito en ella casi tanto como en sus caricias.

Luego, me habla de un modo que no había hecho hasta entonces. Normalmente soy yo la que habla, pero esta vez es él quien se sincera conmigo. Me explica que se siente vacío, me habla de la familia que ha dejado atrás, de la mujer con la que estaba antes de mí y de la anterior a ésta, la que le desbarató la cabeza y lo dejó hueco. No creo en las almas gemelas, pero entre nosotros hay una conexión que no había sentido antes o, al menos, no desde hace mucho tiempo. Procede de una experiencia compartida, de saber qué se siente al estar deshecho.

Sé bien lo que es sentirse hueca. Comienzo a pensar que no se puede hacer nada para arreglarlo. Eso es lo que he sacado de las sesiones de psicoanálisis: los agujeros de la vida son permanentes. Hay que crecer alrededor de ellos y amoldarse a los huecos, como las raíces de los árboles en el hormigón. Todas estas cosas las sé, pero no las digo en voz alta, ahora no.

—¿Cuándo iremos? —le pregunto, pero él no me contesta y yo me quedo dormida. Cuando me despierto ya no está.

Viernes, 8 de marzo de 2013

Mañana

Scott me trae café a la terraza.

—Anoche dormiste —dice, inclinándose para darme un beso en la cabeza.

Está detrás de mí, con sus cálidas y sólidas manos en mis hombros. Yo echo la cabeza hacia atrás, cierro los ojos y escucho el traqueteo del tren en las vías hasta que se detiene justo delante de casa. Cuando nos trasladamos aquí, Scott solía saludar a los pasajeros con la mano, algo que siempre me hacía reír. Sus ma-

153

nos se aferran a mis hombros un poco más fuerte, se vuelve a inclinar hacia delante y me besa en el cuello.

—Anoche dormiste —vuelve a decir—. Debes de sentirte mejor.

—Así es —respondo yo.

—Entonces ¿crees que la terapia está funcionando? —me pregunta.

—¿Quieres decir que si creo que me han arreglado?

—No «arreglado» —repone, y advierto el tono dolido de su voz—. Lo que quería decir...

—Ya lo sé. —Coloco una mano sobre la suya y la aprieto—. Sólo estaba bromeando. Creo que es un proceso. No es tan sencillo. No sé si habrá un momento en el que pueda decir que ha funcionado y que estoy definitivamente mejor.

Permanecemos un rato en silencio y sus manos se aferran a mí un poco más fuerte.

—¿Entonces quieres seguir yendo? —me pregunta, y yo le contesto que sí.

Hubo una época en la que pensaba que él lo podría ser todo, que podría ser suficiente. Lo pensé durante años. Estaba completamente enamorada. Todavía lo estoy. Pero ya no quiero esto. Los únicos momentos en los que me siento yo misma son esas secretas y febriles tardes como la de ayer, cuando cobro vida con todo ese calor en la penumbra. ¿Quién dice que, cuando huya, no me parecerá que eso tampoco es suficiente? ¿Quién dice que no terminaré sintiéndome exactamente como me siento ahora, no a salvo sino asfixiada? Puede que entonces quiera huir otra vez, y luego otra vez, hasta terminar al fin de vuelta de nuevo a esa vieja vía de tren porque ya no tendré ningún otro lugar al que ir.

Cuando Scott se marcha a trabajar bajo a la planta baja a despedirme. Él desliza las manos alrededor de mi cintura y me besa en lo alto de la cabeza.

—Te quiero, Megs —murmura, y entonces me siento fatal, como si fuera la peor persona del mundo. Me muero de ganas de que cierre la puerta porque sé que voy a llorar.

RACHEL

Viernes, 19 de julio de 2013

Mañana

El tren de las 8.04 va prácticamente vacío. Las ventanillas están abiertas y, a causa de la tormenta que cayó
ayer, el aire que entra es fresco. Megan lleva desaparecida 133 horas, y yo hacía meses que no me sentía tan
bien. Cuando esta mañana me he mirado al espejo, he
notado diferencias en mi rostro: tengo la piel más clara y los ojos más brillantes. También me noto más ligera. Estoy segura de que no he perdido ningún kilo,
pero no me siento tan pesada. Me siento yo misma, la
mujer que solía ser antes.

No he sabido nada de Scott. He mirado en internet, pero no he visto ninguna noticia de su arresto, de
modo que simplemente habrá ignorado mi email.

Supongo que era de esperar. Justo cuando salía esta mañana de casa, me ha llamado Gaskill y me ha preguntado si podía ir hoy a la comisaría. Por un momento, me he asustado, pero luego le he oído decir en su tono de voz tranquilo y suave que sólo quería que le echara un vistazo a un par de fotografías. Yo he aprovechado para preguntarle si habían arrestado a Scott Hipwell.

—No se ha arrestado a nadie, señorita Watson —ha dicho él.

—¿Y el hombre al que interrogaron...?

—No estoy en disposición de decir nada.

Su forma de hablar es tan tranquilizadora y reconfortante que me vuelve a caer bien.

Ayer me pasé la tarde sentada en el sofá ataviada con unos pantalones de chándal y una camiseta, haciendo listas de cosas por hacer y posibles estrategias. Podría, por ejemplo, ir a la estación de Witney en hora punta y esperar hasta que volviera a ver al hombre pelirrojo del sábado por la noche. Luego podría invitarlo a tomar algo y averiguar si esa noche vio alguna cosa. El peligro es que podría encontrarme con Anna o Tom, me denunciarían y tendría problemas (más todavía) con la policía. Otro peligro es que me colocaría en una posición vulnerable. Todavía tengo el vago recuerdo de una pelea; puede incluso que lleve pruebas físicas de ella en el cuero cabelludo y el labio. ¿Y si se trata del hombre que me hizo daño? El hecho de que me sonriera y me saludara con la mano no significa nada, bien podría ser un psicópata. Pero no creo que lo sea. Por alguna razón que no puedo explicar, me resulta amigable.

Podría volver a ponerme en contacto con Scott. Pero antes necesito darle una razón para que vuelva a dirigirme la palabra, y temo que cualquier cosa que le diga me hará parecer una pirada. Podría incluso pensar que tengo algo que ver con la desaparición de Megan y denunciarme a la policía. Eso sería un auténtico problema.

Otra opción es probar la hipnosis. Estoy segura de que no me ayudará a recordar nada, pero aun así siento curiosidad. Intentarlo tampoco me hará ningún daño, ¿verdad?

Aún estaba sentada ahí tomando notas y leyendo las noticias que había impreso cuando Cathy llegó a casa. Había ido al cine con Damien. Se sintió gratamente sorprendida de encontrarme sobria, pero también algo recelosa, pues llevábamos sin hablar desde que la policía vino a verme el martes. Le conté que no había bebido nada en tres días y me dio un abrazo.

—¡Estoy tan contenta de que vuelvas a ser tú misma! —dijo canturreando, como si tuviera alguna idea de cómo soy yo de verdad.

—Lo de la policía —dije entonces— fue un malentendido. Entre Tom y yo no hay ningún problema, y no sé nada sobre esa chica desaparecida. No tienes de qué preocuparte —le dije, entonces ella me dio otro abrazo y se fue a preparar un té para ambas. Pensé en aprovecharme de la buena disposición que había generado y explicarle que había perdido el trabajo, pero no quise estropear la velada.

Esta mañana todavía estaba de buen humor conmigo. Me ha vuelto a abrazar cuando me estaba preparando para salir de casa.

—Me alegra mucho que estés comenzando a arreglar tu situación, Rach —ha dicho—. Me tenías preocupada.

Luego me ha contado que pasaría el fin de semana en casa de Damien, y lo primero que he pensado es que, cuando llegara a casa esta noche, podría beber sin que nadie me juzgara.

Tarde

El amargo sabor de la quinina, eso es lo que más me gusta de un gin-tonic frío. La tónica debería ser Schweppes y proceder de una botella de cristal, no de plástico; estas bebidas premezcladas no son muy buenas, pero es lo que hay. Sé que no debería estar bebiendo, pero llevo todo el día deseándolo. No es sólo la anticipación de la soledad, es también la excitación, la adrenalina. El alcohol me está comenzando a hacer efecto y siento un cosquilleo en la piel. He tenido un buen día.

Esta mañana, he pasado una hora a solas con el inspector Gaskill. Al llegar a la comisaría, me han llevado directamente a verlo. Esta vez nos hemos sentado en su despacho, no en la sala de interrogatorios. Me ha ofrecido café y, cuando he aceptado, me ha sorprendido ver que se levantaba y lo preparaba él mismo. En lo alto de una nevera que había en un rincón tenía un hervidor de agua y un poco de Nescafé. Se ha disculpado por no tener azúcar.

Me ha gustado estar en su compañía y ver cómo movía las manos; no es muy expresivo, pero mueve mucho las cosas que hay a su alrededor. No había advertido esto antes porque en la sala de interrogatorios no había muchas cosas que mover. En su despacho, en cambio, no ha dejado de cambiar de lugar la taza de café, la grapadora, un bote de bolígrafos y de colocar bien las pilas de papeles. Tiene las manos grandes y unos dedos largos con las uñas cuidadosamente arregladas. Sin anillos.

Esta mañana las cosas han sido distintas. No me he sentido sospechosa ni alguien a quien él estuviera intentando atrapar. Me he sentido útil. Sobre todo cuando ha cogido uno de sus archivadores, lo ha abierto delante de mí y me ha enseñado una serie de fotografías: Scott Hipwell, tres hombres que no había visto nunca, y luego N.

Al principio, no estaba segura. Me he quedado un momento mirando la fotografía mientras intentaba evocar la imagen del hombre que vi aquel día encorvado y con la cabeza inclinada para abrazar a Megan.

—Es éste —he dicho finalmente—. Creo que es éste.

—¿No está segura?

—Eso creo.

Él entonces ha cogido la fotografía y la ha examinado un instante.

—Los vio besarse, ¿no es así? El pasado viernes, hace una semana.

—Sí, así es. El viernes por la mañana. Estaban fuera, en el jardín.

—¿Y no es posible que malinterpretara lo que vio? ¿Que fuera un abrazo o, no sé, un beso platónico?

—No. Fue un beso de verdad. Fue... romántico.

Entonces me ha parecido que sus labios hacían un ligero movimiento trémulo, como si estuviera a punto de sonreír.

—¿Quién es? —le he preguntado a Gaskill—. ¿Es...? ¿Cree que ha sido él? —No me ha contestado, se ha limitado a negar ligeramente con la cabeza—. ¿Se trata de...? ¿Le he ayudado? ¿He sido de alguna ayuda?

—Sí, señorita Watson. Ha sido usted de mucha ayuda. Gracias por haber venido.

Nos hemos estrechado las manos un segundo y él ha colocado ligeramente la mano derecha en mi hombro izquierdo. Yo he sentido ganas de volverme y besársela. Hacía mucho que nadie me tocaba de un modo que se acercara siquiera de lejos a la ternura. Bueno, aparte de Cathy.

Gaskill me ha acompañado entonces a la salida. Hemos pasado por la amplia sala principal de la comisaría, donde había más o menos una docena de agentes de policía. Uno o dos me han mirado de reojo, puede que con cierto interés o desdén, no estoy segura. Luego hemos comenzado a recorrer un pasillo y entonces lo he visto caminando hacia mí: Scott Hipwell. Acababa de entrar junto a Riley. Iba con la cabeza gacha, pero lo he reconocido al instante. Ha levantado la mirada, ha saludado a Gaskill con un movimiento de cabeza y luego me ha mirado a mí. Durante un segundo, nuestras miradas se han encontrado y habría jurado que me reconocía. He pensado en aquella mañana que lo vi en la terraza. Él estaba mirando las vías y tuve la sensación de que me miraba directamente a mí. Hemos pasado uno al lado del otro en el pasillo. Ha estado tan cerca de mí que podría haberlo tocado. En carne y hueso era muy guapo y su tensa apariencia irradiaba una poderosa energía. Al llegar al vestíbulo, he tenido la sensación de que me estaba mirando y me he dado la vuelta, pero quien lo estaba haciendo era Riley.

He cogido el tren a Londres y he ido a la biblioteca. Una vez ahí, he leído todos los artículos que he encontrado sobre el caso, aunque no he averiguado nada nuevo. Luego he buscado hipnoterapeutas en Ashbury, pero he dejado ahí la cosa porque es caro y no está claro si realmente sirve para recuperar la memoria. Mientras leía las historias de aquellos que aseguran que han recuperado la memoria a través de la hipnoterapia, me he dado cuenta de que estaba más asustada del éxito que del fracaso. No sólo tengo miedo de lo que pueda averiguar sobre la noche del sábado, sino de muchas más cosas. No estoy segura de que pueda soportar revivir las estupideces que he hecho, ni oír las palabras cargadas de rencor que he dicho, ni recordar la expresión del rostro de Tom mientras las decía. Tengo mucho miedo de adentrarme en esa oscuridad.

He pensado en enviarle otro email a Scott, pero en realidad no hacía ninguna falta. El encuentro de esa mañana con el inspector Gaskill me ha dejado claro que la policía me toma en serio. Mi papel aquí ha terminado, he de aceptarlo. Al menos puedo alegrarme de haber sido de ayuda, pues no deja de ser increíble la coincidencia de que Megan desapareciese al día siguiente de que la viera con ese hombre.

Con un clic y un alegre burbujeo abro la segunda lata de gin-tonic y de repente me doy cuenta de que no he pensado en Tom en todo el día. Al menos hasta ahora. Mis pensamientos los han ocupado Scott, Gaskill, N, el hombre del tren... Tom ha quedado relegado al quinto lugar. Le doy un trago a la bebida y pienso que al menos tengo algo que celebrar. Sé que voy a estar mejor, que voy a ser feliz. No falta mucho.

Sábado, 20 de julio de 2013

Mañana

Nunca aprendo. Me despierto con una devastadora sensación de azoramiento y vergüenza, y al instante sé que hice algo estúpido. Inicio entonces el lamentable y doloroso ritual de intentar recordar de qué se trata exactamente. Envié un email. Eso es.

En un momento dado, Tom ascendió de puesto en la lista de hombres en los que pensaba y se me ocurrió enviarle un email. Mi ordenador portátil está ahora en el suelo, junto a la cama, a modo de inmóvil presencia acusatoria. Me levanto de la cama y paso por encima para ir al cuarto de baño. Bebo agua directamente del grifo y me echo un fugaz vistazo en el espejo.

No tengo buen aspecto. Aun así, tres días sin beber no están mal, y hoy comenzaré otra vez. Me paso un largo rato en la ducha, reduciendo poco a poco la temperatura del agua hasta que se encuentra verdaderamente helada. No es aconsejable meterse de golpe bajo un chorro de agua fría, resulta demasiado traumático, demasiado brutal. Si se hace de forma gradual, en cambio, apenas se nota; es como freír una rana, pero a la inversa. El agua fría me alivia la piel y atenúa el ardiente dolor que me atraviesa la cabeza por encima del ojo.

Voy a la planta baja con el portátil y me preparo una taza de té. Existe la pequeña posibilidad de que le escribiera el email a Tom pero no se lo enviara. Respiro hondo y abro mi cuenta de Gmail. Me alivia ver que no tengo nuevos mensajes. Pero cuando abro la carpeta de emails enviados, ahí está: sí le escribí un email, simplemente no ha contestado. Todavía. Se lo envié poco después de las once; para entonces ya llevaba unas cuantas horas bebiendo, lo cual significa que la adrenalina y la excitación que sentía al principio se me habrían pasado haría mucho. Abro el mensaje.

¿Podrías decirle a tu esposa que deje de mentir a la policía sobre mí? ¿No te parece algo rastrero intentar meterme en problemas? ¿Qué es eso de decirle a la policía que estoy obsesionada con ella y su fea mocosa? ¿Quién se ha creído que es? Dile que me deje en paz de una puta vez.

Cierro los ojos y el portátil y, literalmente, me encojo. Todo mi cuerpo se pliega sobre sí mismo. Quiero hacerme más pequeña; quiero desaparecer. También estoy asustada, porque si Tom decide enseñarle esto a la policía, podría tener auténticos problemas. Si

Anna está recopilando pruebas de que soy vengativa y obsesiva, ésta podría ser la pieza clave de su expediente. ¿Y por qué mencioné a la pequeña? ¿Qué tipo de persona hace eso? No le deseo nada malo; jamás podría hacerle daño a una niña pequeña, a ninguna niña, y menos todavía a la de Tom. No me entiendo a mí misma; no entiendo la persona en la que me he convertido. Dios mío, debe de odiarme. Yo lo hago; o, al menos, odio esta versión de mí misma, la que anoche escribió este email. Es como si fuera otra persona, yo no soy así. No soy alguien llena de odio.

¿O sí? Intento no pensar en mis peores días, pero en momentos como éstos, me asaltan los recuerdos. Me viene a la memoria otra pelea, hacia el final de nuestra relación: después de una fiesta y de otra laguna mental, Tom me contó que la noche anterior lo había vuelto a avergonzar. Al parecer, me había encarado con la esposa de un colega suyo, acusándola de flirtear con él. «Ya no quiero ir a ningún sitio contigo —me dijo—. Me preguntas por qué nunca invito a ningún amigo a casa o por qué ya no me gusta ir al pub contigo. ¿De verdad quieres saber por qué? Por ti. Porque me avergüenzo de ti.»

Cojo el bolso y las llaves y me dispongo a ir al Londis, el pub que se encuentra calle abajo. No me importa que todavía no sean las nueve de la mañana, estoy asustada y no quiero tener que pensar. Si me tomo algunos analgésicos y una copa, conseguiré perder el sentido y dormir todo el día. Ya me encargaré de este asunto más tarde. Llego a la puerta de entrada y coloco la mano en el tirador, pero de repente me detengo. Podría pedirle perdón. Si lo hago ahora mismo, tal vez podría arreglar un poco las cosas, podría intentar convencerlo de que no le enseñara el email a Anna o a la policía. No sería la primera vez que me protege de su esposa.

Ese día en el que me presenté en casa de Tom y Anna no sucedió exactamente lo que le conté a la policía. Para empezar, no llamé al timbre. No estaba segura de cuáles eran mis intenciones (todavía ahora no lo estoy). Recorrí el sendero y salté la cerca. Estaba todo en silencio, no se oía nada. Fui hasta la puerta corredera de cristal y miré el interior de la casa. Es cierto que Anna estaba durmiendo en el sofá. No la llamé, ni a ella ni a Tom. No quería despertarla. El bebé no estaba llorando, sino durmiendo profundamente en su canasta, al lado de su madre. Por alguna razón, la cogí y me la llevé afuera tan rápido como pude. Recuerdo estar corriendo con ella hacia la cerca y que el bebé comenzó entonces a despertarse y a lloriquear un poco. No sé cuáles eran exactamente mis intenciones, pero no quería hacerle daño. Sosteniéndola con fuerza contra mi pecho, llegué por fin a la cerca. Para entonces, ella ya había empezado a llorar y a gritar. Yo la acunaba e intentaba que se calmara y entonces oí otro ruido: el de un tren acercándose. Le di la espalda a la cerca y, de repente, vi a Anna corriendo hacia mí con la boca abierta. Estaba moviendo los labios, pero no podía oír lo que decía.

Cuando llegó junto a mí, me arrebató al bebé. Entonces yo intenté escapar, pero tropecé y me caí. A gritos, Anna me dijo que me quedara donde estaba o avisaría a la policía. Llamó a Tom, éste vino a casa y se sentó con ella en el salón. Ella no dejaba de llorar como una histérica. Todavía quería llamar a la policía y que me arrestaran por intento de secuestro. Tom la tranquilizó y le rogó que lo dejara estar y permitiese que me fuera. Me salvó de ella. Después, me llevó en coche a casa y cuando me dejó, me cogió de la mano. Yo pensé que se trataba de un gesto de amabilidad, de consuelo, pero él comenzó a apretar cada vez más fuerte hasta que solté un grito y, con el rostro enrojecido, me dijo que si le hacía daño a su hija, me mataría.

No sé qué pretendía hacer aquel día. Aún no lo sé. En la puerta, vacilo con los dedos alrededor del tirador y me muerdo con fuerza el labio. Sé que si comienzo a beber ahora, me sentiré mejor durante una hora o dos y peor durante seis o siete. Suelto el tirador, regreso al salón y vuelvo a abrir el portátil. He de pedir perdón. He de implorar perdón. Al entrar otra vez en mi cuenta de correo electrónico, veo que he recibido un email nuevo. No es de Tom. Es de Scott Hipwell.

Estimada Rachel:

Gracias por ponerte en contacto conmigo. No recuerdo que Megan te mencionara, pero a su galería acudía mucha gente y no soy muy bueno con los nombres. Me encantaría hablar contigo sobre lo que sabes. Por favor, llámame al 07583 123657 tan pronto como te sea posible.

Atentamente,

Scott Hipwell

Por un instante, pienso que ha enviado el email a la dirección equivocada y que este mensaje es para otra persona. Luego, sin embargo, el recuerdo acude a mi mente: sentada en el sofá con la segunda botella a medias, decidí que no quería que mi papel en esta historia terminara. Quería seguir siendo un personaje central.

De modo que le escribí.

Sigo descendiendo para ver mi email.

Estimado Scott:

Disculpa que vuelva a ponerme en contacto contigo, pero creo que es importante que hablemos. No estoy segura de si Megan te ha hablado alguna vez de mí; soy una amiga de la galería. Antes vivía en Witney. Creo que tengo información que puede ser de tu interés. Por favor, escríbeme a esta dirección.

Rachel Watson

Noto que me sonrojo y siento una punzada en la boca del estómago. Ayer —sensatamente, con la cabeza despejada, pensando con claridad— decidí que debía aceptar que mi papel en esta historia había terminado. Pero mis mejores ángeles volvieron a perder, derrotados por la bebida, por la persona en la que me convierto cuando bebo. La Rachel borracha no atiende a las consecuencias y, o bien se comporta de un modo excesivamente efusivo y optimista, o está consumida por el odio. La Rachel borracha, deseosa de seguir formando parte de esta historia y necesitada de convencer a Scott para que se pusiera en contacto con ella, mintió. *Yo* mentí.

Desearía clavarme cuchillos en la piel para poder sentir algo que no sea vergüenza, pero carezco de la valentía para hacer algo así. Comienzo a escribir un email a Tom. Escribo y borro, escribo y borro, intentando encontrar un modo de pedirle perdón por las cosas que le dije anoche. Si tuviera que hacer un listado de todas las transgresiones por las que debería pedirle perdón, podría llenar un libro entero.

Tarde

Hace una semana, hace exactamente una semana, Megan Hipwell salió del número 15 de Blenheim Road y desapareció. Nadie la ha visto desde entonces.

Ni su móvil ni sus tarjetas de crédito han sido utilizados desde el sábado. Cuando antes he leído esto en un periódico, me he puesto a llorar. Ahora me avergüenzo de los pensamientos secretos que tenía. Megan no es un misterio por resolver, no es una figura que aparece en el *travelling* del principio de una película, hermosa, etérea e insustancial. No es un mensaje cifrado. Es alguien real.

Estoy en el tren y me dirijo a su casa. Voy a ver a su marido.

Tuve que llamarle. El daño ya había sido hecho. No podía limitarme a ignorar su email, se lo contaría a la policía. De ser él, yo lo haría si un desconocido se pusiera en contacto conmigo asegurando tener información sobre mi pareja desaparecida y luego no dijera nada más. De hecho, puede que haya llamado a la policía de todos modos; puede que cuando llegue me estén esperando.

Sentada aquí, en mi sitio habitual pero en un día que no lo es, me siento como si estuviera saltando en coche por un acantilado. Tuve la misma sensación cuando lo llamé por teléfono. Fue como si me cayera por un agujero oscuro sin saber cuándo llegará el impacto con el suelo. Me habló en un tono de voz bajo, como si hubiera alguien más en la habitación y no quisiera que lo oyeran.

—¿Podemos hablar en persona? —me preguntó.

—Yo no... No creo...

—Por favor.

Vacilé un momento y luego acepté.

—¿Podrías venir a casa? No digo ahora mismo, hay gente. ¿Esta tarde? —Me dio la dirección y yo hice ver que la anotaba.

—Gracias por ponerte en contacto conmigo —me dijo, y colgó.

Nada más aceptar me he dado cuenta de que no se trata de una buena idea. Lo que sé acerca de Scott por los periódicos no es prácticamente nada. Y lo que sé por mis propias observaciones no lo sé de verdad. Es decir, no sé nada sobre Scott. Sí sé cosas sobre Jason (alguien que, he de recordarme a mí misma constantemente, no existe). Lo único que sé a ciencia cierta —y sin ningún género de dudas— es que la esposa de Scott lleva una semana desaparecida. También que probablemente él es sospechoso. Y también, porque vi ese beso, que tiene un motivo para matarla. Por supuesto, puede que él no sepa que tiene un motivo, pero... Oh, me estoy enredando yo sola... En cualquier caso, ¿cómo iba a desaprovechar la oportunidad de ir a la casa que he observado cientos de veces desde las vías o la calle, cruzar su puerta de entrada, acceder a su interior, sentarme en su cocina, en su terraza, donde ellos lo hacían, donde yo los veía?

Era demasiado tentador. Ahora voy sentada en el tren, con los brazos cruzados y las manos debajo de las axilas para evitar que me tiemblen, emocionada como una niña en plena aventura. Estaba tan contenta de tener un propósito que había dejado de pensar en la realidad. Había dejado de pensar en Megan.

Ahora lo vuelvo a hacer. He de convencer a Scott de que la conocía; un poco, tampoco mucho. De ese modo, me creerá cuando le cuente que la vi con otro hombre. Si admito directamente que le he mentido, nunca confiará en mí. Así pues, intento imaginar cómo habría sido ir a la galería y charlar con ella mientras nos tomábamos un café (¿bebe café Megan?). Quizá habríamos hablado de arte, o de yoga, o de nuestros maridos. El problema es que no sé nada de arte y nunca he hecho yoga. Tampoco tengo marido. Y ella traicionó al suyo.

Pienso entonces en las cosas que sus verdaderos amigos han dicho de ella: «maravillosa», «divertida», «hermosa», «cariñosa». «Querida». Megan cometió un error. Son cosas que suceden. Nadie es perfecto.

ANNA

Sábado, 20 de julio de 2013

Mañana

Evie se despierta justo antes de las seis. Me levanto de la cama, voy a su cuarto y la cojo. Tras darle de comer, me la llevo a la cama conmigo.

Cuando me vuelvo a despertar, Tom no está a mi lado pero puedo oír sus pasos en la escalera. Está cantando en un tono de voz bajo y desafinado: «Cumpleaños feliz, cumpleaños feliz...». Yo antes ni siquiera había caído en ello, lo había olvidado por completo; no he pensado en otra cosa que no fuera coger a mi pequeña y volver a la cama. Ahora estoy sonriendo aunque aún no me he despertado del todo. Abro los ojos y Evie también está sonriendo y, cuando levanto la mirada, Tom se encuentra al pie de la cama sosteniendo una bandeja. Lleva puesto mi delantal Orla Kiely y nada más.

—Desayuno en la cama, cumpleañera —dice. Deja la bandeja al final de la cama y luego la rodea para darme un beso.

Abro mis regalos: un bonito brazalete de plata con una incrustación de ónix de parte de Evie y un picardías de seda negra y bragas a juego de la de Tom. No puedo dejar de sonreír. Él se mete en la cama y permanecemos tumbados con Evie entre nosotros. Ella con los dedos envueltos en el dedo índice de él y yo aferrada al perfecto pie rosa de mi pequeña, y es como si en el interior de mi pecho hubiera fuegos artificiales. Parece imposible, todo este amor.

Un poco después, cuando Evie ya se ha aburrido de estar tumbada, bajo con ella a la planta baja y dejamos a Tom dormitando. Se lo merece. Yo me entretengo ordenando un poco la casa. Luego tomo una taza de café en el patio mientras veo pasar trenes medio vacíos y pienso en el almuerzo. Hace calor, demasiado para un asado, pero haré uno de todos modos porque a Tom le encanta el rosbif y luego siempre podemos tomar helado para refrescarnos. Sólo he de salir un momento para comprar ese Merlot que tanto le gusta, de modo que preparo a Evie y me la llevo a comprar con el cochecito.

Todo el mundo me dijo que estaba loca por aceptar mudarme a casa de Tom. Aunque claro, todo el mundo pensaba que estaba loca por iniciar una relación con un hombre casado, y más todavía con un hombre casado cuya esposa era altamente inestable. Les demostramos que en este punto estaban equivocados. No importa cuántos problemas nos cause su exmujer, Tom y Evie lo compensan con creces. Pero tenían razón en lo de la casa. En días como hoy podría ser un lugar perfecto. El sol brilla en el cielo y nuestra pequeña calle (limpia y bordeada por árboles; no exactamente sin salida, pero con la misma sensación de comunidad) está repleta de madres, perros con correa y niños pequeños en patinete. Podría ser ideal. Podría, si no se oyeran los chirriantes frenos de los trenes. Podría, si no me topara con el número 15 cada vez que miro calle abajo.

Cuando vuelvo a casa, Tom está sentado a la mesa del comedor viendo algo en el ordenador. Va con pantalones cortos pero sin camisa; puedo ver sus músculos moviéndose bajo la piel cuando cambia de posición. Todavía siento mariposas en el estómago cuando lo veo. Le digo hola, pero está ensimismado en su mundo y cuando le paso los dedos por el hombro se sobresalta y cierra el portátil de golpe.

—¡Hey! —dice, poniéndose en pie. Está sonriendo, pero se lo ve cansado y preocupado. Coge a Evie de mis brazos sin mirarme a los ojos.

—¿Qué? —pregunto—. ¿Qué sucede?

—Nada —contesta y se da la vuelta y se dirige hacia la ventana sin dejar de acunar a Evie en los brazos.

—¿Qué pasa, Tom?

—No es nada. —Se vuelve hacia mí y se me queda mirando y sé lo que va a decir antes incluso de que lo haga—. Rachel. Otro email. —Niega con la cabeza. Parece tan herido, tan disgustado... Lo odio, no puedo soportarlo. A veces me entran ganas de matar a esa mujer.

—¿Qué dice?

Él vuelve a negar con la cabeza.

—No importa. Es sólo... lo habitual. Chorradas.

—Lo siento —digo, y no le pregunto qué chorradas exactamente porque sé que no me lo dirá. Odia molestarme con esto.

—Está bien. No es nada. Sólo sus habituales desvaríos de borracha.

—Dios mío, ¿es que no se va a ir nunca? ¿Es que no nos va a dejar ser felices?

Él se acerca a mí con nuestra hija en brazos y me besa.

—Ya somos felices —dice—. Lo somos.

Tarde

Somos felices. Después de almorzar, nos tumbamos en el césped y cuando ya no soportamos más el calor, volvemos a entrar en casa y tomamos helado mientras Tom ve el Gran Premio. Evie y yo jugamos con plastilina (que ella también se come un poco). Pienso entonces en lo que está sucediendo calle abajo y en lo afortunada que soy. Tengo todo lo que quería. Cuando miro a Tom, también doy gracias a Dios de que él me encontrara a mí y que yo estuviera ahí para rescatarlo de esa mujer. Ella habría terminado volviéndolo loco, estoy convencida de ello; lo habría destruido lentamente, lo habría convertido en algo que no es.

Tom lleva a Evie al piso de arriba para bañarla. Desde el salón oigo sus risas y vuelvo a sonreír. La sonrisa apenas ha abandonado mis labios en todo el día. Friego los platos, ordeno el salón y pienso en la cena. Algo ligero. Es curioso, porque hace unos años habría odiado la idea de quedarme en casa y cocinar en mi cumpleaños, pero ahora es perfecto, es como debe ser. Sólo nosotros tres.

Recojo los juguetes de Evie que están desperdigados por el suelo del salón y los vuelvo a dejar en su caja. Tengo ganas de meterla pronto en la cama y ponerme ese picardías que Tom me ha comprado. Todavía faltan horas para que oscurezca, pero enciendo las velas de la repisa de la chimenea y abro la segunda botella de Merlot para que se vaya ventilando. Luego me inclino sobre el sofá para cerrar las cortinas y, de repente, veo a una mujer que avanza por el lado opuesto de la calle con la cabeza gacha. No levanta la

mirada, pero es ella, estoy segura. Con el corazón latiéndome con fuerza, me inclino hacia delante para
intentar verla mejor, pero el ángulo es malo y al final
dejo de verla.

Me doy la vuelta para salir corriendo por la puerta
e ir detrás de ella, pero justo entonces aparece Tom
con Evie envuelta en una toalla en los brazos.

—¿Estás bien? —me pregunta—. ¿Qué sucede?

—Nada —digo al tiempo que meto las manos en
los bolsillos para que no pueda ver cómo me tiemblan—. No pasa nada. Nada de nada.

RACHEL

Domingo, 21 de julio de 2013

Mañana

Me despierto pensando en él. No parece real, nada lo parece. Me escuece la piel. Me encantaría beber algo, pero no puedo. He de mantener la cabeza despejada. Por Megan. Por Scott.

Ayer hice un esfuerzo. Me lavé el pelo, me maquillé y me puse los únicos pantalones vaqueros que todavía me caben, una camisa estampada de algodón y sandalias de tacón bajo. Tenía buen aspecto. No dejaba de decirme que era ridículo que me preocupara por mi imagen, pues era lo último en lo que Scott iba a estar pensando, pero no pude evitarlo. Era la primera vez que iba a estar con él y me importaba. Mucho más de lo que debería.

Cogí el tren en Ashbury alrededor de las seis y media y llegué a Witney poco después de las siete. Una vez ahí, tomé el camino de Roseberry Avenue, el que discurre por delante del paso subterráneo. Esta vez no lo miré, no pude hacerlo. Al pasar por delante del número 23, donde viven Tom y Anna, aceleré el paso, agaché la cabeza y, oculta detrás de unas gafas de sol, recé por que no me vieran. En la calle no había nadie salvo un par de coches que avanzaban lentamente entre las hileras de vehículos aparcados. Se trata de una pequeña calle tranquila, limpia y pudiente, habitada en su mayor parte por familias jóvenes; a las siete y media están todas cenando, o sentadas en el sofá viendo *X-Factor* con los pequeños entre papá y mamá.

Del número 23 al 15 no puede haber más de cincuenta o sesenta pasos, pero mientras la recorría esa distancia pareció alargarse y se me hizo eterna; me pesaban las piernas y mis pies eran inestables, como si estuviera borracha y fuera a caerme al suelo.

Scott abrió la puerta casi antes de que hubiera terminado de llamar. Mi trémula mano todavía estaba alzada cuando apareció en la entrada, cerniéndose sobre mí y ocupando el espacio de la puerta.

—¿Rachel? —preguntó al tiempo que me miraba sin sonreír.

Yo asentí. Me ofreció la mano y se la estreché. Luego me indicó con una seña que entrara en la casa, pero por un momento no me moví. Tenía miedo de él. De cerca, resultaba físicamente intimidante: era alto y de espaldas anchas, con los brazos y el pecho bien definidos. Sus manos eran enormes. No pude evitar pensar que podía aplastarme —el cuello, la caja torácica— sin demasiado esfuerzo.

Pasé junto a él y me adentré en el pasillo. Al hacerlo, mi brazo rozó el suyo, y noté que me sonrojaba. Scott olía a sudor y tenía el pelo oscuro apelmazado, como si llevara algún tiempo sin ducharse.

Al entrar en el salón sentí un *déjà vu* tan fuerte que resultó incluso aterrador. Al instante, reconocí la chimenea de la pared del fondo, flanqueada por dos hornacinas; también el modo en el que la luz de la calle entraba a través de las persianas horizontales; y sabía que, al girar a la izquierda, vería la puerta corredera de cristal y detrás de ésta una extensión verde y, más allá, las vías del tren. Giré y, efectivamente, ahí estaba la mesa de la cocina y, detrás, la puerta corredera y el exuberante césped del patio. Conocía esta casa. De repente, sentí un mareo y tuve la necesidad de sentarme; pensé entonces en el agujero negro del sábado por la noche, en todas esas horas perdidas.

Eso no quería decir nada, claro está. Conocía esa casa, pero no porque hubiera estado en ella. La conocía porque era exactamente igual que la del número 23: un pasillo conducía a la escalera y a mano izquierda se encontraba el salón con cocina americana. El patio y el jardín me resultaban familiares porque los solía ver desde el tren. No subí al piso de arriba, pero sé que, si lo hubiera hecho, habría llegado a un descansillo con una gran ventana de guillotina, y que por esa ventana se salía a la terraza que habían improvisado en el tejado de la extensión de la cocina. También sé que habría visto dos dormitorios, el principal con dos grandes ventanas que dan a la calle y otro más pequeño en la parte trasera, con vistas al jardín. Que conociera esa casa de arriba abajo no significa que hubiera estado en ella.

Aun así, estaba temblando cuando Scott me condujo a la cocina y me ofreció una taza de té. Me senté a la mesa de la cocina mientras él ponía agua a hervir, metía una bolsita de té en una taza y vertía sin querer algo de agua hirviendo en la encimera (provocando que maldijera entre dientes). En la casa se podía percibir un intenso olor antiséptico, pero Scott iba hecho un desastre, con una mancha de sudor en la parte trasera de la camiseta y los pantalones vaqueros caídos como si le fueran demasiado grandes. Me pregunté cuándo habría sido la última vez que había comido.

Dejó la taza de té delante de mí y se sentó en el lado opuesto de la mesa de la cocina con las manos entrelazadas. El silencio se extendió entre nosotros y luego llenó toda la cocina; resonaba en mis oídos y me sentía acalorada e incómoda. Tenía la mente en blanco. No sabía qué estaba haciendo ahí. ¿Por qué diablos había ido? De repente, oí un rumor lejano: el tren se estaba acercando. Ese viejo sonido me resultó reconfortante.

—¿Eres amiga de Megan? —dijo él finalmente.

Oírle pronunciar su nombre provocó que se me hiciera un nudo en la garganta. Bajé la mirada a la mesa y apreté con fuerza la taza que envolvían mis manos.

—Sí —dije—. La conozco... un poco. De la galería.

Él siguió mirándome, esperando, expectante. Advertí cómo los músculos de su mandíbula se le marcaban al apretar los dientes. Intenté decir algo, pero las palabras no acudieron a mí. Debería haberme preparado mejor.

—¿Ha habido alguna novedad? —pregunté.

Él se me quedó mirando fijamente un segundo y no pude evitar sentir miedo. No debería haberle preguntado eso; las novedades que hubiera podido haber no eran cosa mía. Se enfadaría, me diría que me fuera.

—No —me contestó—. ¿Qué es lo que querías contarme?

El tren pasó despacio por delante de la casa y yo me volví hacia las vías. Me sentía mareada, como si estuviera teniendo una experiencia extracorporal y me estuviera viendo a mí misma desde fuera.

—En tu email decías que querías contarme algo sobre Megan —dijo entonces en un tono de voz un poco más alto.

Yo respiré hondo. Me sentía fatal. Era plenamente consciente de que lo que iba a decir le dolería y lo empeoraría todo.

—La vi con alguien —dije. Lo solté tal cual, directa, sin rodeos ni contexto.

Él siguió mirando fijamente.

—¿Cuándo? ¿El sábado por la noche? ¿Se lo has dicho a la policía?

—No, el viernes por la mañana —respondí, y sus hombros se derrumbaron.

—Pero... el viernes ella todavía no había desaparecido. ¿Qué tiene eso de especial? —Volví a reparar en los músculos de su mandíbula. Se estaba enfadando—. ¿Con quién la viste? ¿Con un hombre?

—Sí, yo...

—¿Qué aspecto tenía? —Se puso en pie. Su cuerpo bloqueó la luz—. ¿Se lo has dicho a la policía? —volvió a preguntarme.

—Lo hice, pero no estoy segura de que me tomaran muy en serio —dije.

—¿Por qué?

—Yo sólo... No sé... Pensaba que debías saberlo.

Se inclinó hacia delante y se apoyó en la mesa con los puños.

—¿Qué estás diciendo? ¿Dónde la viste? ¿Qué estaba haciendo?

Volví a respirar hondo.

—Estaba... en el jardín —dije—. Ahí mismo.

—Señalé un punto del patio—. La vi... desde el tren.

—La expresión de incredulidad de su rostro era inconfundible—. Cada día, tomo el tren de Ashbury a Londres y paso por aquí delante. La vi con alguien. Y... no eras tú.

—¿Cómo lo sabes? ¿El viernes por la mañana? ¿El día anterior a su desaparición?

—Sí.

—Yo no estaba aquí —dijo—. Había ido a Birmingham para asistir a una conferencia. Regresé el viernes por la tarde. —Sus mejillas comenzaron a encenderse. Su escepticismo estaba dando paso a otra cosa—. ¿Y dices que la viste en el jardín con alguien? Y...

—Ella lo besó —dije. Tarde o temprano tenía que decirlo. Tenía que contárselo—. Se estaban besando.

Scott se irguió. Sus manos —todavía con los puños apretados— colgaban a ambos lados. El tono de sus mejillas era cada vez más oscuro y él parecía más enfadado.

—Lo siento —dije—. Lo siento mucho. Sé que es terrible oír que...

Scott hizo un gesto desdeñoso con la mano para indicarme que me callara. No estaba interesado en mi compasión.

Sé cómo sienta eso. Recuerdo con una claridad casi perfecta cómo me sentí en la cocina de mi casa cinco puertas más abajo, sentada junto a mi antigua mejor amiga Lara mientras su regordete bebé no dejaba de moverse en su regazo. Me dijo lo mucho que lamentaba que mi matrimonio hubiera terminado y recuerdo haber perdido los estribos ante sus trillados comentarios. Ella no sabía nada de mi dolor. Le dije que se fuera a la mierda y ella me contestó que no le hablara así delante de su hijo. No la he vuelto a ver desde entonces.

—¿Qué aspecto tenía ese hombre con el que la viste? —me preguntó entonces Scott. Ahora estaba de espaldas a mí, mirando el jardín.

—Era alto, quizá más que tú. De piel oscura. Creo que tal vez asiático. O hindú. Algo así.

—¿Y se estaban besando en el jardín?

—Sí.

Exhaló un largo suspiro.

—Dios mío, necesito tomar algo. —Se volvió hacia mí—. ¿Quieres una cerveza?

Sí, me moría por beber algo, pero le dije que no y me limité a observar cómo cogía una botella de la nevera, la abría y le daba un largo trago. Casi podía notar el frío líquido descendiendo por mi garganta. Mi mano se moría por coger un vaso. Scott se inclinó sobre la encimera y se quedó con la cabeza prácticamente pegada al pecho.

Me sentí fatal. No lo estaba ayudando, sólo había conseguido que aumentara su dolor y se sintiera peor. Esto no estaba bien, me había entrometido en su pena. No debería haber ido a verlo. No debería haber mentido. Obviamente, no debería haber mentido.

Yo ya estaba poniéndome de pie cuando dijo:

—Podría... No sé... Quizá podría ser algo bueno, ¿no? Eso significaría que está bien. Que sólo... —soltó una risa ahogada— ha huido con alguien. —Se limpió una lágrima de la mejilla con el dorso de la mano y se me encogió el corazón—. Aun así, me cuesta creer que no me haya llamado. —Me miró como si yo tuviera respuestas, como si yo supiera algo—. Me habría llamado, ¿no? Sabría lo asustado... lo desesperado que estaría yo. Ella no puede ser tan perversa, ¿verdad?

Me estaba hablando como alguien en quien podía confiar, como si realmente fuera amiga de Megan, y yo sabía que estaba mal, pero al mismo tiempo me sentía bien. Él le dio otro trago a su cerveza y se volvió hacia el jardín. Seguí su mirada hasta una pila de piedras que había contra la cerca, una rocalla iniciada hacía mucho y que nunca había llegado a terminarse. Alzó la botella para darle otro trago pero se detuvo antes de hacerlo y se volvió hacia mí.

—¿Dices que viste a Megan desde el tren? —me preguntó entonces—. ¿Estabas... mirando por la ventanilla y casualmente viste a una mujer a la que conocías? —De repente, la atmósfera había cambiado. Ya no estaba tan seguro de si era una aliada y podía confiar en mí. Una expresión de duda pareció dibujarse fugazmente en su rostro.

—Sí, yo... Sabía dónde vive ella —dije, y lamenté las palabras en cuanto salieron de mi boca—. Donde vivís vosotros dos, quiero decir. Yo ya había estado aquí antes. Hace mucho tiempo. Así que a veces me fijaba por si la veía. —Él me estaba mirando fijamente y yo noté que me sonrojaba—. Solía estar en el jardín.

Scott dejó la botella vacía sobre la encimera, dio un par de pasos hacia mí y se sentó en la silla de la mesa más cercana.

—Eso quiere decir que conocías bien a Megan. O, al menos, lo bastante bien para haber venido a casa.

Podía sentir las pulsaciones de mi flujo sanguíneo en el cuello y el sudor en la base de la columna vertebral. También el nauseabundo subidón de la adrenalina. No debería haber dicho que ya había ido allí, no debería haber complicado la mentira.

—Fue sólo una vez, pero ya conocía este sitio porque antes yo también vivía en esta calle. —Él enarcó las cejas—. Más abajo, en el número 23.

Él asintió lentamente.

—Watson —dijo—. Entonces ¿eres... la exesposa de Tom?

—Sí. Nos separamos hace un par de años.

—Pero ¿seguiste visitando la galería de Megan?

—A veces.

—Y cuando la veías, ¿hablabais de cosas personales? ¿Hablabais sobre mí? —Y, con voz más ronca, añadió—: ¿Sobre otra persona?

Negué con la cabeza.

—No, no. Normalmente sólo iba a pasar el rato, ya sabes. —Hubo un largo silencio. De repente, tuve la sensación de que el calor de la sala aumentaba y el olor a antiséptico emanaba de todas las superficies. Tenía la sensación de que me iba a desmayar.

A mi derecha había una mesita auxiliar adornada con fotografías enmarcadas. En una de ellas, Megan sonreía de un modo alegremente acusador.

—Debería marcharme —dije—. Ya te he robado mucho tiempo. —Comencé a levantarme, pero él extendió un brazo y colocó una mano en mi muñeca sin dejar de mirarme atentamente a los ojos.

—No te vayas todavía —dijo con suavidad. No me puse en pie, pero aparté la mano de debajo de la suya; me daba la incómoda sensación de que estaba siendo retenida—. Ese hombre —añadió—, el que estaba con Megan, ¿crees que podrías reconocerlo si lo vieras?

No podría decirle que ya lo había identificado en la comisaría. Mi justificación para ir a verlo había sido que la policía no se había tomado en serio mi historia. Si ahora reconocía la verdad, su confianza en mí desaparecería. Así pues, volví a mentir.

—No estoy segura, pero creo que podría. —Esperé un momento, y luego proseguí—. En un periódico leí las declaraciones de un amigo de Megan. Se llamaba Rajesh. Me preguntaba si...

Scott ya estaba negando con la cabeza.

—¿Rajesh Gujral? No lo creo. Es uno de los artistas que solían exponer en la galería. Es un tipo simpático, pero está casado y tiene hijos —dijo Scott como si eso significara algo—. Un momento —añadió al tiempo que se ponía en pie—. Creo que en algún lugar tengo una fotografía suya.

Desapareció escaleras arriba. De repente, noté que mis hombros se relajaban y me di cuenta de que había estado sentada en tensión desde que había llegado. Volví a mirar las fotografías: Megan en la playa con traje de baño y otra era un primer plano de su rostro en el que se podía apreciar el increíble azul de sus ojos. Sólo Megan. No había ninguna fotografía de los dos juntos.

Scott regresó con el folleto promocional de una exposición de la galería. Le dio la vuelta y me enseñó una fotografía.

—Éste es Rajesh.

Estaba de pie junto a un colorido cuadro abstracto: era más mayor, con barba, bajo, fornido. No era el hombre que había visto con Megan, el que había identificado en la comisaría.

—No es él —dije.

Scott se quedó un momento a mi lado mirando el

folleto hasta que, de repente, se dio la vuelta y volvió a subir al piso de arriba. Al poco, regresó con un portátil y se sentó a la mesa de la cocina.

—Creo que... —dijo, abriendo el ordenador y encendiéndolo. Luego se quedó callado y yo permanecí mirando los músculos de su mandíbula en tensión. Su concentración era absoluta—. Megan estaba viendo a un psicólogo —dijo entonces—. Se llama... Abdic. Kamal Abdic. No es asiático, es de Serbia, o Bosnia, o un lugar de ésos. Pero es de piel oscura. Desde lejos, podría pasar por hindú. —Tecleó algo en el ordenador—. Si no me equivoco, tiene una página web y creo que en ella hay una fotografía...

Le dio la vuelta al ordenador para que yo pudiera ver la pantalla. Me incliné hacia delante para ver mejor.

—Es él —dije—. Sin duda alguna.

Scott cerró de golpe la pantalla del ordenador. Durante un largo rato, no dijo nada. Permaneció sentado con los codos sobre la mesa, los brazos trémulos y la cabeza apoyada en las puntas de los dedos.

—Megan sufría ataques de pánico —dijo finalmente—. Le costaba dormir. Cosas de ésas. Comenzó el año pasado, no recuerdo exactamente cuándo. —Hablaba sin mirarme, como si lo estuviera haciendo para sí, como si hubiera olvidado que yo estaba allí—. Yo no parecía ser capaz de ayudarla, de modo que le sugerí que hablara con alguien. Fui yo quien la animó a que fuera al psicólogo. —La voz se le quebró un poco—. Ella me dijo que en otros tiempos había tenido problemas parecidos y que al final se le había pasado, pero yo hice que... yo la convencí de que visitara a un médico. Le recomendaron a ese tipo. —Tosió un poco para aclararse la garganta—. La terapia parecía estar ayudándola. Estaba más feliz. —Soltó una risa breve y triste—. Ahora sé por qué.

Extendí la mano para darle unas palmaditas en el hombro, un mero gesto de consuelo. De repente, sin embargo, se apartó y se puso en pie.

—Deberías marcharte —me dijo entonces bruscamente—. Mi madre llegará pronto. No me deja solo durante más de una o dos horas.

En la puerta, cuando ya me marchaba, me cogió del brazo.

—¿Nos habíamos visto antes? —me preguntó.

Por un momento, pensé en decirle «Puede que lo hayas hecho. Puede que me vieras en la comisaría de policía, o en la calle. La noche del sábado estuve aquí», pero negué con la cabeza y dije:

—No lo creo.

Me dirigí a la estación de tren tan rápidamente como pude. Cuando ya había recorrido la mitad de la calle, eché un vistazo hacia atrás. Él todavía estaba en la puerta, mirándome.

Tarde

No he dejado de consultar obsesivamente mi cuenta de correo electrónico, pero no he tenido noticias de Tom. La vida de los borrachos celosos debía de ser mucho mejor antes de los emails, los mensajes de texto y los teléfonos móviles; antes de toda esa parafernalia electrónica y el rastro que deja.

Hoy apenas había nada sobre Megan en los periódicos. Sus portadas estaban dedicadas a la crisis política en Turquía, la niña de cuatro años que había sido atacada por unos perros en Wigan o la humillante pérdida de la selección inglesa de fútbol contra Montenegro. Aunque sólo ha pasado una semana desde su desaparición, Megan ya está dejando de ser noticia.

Cathy me ha invitado a almorzar. Estaba libre porque Damien ha ido a Birmingham a visitar a su madre. A ella no la ha invitado. Son pareja desde hace casi dos años y ella todavía no conoce a su madre. Hemos ido al Giraffe, en High Street, un lugar que odio. Sentadas en el centro de un comedor repleto de gritones camareros mal pagados, Cathy me ha preguntado qué he estado haciendo últimamente. Tenía curiosidad por lo que había hecho la noche anterior.

—¿Has conocido a alguien? —me ha preguntado con ojos esperanzados. Ha sido algo conmovedor, la verdad.

Casi le digo que sí porque era lo cierto, pero mentir resultaba más fácil. Le he dicho que acudí a una reunión de Alcohólicos Anónimos en Witney.

—¡Oh! —ha exclamado avergonzada y ha bajado la mirada a su anodina ensalada griega—. Pensaba que el viernes tuviste una pequeña recaída.

—Sí. No va a ser coser y cantar, Cathy —he explicado, y acto seguido me he sentido fatal, pues creo que realmente le preocupa que consiga mantenerme sobria—. Pero estoy esforzándome.

—Si necesitas, ya sabes, que vaya contigo...

—En esta etapa todavía no. Pero gracias.

—Bueno, quizá podríamos hacer alguna otra cosa juntas, como ir al gimnasio —ha sugerido.

Me he reído, pero cuando me he dado cuenta de que lo decía en serio le he dicho que me lo pensaría.

Acaba de marcharse. Damien ha llamado para avisar de que ya había vuelto y ella ha ido a su casa. He pensado en decirle algo («¿Por qué sales corriendo siempre que te llama?»), pero no creo que en mi posición pueda dar consejos sobre relaciones de pareja —ni de nada, ya que estamos— y, en cualquier caso, me apetece beber algo. (Lo llevo pensando desde que nos hemos sentado en el Giraffe, cuando el camarero con granos nos ha preguntado si queríamos un vaso de vino y Cathy ha contestado «No, gracias» con firmeza.) Así pues, en cuanto me despido de ella siento el anticipatorio hormigueo en la piel y dejo a un lado los buenos pensamientos («No recaigas. Lo estás haciendo muy bien»). Justo cuando me estoy poniendo los zapatos para ir a la licorería, suena mi móvil. Es Tom. Ha de ser Tom. Cojo el teléfono de mi bolso y, al ver la pantalla, mi corazón comienza a repiquetear como un tambor.

—Hola —digo. A continuación hay un silencio, de modo que añado—: ¿Va todo bien?

Tras una pequeña pausa, Scott contesta:

—Sí, sí, estoy bien. Sólo llamaba para darte las gracias por lo de ayer. Por tomarte el tiempo para venir a verme.

—Oh, no hay de qué, no hacía falta que...

—¿Te interrumpo?

—Oh, no, para nada. —Hay otro silencio al otro lado de la línea, de modo que vuelvo a decirlo—. Para nada. ¿Ha...? ¿Ha pasado algo? ¿Has hablado con la policía?

—Una agente de enlace ha venido a verme esta tarde, sí —dice. De repente, el pulso se me acelera—. La sargento Riley. Le he mencionado a Kamal Abdic y le he dicho que quizá valía la pena hablar con él.

—¿Le has dicho que habías hablado conmigo?

—Tengo la boca completamente seca.

—No, no lo he hecho. He pensado que quizá... No sé. Me ha parecido que sería mejor si ella creía que lo de Abdic se me había ocurrido a mí. Le he contado una mentira: le he dicho que había estado devanándome los sesos por si recordaba algo significativo y que me parecía que hablar con su psicólogo podía ser de ayuda. También he añadido que en el pasado había tenido algunas dudas sobre su relación.

Ya puedo volver a respirar.

—¿Y ella qué ha dicho? —le pregunto.

—Que ya habían hablado con él, pero que lo volverían a hacer. Me ha hecho muchas preguntas sobre por qué no lo había mencionado antes. Ella... No sé, no confío en ella. Se supone que está de mi lado, pero no dejo de tener la sensación de que sospecha de mí y pretende pillarme en un renuncio.

Estoy estúpidamente encantada con que a él tampoco le guste: otra cosa que tenemos en común, otro hilo que nos une.

—Sólo quería darte las gracias por haberte puesto en contacto conmigo. Fue... Sé que suena extraño, pero me sentó bien hablar con alguien a quien no conocía anteriormente. Tuve la sensación de que podía pensar de un modo más racional. Cuando te marchaste, estuve pensando en la primera vez que Megan fue a ver al psicólogo y en su estado de ánimo cuando regresó a casa. Había algo en ella, cierto «buen humor». —Exhala un sonoro suspiro—. No sé, puede que me lo esté imaginando.

Vuelvo a tener la misma sensación de ayer: parece que esté hablando para sí mismo, no conmigo. Me he convertido en una caja de resonancia, y me parece bien. Me alegro de serle útil.

—Me he pasado todo el día revisando otra vez las cosas de Megan —dice—. Ya he rebuscado en nuestro dormitorio y toda la casa media docena de veces rastreando cualquier cosa que me pudiera dar una indicación de dónde se encuentra. Algo de Abdic, quizá. Pero nada. No he encontrado ningún email, ninguna carta, nada de nada. He pensado incluso en ponerme en contacto con él, pero hoy la consulta está cerrada y no he podido localizar el número de su teléfono móvil.

—¿Estás seguro de que eso es una buena idea? —pregunto—. ¿No sería mejor dejárselo a la policía? —No quiero decirlo en voz alta, pero ambos pensamos lo mismo: es un tipo peligroso. O, al menos, podría serlo.

—No lo sé. La verdad es que no lo sé.

En su voz advierto un tono de desesperación que me parte el corazón, pero no puedo ofrecerle consuelo alguno. Oigo su respiración al otro lado de la línea, entrecortada y acelerada, como si estuviera preocupado. Quiero preguntarle si hay alguien más con él, pero no puedo hacerlo: sería intrusivo y sonaría mal.

—Hoy he visto a tu ex —dice de repente, y noto cómo se me eriza el vello de los brazos.

—¿Ah, sí?

—Sí, he ido a comprar los periódicos y lo he visto en la calle. Me ha preguntado si estaba bien y si había alguna noticia.

—¿Ah, sí? —repito, pues es todo lo que soy capaz de decir. Son las únicas palabras que acuden a mi boca. No quiero que me hable de Tom. Tom sabe que no conozco a Megan Hipwell. Tom sabe que estuve en Blenheim Road la noche en la que ella desapareció.

—No te he mencionado. Yo... Bueno, no estaba seguro de si debía decirle que te había conocido.

—No, creo que es mejor que no lo hayas hecho. No sé. Podría parecer extraño.

—De acuerdo —dice. Después de eso, hay un largo silencio. Yo espero que mi pulso se ralentice. Cuando ya creo que va a colgar, añade—: ¿De verdad nunca te habló de mí?

—Claro que sí... Por supuesto que lo hizo —digo—. No nos veíamos muy a menudo, pero...

—Pero tú viniste a casa. Megan casi nunca invita a nadie. Es muy reservada y celosa de su espacio.

Busco rápidamente una razón. Desearía no haberle dicho que había ido a su casa.

—Sólo fui a por un libro que iba a prestarme.

—¿De verdad? —No me cree. Ella no lee. Pienso en la casa, no había libros en las estanterías—. ¿Y qué te contó de mí?

—Bueno, era muy feliz —digo—. Contigo, quiero decir. Con vuestra relación. —Al decir esto me doy cuenta de lo extraño que suena, pero no puedo ser más específica, de modo que intento ir sobre seguro—. Si soy honesta, mi matrimonio se estaba yendo a pique de modo que nos dedicábamos a comparar y a contrastar. Ella se iluminaba cuando hablaba de ti.

—Menudo cliché más cutre.

—¿Sí? —Él no parece notarlo, pero su voz suena algo melancólica—. Me alegro de oír eso. —Se queda un momento callado y puedo oír su respiración rápida y poco profunda al otro lado de la línea—. Tuvimos... Tuvimos una discusión terrible. La noche en la que se marchó. Odio la idea de que estuviera enojada conmigo cuando... —No termina la frase.

—Estoy segura de que no estuvo enfadada durante mucho tiempo —digo—. Las parejas discuten. Lo hacen sin parar.

—Pero esta pelea fue realmente terrible y no puedo... No sé, tengo la sensación de que no puedo contárselo a nadie, porque si lo hiciera, la gente me miraría como si fuera culpable.

Ahora su voz suena distinta: apesadumbrada y preñada de culpa.

—No recuerdo cómo empezó —dice, y al principio no le creo, pero luego pienso en todas las discusiones que yo he olvidado y me muerdo la lengua—. La discusión se fue acalorando y fui muy... desagradable con ella. Me comporté como un imbécil. Un auténtico imbécil. Ella se enfadó mucho. Subió al piso de arriba y metió algunas cosas en una bolsa. No sé exactamente qué, pero luego reparé en que su cepillo de dientes ya no estaba, de modo que no pensaba volver a casa. Supuse que habría ido a pasar la noche a casa de Tara. Eso sólo había pasado una vez antes. Sólo una. No era algo que sucediera sin parar.

»Ni siquiera fui tras ella —dice, y otra vez tengo la sensación de que en realidad no está hablando conmigo, sino confesándose. Está a un lado del confesionario y yo al otro, sin rostro, en las sombras—. Dejé que se marchara.

—¿Eso sucedió el sábado por la noche?

—Sí. Ésa fue la última vez que la vi.

Hubo un testigo que la vio (o a una mujer que encaja con su descripción) caminando rumbo a la estación de Witney sobre las siete y cuarto, eso lo sé por los periódicos. Ésa fue la última vez que la vieron. Nadie recuerda haberla visto en el andén ni en el tren. En la estación de Witney no hay cámaras de vigilancia, y en las grabaciones de las de Corly no aparece, aunque según los periódicos eso no demuestra que no estuviera ahí, pues en esa estación hay «significativos puntos ciegos».

—¿A qué hora intentaste ponerte en contacto con ella? —le pregunto. Otro largo silencio.

—Yo... Fui al pub. Al The Rose, ya sabes, el que está en Kingly Road, justo a la vuelta de la esquina. Necesitaba tranquilizarme, aclararme la cabeza. Me tomé un par de pintas y luego regresé a casa. Eran casi las diez. Creo que esperaba que hubiera tenido tiempo de calmarse y que ya hubiera vuelto. Pero no fue así.

—Entonces ¿eran más o menos las diez cuando intentaste llamarla?

—No. —Su voz era ahora poco más que un susurro—. En casa me bebí un par de cervezas más y estuve viendo la tele. Luego me fui a la cama.

Pienso en todas las discusiones que tuve con Tom, todas las cosas terribles que dije después de haber bebido demasiado, todas las veces que me largué de casa hecha una furia, diciéndole a gritos que no quería volver a verlo. Él siempre me llamaba, siempre me convencía para regresar a casa.

—Supuse que estaría en casa de Tara, ya sabes, sentada en la cocina y explicándole que yo era un capullo. Así que lo dejé estar.

Lo dejó estar. Suena cruel e insensible, y no me sorprende que no le haya contado esta historia a nadie más. Me sorprende que lo esté haciendo ahora. Éste no es el Scott que yo había imaginado, el Scott que yo conocía, el que permanecía detrás de Megan en la terraza con sus grandes manos en los huesudos hombros de ella, dispuesto a protegerla de cualquier cosa.

Estoy a punto de colgar el teléfono, pero Scott sigue hablando.

—Al día siguiente me desperté temprano. En mi móvil no había ningún mensaje, pero no me asusté; supuse que estaba con Tara y que continuaba enfadada conmigo. La llamé y me saltó el buzón de voz pero seguí sin asustarme. Pensé que probablemente todavía estaría durmiendo, o simplemente ignorándome. No pude encontrar el número de teléfono de Tara, pero tenía su dirección: estaba en una tarjeta de visita en el escritorio de Megan. Decidí ir a buscarla.

Si no estaba preocupado, me pregunto por qué sintió la necesidad de ir a casa de Tara, pero no lo interrumpo. Dejo que siga hablando.

—Fui a casa de Tara pasadas las nueve. Ella tardó un poco en abrir la puerta, pero cuando lo hizo pareció realmente sorprendida de verme. Estaba claro que era la última persona que esperaba ver en su puerta a esas horas de la mañana, y entonces fue cuando lo supe... cuando me di cuenta de que Megan no estaba ahí. Y comencé a pensar... comencé... —No consigue terminar la frase y me siento mal por haber dudado de él.

»Tara me dijo que la última vez que había visto a Megan fue en su clase de pilates del viernes por la noche. Entonces empecé a asustarme.

Después de colgar, pienso que, si no lo conoces, si no has visto cómo se comportaba con Megan, muchas de las cosas que Scott ha dicho no terminan de sonar bien.

Lunes, 22 de julio de 2013

Mañana

Me siento algo aturdida. He dormido profundamente, pero no he dejado de soñar en toda la noche y esta mañana me está costando despertarme del todo. Vuelve a hacer calor y, a pesar de ir medio vacío, hoy el vagón resulta sofocante. Esta mañana me he levantado tarde y antes de salir de casa no he tenido tiempo de hojear ningún periódico ni de consultar las noticias en internet, así que intento acceder a la página web de la BBC desde el móvil, pero por alguna razón no se carga. En Northcote, sube un hombre con un iPad y se sienta a mi lado. Él no tiene ningún problema para navegar y abre directamente la página web del *Daily Telegraph*. Ahí está, en letras grandes y gruesas: HOMBRE ARRESTADO EN RELACIÓN CON LA DESAPARICIÓN DE MEGAN HIPWELL.

Siento un pánico tal que, sin darme cuenta me inclino a un lado para verlo mejor. Molesto y algo alarmado, el tipo se vuelve hacia mí.

—Lo siento —le digo—. La conozco. A la desaparecida. La conozco.

—¡Oh, vaya! —dice. Es un hombre de mediana edad, educado y de buena apariencia—. ¿Quiere leer la noticia?

—Si no le importa... No consigo que se cargue nada en mi móvil.

Él sonríe amablemente y me da la tableta. Abro el enlace y accedo a la noticia.

Un hombre de unos treinta años ha sido arrestado en relación con la desaparición de Megan Hipwell, de veintinueve, la mujer de Witney que desapareció el pasado sábado 13 de julio. La policía no ha confirmado si el hombre arrestado es el marido de Megan Hipwell, Scott Hipwell, interrogado el pasado viernes. En declaraciones de esta mañana, un portavoz de la policía ha dicho: «Podemos confirmar que hemos arrestado a un hombre en relación con la desaparición de Megan Hipwell. Todavía no ha sido acusado de ningún delito. La búsqueda de Megan continúa y ahora mismo estamos llevando a cabo el registro de una casa que podría ser el escenario de un crimen».

Justo en ese momento, pasamos por delante de la casa. Por una vez, el tren no se ha detenido en el semáforo. Vuelvo rápidamente la cabeza, pero es demasiado tarde. Ya hemos pasado. Con manos trémulas, le devuelvo el iPad a su dueño. Él niega con la cabeza, apesadumbrado.

—Lo siento mucho —dice.

—No está muerta —afirmo.

Mi voz ha sonado como un graznido y ni siquiera yo misma termino de creer lo que he dicho. Las lágrimas comienzan a asomar a mis ojos. Estuve en su casa. Estuve ahí. Me senté a la mesa con él, lo miré a los ojos, sentí algo. Pienso en sus grandes manos y en que, si a mí me podrían aplastar, a la pequeña y frágil Megan habrían podido destrozarla.

Los frenos chirrían cuando llegamos a la estación de Witney y me pongo en pie de golpe.

—He de bajar —le explico al hombre que va sentado a mi lado. Parece sorprendido, pero asiente comprensivamente.

—Buena suerte —dice.

Recorro el andén y desciendo la escalera a toda velocidad. Avanzo a contracorriente de la gente y ya casi he llegado al pie de la escalera cuando tropiezo con un hombre que me dice «¡Cuidado!», pero no levanto la mirada porque no puedo apartar los ojos del borde de un escalón de hormigón, el penúltimo. Hay una mancha de sangre. Me pregunto cómo ha llegado ahí. ¿Podría tener una semana? ¿Podría ser mi sangre? ¿La de Megan? ¿Hay sangre en su casa —me pregunto—, por eso han arrestado a Scott? Intento pensar en la cocina, el salón. El olor: muy limpio, antiséptico. ¿Era lejía? No lo sé, no lo recuerdo bien. Lo único que recuerdo con claridad es la mancha de sudor en su espalda y el olor a cerveza de su aliento.

Corro por delante del paso subterráneo y tuerzo la esquina de Blenheim Road. Sin apenas aliento, avanzo por la acera con la cabeza baja, demasiado asustada para levantar la mirada. Cuando finalmente lo hago, sin embargo, no hay nada que ver. Delante de la casa de Scott no hay furgonetas ni coches de policía. ¿Habrán terminado ya de registrar la casa? Si hubieran encontrado algo, seguro que todavía estarían aquí; deben de tardar varias horas en registrarlo todo y procesar todas las pruebas. Acelero el paso. Cuando finalmente llego a la casa, me detengo y respiro hondo. Las cortinas están echadas tanto en la planta baja como en el piso de arriba. Advierto que las de la casa del vecino se mueven. Estoy siendo observada. Me acerco a la puerta con la mano alzada. No debería estar aquí. No sé qué estoy haciendo aquí. Sólo quería ver. Quería *saber*. Por un segundo, vacilo. No sé si ir en contra de todos mis instintos y llamar a la puerta o largarme. Finalmente, comienzo a darme la vuelta y justo en ese momento se abre la puerta.

Antes de que tenga tiempo de moverme, Scott extiende la mano, me agarra del antebrazo y tira de mí. Tiene los labios apretados y la mirada desquiciada. Está desesperado. Actúa presa del pánico y la adrenalina. La oscuridad me envuelve. Abro la boca para gritar, pero es demasiado tarde. Me mete en la casa y cierra la puerta tras de mí.

MEGAN

Jueves, 21 de marzo de 2013

Mañana

Yo nunca pierdo. Él ya debería saberlo. Nunca pierdo juegos como éste.

La pantalla de mi móvil está en blanco. Terca e insolentemente en blanco. No tengo ningún mensaje o llamada perdida. Cada vez que la miro, es como si me dieran una bofetada y me enfado más y más. ¿Qué me sucedió en esa habitación de hotel? ¿En qué estaba pensando yo? ¿De verdad creía que había surgido una conexión entre nosotros? ¿Que había algo real? Él no tenía ninguna intención de ir a ninguna parte conmigo. Pero durante un segundo —o más de uno— creí que sí, y eso es lo que me cabrea. Pequé de crédula y me comporté de manera ridícula. Él se ha estado riendo de mí desde el principio.

Si piensa que voy a quedarme sentada llorando por él, está muy equivocado. Puedo vivir perfectamente sin él, me las apaño más que bien, pero no me gusta perder. No es propio de mí. Nada de esto lo es. A mí no me rechazan. Soy yo quien abandona las relaciones.

Me estoy volviendo loca, no puedo evitarlo. No puedo dejar de pensar en aquella tarde en el hotel y en lo que me dijo y me hizo sentir.

Cabrón.

Si cree que simplemente voy a desaparecer y a marcharme sin más, está muy equivocado. Si no me contesta pronto, voy a dejar de llamarlo al móvil y lo haré a su casa. No pienso dejar que me ignore.

Durante el desayuno, Scott me pide que cancele la sesión con Kamal. Yo no le contesto. Hago ver que no lo he oído.

—Dave nos ha invitado a cenar a su casa —dice—. Hace siglos que no vamos. ¿No puedes cambiar la fecha?

Su tono es desenfadado, como si se tratara de una pregunta casual, pero tengo la sensación de que me está vigilando. Siento sus ojos en mi rostro. Estamos a punto de discutir y he de tener cuidado.

—No puedo, Scott, es demasiado tarde —le contesto finalmente—. ¿Por qué no invitas a Dave y a Karen el sábado? —La idea de pasar unas horas con Dave y Karen este fin de semana no me hace especial ilusión, pero he de hacer alguna concesión.

—No es demasiado tarde —dice, dejando la taza de café delante de mí en la mesa. Luego coloca un momento la mano en mi hombro y dice—: Cancélalo, ¿de acuerdo? —Y se va de la cocina.

En cuanto se cierra la puerta, cojo la taza de café y la arrojo contra la pared.

Tarde

Podría decirme a mí misma que no se trata realmente de un rechazo. Podría intentar convencerme de que sólo está procurando hacer lo correcto moral y profesionalmente. Pero sé que eso no es cierto. O, al menos, no del todo, porque si uno de verdad desea a alguien, la moral no se interpondrá (ni desde luego el profesionalismo). Todo lo contrario, hará lo que haga falta para conseguir a esa persona. Es sólo que no me desea lo suficiente.

He ignorado las llamadas de Scott durante toda la tarde, he llegado pasada la hora a la sesión y he entrado directamente en la consulta de Kamal sin decir una palabra a la recepcionista. Él estaba sentado a su escritorio escribiendo algo. Cuando he entrado, ha levantado la mirada sin sonreír y luego ha seguido escribiendo. Yo me he plantado delante del escritorio y he esperado a que me mirara. Me ha parecido que tardaba siglos en hacerlo.

—¿Estás bien? —me ha preguntado por fin, y ha sonreído—. Llegas tarde.

Yo tenía un nudo en la garganta y no podía hablar. He rodeado el escritorio y me he apoyado en él. Al hacerlo, he rozado el muslo de Kamal con la pierna y él se ha apartado un poco.

—Megan —ha dicho—, ¿estás bien?

He negado con la cabeza, he extendido la mano y él me la ha cogido.

—Megan —ha dicho de nuevo, negando también con la cabeza.

Yo no he dicho nada.

—No puedes... Deberías sentarte —sugiere—. Hablemos.

He vuelto a negar con la cabeza.

—Megan.

Cada vez que decía mi nombre empeoraba la situación.

Finalmente, se ha levantado y ha rodeado el escritorio, alejándose de mí. Se ha quedado de pie en medio de la consulta.

—Vamos —ha dicho en un tono serio, o incluso algo brusco—. Siéntate.

Entonces me he acercado a él y he puesto una

mano en su cintura y la otra en su pecho. Él me ha agarrado de las muñecas y se ha apartado de mí.

—No, Megan. No puedes... No podemos... —Se ha dado la vuelta.

—Kamal —he dicho entonces con voz quebrada. He odiado cómo ha sonado—. Por favor.

—Esto... Aquí. No es apropiado. Es normal, créeme, pero...

Entonces le he dicho que quería estar con él.

—Es una transferencia, Megan —ha dicho—. Sucede de vez en cuando. A veces a mí también me pasa. Debería haber tratado esta cuestión la última vez que nos vimos. Lo siento.

Al oír eso me han entrado ganas de gritar. Ha hecho que sonara tan banal, tan anodino, tan común.

—¿Estás diciendo que no sientes nada? —le he preguntado—. ¿Estás diciendo que me lo estoy imaginando?

Él ha negado con la cabeza.

—Entiéndelo, Megan. No debería haber permitido que las cosas llegaran tan lejos.

Entonces me he acercado a él, he colocado las manos en su cadera y le he dado la vuelta. Él me ha vuelto a coger los brazos envolviendo mis muñecas con sus dedos.

—Podría quedarme sin trabajo —ha dicho, y entonces he perdido los estribos.

Enojada, me he apartado violentamente. Él ha intentado sujetarme, pero no ha podido, y yo he comenzado a gritarle y a decirle que su trabajo me importaba una mierda. Él entonces ha intentado tranquilizarme (preocupado, supongo, de lo que pudieran pensar la recepcionista o los otros pacientes) y, tras cogerme por los hombros y clavarme los pulgares con fuerza en la carne, me ha dicho que me calmara y dejara de comportarme como una niña. Luego me ha sacudido con fuerza y, por un momento, he creído que me iba a dar una bofetada.

Lo he besado en la boca y le he mordido el labio inferior tan fuerte como he podido (tanto que incluso he saboreado su sangre). Él me ha apartado de golpe.

De camino a casa, he planeado mi venganza. He pensado en todas las cosas que podría hacerle. Podría hacer, por ejemplo, que lo despidieran. Pero no lo haré porque me gusta demasiado. No quiero hacerle daño. Ya no estoy tan enfadada por su rechazo. Lo que me molesta es que no he llegado al final de mi historia, y no puedo volver a comenzar con otra persona. Es demasiado duro.

No tengo ganas de ir a casa; no sé cómo voy a explicar los moratones que tengo en los brazos.

RACHEL

Lunes, 22 de julio de 2013

Tarde

Ahora toca esperar. La falta de noticias y la lentitud con la que avanza todo resultan angustiosas, pero no se puede hacer otra cosa.

El temor que sentía esta mañana estaba justificado. Era sólo que no sabía de qué debía tener miedo.

No de Scott. Cuando me ha metido en la casa ha debido de percibir el terror en mi mirada porque casi de inmediato me ha soltado. Desaliñado y con la mirada desquiciada, ha retrocedido ante la luz y ha cerrado la puerta rápidamente detrás de nosotros.

—¿Qué estás haciendo aquí? Hay fotógrafos y periodistas por todas partes. No puedo estar recibiendo a gente en casa. Los periodistas dirán cosas... Intentarán lo que sea para conseguir fotografías o...

—Ahí fuera no hay nadie —he dicho, aunque lo cierto es que tampoco me había fijado bien. Puede que hubiera gente sentada en su coche, esperando que sucediera algo.

—¿Qué estás haciendo aquí? —me ha vuelto a preguntar.

—Me he enterado de la noticia. Sólo quería... ¿Es él? ¿Lo han arrestado?

Scott ha asentido.

—Sí, a primera hora de esta mañana. La agente de enlace ha venido a decírmelo. Pero no podía o no me han querido decir por qué lo han arrestado. Seguro que han encontrado algo, pero no me ha querido decir qué. A ella no, eso sí lo sé. A ella todavía no la han encontrado.

Se sienta en la escalera y se rodea el cuerpo con los brazos. Todo su cuerpo está temblando.

—No puedo soportarlo. No puedo soportar permanecer a la espera de que suene el teléfono. Cuando lo haga, ¿qué noticias recibiré? ¿Serán malas? —Se queda callado y levanta la mirada hacia mí como si fuera la primera vez que me ve—. ¿Por qué has venido?

—Quería... He pensado que no querrías estar solo.

Me ha mirado como si estuviera loca.

—No estoy solo —ha dicho. Se ha puesto en pie y

se ha dirigido al salón. Por un momento, he permanecido inmóvil. No sabía si seguirlo o marcharme, pero entonces ha exclamado—: ¿Quieres una taza de café?

En el jardín había una mujer fumando. Era alta, con el pelo entrecano e iba elegantemente vestida con unos pantalones negros y una blusa blanca abotonada hasta el cuello. Estaba deambulando de un lado a otro del patio pero, en cuanto me ha visto, se ha detenido, ha tirado el cigarrillo a los adoquines y lo ha aplastado con el pie.

—¿Policía? —me ha preguntado, al tiempo que entraba en la cocina.

—No, soy...

—Ésta es Rachel Watson, mamá —le ha dicho Scott—. La mujer que se puso en contacto conmigo por lo de Abdic.

Ella ha asentido despacio, como si la explicación de Scott no la hubiera ayudado demasiado y, tras repasarme rápidamente de arriba abajo, ha dicho:

—Ah.

—Yo sólo, esto... —No tenía ninguna razón justificable para estar ahí. No podía decir «Sólo quería saber. Sólo quería ver».

—Bueno, Scott le está muy agradecido. Ahora estamos esperando saber qué está pasando exactamente.

Se ha acercado a mí y, cogiéndome por el codo,

me ha conducido cuidadosamente hasta la puerta de entrada. Yo he vuelto la cabeza y le he echado un vistazo a Scott, pero éste se encontraba junto a la ventana, contemplando absorto algún lugar más allá de las vías.

—Gracias por haber venido, señora Watson. Se lo agradecemos mucho.

De repente, me he encontrado en el umbral, con la puerta firmemente cerrada detrás de mí, y al levantar la mirada los he visto: Tom iba empujando un cochecito junto a Anna. Ambos se han detenido de golpe cuando me han visto. Ella se ha llevado la mano a la boca y se ha inclinado para coger a su pequeña. La leona protegiendo a su cachorro. Me han entrado ganas de reírme y de decirle que no estaba ahí por ella y que su hija no me podía interesar menos.

No soy bienvenida. La madre de Scott me lo ha dejado claro. No soy bienvenida y eso me duele, pero no importa. Han arrestado a Kamal Abdic. Lo han arrestado y yo he contribuido a ello. He hecho algo bueno. Lo han arrestado y no tardarán mucho en encontrar a Megan y llevarla de vuelta a casa.

ANNA

Lunes, 22 de julio de 2013

Mañana

Tom me ha despertado temprano con un beso y una sonrisa juguetona. A última hora de esta mañana tiene una reunión, de modo que me ha sugerido que fuéramos a desayunar con Evie a la cafetería de la esquina. Es el lugar en el que solíamos quedar cuando comenzamos a vernos. Nos sentábamos junto a la ventana mientras ella estaba en Londres trabajando, así que no había peligro con que pasara por ahí y nos viera. Eso no quiere decir que no sintiéramos la excitación de lo prohibido; siempre podía volver a casa antes de tiempo por alguna razón: que se encontrara mal, o que se hubiera olvidado algunos papeles importantes. Yo soñaba con ello. Deseaba que un día lo hiciera y descubriera a Tom conmigo y supiera en ese mismo instante que él ya no le pertenecía. Ahora me cuesta creer que hubo una vez en la que quería que apareciera.

Desde que Megan desapareció, he evitado pasar por delante de su casa siempre que he podido. Me da escalofríos. Pero para ir a esa cafetería es el único camino posible. Tom va delante de mí, empujando el cochecito y cantándole algo a Evie que la hace reír. Me encanta cuando salimos los tres así. Puedo ver cómo nos mira la gente. Puedo ver cómo piensan: «Qué familia más maravillosa». Me hace sentir orgullosa; más de lo que he estado nunca en mi vida.

De modo que voy en mi burbuja de felicidad y, justo cuando estamos llegando al número 15, la puerta se abre. Por un momento, creo que estoy sufriendo una alucinación: la persona que sale de la casa es *ella*. Rachel. Cruza la puerta y, al vernos, se detiene de golpe. Es horrible. Nos ofrece una extraña sonrisa —casi una mueca— y yo no puedo evitar inclinarme hacia el cochecito y coger a Evie (haciendo que se sobresalte y comience a llorar).

Rachel se aleja rápidamente de nosotros hacia la estación.

Tom la llama:

—¡Rachel! ¿Qué estás haciendo aquí? ¡Rachel! —Pero ella no se detiene y sigue alejándose cada vez más rápido, hasta que casi está corriendo. Tom se vuelve entonces hacia mí y al ver la expresión de mi rostro dice—: Será mejor que volvamos a casa.

Tarde

Al llegar a casa hemos descubierto que han arrestado a alguien en relación con la desaparición de Megan Hipwell. Un tipo del que nunca había oído hablar: el psicólogo al que acudía. Supongo que es un alivio, pues yo ya había comenzado a imaginar todo tipo de cosas extrañas.

—Ya te dije que no sería un desconocido —ha dicho Tom—. Nunca lo es, ¿no? En cualquier caso, no sabemos qué ha pasado. Lo más seguro es que ella esté bien. Probablemente haya huido con alguien.

—Entonces ¿por qué han arrestado a ese hombre?

Él se ha encogido de hombros. Estaba distraído poniéndose la americana y anudándose bien la corbata, arreglándose para la reunión con el último cliente del día.

—¿Qué vamos a hacer? —le he preguntado.

—¿A qué te refieres? —Se me ha quedado mirando inexpresivamente.

—Con ella. Con Rachel. ¿Por qué estaba aquí? ¿Por qué ha salido de casa de los Hipwell? ¿No creerás...? ¿No creerás que pretendía llegar a nuestro jardín, ya sabes, saltando desde el de los vecinos?

A Tom se le ha escapado una sombría sonrisa.

—Lo dudo mucho. Estamos hablando de Rachel. Con lo gorda que está, no sería capaz de saltar todas esas cercas. No tengo ni idea de qué estaba haciendo ahí. Tal vez estaba borracha y se ha equivocado de puerta.

—En otras palabras, su intención era venir aquí.

Él ha negado con la cabeza.

—No lo sé. Mira, no te preocupes, ¿vale? Mantén la puerta cerrada con llave. Luego la llamaré y averiguaré qué estaba haciendo.

—Creo que deberíamos telefonear a la policía.

—¿Y decir qué? En realidad, Rachel no ha hecho nada...

—No ha hecho nada últimamente; a no ser que contemos el hecho de que estuviera aquí la noche en la que desapareció Megan Hipwell —he contestado yo—. Deberíamos haberle hablado de ella a la policía hace siglos.

—Vamos, Anna. —Me ha rodeado la cintura con los brazos—. Dudo mucho que Rachel tenga nada que ver con la desaparición de Megan Hipwell. Pero hablaré con ella, ¿de acuerdo?

—Pero la última vez dijiste...

—Ya lo sé —ha reconocido en voz baja—. Sé lo que dije. —Entonces me ha besado y ha deslizado la

mano por la cintura de mis pantalones vaqueros—.
No involucremos a la policía a no ser que realmente
haya un motivo.

Yo creo que ya lo tenemos. No puedo dejar de
pensar en esa sonrisa que nos ha dedicado, esa mueca
burlona. Era casi triunfal. Hemos de alejarnos de
aquí. Hemos de alejarnos de *ella*.

RACHEL

Martes, 23 de julio de 2013

Mañana

Tardo un rato en darme cuenta de qué es lo que siento al despertar. Se trata de una sensación de euforia, atemperada con otra cosa: un pavor innominado. Sé que estamos a punto de descubrir la verdad, pero no dejo de tener la sensación de que ésta será terrible.

Me siento en la cama con mi ordenador portátil, lo enciendo y espero impacientemente que arranque para entrar en internet. Todo el proceso parece interminable. Mientras tanto, oigo a Cathy deambular por el apartamento, fregando los cacharros del desayuno y subiendo la escalera para ir al cuarto de baño a lavarse los dientes. Al pasar por delante de la puerta de mi habitación se detiene un momento. Me la imagino con los nudillos alzados, a punto de llamar, pero parece pensarlo mejor y vuelve a bajar la escalera.

Entro en la página de noticias de la BBC. La noticia principal trata sobre los recortes en las prestaciones, y la segunda sobre otra estrella más de la televisión de los setenta acusada de abusos sexuales. No hay nada sobre Megan, ni tampoco sobre Kamal. Me siento decepcionada. Sé que la policía tiene veinticuatro horas para presentar cargos contra un sospechoso y ya han pasado. También es cierto que, en algunas circunstancias, pueden retener a alguien otras doce horas más.

Sé todo esto porque ayer estuve investigando. Después de que me echaran de casa de Scott, regresé aquí, encendí el televisor y me pasé la mayor parte del día viendo las noticias y leyendo artículos en internet. A la espera.

Hacia el mediodía, la policía dio el nombre de su sospechoso. En las noticias, hablaban de «pruebas descubiertas en la casa y el coche del doctor Abdic», pero no dijeron de qué se trataba. ¿Sangre, quizá? ¿El teléfono móvil de ella, todavía sin descubrir? ¿Ropa? ¿Una bolsa? ¿Su cepillo de dientes? Luego mostraron algunas fotografías de Kamal. Primeros planos de su rostro oscuro y bien parecido. Las fotografías que utilizaron no eran de la policía, sino personales: de vacaciones en algún lugar, sin sonreír pero casi. Parecía demasiado blando, demasiado guapo para ser un asesino, pero las apariencias pueden engañar; dicen que Ted Bundy se parecía a Cary Grant.

Estuve todo el día esperando más noticias; que hicieran públicos los cargos: secuestro, asalto o algo peor. Estuve esperando que dijeran dónde se encontraba ella, dónde la había tenido retenida. Mostraron fotografías de Blenheim Road, de la estación, de la puerta de la casa de Scott. Los comentaristas sopesaron las implicaciones más plausibles del hecho de que el teléfono móvil de Megan y sus tarjetas de crédito llevaran sin utilizarse más de una semana.

Tom me llamó varias veces. No descolgué. Sé lo que quería. Preguntarme si ayer por la mañana estuve en casa de Scott Hipwell. No todo gira a su alrededor. Esto no tiene nada que ver con él. En cualquier caso, supongo que me llamó por orden de ella y a esa mujer no le debo ninguna explicación.

Me pasé todo el día esperando que dijeran cuáles eran los cargos en contra de Kamal, pero nada: en vez de eso, hablaron más sobre el profesional de la salud mental que escuchaba los secretos y problemas de Megan, que se ganó su confianza y luego abusó de ella, que la sedujo y luego, ¿quién sabe?

Descubrí que se trata de un bosnio musulmán superviviente de la guerra de los Balcanes que llegó a Inglaterra como refugiado a los quince años. La violencia no le era extraña: había perdido a su padre y a sus dos hermanos mayores en Srebrenica. También había sido condenado por violencia doméstica. Cuantas más cosas descubría sobre Kamal, más me convencía de que había hecho bien en hablarle a la policía sobre él. Y en ponerme en contacto con Scott.

Me levanto y me pongo la bata, bajo a la planta baja y enciendo el televisor. Hoy no tengo intención de ir a ningún sitio. Si aparece Cathy de improviso, le diré que me encuentro mal. Me preparo una taza de café y me siento delante del televisor a esperar.

Tarde

Alrededor de las tres el aburrimiento se ha apoderado de mí. Ya estoy cansada de oír hablar sobre prestaciones y pedófilos de la televisión de los setenta. Me siento frustrada por no haber averiguado nada más sobre Megan o Kamal, así que voy a la licorería y me compro dos botellas de vino blanco.

Prácticamente me he terminado la primera botella cuando sucede. Por fin hay algo más en las noticias. Están emitiendo unas imágenes trémulas tomadas desde un edificio medio construido (o medio destruido). A lo lejos se ven explosiones. Siria o Egipto. Quizá Sudán. El sonido está apagado, no estoy prestando mucha atención. Y, de repente, lo veo: los titulares sobreimpresos al pie de la pantalla informan de que el gobierno se encuentra ante un desafío por los recortes en la asistencia jurídica, que Fernando Torres estará de baja un máximo de cuatro semanas a causa de un esguince en el tendón de la corva y que el sospechoso de la desaparición de Megan Hipwell ha sido puesto en libertad sin cargos.

Dejo el vaso en la mesa, cojo el mando a distancia y subo, subo, subo el volumen. No puede ser cierto. El reportaje sobre la guerra parece no terminar nunca y, a medida que prosigue, aumenta mi presión arterial. Cuando finalmente acaba, vuelven al estudio y la presentadora dice:

—Kamal Abdic, el hombre arrestado ayer en relación con la desaparición de Megan Hipwell, ha sido puesto en libertad sin cargos. Abdic, que era el psicólogo de la señora Hipwell, fue detenido ayer, pero ha sido liberado esta mañana pues, según la policía, no hay suficientes pruebas para presentar cargos en su contra.

Después de eso, ya no oigo qué más dice la locutora. Permanezco ahí sentada, con los ojos borrosos y un ruido sordo en los oídos mientras pienso «Lo tenían. Lo tenían y lo han soltado».

Más tarde subo al piso de arriba. He bebido demasiado y no puedo ver bien la pantalla del ordenador. Veo doble, triple. Sólo puedo leer si me tapo un ojo con la mano, pero me da dolor de cabeza. Cathy ha llegado a casa. Me ha llamado y yo le he dicho que estaba en la cama, indispuesta. Sabe que estoy bebiendo.

Tengo la barriga llena de alcohol. Me encuentro mal. No puedo pensar con claridad. No debería haber comenzado a beber tan pronto. No debería haber comenzado a beber, punto. Hace una hora he llamado a Scott, y luego otra vez hace unos minutos. Tampoco debería haber hecho eso. Sólo quiero saber qué mentiras le habrá contado Kamal a la policía, qué mentiras han sido tan estúpidos de creerse. Han metido la pata. Idiotas. Es culpa de esa mujer, Riley. Estoy segura.

Los periódicos no han ayudado. Ahora dicen que Kamal no tenía ninguna condena por violencia doméstica, que fue una equivocación. Están haciendo que él parezca la víctima.

Ya no quiero beber más. Sé que debería verter lo que queda por el fregadero, pues de otro modo mañana por la mañana la botella seguirá aquí y comenzaré a beber nada más levantarme, y en cuanto empiece no querré parar. Debería verter el vino que queda por el fregadero, pero sé que no lo voy a hacer.

Está oscuro y oigo que alguien dice su nombre. Primero en voz baja y luego más fuerte. Un tono enojado, desesperado, que llama a Megan. Se trata de Scott; es infeliz con ella. La llama una y otra vez. Creo que es un sueño. Intento aferrarme a él, pero cuanto más me esfuerzo, más confuso y más lejano se vuelve todo.

Miércoles, 24 de julio de 2013

Mañana

Llaman suavemente a la puerta y me despierto. La lluvia repiquetea en el cristal de la ventana; son las ocho pasadas, pero fuera todavía parece estar oscuro. Cathy abre la puerta ligeramente y echa un vistazo en la habitación.

—¿Estás bien, Rachel? —Repara en la botella que hay cerca de la cama y sus hombros se derrumban. Yo estoy demasiado avergonzada para decir nada—. ¿No vas a ir a trabajar? —me pregunta—. ¿Ayer fuiste?

No espera mi respuesta. Se da la vuelta y, mientras se aleja, dice:

—Si sigues así, conseguirás que te echen.

Debería decírselo ahora que ya está enfadada conmigo. Debería ir tras ella y contárselo: me despidieron hace meses por presentarme completamente borracha después de un almuerzo de trabajo de tres horas durante el cual me comporté de un modo tan grosero y poco profesional que la empresa terminó perdiendo el cliente. Cuando cierro los ojos, todavía puedo recordar las horas posteriores a ese almuerzo: la mirada de la camarera al darme la chaqueta, yo entrando en la oficina haciendo eses, la gente volviéndose para mirarme, Martin Miles llevándome a un lado («Creo que será mejor que te vayas a casa, Rachel»).

Suena un trueno y, tras el destello del relámpago, me incorporo de golpe. ¿Qué fue lo que pensé anoche? Echo un vistazo en mi pequeño libro negro, pero no he escrito nada desde que ayer al mediodía anoté unos datos sobre Kamal: edad, etnia, condena por violencia doméstica. Cojo un bolígrafo y tacho este último punto.

En la planta baja, me preparo una taza de café y enciendo el televisor. Anoche la policía celebró una rueda de prensa y ahora están emitiendo fragmentos en Sky News. El inspector Gaskill tiene mal aspecto: se le ve pálido y demacrado y humillado. Abatido. No menciona el nombre de Kamal, sólo dice que un sospechoso fue detenido e interrogado, pero que ha sido puesto en libertad sin cargos y que la investigación sigue abierta. Las cámaras enfocan entonces a Scott, que permanece en su asiento encorvado e incómodo, parpadeando bajo la luz de las cámaras y con una perceptible expresión de angustia en el rostro. Al verlo siento una punzada en el corazón. Habla en voz baja y sin levantar la mirada. Dice que todavía tiene esperanza y que, a pesar de lo que diga la policía, él se aferra a la idea de que Megan volverá a casa.

Sus palabras suenan huecas y falsas, pero sin verle los ojos no sé exactamente por qué. No sé si no cree realmente que vaya a regresar a casa porque toda la fe que tenía se ha venido abajo a causa de los acontecimientos de los últimos días o porque en realidad *sabe* que nunca volverá a casa.

Y entonces lo recuerdo: ayer lo llamé por teléfono. ¿Una vez? ¿Dos? Corro al piso de arriba para coger mi móvil y lo encuentro entre las sábanas. Tengo tres llamadas perdidas: una de Tom y dos de Scott. Ningún mensaje. Tom llamó anoche, y también Scott la primera vez, pero más tarde, poco después de la medianoche. La segunda llamada de éste ha sido esta mañana, hace unos minutos.

Mi corazón se anima un poco. Esto son buenas noticias. A pesar de las acciones de su madre, a pesar de sus claras implicaciones («Muchas gracias por su ayuda, ahora déjenos en paz»), Scott todavía quiere hablar conmigo. Me necesita. Me siento momentáneamente inundada de afecto por Cathy, llena de gratitud por que haya tirado el resto del vino. He de mantener la cabeza despejada, por Scott. Necesita que piense con claridad.

Me doy una ducha, me visto y me preparo otra taza de café. Luego me siento en el salón con el pequeño libro negro a mi lado, y llamo a Scott.

—Deberías habérmelo dicho —dice en cuanto descuelga. Su tono es monótono y frío. Se me hace un nudo en el estómago. Lo sabe—. La sargento Riley habló conmigo después de dejar a Kamal en libertad. Él negó tener ninguna aventura con ella. Y, según Riley, la testigo que sugirió que había algo entre ellos era

231

poco fiable. Se trataba de una alcohólica. Tal vez incluso mentalmente inestable. No me dijo su nombre, pero si no me equivoco, estaba hablando de ti.

—Pero... no —digo—. No. Yo no... Yo no había estado bebiendo cuando los vi. Eran las ocho y media de la mañana. —Como si eso quisiera decir algo—. Y, según las noticias, encontraron pruebas. Encontraron...

—Pruebas insuficientes.

Y tras decir eso cuelga.

Viernes, 26 de julio de 2013

Mañana

Ya no voy a mi oficina imaginaria. He dejado de hacer ver que todavía tengo trabajo. Apenas me molesto en salir de la cama. Creo que la última vez que me lavé los dientes fue el miércoles. Todavía sigo fingiendo que estoy enferma, aunque estoy segura de que no engaño a nadie.

No puedo soportar la idea de levantarme de la cama, vestirme, subir al tren, ir a Londres y deambular por las calles. Cuando brilla el sol ya es duro, pero con esta lluvia resulta imposible. Hoy es el tercer día de un frío aguacero torrencial e implacable.

Me cuesta dormir y ya no se debe sólo a la bebida, sino a las pesadillas. Estoy atrapada en algún lugar y sé que alguien se acerca y hay una salida, sé que la hay, sé que la he visto antes, sólo que no puedo encontrarla y cuando el tipo llega, no puedo gritar. Lo intento: aspiro aire y luego lo expulso, pero sólo consigo emitir un sonido ronco, como si estuviera muriéndome e intentara respirar.

A veces, en mis pesadillas, me encuentro en el paso subterráneo de Blenheim Road. La entrada está bloqueada y no puedo avanzar porque hay alguien allí, esperándome y me despierto aterrorizada.

Nunca van a encontrarla. A cada día, a cada hora que pasa estoy más segura de ello. Pasará a ser uno de esos nombres y la suya una de esas historias: perdida, desaparecida, sin cadáver. Y Scott ya no tendrá justicia ni paz. Nunca tendrá un cadáver que llorar; nunca sabrá qué le pasó. No habrá conclusión, no podrá pasar página. Permanezco despierta pensando en ello y me duele. No puede haber mayor sufrimiento, nada puede ser más doloroso que no llegar a saber nunca qué pasó.

Le he escrito. He admitido mi problema y luego he vuelto a mentirle diciéndole que lo tenía bajo control y que estaba recibiendo ayuda. Le he dicho que no soy mentalmente inestable. Ya no sé si eso es cierto o no. Le he dicho que tengo muy claro lo que vi, y que ese día no había estado bebiendo. Eso, al menos, es cierto. No me ha contestado. Tampoco esperaba que lo hiciera. Me ha apartado de su lado, me ha repudiado. Las cosas que quería decirle ya no puedo decírselas. Tampoco escribírselas, no suenan bien. Me gustaría que supiera lo mucho que siento que mi testimonio no fuera suficiente para que la policía arrestara a Kamal. Ese sábado por la noche debería haber visto algo, debería haber tenido los ojos abiertos.

Tarde

Estoy completamente empapada y aterida, tengo las puntas de los dedos pálidas y arrugadas, y sufro las punzadas en la cabeza de una resaca que ha empezado sobre las cinco y media. Algo de esperar teniendo en cuenta que he comenzado a beber antes del mediodía. He ido a comprar otra botella, pero el cajero automático ha frustrado mis planes con una respuesta que esperaba hacía tiempo: «No hay suficientes fondos en su cuenta».

Después de eso, he estado caminando sin rumbo bajo la lluvia durante más de una hora. Tenía para mí todo el centro peatonal de Ashbury. En un momento dado, he decidido que tengo que hacer algo. Debo corregir esta situación.

Ahora, empapada y casi sobria, voy a llamar a Tom. No quiero saber qué hice ni qué dije ese sábado por la noche, pero he de averiguarlo. Puede que hablar con él me refresque la memoria. Por alguna razón, estoy segura de que hay algo que se me está escapando. Algo vital. Puede que no sea más que un autoengaño, otro intento de demostrarme a mí misma que no soy inútil, pero quizá es real.

—Llevo desde el lunes intentando ponerme en contacto contigo —dice Tom cuando descuelga el teléfono—. Te he llamado a la oficina —añade, y se queda callado para asegurarse de que he captado lo que acaba de decir.

Ya estoy a la defensiva, avergonzada, ridiculizada.

—Necesito hablar contigo —digo—, sobre el sábado por la noche. Ese sábado por la noche.

—¿De qué estás hablando? *Yo* necesito hablar *contigo* sobre el lunes, Rachel. ¿Qué demonios estabas haciendo en casa de Scott Hipwell?

—Eso no es importante, Tom...

—Sí que lo es, joder. ¿Qué estabas haciendo ahí? Es que no te das cuenta de que podría ser... Es decir, no lo sabemos con seguridad, ¿verdad? Podría haberle hecho algo, ¿no? A su esposa.

—Él no le ha hecho nada a su esposa —le digo con gran seguridad—. No ha sido él.

—¿Cómo diablos vas a saberlo? ¿Qué está pasando, Rachel?

—Yo sólo... Has de creerme. Pero no es eso por lo que te he llamado. Necesito hablar contigo sobre ese sábado y el mensaje que me dejaste. Estabas muy enfadado. En él decías que había asustado a Anna.

—Bueno, lo hiciste. Te vio caminando a trompicones por la calle y tú comenzaste a insultarla a gritos. Después de lo que había pasado la última vez con Evie, se asustó mucho.

—¿Y qué hizo entonces? ¿Hizo algo?

—¿Cómo que «algo»?

—¿Me hizo algo a mí?

—¿Qué?

—Tenía un corte, Tom. En la cabeza. Estaba sangrando.

—¡¿Es que estás acusando a Anna de haberte hecho daño?! —Eso lo ha enfadado y ahora está gritando—. ¡En serio, Rachel, ya basta! En más de una ocasión he convencido a Anna para que no te denunciara a la policía, pero si sigues así, acosándonos e inventándote historias...

—No la estoy acusando de nada, Tom. Sólo estoy intentando averiguar qué pasó. Yo no...

—¿No te acuerdas? No, claro que no. Rachel nunca recuerda nada. —Tom suspira cansinamente—. Mira, Anna te vio, tú estabas borracha y te mostraste agresiva con ella. Llegó a casa asustada y me lo contó, así que fui a buscarte. Tú seguías en la calle. Creo que te habías caído. Estabas muy alterada. Te habías hecho un corte en la mano.

—No me hice nada en la mano...

—Bueno, tenías sangre en la mano. No sé cómo había llegado ahí. Me ofrecí a llevarte a casa, pero no querías escucharme. Estabas fuera de control. En un momento dado, te marchaste caminando y yo fui a buscar el coche. Cuando regresé, ya no estabas. Fui a la estación, pero no te vi. Luego di algunas vueltas. A Anna le preocupaba mucho que estuvieras rondando por ahí. Temía que regresaras e intentaras meterte en casa. Yo estaba preocupado por si te caías, o te metías en problemas... Conduje hasta Ashbury y llamé a tu casa, pero no estabas ahí. Luego te llamé al móvil un par de veces y te dejé un mensaje. Y sí, estaba enfadado. A esas alturas estaba realmente cabreado.

—Lo siento, Tom —digo—. Lo siento de verdad.

—Ya lo sé —afirma él—. Siempre lo sientes.

—Has dicho que le grité a Anna —señalo, encogiéndome al pensar en ello—. ¿Qué le dije?

—No lo sé —dice—. ¿Quieres que se lo pregunte? Tal vez te gustaría tener una charla con ella al respecto.

—Tom...

—Honestamente, ¿qué más da ahora?

—¿Viste a Megan Hipwell esa noche?

—No. —Ahora suena preocupado—. ¿Por qué? ¿Tú sí? No le hiciste nada, ¿verdad?

—No, claro que no.

Se queda un momento callado.

—Entonces ¿por qué me lo preguntas? Rachel, si sabes algo...

—No sé nada —digo—. No vi nada.

—Entonces ¿por qué estabas el lunes en casa de los Hipwell? Por favor, dímelo. Así podré tranquilizar a Anna. Está preocupada.

—Tenía que decirle algo a Scott. Algo que pensé que podría ser útil.

—¿No viste a Megan ese sábado, pero tenías que decirle algo a Scott que podía ser útil?

Vacilo un segundo. No sé si debería contárselo o si sólo Scott debería saberlo.

—Se trata de Megan —digo—. Estaba teniendo una aventura.

—Un momento, ¿la conocías?

—Sólo un poco —digo.

—¿Cómo?

—De la galería.

—Ah —dice—. ¿Y quién es el tipo?

—Su psicólogo —le aclaro—. Kamal Abdic. Los vi juntos.

—¿De verdad? ¿El tipo que arrestaron? Pensaba que lo habían dejado libre.

—Lo han hecho. Y ha sido culpa mía. Me consideran una testigo poco fiable.

Tom se ríe. Lo hace de un modo amigable, no se está burlando de mí.

—Vamos, Rachel. Hiciste lo correcto informando a la policía. Estoy seguro de que la liberación no ha sido únicamente cosa tuya. —De fondo, puedo oír los balbuceos de su hija. Tom aparta el auricular del teléfono de su boca y dice algo que no puedo oír. Y luego, dirigiéndose otra vez a mí, añade—: He de irme. —Lo imagino entonces colgando el teléfono, cogiendo a su pequeña, dándole un beso y abrazando a su esposa. El puñal que tengo clavado en el corazón se retuerce cada vez más y más.

Lunes, 29 de julio de 2013

Mañana

Son las 8.07 y estoy en el tren. De vuelta a la oficina imaginaria. Cathy se ha pasado todo el fin de semana con Damien, y cuando la vi anoche, no le di la oportunidad de regañarme. Antes de que tuviera tiempo de hacerlo, comencé a disculparme por mi comportamiento y le dije que últimamente había estado algo deprimida, pero que estaba reponiéndome y había empezado a pasar página. Ella aceptó mis disculpas, o hizo ver que lo hacía y me dio un abrazo. Es la bondad personificada.

Megan ya casi no aparece en las noticias. En el *Sunday Times* había una columna sobre incompetencia policial en la que se referían brevemente al caso. Una fuente anónima de la Fiscalía General lo consideraba «otro caso más en el que la policía ha hecho una detención apresurada a partir de pruebas poco sólidas o deficientes». Estamos llegando al semáforo. Noto el familiar traqueteo, el tren ralentiza la marcha y levanto la mirada porque tengo que hacerlo, no puedo soportar la idea de no hacerlo, pero ya no hay nada que ver. Las puertas correderas están cerradas y las cortinas echadas. No hay nada que ver salvo la lluvia que cae a mares y el agua embarrada encharcándose al fondo del jardín.

De repente, decido bajar del tren en Witney. Tom no pudo ayudarme, pero tal vez el otro hombre, el pelirrojo, sí pueda. Espero que los pasajeros que han desembarcado desaparezcan escaleras abajo y me siento en el único banco cubierto del andén. Tal vez tenga suerte. Tal vez lo vea subiendo al tren. Podría seguirlo y hablar con él. Es lo único que me queda, mi último lanzamiento del dado. Si esto no funciona, no tendré más remedio que dejarlo estar.

Pasa media hora. Cada vez que oigo pasos en la escalera, se me acelera el corazón. Cada vez que oigo el repiqueteo de unos tacones altos, me sobresalto. Si Anna me ve aquí, podría meterme en problemas. Tom me lo ha advertido. En el pasado ha conseguido convencerla de que no involucrara a la policía, pero si sigo así...

Las nueve y cuarto. A no ser que el pelirrojo comience a trabajar muy tarde, hoy ya no lo voy a ver.

Ahora está lloviendo con más intensidad y no me veo capaz de aguantar otro día deambulando por Londres sin propósito alguno. El único dinero que tengo es un billete de diez libras que le he pedido prestado a Cathy, y necesito hacer que me dure antes de reunir el valor necesario para pedirle un préstamo a mi madre. Desciendo la escalera con la intención de cruzar la estación e ir al andén opuesto para coger un tren de vuelta a Ashbury cuando, de repente, veo a Scott con el cuello del abrigo alzado. Está saliendo del quiosco que hay frente a la entrada de la estación.

Corro tras él y lo alcanzo en la esquina, justo delante del paso subterráneo. Cuando lo cojo del brazo se da la vuelta de golpe, sobresaltado.

—Por favor, ¿podemos hablar un momento? —le pregunto.

—¡Por el amor de Dios! —me gruñe—. ¿Qué cojones quieres ahora?

Yo retrocedo con las manos alzadas.

—Lo siento —digo—. Lo siento. Sólo quería pedirte perdón y explicarte...

El aguacero ha dado paso a una auténtica tormenta. Somos las únicas personas que están en la calle, ambos empapados hasta los huesos. Scott comienza a reírse. Alza las manos y suelta una carcajada.

—Está bien. Vamos a casa —dice—, aquí nos vamos a ahogar.

Scott pone agua a hervir y sube un momento al

piso de arriba a buscarme una toalla. La casa está menos ordenada que hace una semana, y el olor a desinfectante ha sido reemplazado por algo más terroso. Una pila de periódicos descansa en un rincón del salón y hay tazas sucias en la mesita de centro y la repisa de la chimenea.

Scott reaparece con la toalla.

—Es un basurero, ya lo sé. Mi madre me estaba volviendo loco, limpiando y ordenando tras de mí todo el rato. Tuvimos una pequeña discusión. Ahora hace unos días que no viene. —Su móvil comienza a sonar. Él le echa un vistazo a la pantalla y luego vuelve a guardárselo en el bolsillo—. Hablando del rey de Roma. Nunca descansa.

Lo sigo hasta la cocina.

—Lamento lo que ha sucedido —digo.

Él se encoge de hombros.

—Lo sé. De todos modos, no es culpa tuya. Quiero decir, habría ayudado que no fueras...

—¿Una borracha?

Está de espaldas a mí, sirviéndome el café.

—Bueno, sí. Pero de todos modos tampoco tenían nada para acusarlo. —Me da la taza y nos sentamos a la mesa. Advierto que uno de los marcos de las fotografías que hay sobre el aparador lo han colocado boca abajo. Scott sigue hablando—. Encontraron cosas en su casa (pelo, células de piel), pero él no niega que ella hubiera estado ahí. Bueno, al principio sí lo hizo, pero luego admitió que Megan había estado en su casa.

—¿Por qué mintió?

—Exacto. Admitió que ella había estado en su casa dos veces, sólo para hablar. No dijo acerca de qué por lo de la confidencialidad entre médico y paciente. El pelo y las células de piel los encontraron en la planta baja. Nada en el dormitorio. Él jura que no estaba teniendo una aventura, pero es un mentiroso, así que... —Scott se pasa la mano por los ojos. Su rostro parece como si se hubiera replegado sobre sí mismo y tiene los hombros hundidos. Parece haberse encogido—. En su coche también encontraron un rastro de sangre.

—¡Oh, Dios mío!

—Sí, del mismo tipo que la de Megan. La policía no sabe si puede conseguir el ADN porque la muestra es muy pequeña. No dejan de decir que podría no ser nada. ¿Cómo no va a ser nada que haya un rastro de sangre en su coche? —Niega con la cabeza—. Tenías razón. Cuantas más cosas sé sobre este tipo, más seguro estoy. —Levanta la vista hacia mí y me mira directamente a los ojos por primera vez desde que hemos llegado—. Se la estaba follando y ella quería poner fin a la aventura, así que... él hizo algo al respecto. Es eso. Estoy seguro.

Ha perdido toda esperanza, y no lo culpo. Hace más de dos semanas que ella no enciende el móvil ni utiliza sus tarjetas de crédito para retirar dinero de un cajero. Nadie la ha visto. Ha desaparecido.

—Él le dijo a la policía que ella quizá había huido —dice Scott.

—¿El doctor Abdic?

Scott asiente.

—Le dijo a la policía que era infeliz conmigo y que quizá había huido.

—Está intentando eludir las sospechas y que piensen que eres tú quien le ha hecho algo a Megan.

—Ya lo sé. Pero ellos parecen creerse todo lo que ese cabrón les cuenta. Esa mujer, Riley, noto cuando ha hablado con él. A ella le gusta. El pobre y pisoteado refugiado. —Scott agacha la cabeza, abatido—. Y quizá tenga razón. Tuvimos una discusión tremenda. Pero me cuesta creer que... Ella no era infeliz conmigo. No lo era. No lo era. —Cuando lo dice por tercera vez, me pregunto si está intentando convencerse a sí mismo—. Aunque si estaba teniendo una aventura, es que sí lo era, ¿no?

—No necesariamente —digo—. Quizá fue una de esas cosas... ¿Cómo lo llaman? ¿Transferencia? ¿No es ésa la palabra que se utiliza cuando un paciente desarrolla sentimientos (o cree que lo hace) por su psicólogo? Se supone que éste ha de resistirse a esos sentimientos y señalarle al paciente que no son reales.

Scott me está mirando, pero tengo la sensación de que no escucha realmente lo que estoy diciendo.

—¿A ti qué te sucedió? —me pregunta entonces—. Dejaste a tu marido. ¿Estabas viendo a otra
persona?

Niego con la cabeza.

—Al revés. Apareció Anna.

—Lo siento —dice, y se queda callado.

Sé qué va a preguntar a continuación, así que antes de que lo haga añado:

—Mi problema con la bebida comenzó antes.
Mientras todavía estábamos casados. Eso es lo que
querías saber, ¿no?

Vuelve a asentir.

—Estábamos intentando tener un bebé —digo, y
se me hace un nudo en la garganta. A pesar de todo el
tiempo que ha pasado, cada vez que hablo de ello las
lágrimas acuden a mis ojos—. Lo siento.

—No pasa nada. —Se pone en pie, se dirige al fregadero y llena un vaso de agua. Luego lo deja sobre la
mesa, delante de mí.

Me aclaro la garganta e intento contárselo del
modo más desapasionado posible.

—Estábamos intentando tener un bebé, pero no
lo conseguimos. Entonces caí en una depresión y comencé a beber. Vivir conmigo se convirtió en algo extremadamente duro y Tom buscó consuelo en otro
lado. Ella estuvo más que contenta de ofrecérselo.

—Lo siento mucho, eso es terrible. Sé... Yo quería
tener un hijo, pero Megan no dejaba de decir que to-

davía no estaba preparada. —Ahora es él quien se seca las lágrimas—. Es una de esas cosas... A veces discutíamos por ello.

—¿Era eso sobre lo que discutisteis el día que ella se marchó?

Él suspira y se pone en pie de golpe, empujando la silla hacia atrás.

—No —dice alejándose—. Fue por otra cosa.

Tarde

Cuando llego a casa, Cathy está esperándome en la cocina, mientras bebe un vaso de agua con cara de pocos amigos.

—¿Has tenido un buen día en la oficina? —me pregunta, y frunce los labios. Se ha enterado.

—Cathy...

—Damien tenía una reunión cerca de Euston. Al salir, se ha encontrado con Martin Miles. Como recordarás, se conocen un poco de cuando Damien trabajaba en Laing Fund Management. Martin se encargaba de las relaciones públicas de esa empresa.

—Cathy...

Alza la mano y da otro trago a su vaso de agua.

—¡Hace *meses* que no trabajas ahí! ¿Sabes lo idiota que me siento? ¿Lo idiota que se ha sentido Damien? Por favor, *por favor*, dime que tienes otro trabajo y que no me lo habías dicho. Por favor, dime que no has estado haciendo ver que ibas a trabajar y que no me has estado mintiendo día tras día durante todo este tiempo.

—No sabía cómo decírtelo...

—¿No sabías cómo decírmelo? ¿Qué tal: «Cathy, me han echado por ir a trabajar borracha»? ¿Qué te parece eso? —Me encojo y ella suaviza la expresión—. Lo siento pero, honestamente, Rachel... —Es demasiado buena—. ¿Se puede saber qué has estado haciendo? ¿Adónde ibas? ¿Qué hacías todo el día?

—Paseo. Voy a la biblioteca. A veces...

—¿Vas al pub?

—A veces. Pero...

—¿Por qué no me lo contaste? —Se acerca a mí y coloca las manos en mis hombros—. Deberías haberlo hecho.

—Estaba avergonzada —digo, y comienzo a llorar. Es lamentable y patético, pero no puedo dejar de llorar.

Sollozo y sollozo y la pobre Cathy me abraza y me acaricia el pelo mientras me dice que saldré de ésta y que todo irá bien. Me siento muy desdichada y me odio a mí misma más de lo que nunca he hecho.

Más tarde, sentada en el sofá y tomando té con Cathy, ella me dice lo que voy a hacer: dejaré de beber, actualizaré mi currículo, me pondré en contacto con Martin Miles y le suplicaré una recomendación.

También dejaré de malgastar dinero en inútiles viajes de ida y vuelta a Londres.

—La verdad, Rachel, no entiendo cómo has podido mantener esta farsa durante tanto tiempo.

Me encojo de hombros.

—Por las mañanas, tomo el tren de las 8.04 y por las tardes regreso en el de las 17.56. Ésos son mis trenes. Son los que tomo. Así son las cosas.

Jueves, 1 de agosto de 2013

Mañana

Algo me tapa la cara. No puedo respirar. Me estoy ahogando. Cuando me despierto, respiro con dificultad y me duele el pecho. Me incorporo con los ojos abiertos como platos y veo algo moviéndose en un rincón de la habitación, una densa negrura que no deja de crecer, y casi suelto un grito, pero entonces me despierto del todo y me doy cuenta de que ahí no hay nada. Estoy sentada en la cama y tengo las mejillas cubiertas de lágrimas.

Ya casi ha amanecido. En la calle, la luz está comenzando a teñirse de gris y la lluvia de los últimos días sigue repiqueteando contra la ventana. Ya no voy a dormir otra vez, no con el corazón latiéndome con tal fuerza que casi duele.

No estoy segura, pero creo que hay algo de vino en la planta baja. No recuerdo haberme terminado la segunda botella. No la metí en la nevera, así que estará caliente. Cuando lo hago, Cathy las tira. Tiene tantas ganas de que mejore... Hasta el momento, sin embargo, las cosas no están saliendo según su plan. Hay un pequeño armario en el pasillo, donde se encuentra el contador del gas. Si quedaba algo de vino, debí de guardarlo ahí.

Salgo al pasillo y, a media luz, bajo la escalera de puntillas. Abro el pequeño armario y saco la botella: es decepcionantemente ligera, no debe de quedar más que un vaso, pero es mejor que nada. Me lo sirvo en una taza (por si aparece Cathy: así puedo fingir que es té) y tiro la botella a la basura (asegurándome de esconderla debajo de un cartón de leche y una bolsa de patatas fritas). En el salón, enciendo el televisor, le quito el sonido y me siento en el sofá.

Me dedico a zapear. No dan más que programas infantiles y publirreportajes hasta que, de repente, reconozco Corly Wood, una zona boscosa que hay cerca de casa. Corly Wood aparece bajo una lluvia torrencial: los campos entre la línea de árboles y el tren están completamente sumergidos.

No sé por qué tardo tanto en darme cuenta de qué es lo que está sucediendo en las imágenes. Durante diez, quince o veinte segundos me limito a mirar los coches, la cinta azul y blanca y la carpa blanca al fondo mientras mi respiración se vuelve cada vez más corta y rápida hasta que, al final, dejo completamente de respirar.

Es ella. Ha estado en el bosque desde el principio, al otro lado de las vías. He pasado por delante de esos campos cada día, mañana y tarde, sin sospechar nada.

En el bosque. Imagino una tumba cavada bajo la maleza y cubierta apresuradamente. Luego imagino cosas peores, cosas imposibles: su cuerpo colgado de una cuerda en lo más profundo del bosque, donde nunca hay nadie.

A lo mejor no es ella. Quizá se trate de otra persona. Pero sé que no puede tratarse de nadie más.

En un momento dado, aparece en pantalla un reportero de pelo moreno y engominado. Subo el volumen y dice lo que ya sé, lo que puedo sentir: no era yo la que no podía respirar, sino Megan.

—Así es —le dice a alguien del estudio con la mano en la oreja—. La policía ha confirmado que el cuerpo de una joven ha sido encontrado en las aguas que inundan un campo al final de Corly Wood, a menos de ocho kilómetros de casa de Megan Hipwell. Como sabrán, la señora Hipwell desapareció a principios de julio (el 13 de julio, para ser exactos) y desde entonces no ha sido vista. La policía dice que el cadáver, descubierto por unos paseadores de perros a primera hora de esta mañana, todavía ha de ser identificado, pero creen que se trata de Megan. El marido de la señora Hipwell ya ha sido informado.

El reportero se queda un momento callado. El presentador del noticiario le está haciendo una pregunta, pero las atronadoras pulsaciones del flujo sanguíneo que siento en los oídos no me permiten oírla. Me llevo la taza a los labios y me bebo hasta la última gota.

El reportero vuelve a hablar.

—Sí, Kay. Así es. Todo indica que el cadáver estaba enterrado en el bosque, posiblemente desde hace algún tiempo, y que las fuertes lluvias que han estado cayendo recientemente lo han desenterrado.

Es peor, mucho peor de lo que había imaginado. Visualizo su maltrecho rostro en el barro y sus pálidos brazos desnudos extendidos como si intentara salir de su tumba escarbando con las manos. Noto en la boca un líquido caliente, bilis y vino amargo, y salgo corriendo hacia el cuarto de baño del piso de arriba para vomitar.

Tarde

Me he pasado casi todo el día en la cama, tratando de poner en orden mis pensamientos acerca de lo que pasó el sábado por la noche a partir de recuerdos, *flashbacks* y sueños. En un intento de encontrarle sentido y verlo con claridad, lo he puesto todo por escrito pero el ruido que hacía el roce del bolígrafo en el papel era como si alguien estuviera susurrándome algo, lo cual me ha puesto de los nervios. En ningún momento he dejado de tener la sensación de que había alguien más en el apartamento, justo al otro lado de la puerta, y no he podido dejar de imaginarla a ella.

Casi tenía miedo de abrir la puerta del dormitorio, pero cuando finalmente lo he hecho, no había nadie, claro está. Luego he bajado a la planta baja y he vuelto a encender el televisor. Seguían emitiendo las mismas imágenes: árboles bajo la lluvia, coches de policía conduciendo por un sendero embarrado, la horrible carpa blanca, todo ello borroso y teñido de gris. Y, de repente, una imagen de Megan sonriendo a la cámara, todavía hermosa, incólume. Luego otra de Scott con la cabeza gacha, esquivando a los fotógrafos mientras intenta abrirse camino hasta la puerta de su casa junto a Riley. Y luego otra de la consulta de Kamal, aunque sin rastro alguno de éste.

No quería oír la banda sonora de estas imágenes, pero aun así he subido el volumen: lo que hiciera falta para silenciar el pitido de mis oídos. La policía ha dicho que la mujer, todavía no identificada formalmente, lleva muerta algún tiempo, posiblemente varias semanas. También que la causa de la muerte aún no se conoce, pero que no hay pruebas de que el motivo del asesinato fuera sexual.

Eso me parece una estupidez. Entiendo lo que quieren decir: que no creen que fuera violada (lo cual es una bendición, claro está), pero eso no significa que no hubiera un motivo sexual. A mí me parece que Kamal quería algo más y ella no. Megan intentó entonces poner fin a su aventura y él no pudo soportarlo. Eso es un motivo sexual, ¿no?

No puedo soportar seguir viendo el noticiario, de modo que vuelvo a subir al piso de arriba y, tras meterme debajo del edredón, vacío mi bolso y repaso las notas que he escrito en trozos de papel, todos los fragmentos de información que he conseguido recopilar, los recuerdos que han emergido de las sombras y me pregunto por qué estoy haciendo esto. De qué sirve.

MEGAN

Jueves, 13 de junio de 2013

Mañana

Con este calor no puedo dormir. Bichos invisibles co-
rretean por mi piel, me ha salido un sarpullido en el
pecho, no estoy cómoda. Y Scott parece irradiar calor; yacer a su lado es como hacerlo junto a un fuego.
Intento alejarme de él y finalmente me encuentro en
el borde mismo de la cama, destapada. Es intolerable.
He pensado en ir a dormir al futón de la habitación de
los invitados, pero él odia que no esté a su lado cuando se despierta, algo que siempre termina conduciendo a una discusión por una u otra razón. Normalmente, sobre los usos alternativos de la habitación de
invitados, o en quién estaba pensando mientras estaba ahí sola. A veces me entran ganas de gritarle: «Dé-

jame en paz de una vez. Déjame respirar». Así pues, no puedo dormir y estoy enojada. Me siento como si ya estuviéramos discutiendo aunque la pelea sólo tenga lugar en mi imaginación.

Y en mi cabeza, los pensamientos dan vueltas y más vueltas, vueltas y más vueltas.

Tengo la sensación de que me ahogo.

¿Cuándo comenzó esta casa a ser tan jodidamente pequeña? ¿Cuándo mi vida a ser tan aburrida? ¿Es esto lo que de verdad quería? No puedo recordarlo. Lo único que sé es que hace unos pocos meses me sentía mejor y que ahora no puedo pensar, ni dormir, ni dibujar. La necesidad de huir se está volviendo abrumadora. Por las noches, puedo oír en mi cabeza un susurro bajo pero implacable e incontestable: «Escápate». Cuando cierro los ojos, mi cabeza se llena de imágenes de vidas pasadas y futuras, las cosas que soñé que quería, las cosas que tenía y tiré. Me resulta imposible relajarme, pues todo aquello en lo que pienso me lleva a un callejón sin salida: la galería cerrada, las casas en esta calle, las agobiantes atenciones de las tediosas mujeres de pilates o las vías al final del jardín con sus trenes, siempre llevando a otras personas a otros lugares, recordándome una y otra vez, una docena de veces al día, que yo permanezco inmóvil.

Me siento como si fuera a volverme loca.

Y, sin embargo, hace apenas unos pocos meses me sentía mejor. Estaba mejor. Podía dormir. No tenía miedo de las pesadillas. Podía respirar. Sí, a veces también quería huir. Pero no todos los días.

Hablar con Kamal me ayudó, no tengo ninguna duda al respecto. Y me gustaba hacerlo. Él me gustaba. Me hacía más feliz. Y ahora todo eso ha quedado inconcluso; no llegué al quid de todo esto. Es culpa mía, claro está. Me comporté de un modo estúpido, como una niña, porque no soporto sentirme rechazada. Necesito aprender a perder un poco mejor. Ahora me avergüenzo de mi comportamiento. Me sonrojo al recordarlo. No quiero que ése sea su último recuerdo de mí. Quiero volver a verlo, que me vea mejor. Y tengo la sensación de que si voy a verlo, me ayudará. Él es así.

Necesito llegar al final de la historia. Necesito contárselo a alguien, sólo una vez. Decirlo en voz alta. Si no lo hago, se me comerá viva. El agujero de mi interior, el que me dejaron, se hará más y más grande hasta que me consuma del todo.

Voy a tener que tragarme el orgullo y la vergüenza e ir a verlo. Tendrá que escucharme. Lo obligaré.

Tarde

Scott piensa que estoy en el cine con Tara. Llevo quince minutos delante del apartamento de Kamal, mentalizándome para llamar a su puerta. Después de lo que pasó la última vez, tengo miedo de cómo me pueda recibir. He de demostrarle que lo siento, de modo que me he vestido para ello: voy con unos sencillos pantalones vaqueros, una camiseta y casi sin maquillaje. Ha de quedarle claro que no pretendo seducirlo.

Cuando llego a su puerta y llamo al timbre noto cómo se me acelera el corazón. Nadie abre. Las luces están encendidas pero nadie abre. Quizá me ha visto fuera, acechando; o quizá está en el piso de arriba y cree que si me ignora, me largaré. No lo haré. Él no sabe lo determinada que puedo ser. Una vez que tomo una decisión, soy una fuerza imparable.

Vuelvo a llamar, y luego una tercera vez. Finalmente, oigo pasos en la escalera y la puerta se abre. Lleva pantalones de chándal y una camiseta blanca. Va descalzo y con el pelo mojado. Tiene el rostro sonrojado.

—¡Megan! —dice sorprendido, pero no enfadado, lo cual es un buen inicio—. ¿Estás bien? ¿Sucede algo?

—Lo siento —digo, y él se hace a un lado para dejarme pasar. Siento una oleada de gratitud tan grande que casi parece amor.

Me conduce a la cocina. Está hecha un desastre: hay platos apilados en la encimera y el fregadero, y cartones de comida vacíos llenan hasta arriba el cubo de basura. No puedo evitar preguntarme si estará deprimido. Me quedo en la puerta y él se apoya en la encimera que hay enfrente con los brazos cruzados.

—¿Qué puedo hacer por ti? —pregunta. La expresión de su rostro es absolutamente neutra. Es su cara de terapeuta. Me entran ganas de pellizcarlo sólo para que sonría.

—He de contarte... —comienzo a decir, y luego me callo porque no puedo hacerlo de buenas a primeras. Necesito un preámbulo, así que cambio de táctica—. Quiero pedirte perdón. Por lo que ocurrió la última vez.

—No pasa nada —dice él—. No te preocupes por eso. Si necesitas hablar con alguien, puedo recomendarte a otra persona, pero yo no puedo...

—Por favor, Kamal.

—Megan, ya no puedo seguir siendo tu psicólogo.

—Ya lo sé, ya lo sé. Pero no puedo volver a empezar con otra persona. No puedo. Llegamos muy lejos. Estábamos muy cerca. He de contártelo. Sólo una vez. Y luego me iré, te lo prometo. No volveré a molestarte.

Él ladea la cabeza. Noto que no me cree. Piensa que, si me deja hablar, ya nunca se librará de mí.

—Escúchame, por favor. Sólo por esta vez. Necesito a alguien que me escuche.

—¿Y tu marido? —pregunta. Yo niego con la cabeza.

—No puedo. A él no puedo contárselo. No después de todo este tiempo. Él no... Él ya no sería capaz de verme igual. Para él pasaría a ser otra persona. No sabría cómo perdonarme. Por favor, Kamal. Si no escupo el veneno, no conseguiré volver a dormir. Te lo pido como amigo, no como psicólogo. Por favor, escúchame.

Cuando deja caer los hombros y comienza a darse la vuelta, pienso que todo ha terminado y se me hunde el corazón. Entonces abre un armario de la cocina y saca dos vasos.

—Como amigo, entonces. ¿Quieres un poco de vino?

Me lleva al salón, tenuemente iluminado por lámparas convencionales. Tiene el mismo aire de dejadez doméstica que la cocina. Nos sentamos en extremos opuestos de una mesa de centro de cristal llena de papeles, revistas y menús de comida para llevar. Mis manos se aferran al vaso de vino. Le doy un sorbo. Es tinto pero está frío y amargo. Le doy otro sorbo. Kamal está esperando a que comience a hablar, pero es duro, más de lo que esperaba. He guardado este secreto durante mucho tiempo. Una década, más de un tercio de mi vida. No es tan fácil compartirlo. Sé que he de empezar a hablar. Si no lo hago ahora, puede que no llegue a tener nunca el valor de decir las palabras en voz alta. Podrían quedarse atascadas en la garganta y ahogarme mientras duermo.

—Cuando dejé Ipswich, me mudé con Mac a su casa de campo en las afueras de Holkham al final de un camino. Esto ya te lo he contado, ¿no? La casa estaba muy aislada, el vecino más cercano se encontraba a unos tres kilómetros, y las tiendas más próximas a otros tantos. Al principio, celebrábamos muchas fiestas, siempre había gente en el salón o, en verano, durmiendo en la hamaca que había fuera, pero al final nos cansamos de eso y Mac se fue distanciando de todo el mundo, así que la gente dejó de venir y nos quedamos los dos solos. Pasábamos días sin ver a nadie. Comprábamos la comida en la gasolinera. Resulta raro rememorarlo, pero por aquel entonces era lo que necesitaba después de todos los hombres con los que había estado y las cosas que había hecho en Ipswich. Me gustaba. Sólo Mac y yo y las viejas vías del tren, la hierba, las dunas y el agitado mar gris.

Kamal ladea la cabeza y me ofrece una media sonrisa. Siento que se me remueven las entrañas.

—Suena bien, pero ¿no crees que lo estás idealizando un poco? ¿«El agitado mar gris»?

—Eso no importa —digo, descartando su comentario con un movimiento de la mano—. Y, en cualquier caso, no. ¿Has estado alguna vez en el norte de Norfolk? No es el Adriático. Es un mar gris e implacablemente agitado.

Kamal alza las manos y, sonriendo, dice:

—Está bien.

Al instante me siento mejor y la tensión desaparece de mi cuello y hombros. Le doy otro sorbo al vaso de vino; ahora sabe menos amargo.

—Era feliz con Mac. Sé que no parece el tipo de lugar ni el tipo de vida que me podrían gustar, pero por aquel entonces, tras la muerte de Ben y todo lo que sucedió después, lo fue. Mac me salvó. Me acogió, me amó, me mantuvo a salvo. Y no era aburrido. Además, tomábamos un montón de drogas, y cuando una está colocada todo el rato es difícil aburrirse. Era feliz. Era realmente feliz.

Kamal asiente.

—Lo entiendo, aunque no estoy seguro de que se tratara de auténtica felicidad —dice—. No parece una felicidad que pueda durar y sustentarlo a uno.

Me río.

—Tenía diecisiete años. Estaba con un hombre que me excitaba, que me adoraba. Me había marchado de casa de mis padres, había abandonado una casa en la que todo, absolutamente *todo*, me recordaba a mi hermano muerto. No necesitaba que la felicidad durara o me sustentara. Sólo la necesitaba para entonces.

—¿Y qué pasó?

De repente, es como si el salón se oscureciera. Aquí está, hemos llegado a lo que nunca cuento.

—Me quedé embarazada.

Él asiente y se queda a la espera de que continúe. A una parte de mí le gustaría que me interrumpiera y me hiciera más preguntas, pero no lo hace. Se limita a esperar. El salón se vuelve todavía más oscuro.

—Ya era demasiado tarde cuando pensé en... librarme de ello. De ella. Es lo que habría hecho de no haber sido tan estúpida, tan inconsciente. Lo cierto es que no queríamos tener una hija. Ninguno de los dos.

Kamal se pone en pie, va a la cocina y regresa con un rollo de papel de cocina para que me seque los ojos. Tardo un poco en continuar. Kamal permanece sentado igual que en nuestras sesiones, mirándome directamente a los ojos con las manos entrelazadas en el regazo, paciente, inmóvil. Esa quietud, esa pasividad, debe de requerir un autocontrol increíble; debe de ser agotadora.

Me tiemblan las piernas. Es como si los hilos de un marionetista tiraran de mis rodillas. Para detener el temblor, me pongo en pie, voy hasta la puerta de la cocina y luego vuelvo al sillón frotándome las palmas de las manos.

—Los dos éramos estúpidos —digo a continuación—. No queríamos reconocer lo que estaba pasando, nos limitamos a seguir adelante como si nada. No fui a ver a ningún médico, no comía los alimentos adecuados ni tomaba suplementos. No hice ninguna de las cosas que se supone que se deben hacer. Seguimos viviendo nuestras vidas sin admitir siquiera que algo había cambiado. Yo comencé a engordar, me volví más lenta y estaba más cansada. Ambos estábamos irritables y nos peleábamos todo el rato, pero nada cambió hasta que ella llegó.

Kamal deja que llore. Mientras lo hago, viene hasta el sillón que hay junto al mío y se sienta. Sus rodillas casi tocan mi muslo. Se inclina hacia delante. No me toca, pero nuestros cuerpos están cerca y puedo oler su fragancia limpia en medio de este sucio salón penetrante y astringente.

Mi voz es ahora un mero susurro. Me resulta extraño estar contando todo esto en voz alta.

—La tuve en casa —prosigo—. Fue una estupidez, pero por aquel entonces sentía cierta aprensión por los hospitales porque la última vez que había estado en uno fue cuando murió Ben. Además, no me había hecho ninguna ecografía y durante el embarazo había estado fumando y bebiendo un poco. No tenía ganas de sermones ni de vérmelas con médicos. Creo que hasta el último momento no tuve la sensación de que mi embarazo fuera real, no terminaba de creerme que fuera a pasar realmente.

»Mac tenía una amiga que era enfermera, o que había estudiado enfermería o algo así. Vino a casa y la cosa fue bien. No fue tan terrible. Es decir, fue horrible, doloroso y aterrador, claro está, pero..., al final llegó ella. Era muy pequeña. No recuerdo exactamente cuánto pesó. Eso es terrible, ¿no? —Kamal no se mueve ni dice nada—. Era adorable. Tenía los ojos oscuros y el pelo rubio. No lloraba mucho, y desde el principio dormía bien. Era buena. Era una buena niña. —Tengo que parar un momento—. Esperaba que sería todo muy duro, pero no lo era.

Ha oscurecido todavía más, estoy segura de ello, pero levanto la mirada y Kamal está ahí, mirándome a los ojos, con una expresión suave. Me está escuchando. Quiere que se lo cuente. Tengo la boca seca, así que doy otro sorbo al vaso de vino. Al tragar me duele la garganta.

—La llamamos Elizabeth. Libby. —Me resulta muy raro pronunciar su nombre en voz alta después de tanto tiempo—. Libby —repito, disfrutando de la sensación de pronunciar su nombre. Quiero decirlo una y otra vez. Finalmente, Kamal toma mi mano entre las suyas. Puedo sentir su pulgar en mi muñeca, en mi pulso.

»Un día, Mac y yo tuvimos una pelea. No recuerdo por qué. Sucedía de vez en cuando, una pequeña discusión desembocaba en una gran pelea. No llegábamos a las manos ni nada de eso, pero nos gritábamos y yo amenazaba con marcharme, o él se largaba y no lo veía en un par de días.

»Era la primera vez que eso sucedía desde que ella había nacido, la primera vez que Mac se largaba y me dejaba sola. Libby apenas tenía unos meses. El tejado tenía goteras. Recuerdo el sonido del agua al caer en los cubos que había en la cocina. Hacía mucho frío: soplaba viento del mar y llevaba días lloviendo. Intenté encender la chimenea del salón, pero se apagaba una y otra vez. Yo estaba muy cansada. Me puse a beber para entrar en calor, pero no parecía funcionar, así que decidí darme un baño con Libby. Una vez en la bañera, me la llevé al pecho y coloqué su cabeza justo debajo de mi barbilla.

El salón se vuelve cada vez más y más oscuro hasta que estoy de nuevo ahí, tumbada en el agua, con el cuerpo de la pequeña pegado al mío y una vela parpadeando a mi espalda. Sumergida en el agua caliente puedo oír su titileo y oler su cera. Estoy agotada. Y, de repente, la vela se apaga y comienzo a tener frío. Mucho frío. Me castañetean los dientes y todo mi cuerpo tirita. Tengo la sensación de que toda la casa lo hace. El viento aúlla al acariciar las tejas del tejado.

—Me quedé dormida —digo, y luego ya no puedo decir nada más, porque vuelvo a sentir su cuerpo. Ya no está en mi pecho, sino entre mi brazo y la pared de la bañera, boca abajo en el agua.

Por un momento, ni Kamal ni yo nos movemos. Me siento incapaz de levantar la mirada, pero cuando lo hago, él no se aparta. No dice una palabra. Me rodea el hombro con el brazo, me atrae hacia sí y coloca mi rostro contra su pecho. Respiro hondo y espero sentirme distinta, más ligera, mejor o peor ahora que hay otra persona que lo sabe. Me siento aliviada, creo, porque sé por su reacción que he hecho lo correcto. No está enfadado conmigo, ni piensa que soy un monstruo. Aquí, con él, estoy completamente a salvo.

No sé cuánto tiempo paso en sus brazos, aunque cuando finalmente recobro la compostura, mi móvil está sonando. No lo cojo, pero un momento después un pitido me alerta de que he recibido un mensaje de texto. Es de Scott. «¿Dónde estás?» Unos segundos después, el teléfono vuelve a sonar. Esta vez es Tara. Me deshago del abrazo de Kamal y contesto.

—Megan, no sé qué estás haciendo, pero has de llamar a Scott. Me ha llamado cuatro veces. Yo le he dicho que has ido un momento a la licorería para comprar algo de vino, pero me parece que no me ha creído. Dice que no contestas a sus llamadas. —Suena cabreada y sé que debería apaciguarla, pero ahora mismo no tengo la energía necesaria para ello.

—Está bien —digo—. Gracias, ahora lo llamo.

—Megan... —dice, pero yo cuelgo antes de oír otra palabra más.

Son pasadas las diez. Llevo aquí más de dos horas. Apago el móvil y me vuelvo hacia Kamal.

—No quiero ir a casa —digo.

Él asiente, pero no me invita a quedarme. En vez de eso, dice:

—Puedes volver cuando quieras. En otra ocasión.

Doy un paso adelante para salvar la distancia que separa nuestros cuerpos, me pongo de puntillas y le doy un beso en los labios. Él no me aparta.

RACHEL

Sábado, 3 de agosto de 2013

Mañana

Anoche soñé que iba caminando sola por el bosque. Estaba anocheciendo o amaneciendo, no estoy segura, pero había más gente conmigo. No podía verlos, simplemente sabía que estaban ahí, a punto de alcanzarme. No quería que me vieran, quería huir pero no podía, mis piernas pesaban demasiado, y cuando intentaba gritar no conseguía emitir ningún sonido.

Al despertarme, veo que una luz blanca se filtra por las tablillas de la persiana. Por fin ha dejado de llover. En la habitación hace calor y flota un olor rancio y nauseabundo; apenas he salido desde el jueves. Oigo el zumbido de la aspiradora. Cathy está limpiando. Luego se irá de casa; cuando lo haga, podré salir yo de mi cuarto. No estoy segura de qué voy a hacer. Me siento incapaz de comenzar a enderezar mi situación. Me dedicaré un día más a beber, quizá, y mañana ya me pondré a ello.

Mi móvil emite un breve pitido indicándome que la batería se está agotando. Lo cojo para enchufarlo al cargador y advierto que tengo dos llamadas perdidas de anoche. Llamo al buzón de voz. Tengo un mensaje.

—Hola, Rachel. Soy yo, mamá. Escucha, mañana sábado iré a Londres. Tengo que hacer algunas compras. ¿Podríamos quedar para tomar un café o algo? Ahora no me va muy bien que vengas a visitarme. Hay…, bueno, tengo un nuevo amigo y ya sabes cómo son las cosas al principio. —Suelta una risita nerviosa—. En cualquier caso, estaré encantada de hacerte un préstamo para sacarte del apuro un par de semanas. Ya hablaremos mañana. Bueno, querida. Adiós.

Voy a tener que ser sincera con ella y decirle lo mal que están las cosas. Se trata de una conversación que preferiría no tener completamente sobria. Me levanto de la cama. Si voy a comprar bebida ahora, podré tomar un par de copas antes de ir a Londres para relajarme un poco. Vuelvo a mirar el móvil. Sólo una de las llamadas perdidas es de mi madre, la otra es de Scott. A la una menos cuarto de la madrugada. Me quedo sentada en la cama con el móvil en la mano, pensando en sí devolverle la llamada. Ahora no, es demasiado temprano. ¿Quizá más tarde? Mejor después de una copa (pero no dos).

Pongo el móvil a cargar, levanto la persiana y abro la ventana. Luego voy al cuarto de baño y me doy una ducha de agua fría. Me froto la piel, me lavo el pelo e intento acallar la voz en mi cabeza que me dice que es algo muy extraño llamar a una mujer en mitad de la noche menos de cuarenta y ocho horas después de que hayan descubierto el cadáver de tu esposa.

Tarde

La tierra todavía se está secando, pero el sol ya está casi a punto de asomar a través de una espesa nube blanca. Me he comprado una de esas pequeñas botellas de vino. Sólo una. No debería haberlo hecho, pero un almuerzo con mi madre conseguiría poner a prueba la fuerza de voluntad de alguien que nunca hubiera bebido alcohol. Aun así, ha prometido hacer una transferencia de 300 libras esterlinas a mi cuenta bancaria, de modo que no ha sido una absoluta pérdida de tiempo.

No le he confesado lo mala que es mi situación. No le he dicho que llevo meses sin trabajar, ni que me echaron (cree que el préstamo se lo he pedido para salir del apuro mientras espero el pago de la indemnización). Tampoco le he contado lo mal que llevo lo de la bebida, y ella no se ha dado cuenta. Cathy sí. En cuanto me ha visto esta mañana, se me ha quedado mirando y ha dicho:

—Oh, por el amor de Dios. ¿A estas horas?

No tengo ni idea de cómo lo hace, pero siempre lo sabe. Aunque sólo haya tomado medio vaso, nada más verme lo sabe.

—Te lo noto en los ojos —dice, pero cuando yo me miro en el espejo, me veo exactamente igual. Su paciencia se está agotando, su compasión también. He de dejar de beber. Pero hoy no. Hoy no puedo. Hoy es demasiado duro.

Debería haber estado preparada para ello, debería haberlo esperado, pero por alguna razón no ha sido así. Al subir al tren, ella estaba en todas partes. Su rostro aparecía en las portadas de todos los periódicos: una Megan hermosa, rubia, feliz, mirando directamente a cámara. Mirándome directamente a mí.

Alguien había dejado en el tren su ejemplar de *The Times*, así que la noticia la he leído ahí. La identificación formal la hicieron anoche, la autopsia la realizarán hoy. Según las declaraciones de un portavoz de la policía, «La causa de la muerte de la señora Hipwell puede ser difícil de establecer porque su cuerpo ha estado en el exterior durante algún tiempo, y ha permanecido sumergido varios días». Es horrible pensar en ello con su fotografía delante. Veo el aspecto que tenía entonces e imagino el que tiene ahora.

Hay una breve mención al arresto y posterior puesta en libertad de Kamal, y unas declaraciones del inspector Gaskill según las cuales «hay varias líneas de investigación», lo cual supongo que significa que no tienen ninguna pista. Cierro el periódico y lo dejo a mis pies en el suelo. No soporto seguir viéndola durante más tiempo. No quiero leer esas palabras desesperanzadas y vacías.

Apoyo la cabeza en el cristal de la ventanilla. Pronto pasaremos por delante del número 23. Echo un vistazo, pero a este lado de las vías estamos demasiado lejos para ver bien algo. No dejo de pensar en el día que vi a Kamal, en el modo en que él la besaba, en lo enojada que me puse y en las ganas que me entraron de encararme con ella. ¿Qué habría pasado si lo hubiera hecho? ¿Qué habría pasado si hubiera ido a su casa, hubiera llamado a la puerta y le hubiera preguntado qué diantre pensaba que estaba haciendo? ¿Todavía estaría aquí, en la terraza?

Cierro los ojos. En Northcote, alguien sube al tren y se sienta a mi lado. No abro los ojos para ver quién es, pero me parece extraño, pues el tren va medio vacío. Se me eriza el vello de la nuca. Por debajo del olor a tabaco, percibo una loción para después del afeitado y sé que he olido esa fragancia antes.

—Hola.

Me vuelvo y reconozco al hombre pelirrojo, el de la estación, el de aquel sábado. Él sonríe y me ofrece la mano para que se la estreche. Estoy tan sorprendida que lo hago. La palma de su mano es dura y callosa.

—¿Me recuerda?

—Sí —digo, asintiendo mientras lo hago—. Sí, hace unas semanas, en la estación.

Él asiente y sonríe.

—Iba un poco bebido —dice, y se echa a reír—. Creo que usted también, ¿no, guapa?

Es más joven de lo que pensaba. No parece haber cumplido siquiera los treinta. Es atractivo; no guapo, pero sí atractivo. Luce una amplia sonrisa. Su acento es *cockney*, o estuario, algo así. Me mira como si supiera algo sobre mí, como si estuviera jugando, como si tuviéramos una broma privada. Pero no es así. Aparto la mirada. Debería decir algo. Preguntarle: «¿Qué vio?».

—¿Se encuentra bien?

—Sí, me encuentro bien.

Estoy mirando por la ventanilla, pero puedo notar sus ojos clavados en mi nuca y siento el extraño deseo de volverme hacia él y oler el humo que impregna su ropa y que desprende su aliento. Me gusta el olor a tabaco. Cuando nos conocimos, Tom fumaba. Y yo solía tener ese extraño deseo cuando salíamos a tomar algo o después de practicar sexo. Es un olor que me resulta erótico; me recuerda a una época en la que era feliz. Me muerdo el labio inferior y me pregunto qué haría este tipo si me volviera hacia él y lo besara en la boca. Entonces noto que su cuerpo se mueve. Se inclina hacia delante y recoge el periódico que he dejado a mis pies.

—Es terrible, ¿no? Pobre chica. Es extraño, porque esa noche estuvimos ahí. Ésa fue la noche en la que desapareció, ¿no?

Es como si me hubiera leído la mente y me deja estupefacta. Me vuelvo hacia él de golpe y me lo quedo mirando. Quiero ver la expresión de sus ojos.

—¿Cómo dice?

—La noche en la que nos conocimos en el tren. Ésa fue la noche en la que desapareció esta chica que acaban de encontrar. Y dicen que la última vez que alguien la vio fue en la estación. No dejo de preguntarme si llegué a verla. Pero no consigo recordarlo. Iba muy bebido. —Se encoge de hombros—. Usted no recuerda nada, ¿no?

Es extraño cómo me siento cuando dice eso. No recuerdo haberme sentido así antes. No puedo contestar porque mi mente ha ido a otro lugar completamente distinto y ya no presta atención a las palabras que está diciendo este tipo, sino a la loción para después del afeitado que lleva. Por debajo del olor a tabaco, esa fragancia —fresca, cítrica, aromática— evoca el recuerdo de ir sentada en el tren a su lado, igual que ahora, sólo que en la otra dirección y alguien se está riendo muy alto. Él coloca la mano en mi brazo y me pregunta si quiero ir a tomar algo. De repente, algo va mal. Me siento asustada, confundida. Alguien está intentando pegarme. Veo cómo se acerca un puño y me agacho al tiempo que alzo las manos para protegerme la cabeza. Ya no estoy en el tren, sino en la calle. Vuelvo a oír risas, o quizá sean gritos. Estoy en la escalera, o en la acera. Es todo muy confuso. El corazón me late a toda velocidad. No quiero estar cerca de este hombre. He de alejarme de él.

Me pongo en pie y digo:

—Disculpe. —Lo hago lo suficientemente alto para que me oigan las demás personas que hay en el vagón, pero éste va casi vacío y nadie se vuelve. El hombre pelirrojo levanta la mirada, sorprendido, y aparta las piernas para que pueda pasar.

—Lo siento, guapa —dice—. No quería molestarla.

Me alejo tan rápido como puedo, pero las sacudidas del tren hacen que casi pierda el equilibrio. He de cogerme al respaldo de un asiento para no caer y la gente me mira. Me apresuro a llegar al siguiente vagón y después al siguiente; sigo adelante hasta el final del tren. Estoy sin aliento y asustada. No puedo explicarlo. No recuerdo qué pasó, pero puedo sentir el miedo y la confusión. Me siento de cara al pasillo por el que he llegado por si el tipo viene detrás de mí.

Luego me presiono las cuencas de los ojos con las palmas de la mano e intento concentrarme para recordar algo, para volver a ver lo que vi aquella noche. Me maldigo por haber bebido. Si hubiera estado sobria... De repente, ahí está: un hombre alejándose de mí. ¿O es una mujer? Una mujer, con un vestido azul. Es Anna.

El corazón me late con fuerza y siento las pulsaciones del flujo sanguíneo en la cabeza. No sé si lo que estoy viendo y sintiendo es real o no, imaginación o recuerdo. Cierro los ojos con fuerza e intento volver a sentirlo, volver a verlo, pero ya no puedo.

ANNA

Sábado, 3 de agosto de 2013

Tarde

Tom ha quedado con algunos de sus amigos del ejército para tomar algo y Evie está echándose una siesta mientras yo permanezco sentada en la cocina, con las puertas y las ventanas cerradas a pesar del calor. La lluvia de los últimos días por fin ha terminado y con todo cerrado la temperatura vuelve a ser asfixiante.

Estoy aburrida. No sé qué hacer. Me gustaría ir de compras y gastar algo de dinero en mí misma, pero con Evie es imposible. Se estresa y se vuelve irritable. De modo que me he quedado en casa. No puedo ver la televisión ni abrir un periódico. No quiero saber nada al respecto, no quiero ver el rostro de Megan, no quiero pensar en ello.

Aunque, ¿cómo puedo no pensar en algo de lo que me separan apenas cuatro puertas?

Llamo a mis amigas para ver si a alguna le apetece quedar con nuestros hijos, pero todas tienen planes. He llamado incluso a mi hermana, aunque con ella hay que quedar al menos con una semana de antelación. En cualquier caso, ha dicho que estaba demasiado resacosa para estar con Evie. Y entonces he sentido una terrible punzada de envidia ante la idea de pasarme el sábado en el sofá leyendo los periódicos y recordando vagamente el momento en el que me marché del club la noche anterior.

Lo cual es una estupidez porque lo que tengo en estos momentos es millones de veces mejor, y he hecho sacrificios para obtenerlo. Ahora sólo necesito protegerlo. De modo que permanezco en mi calurosa casa, intentando no pensar en Megan. Trato de no pensar en ella y me sobresalto cada vez que oigo un ruido o una sombra pasa por delante de la ventana. Es intolerable.

No puedo dejar de pensar en el hecho de que Rachel estuviera aquí la noche en la que Megan desapareció, deambulando por las calles completamente borracha, y que de repente se esfumara. Tom la estuvo buscando durante horas pero no la encontró. No puedo dejar de preguntarme qué debió de hacer.

No hay conexión alguna entre Rachel y Megan Hipwell. Hablé con la agente de policía, la sargento

Riley, después de ver a Rachel en casa de los Hipwell y me dijo que no había nada de lo que preocuparse. «No es más que una mirona solitaria y un poco deses- perada —me dijo—. Sólo quiere verse involucrada en algo.»

Probablemente tiene razón, pero entonces pienso en la vez que entró en casa e intentó llevarse a mi niña, y recuerdo el pánico que sentí cuando la vi con Evie junto a la cerca. O pienso en esa horrible y aterradora sonrisita con la que me miró cuando la vi salir de casa de los Hipwell. La sargento Riley no sabe lo peligrosa que puede ser Rachel.

RACHEL

Domingo, 4 de agosto de 2013

Mañana

La pesadilla que me despierta esta mañana es distinta. En ella, he hecho algo malo, pero no sé de qué se trata, lo único que sé es que ya no puedo arreglarlo. Lo único que sé es que Tom me odia, que ya no me habla y le ha contado a todo el mundo lo que he hecho, así que ahora todos se han vuelto en mi contra: viejos colegas, amigos, o incluso mi madre. Me miran con repulsión y desprecio y nadie me quiere escuchar ni me deja decirle lo mucho que lo lamento. Me siento fatal y desesperadamente culpable, pero no sé bien qué es lo que he hecho. Cuando me despierto, pienso que el sueño debe de tener su origen en algún recuerdo viejo, alguna transgresión antigua, pero ahora no importa cuál.

Ayer, al bajar del tren, me quedé en la estación de Ashbury unos quince o veinte minutos. Quería comprobar si el tipo pelirrojo bajaba del tren conmigo, pero no conseguí verlo por ninguna parte. A pesar de eso, en ningún momento dejé de tener la sensación de que estaba escondido en algún lugar, esperando a que me marchara finalmente a casa para seguirme. Pensé entonces en lo mucho que me gustaría poder ir corriendo a casa y que Tom estuviera esperándome; me gustaría tener a alguien que me estuviera esperando.

De camino a casa pasé por la licorería.

Cuando llegué a casa no había nadie, pero daba la sensación de que acababan de dejarla vacía, como si Cathy hubiera salido hacía un momento. Sin embargo, según la nota que me había dejado en la encimera, se había ido a Henley a almorzar con Damien y no regresaría hasta el domingo por la noche. Inquieta y preocupada, recorrí entonces la casa de habitación en habitación, revisando todas las cosas y volviéndolas a dejar en su sitio. Había algo extraño, pero finalmente decidí que sólo eran imaginaciones mías.

Aun así, el silencio no dejaba de resonar en mis oídos como si de un murmullo de voces se tratara, de modo que me serví un vaso de vino, y luego otro, y luego otro, y al final llamé a Scott. Me saltó directamente el buzón de voz: un mensaje de otra vida, la voz de un hombre ocupado, seguro de sí mismo y con una hermosa esposa en casa. Volví a llamar al cabo de unos pocos minutos. Esta vez descolgó, pero no dijo nada.

—¿Hola?

—¿Quién es?

—Soy Rachel —anuncié—. Rachel Watson.

—Ah. —De fondo se podía oír ruidos, voces, una mujer. Su madre, quizá.

—Yo... Tenía una llamada perdida tuya —afirmé.

—No... No. ¿Te llamé? Oh, vaya, sería por error. —Parecía nervioso—. No, déjalo ahí —pidió, y tardé un momento en darme cuenta de que no se dirigía a mí.

—Lo siento —dije.

—Sí. —Su tono de voz era monótono y frío.

—Lo siento mucho.

—Gracias.

—¿Querías...? ¿Querías hablar conmigo?

—No, debí de llamarte por error —señaló, esta vez con más convicción.

—Oh. —Podía notar que tenía ganas de colgar. Sabía que debía dejarlo con su familia y su dolor. Sabía que debía hacerlo, pero no lo hice—. ¿Conoces a Anna? —le pregunté—. ¿Anna Watson?

—¿Quién? ¿Te refieres a la esposa de tu ex?

—Sí.

—No. Es decir, un poco. El año pasado, Megan estuvo un tiempo haciéndole de canguro. ¿Por qué lo preguntas?

No sé por qué se lo pregunté. No lo sé.

—¿Podemos vernos? —le pregunté—. Me gustaría hablarte sobre algo.

—¿Sobre qué? —Parecía molesto—. Ahora no es un buen momento.

Herida por su sarcasmo, me dispuse a colgar cuando, de repente, añadió:

—Ahora tengo la casa llena de gente. ¿Mañana? Ven mañana.

Tarde

Se ha cortado afeitándose: hay sangre en su mejilla y en el cuello de su camisa. Tiene el pelo húmedo y huele a jabón y loción para después del afeitado. Me saluda con un movimiento de cabeza y se hace a un lado, indicándome que pase, pero no dice nada. La casa está a oscuras y mal ventilada. Las persianas del salón están cerradas y las cortinas de las puertas correderas que dan al jardín, echadas. En la encimera de la cocina hay fiambreras con comida.

—Todo el mundo trae comida —dice Scott. Me indica que me siente a la mesa, pero él permanece de pie con los brazos colgando a ambos lados—. ¿Querías decirme algo? —Se desenvuelve con el piloto automático. Ni siquiera me mira a los ojos. Parece derrotado.

—Quería preguntarte por Anna Watson, sobre

si... no sé... ¿Cómo era su relación con Megan? ¿Se conocían?

Él frunce el ceño y coloca las manos en el respaldo de la silla que tiene delante.

—No. Es decir... no se llevaban mal, pero tampoco se conocían demasiado. No llegaron a tener una relación propiamente dicha. —Sus hombros parecen hundirse todavía más; está cansado—. ¿Por qué me lo preguntas?

He de ser franca.

—La vi. Creo que la vi enfrente del paso subterráneo de la estación. Aquella noche... La noche en la que Megan desapareció.

Él niega ligeramente con la cabeza mientras intenta comprender lo que estoy diciéndole.

—¿Cómo dices? La viste. Estabas... ¿Dónde estabas tú?

—Aquí. De camino a ver a Tom, mi exmarido, pero...

Scott cierra con fuerza los ojos y se pasa la mano por la frente.

—Un momento. ¿Estuviste aquí? ¿Y viste a Anna Watson? ¿Y qué? Anna vive aquí al lado. Le dijo a la policía que fue a la estación sobre las siete pero que no recuerda haber visto a Megan. —Sus manos se aferran al respaldo de la silla. Noto que está perdiendo la paciencia—. ¿Qué estás intentando decirme exactamente?

—Yo... Había estado bebiendo —digo, y noto que mi rostro se sonroja a causa de la vergüenza—. No lo recuerdo bien, pero tengo la sensación...

Él alza una mano.

—Ya basta. No quiero oírlo. Está claro que tienes un problema con tu ex y su nueva esposa. Lo que me estás contando no tiene nada que ver conmigo ni con Megan, ¿verdad? Por el amor de Dios, ¿es que no te da vergüenza? ¿Tienes alguna idea de la situación por la que estoy pasando? ¿Sabes que esta mañana la policía me ha interrogado? —Está presionando la silla hacia abajo con tanta fuerza que temo que se vaya a romper y me preparo para el inminente crujido—. Y ahora me vienes con esta mierda. Lamento que tu vida sea un completo desastre pero, créeme, comparada con la mía es un picnic, así que si no te importa... —Con un movimiento de cabeza me señala la puerta de entrada.

Me pongo en pie. Me siento estúpida y ridícula. También avergonzada.

—Sólo quería ayudarte. Quería...

—No puedes, ¿de acuerdo? No puedes ayudarme. Nadie puede hacerlo. Mi esposa está muerta y la policía cree que yo la he matado. —Su voz es cada vez más alta y en sus mejillas aparecen unas motas de color—. Creen que yo la he matado.

—Pero... Kamal Abdic...

Arroja la silla contra la pared de la cocina con tanta fuerza que una de las patas se hace añicos. Yo retrocedo de un salto, pero Scott apenas se mueve. Vuelve a tener las manos en los costados, ahora con los puños cerrados. Las venas se le marcan bajo la piel.

—Kamal Abdic ya no es sospechoso —dice entre dientes.

Su tono es uniforme, pero está haciendo todo lo posible para contenerse. Aun así, puedo notar la rabia que irradia. Quiero dirigirme hacia la puerta de entrada, pero él está en medio, bloqueándome el paso y tapando la escasa luz que entra en el salón.

—¿Sabes lo que ha estado diciendo Kamal? —me pregunta al tiempo que se vuelve para recoger la silla. Obviamente no lo sé, sin embargo una vez más me doy cuenta de que en realidad no está hablando conmigo—. Tiene un montón de historias. Dice que Megan era infeliz y que yo era un marido celoso y controlador, un (¿cómo era?) *abusador emocional.* —Pronuncia las palabras con rabia—. Dice que Megan me tenía miedo.

—Pero él...

—Y no es el único. Esa amiga, Tara, dice que Megan le pidió varias veces que la cubriera. Que Megan quería que me mintiera sobre dónde estaba y qué estaba haciendo.

Scott vuelve a colocar la silla junto a la mesa, pero ésta se cae. Yo aprovecho entonces para dar un paso hacia el vestíbulo. Él se vuelve hacia mí.

—Soy culpable —dice con una expresión de angustia en el rostro—. Estoy prácticamente sentenciado.

Le da una patada a la silla rota y se sienta en una de las tres restantes. Yo permanezco inmóvil sin saber qué hacer. ¿Me quedo o me voy? Él comienza a hablar otra vez en un tono de voz tan bajo que apenas puedo oírlo.

—Tenía el móvil en el bolsillo —dice, y me acerco a él—. En él había un mensaje de texto mío. Lo último que le dije, la última palabra que ella leyó, fue «Vete al infierno, zorra mentirosa».

Con la cabeza gacha, sus hombros empiezan a temblar. Estoy lo bastante cerca para tocarlo. Alzo la mano y coloco ligeramente los dedos en su nuca. Él no me aparta.

—Lo siento —digo. Y soy sincera pues, a pesar de que me sorprende oír eso e imaginar que pudiera hablarle así, sé lo que supone querer a alguien y decirle las cosas más terribles, bien por enfado o por sufrimiento. Luego añado—: Pero un mensaje de texto no es suficiente. Si eso es lo único que tienen...

—Es que no lo es —dice, y yergue la espalda apartando con ello mi mano. Yo entonces rodeo la mesa y me siento enfrente. Sin mirarme, él sigue hablando—. Tengo un motivo. Y no me comporté... no reaccioné del modo adecuado cuando se marchó. Ni tampoco me preocupé ni la llamé lo bastante pronto.

—Ríe con amargura—. Y, según Kamal Abdic, hay un patrón de comportamiento abusivo. —Entonces se vuelve hacia mí y se me queda mirando. Su rostro se ilumina, esperanzado—. Tú... tú podrías hablar con la policía y decirles que es mentira, que Kamal está mintiendo. Podrías al menos dar otra versión de la historia y decirles que la quería, que éramos felices.

Siento que mi pánico va en aumento. Scott cree que puedo ayudarlo. Ha depositado en mí todas sus esperanzas y lo único que yo puedo ofrecerle a cambio es una mentira, una maldita mentira.

—No me creerán —digo con voz débil—. Para ellos, soy una testigo poco fiable.

El silencio entre nosotros se hace cada vez más grande y termina llenando el salón. Una mosca golpetea furiosamente contra el cristal de la puerta corredera. Scott se toca la sangre seca de la mejilla. Puedo oír cómo sus uñas rascan la piel. Empujo la silla hacia atrás y, al oír el roce de las patas en las baldosas, él levanta la mirada.

—Tú estuviste aquí —declara, como si hasta ahora no hubiera asimilado la información que le he dado hace quince minutos—. Estuviste en Witney la noche en la que Megan desapareció.

Apenas puedo oírlo por debajo de las atronadoras pulsaciones de mi flujo sanguíneo. Asiento.

—¿Por qué no se lo dijiste a la policía? —pregunta, apretando la mandíbula.

—Lo hice. Pero no vi nada. No recuerdo nada.

Él se pone en pie, se acerca a las puertas correderas y descorre la cortina. La luz del sol me ciega por un instante. Scott permanece de espaldas a mí con los brazos cruzados.

—Estabas borracha —dice como si constatara un hecho—. Pero recuerdas algo. Por eso vienes a visitarme, ¿no? —Se vuelve hacia mí—. Es eso, ¿verdad? La razón por la que no dejas de ponerte en contacto conmigo. Sabes algo. —No es una pregunta ni una acusación, tampoco una teoría: lo afirma—. ¿Viste su coche? —me pregunta—. Piensa. Un Vauxhall Corsa de color azul. ¿Lo viste? —Niego con la cabeza y, presa de la frustración, él levanta los brazos al aire—. No lo descartes sin más, piénsalo bien. ¿Qué viste? A Anna Watson, de acuerdo, pero eso no significa nada. ¿Qué más viste? ¡Vamos! ¿A quién viste?

Parpadeando a causa de la luz del sol, intento desesperadamente encontrarle un sentido a lo que vi, pero soy incapaz. No consigo acordarme de nada real. Nada que sea de utilidad. Nada que pueda decir en voz alta. Tuve una discusión. O quizá fui testigo de una discusión. Tropecé en la escalera y un hombre pelirrojo me ayudó. Creo que fue amable conmigo, aunque ahora me da miedo. Sé que me hice un corte en la cabeza, otro en el labio y moratones en los brazos. Creo que estuve en el paso subterráneo. Y que alguien llamó a gritos a

Megan. No, eso fue un sueño. Eso no es real. Recuerdo sangre. Sangre en la cabeza y en las manos. También recuerdo a Anna. No recuerdo a Tom. Tampoco a Kamal, ni a Scott, ni a Megan.

Scott se me queda mirando. Espera que diga algo, que le ofrezca una pizca de consuelo, pero no tengo nada.

—Esa noche, ése es el momento clave —dice, y se vuelve a sentar a la mesa, ahora más cerca de mí, dándole la espalda a la ventana. Una pátina de sudor recubre su frente y su labio superior y tiembla como si tuviera fiebre—. Fue entonces cuando sucedió. O al menos ellos creen que fue cuando sucedió. No pueden estar seguros... —Se queda callado. Y luego retoma la frase—: No pueden estar seguros por las condiciones... del cadáver. —Respira hondo—. Pero creen que fue esa noche. O poco después.

Scott ha vuelto al piloto automático. Está hablándole al salón, no a mí. Yo escucho en silencio cómo le cuenta al salón que la causa del fallecimiento fue un trauma craneoencefálico. Le fracturaron el cráneo en varios puntos. No hubo asalto sexual, o al menos no han podido confirmarlo a causa de la condición de su cuerpo, que era lamentable.

Cuando vuelve en sí y me mira de nuevo, en sus ojos advierto miedo y desesperación.

—Si recuerdas algo —dice—, tienes que ayudarme. ¡Por favor, Rachel, intenta recordar! —Oír mi nombre en sus labios hace que me sienta fatal y me provoca un nudo en el estómago.

En el tren de camino a casa, pienso en lo que ha dicho y me pregunto si será cierto. ¿Es ésa la razón por la que no puedo dejar de pensar en toda esta historia? ¿Necesito dar a conocer algo que no recuerdo? Sé que siento algo por él, algo a lo que no puedo poner nombre y que no debería sentir. Ahora bien, ¿es más que eso? Si en mi cabeza hay algo, entonces quizá alguien puede ayudarme a recordarlo. Alguien como un psiquiatra. Un psicólogo. Alguien como Kamal Abdic.

Martes, 6 de agosto de 2013

Mañana

Apenas he dormido. Me he pasado toda la noche despierta pensando en este asunto, dándole vueltas y más vueltas. ¿Es todo esto estúpido, temerario, absurdo? ¿Es peligroso? No sé lo que estoy haciendo. Ayer por la mañana pedí hora con el doctor Kamal Abdic. Llamé a la consulta y le especifiqué a la recepcionista que quería verlo a él. Puede que lo imaginara, pero tuve la impresión de que le sorprendía. Me dijo que podría verlo hoy a las cuatro y media. ¿Tan pronto? Con el corazón latiéndome con fuerza y la boca seca, dije que de acuerdo. La sesión cuesta 75 libras. Las 300 que me dejó mi madre no durarán demasiado.

Desde que pedí hora, no he podido pensar en otra cosa. Estoy asustada, pero también excitada. No puedo negar que hay una parte de mí a la que la idea de ver al doctor Kamal le resulta emocionante. Y es que todo esto comenzó con él: cuando lo atisbé desde el tren, mi vida cambió su curso y se descarriló. Todo cambió en el momento en el que lo vi besar a Megan.

Y necesito verlo. Necesito hacer algo, porque la policía sólo está interesada en Scott. Ayer lo volvieron a interrogar. No lo han confirmado, claro está, pero hay imágenes en internet: Scott dirigiéndose hacia la comisaría de policía junto a su madre. La corbata le apretaba demasiado y parecía estrangularlo.

Todo el mundo especula. Los periódicos dicen que la policía está siendo más circunspecta porque no puede permitirse otro arresto apresurado. Sugieren además que la investigación fue una chapuza y que quizá cambien a los agentes al mando de la misma. En internet, circulan asimismo teorías delirantes y desagradables sobre lo horrible que es Scott. Se pueden encontrar pantallazos de la comparecencia pública en la que imploró entre lágrimas el regreso de Megan junto a fotografías de asesinos que también han aparecido en televisión llorando y aparentemente destrozados por el fatídico destino de sus seres queridos. Es terrible, inhumano. Espero que no llegue a ver estas cosas. Le rompería el corazón.

Así pues, por más estúpida y temeraria que sea, voy a ir a ver a Kamal Abdic, porque a diferencia de todos estos especuladores, yo he visto a Scott. He estado lo bastante cerca de él como para tocarlo. Sé qué es, y no es un asesino.

Tarde

Las piernas todavía me tiemblan mientras subo la escalera de la estación de Corly. Debe de ser la adrenalina: el corazón sigue latiéndome con fuerza. El tren va lleno —aquí no hay posibilidad de asiento, no es como subir en Euston—, de modo que voy de pie en medio del vagón. Es una auténtica sauna. Mantengo la mirada a los pies y respiro lentamente mientras intento desentrañar qué es lo que siento.

Euforia, miedo, confusión y culpa. Sobre todo culpa.

No ha sido lo que esperaba.

Cuando he llegado a la consulta, me encontraba en un estado de absoluto pánico: estaba convencida de que Kamal me miraría y, de algún modo, se daría cuenta de lo que sé y me consideraría una amenaza. Temía decir algo equivocado o que se me escapara el nombre de Megan. He entrado en la aburrida e insulsa sala de espera del doctor y he hablado con una recepcionista de mediana edad que ha tomado nota de mis datos personales sin siquiera levantar la mirada. Luego me he sentado y me he puesto a hojear un ejemplar de *Vogue* con dedos trémulos. Mientras intentaba concentrarme en la tarea que tenía por delante, procuraba al mismo tiempo parecer tan anodina y aburrida como cualquier otro paciente.

Había otras dos personas: un veinteañero que leía algo en su móvil y una mujer mayor que se miraba los pies con aire taciturno. No ha levantado la mirada en ningún momento, ni siquiera cuando la recepcionista ha dicho su nombre. Se ha limitado a levantarse y ha cruzado la sala de espera arrastrando los pies. Sabía hacia dónde iba. Yo he seguido esperando durante cinco minutos más. Luego diez. Mi respiración se iba volviendo cada vez más rápida. El aire parecía escasear en la sala de espera y no podía evitar tener la sensación de que no me llegaba suficiente oxígeno a los pulmones. Temía desmayarme.

Finalmente, se ha abierto una puerta y ha salido un hombre. Antes incluso de que pudiera verlo bien, he sabido que era él. Lo he sabido del mismo modo que supe que no era Scott la primera vez que lo vi desde el tren, cuando no era nada más que una sombra que avanzaba hacia ella; una silueta alta de movimientos lánguidos y desgarbados. Me ha señalado y ha dicho:

—¿Señorita Watson?

He levantado la mirada para encontrarme con la suya y un escalofrío ha recorrido toda mi columna vertebral. Nos hemos dado la mano. La suya, grande, estaba caliente y seca, ha envuelto completamente la mía.

—Pase —ha dicho, y me ha indicado que lo siguiera a su despacho, y yo así lo he hecho sintiéndome mareada y con náuseas. Estaba siguiendo los pasos de Megan. Ella hizo todo esto. Se sentó delante de él en la misma silla en la que Kamal me ha señalado que lo haga yo y, probablemente, él entrelazó las manos y asintió del mismo modo que lo hace ahora mientras dice—: Muy bien, ¿sobre qué le gustaría hablarme hoy?

Todo en él ha resultado acogedor: la mano cuando se la he estrechado, sus ojos, el tono de su voz. He buscado alguna pista en su rostro, alguna señal del violento desalmado que le abrió la cabeza a Megan, un atisbo del refugiado traumatizado que había perdido a su familia, pero no he podido ver nada. Y, por un momento, me he olvidado de mí misma. Y también me he olvidado de tenerle miedo. Ahí sentada ya no sentía pánico alguno. He tragado saliva ruidosamente, he recordado lo que había pensado decirle y lo he hecho: le he contado que, desde hace cuatro años, tengo problemas con el alcohol y que, por su culpa, mi matrimonio se había ido a pique y había perdido el trabajo. También que, obviamente, estaba afectando a mi salud y que temía que mi cordura terminara resintiéndose.

—Me olvido de cosas —he dicho—. Sufro lagunas mentales y no puedo recordar dónde he estado o qué he hecho. A veces, me pregunto si estando bebida habré hecho o dicho algo terrible, y no puedo recordarlo. Y si... si alguien me cuenta algo que he hecho pero no recuerdo, ni siquiera tengo la sensación de que tenga que ver conmigo. Y es muy duro sentirse responsable de cosas que no se recuerdan. De modo que nunca me siento suficientemente mal. Es decir, me siento mal, pero lo que haya podido hacer... me resulta ajeno. Es como si no tuviera ninguna relación conmigo.

Todas estas cosas son ciertas y se las he soltado en los primeros minutos que he permanecido en su presencia. Estaba preparada para hacerlo, hacía mucho tiempo que deseaba decírselo a alguien. Pero no debería haber sido Kamal. En cualquier caso, él me ha escuchado con sus claros ojos de color ámbar mirándome fijamente y las manos entrelazadas e inmóviles. No ha mirado alrededor de la habitación ni ha tomado ninguna nota. Se ha limitado a escucharme y, al final, ha asentido ligeramente y ha dicho:

—Así pues, ¿quiere responsabilizarse de lo que ha hecho pero, como no puede recordarlo, le resulta difícil hacerlo y no consigue sentirse del todo responsable?

—Sí, así es.

—Entonces ¿cómo podría asumir su responsabilidad? Quizá podría pedir perdón. Aunque no pueda recordar haber cometido su transgresión, eso no significa que su disculpa o el sentimiento que hay detrás no sean sinceros.

—Pero yo quiero *sentirlo*. Quiero sentirme... peor.

Es algo extraño, pero no dejo de pensar en ello. No me siento suficientemente mal. Sé de qué cosas soy responsable; soy consciente de todas las cosas terribles que he hecho a pesar de no recordar los detalles, pero me siento distanciada de esos actos. Es como si los hubiera cometido otra persona.

—Entonces ¿cree que debería sentirse peor de lo que hace? ¿Que no se siente lo bastante mal por sus errores?

—Eso es.

Kamal ha negado con la cabeza.

—Rachel, me ha dicho que su matrimonio se rompió y que perdió su trabajo... ¿No cree que eso ya es castigo suficiente?

Yo he negado con la cabeza.

Él se ha reclinado un poco en la silla.

—Creo que quizá está siendo algo dura consigo misma.

—No, para nada.

—Está bien. De acuerdo. ¿Podemos retroceder un poco? Vayamos al inicio del problema. Ha dicho que comenzó... ¿hace cuatro años?

Me he resistido. La calidez de su voz y la suavidad de sus ojos no me habían embriagado tanto. No estaba tan desesperada. En modo alguno iba a decirle toda la verdad y explicarle lo mucho que deseaba tener un hijo. Me he limitado a contarle que mi matrimonio se fue a pique, que estaba deprimida y que siempre había bebido pero que entonces las cosas fueron a peor.

—Dice que su matrimonio se fue a pique... ¿Dejó usted a su marido, lo hizo él o... rompieron ambos la relación?

—Él tuvo una aventura. Conoció a una mujer y se enamoró de ella —he dicho. Kamal ha asentido y ha esperado que prosiguiera—. Pero la culpa no fue suya, sino mía.

—¿Por qué dice eso?

—Bueno, para entonces yo ya bebía...

—Así que ¿la aventura de su marido no fue el desencadenante?

—No, yo empecé a beber antes. Mi problema con el alcohol lo alejó, por eso dejó de... —En ese momento me he quedado callada.

Kamal ha esperado que terminara la frase. No me ha animado a hacerlo, simplemente ha esperado que pronunciara las palabras.

—... por eso dejó de quererme —he dicho.

Me odio por haber llorado delante de él. No entiendo cómo he podido bajar así la guardia. No debería haber hablado de cosas reales, debería haber creado un personaje imaginario e inventarme los problemas. Debería haber ido preparada.

Me odio a mí misma por haberlo mirado y haber creído, por un momento, que él estaba realmente interesado por mí. Y es que me miraba como si así fuera, no como si me tuviera lástima, sino como si me comprendiera, como si yo fuera alguien a quien quisiera ayudar.

—Entonces, Rachel, su problema con la bebida comenzó antes que el hundimiento de su matrimonio. ¿Cree que podría señalar una causa subyacente? No todo el mundo puede hacerlo. Algunas personas simplemente se deslizan de manera progresiva en un estado depresivo o en una adicción. En su caso, ¿recuerda alguna causa específica? ¿La pérdida de un ser querido, alguna otra pérdida?

Me he encogido de hombros y he negado con la cabeza. No pensaba contárselo. No lo haré.

Él ha esperado unos momentos y luego ha echado una rápida mirada al reloj que tenía en el escritorio.

—¿Lo retomamos en la siguiente sesión, quizá? —ha dicho con una sonrisa, y entonces se me ha helado la sangre.

Todo en él resultaba acogedor: sus manos, sus ojos, su voz. Todo salvo la sonrisa. Cuando dejaba a la vista los dientes, se podía percibir el asesino que hay en él. Se me ha hecho un nudo en el estómago, el pulso se me ha vuelto a acelerar y me he marchado de su consulta sin estrecharle la mano. No podía soportar la idea de tocarlo.

Puedo entender qué vio Megan en él y no es sólo que sea arrebatadoramente atractivo. También es apacible y reconfortante. Irradia una paciente amabilidad. Puede que alguien inocente, confiado o simplemente atribulado no sea capaz de ver más allá de eso y advertir que detrás de esa tranquilidad se esconde un lobo. Lo entiendo. Durante casi una hora, me he sentido cautivada. Me he sincerado con él. He olvidado con quién estaba hablando en realidad. He traicionado a Scott, y también a Megan, y me siento culpable por ello.

Pero, sobre todo, me siento culpable porque quiero volver.

Miércoles, 7 de agosto de 2013

Mañana

Lo he vuelto a tener, el sueño en el que hago algo malo, el sueño en el que todo el mundo se pone de parte de Tom y se vuelve en mi contra. El sueño en el que no puedo explicar o pedir perdón por lo que he hecho, porque no sé de qué se trata. En el espacio entre el sueño y el desvelo, recuerdo una discusión auténtica que Tom y yo tuvimos hace mucho tiempo —cuatro años—, poco después de que nuestra primera y única ronda de fertilización in vitro no hubiera funcionado. Yo quería volver a intentarlo, pero Tom me dijo que no teníamos suficiente dinero y yo no lo puse en duda. Sabía que era cierto (pagábamos una hipoteca alta y él aún tenía algunas deudas de un mal negocio que su padre le había animado a emprender). Tuve que aceptarlo. Sólo podía esperar que algún día tuviéramos dinero suficiente y, mientras tanto, tendría que reprimir las lágrimas que asomaban a mis ojos, cada vez que veía a una desconocida embarazada o cada vez que una pareja nos daba la feliz noticia.

Me contó lo del viaje un par de meses después de que nos enteráramos de que la fecundación in vitro no había funcionado. Las Vegas, cuatro noches, para ver el combate y desahogarse un poco. Sólo él y un par de amigos de los viejos tiempos a los que yo no conocía. Sé que costaba una fortuna porque vi el recibo de reserva del vuelo en la bandeja de entrada de su cuenta de correo electrónico. No tengo ni idea de cuánto costaban las entradas del combate de boxeo, pero imagino que no debían de ser baratas. No se trataba de una cantidad suficiente para pagar una ronda de fertilización in vitro, pero sí una parte. Tuvimos una pelea terrible. No recuerdo los detalles porque me había pasado toda la tarde bebiendo, de modo que cuando finalmente lo hice me encontraba en el peor estado posible. Recuerdo la frialdad con la que me trató al día siguiente y su negativa a hablar de ello. Sí me contó, en un tono frío y desilusionado, lo que yo había hecho y dicho: había hecho añicos la fotografía enmarcada de nuestra boda, le había gritado por ser tan egoísta, lo había llamado marido inútil y fracasado... Recuerdo lo mucho que me odié aquel día.

Obviamente, estuvo mal decirle todo eso, pero ahora también pienso que tampoco era tan inadmisible que me enfadara. Tenía derecho a ello, ¿no? Estábamos intentando tener un bebé, ¿no debíamos acaso estar preparados para hacer algunos sacrificios? Yo me habría cortado una pierna si con ello hubiera podido tener un hijo. ¿No podía él haber renunciado a un fin de semana en Las Vegas?

Permanezco un rato tumbada pensando en eso, y luego me levanto y decido ir a dar un paseo porque si no hago algo, terminaré yendo a la licorería. No he bebido nada desde el domingo y puedo sentir la lucha que está teniendo lugar en mi interior: el deseo de un poco de euforia y la necesidad de olvidarme un rato de mí misma frente a la vaga sensación de que he conseguido algo y que sería una pena echarlo a perder.

Ashbury no es un buen sitio para pasear. No hay más que tiendas y suburbios. Ni siquiera hay un parque decente. Me dirijo al centro del pueblo, que no está tan mal cuando no hay nadie alrededor. El truco es decirse a una misma que se dirige a un sitio concreto: no hay más que elegir un lugar y partir en su dirección. Yo hoy me decido por la iglesia que hay al final de Pleasance Road, a unos tres kilómetros del apartamento de Cathy. Una vez fui a uno de los encuentros de Alcohólicos Anónimos que se celebran ahí. No fui a uno más cercano porque no quería encontrarme a nadie que luego pudiera ver en la calle, en el supermercado o en el tren.

Cuando llego a la iglesia, doy media vuelta y emprendo el camino de vuelta a casa. Ando a grandes zancadas y con decisión. Soy una mujer con cosas que hacer y un sitio al que llegar. Alguien normal. Veo pasar a la gente —dos hombres corriendo con mochilas en la espalda, entrenándose para una maratón; una joven de camino al trabajo con una camiseta negra, zapatillas deportivas blancas y los zapatos de tacón en el bolso—, y me pregunto qué esconden. ¿Están en movimiento para no beber, corriendo para mantenerse en pie? ¿Están pensando quizá en el asesino que conocieron ayer y al que piensan volver a ver?

No soy normal.

Ya casi he llegado a casa cuando lo veo. Iba absorta en mis pensamientos, preguntándome qué es exactamente lo que pretendo conseguir con estas sesiones con Kamal. ¿De verdad voy a registrar los cajones de su escritorio si sale un momento de su despacho?

¿Cómo voy a tenderle una trampa para conducirlo a un territorio peligroso y que se le escape algo revelador? Lo más probable es que sea mucho más listo que yo y advierta mis intenciones. Después de todo, él sabe que su nombre ha aparecido en el periódico, debe de estar alerta ante la posibilidad de que alguien quiera sonsacarle alguna historia o información.

Esto es lo que voy pensando con la cabeza gacha y la mirada puesta en el pavimento cuando paso por delante del pequeño supermercado Londis. Intento no echarle un vistazo para no caer en la tentación, pero con el rabillo del ojo veo su nombre. Levanto la mirada y ahí está, en los titulares de la portada de un tabloide: «¿MATÓ MEGAN A SU BEBÉ?»

ANNA

Miércoles, 7 de agosto de 2013

Mañana

Estaba con las chicas del NCT[2] en el Starbucks cuando ha sucedido. Nos habíamos sentado en nuestro lugar habitual junto a la ventana mientras los niños jugaban en el suelo con piezas de Lego y Beth estaba intentando convencerme una vez más para que me uniera a su club de lectura. Entonces ha aparecido Diane con esa expresión de prepotencia que tiene la gente cuando está a punto de contar un cotilleo especialmente jugoso. Apenas podía contenerse mientras

---

2. National Childbirth Trust: principal organización benéfica inglesa dedicada al apoyo de la mujer durante el embarazo, el parto y la maternidad. (*N. del t.*)

forcejeaba con la puerta de entrada para poder pasar con su cochecito doble.

—¿Has visto esto, Anna? —ha dicho con el rostro serio, y me ha mostrado un periódico con el titular «¿MATÓ MEGAN A SU BEBÉ?». No he sabido qué decir. Me lo he quedado mirando y, absurdamente, me he puesto a llorar. Evie se ha asustado mucho y ha comenzado a chillar. Ha sido lamentable.

Luego he ido a los servicios para limpiarme (a mí y a Evie) y cuando he regresado estaban todas hablando en voz baja. Diane me ha mirado taimadamente y me ha preguntado si me encontraba bien. Era evidente que estaba disfrutando de la situación.

He tenido que marcharme. No podía quedarme ahí. Todas se han mostrado increíblemente preocupadas y no han dejado de decir lo terrible que debía de ser para mí, pero yo lo percibía en sus rostros: desaprobación apenas disimulada. ¿Cómo pudiste confiar tu hija a un monstruo? Debes de ser la peor madre del mundo.

De camino a casa, he intentado hablar con Tom, pero me ha saltado el buzón de voz. Le he dejado el mensaje de que me llamara en cuanto pudiera procurando mantener un tono de voz animado y uniforme, pero estaba temblando y las piernas apenas me sostenían.

No he comprado el periódico, pero no he podido resistirme a leer la noticia en internet. Era todo más bien vago. «Fuentes cercanas a la investigación del asesinato de la señora Hipwell aseguran que ésta podría haber estado implicada en el homicidio de su propia hija» diez años atrás. Esas mismas «fuentes» también especulaban con que éste podría ser el motivo de su asesinato. El inspector a cargo de toda la investigación (Gaskill, el que vino a hablar con nosotros cuando Megan desapareció) no ha querido hacer declaraciones.

Tom me ha devuelto la llamada. Estaba entre reuniones y no podía venir a casa. Ha intentado calmarme y me ha dicho que seguramente no eran más que tonterías:

—Ya sabes que uno no se puede creer la mitad de las cosas que publican los periódicos.

Yo he procurado no hacer ningún drama pues, al fin y al cabo, fue él quien sugirió que ella viniera a ayudarme con Evie. Debía de sentirse fatal.

Y tiene razón. Tal vez la noticia no sea verdad. Pero ¿a quién se le podría ocurrir una historia como ésa? ¿Por qué iba nadie a inventarse algo así? No puedo dejar de pensar que yo ya lo sabía. Siempre creí que había algo raro en esa mujer. Al principio, simplemente pensaba que era un poco inmadura, pero en realidad se trataba de algo más que eso. Estaba como ausente. Ensimismada. No voy a mentir, me alegro de que haya muerto. ¡Qué alivio!

Tarde

Estoy en el piso de arriba, en el dormitorio. Tom está viendo la televisión con Evie. Nos hemos enfadado. Es culpa mía. En cuanto ha entrado por la puerta, he ido a por él.

Mi tensión había ido en aumento durante todo el día. No podía evitarlo, era incapaz de dejarlo estar: allá adonde mirara, la veía a ella, en mi casa, sosteniendo a mi hija, dándole de comer, cambiándola, jugando con ella mientras yo dormía una siesta. No podía dejar de pensar en todas las veces que la dejé a solas con Evie y me sentía fatal.

Y luego he vuelto a tener la paranoia de que estoy siendo observada, una sensación que he tenido prácticamente todo el tiempo que llevo viviendo en esta casa. Al principio, solía achacarlo a los trenes. Todos esos cuerpos sin rostro mirándonos por las ventanillas me provocaban escalofríos. Era una de las muchas razones por las que no deseaba mudarme aquí, pero Tom no quería marcharse. Dijo que si vendía la casa, perdería dinero.

Al principio eran los trenes, y luego Rachel. Observándonos, apareciendo en la calle, llamándonos todo el rato. Y luego también Megan, cuando estaba aquí con Evie: siempre tuve la sensación de que me examinaba de soslayo. Parecía que evaluara mi aptitud como madre y me juzgara por no ser capaz de hacerlo todo yo sola. Absurdo, ya lo sé, pero después he pensado en el día en que Rachel vino a casa y se llevó a Evie y se me hiela la sangre y creo que no lo es para nada.

De modo que, para cuando Tom ha llegado a casa, yo estaba buscando pelea. Le he lanzado un ultimátum: nos tenemos que marchar, no pienso seguir en esta casa, en esta calle, sabiendo todo lo que ha pasado aquí. Allá adonde miro, no sólo veo a Rachel sino a Megan. No puedo evitar pensar en todo lo que ha tocado. Es demasiado. Y me da igual si obtenemos un buen precio por la casa o no.

—Te importará cuando nos veamos obligados a vivir en un lugar mucho peor, o cuando no podamos pagar la hipoteca —ha respondido él con gran sensatez.

Yo le he preguntado entonces si no podía pedirles ayuda a sus padres —tienen mucho dinero—, pero él me ha dicho que ni hablar, que no piensa volver a hacerlo en su vida y, muy enfadado, me ha dicho que ya no quería hablar más del tema. Esto se debe a cómo lo trataron cuando dejó a Rachel por mí. No debería haberlos mencionado, es algo que siempre lo enoja.

Pero no he podido evitarlo. Me siento desesperada porque ahora cada vez que cierro los ojos la veo a ella sentada a la mesa de la cocina con Evie en su regazo. Por más que sonriera, jugara o interactuara con la pequeña, su actitud no parecía sincera. No daba la impresión de que realmente quisiese estar aquí y siempre parecía alegrarse de devolvérmela cuando llegaba la hora de marcharse. Era como si no quisiera tener un bebé en los brazos.

RACHEL

Miércoles, 7 de agosto de 2013

Tarde

Cada vez hace más calor. Es insufrible. Con las ventanas del apartamento abiertas, se puede saborear el monóxido de carbono de la calle. Me pica la garganta. Me estoy dando la segunda ducha del día cuando suena el teléfono. No lo cojo y vuelve a sonar. Y luego otra vez. Cuando finalmente salgo de la ducha, está sonando por cuarta vez y lo descuelgo.

Parece asustado. Su respiración es entrecortada.

—No puedo ir a casa —dice—. Hay cámaras por todas partes.

—¿Scott?

—Ya sé que esto es... muy extraño, pero necesito ir a algún sitio. Un sitio en el que no haya nadie esperándome. No puedo ir a casa de mi madre. Ni a las de mis amigos. Ahora estoy... dando vueltas con el coche. Llevo haciéndolo desde que he salido de la comisaría... —Se le quiebra la voz—. Sólo necesito una hora o dos. Para sentarme, para pensar. Sin ellos, sin la policía, sin gente que me haga sus putas preguntas. Lo siento pero ¿podría ir a tu casa?

Le digo que sí, claro está. No sólo porque parece verdaderamente asustado y desesperado, sino porque quiero verlo. Quiero ayudarlo. Le doy la dirección y me dice que llegará en quince minutos.

El timbre de la puerta suena diez minutos después. Sus timbrazos son cortos y apremiantes.

—Lamento hacer esto. No sabía adónde ir —dice en cuanto abro la puerta. Tiene aspecto de animal acosado: está temblando, tiene el semblante pálido y una pátina de sudor le cubre la piel.

—No pasa nada —digo, y me hago a un lado para que pase. Luego lo conduzco al salón y le indico que se siente mientras voy a buscarle un vaso de agua a la cocina. Él se la bebe casi de un trago y luego se sienta inclinado hacia delante, con los antebrazos sobre las rodillas y la cabeza gacha.

No sé si hablar o quedarme callada. Cojo su vaso y vuelvo a llenárselo sin decir nada. Finalmente, comienza a hablar.

—Pensaba que lo peor había pasado —dice en voz baja—. Tenía razones para ello, ¿no? —Levanta la mirada hacia mí—. Mi esposa había aparecido muerta y la policía creía que yo la había matado. ¿Qué podía ser peor que eso?

Se refiere a las nuevas noticias. A las cosas que están diciendo sobre ella. Esa historia de los tabloides, supuestamente filtrada por alguien de la policía, sobre la implicación de Megan en la muerte de un bebé. Basura especulativa, una campaña de desprestigio contra una mujer muerta. Es despreciable.

—Pero no es cierto —le digo—. No puede serlo.

Tiene la expresión vacía. Parece desorientado.

—La sargento Riley me ha dado esta mañana la noticia que siempre había querido oír. —Tose y a continuación se aclara la garganta. Luego prosigue en un tono de voz apenas más alto que un susurro—. No puedes imaginarte lo mucho que lo deseaba. Solía soñar con ello. Imaginaba cómo sería su aspecto, su sonrisa tímida y juguetona, y también cómo me cogería la mano y se la llevaría a los labios... —Desvaría, está soñando, no tengo ni idea de qué está diciendo—. Hoy —continúa—, he recibido la noticia de que Megan estaba embarazada.

Rompe a llorar y yo no puedo evitar unirme a él. Lloro por un bebé que nunca ha existido, el hijo de una mujer a la que no llegué a conocer. Pero el horror es casi insoportable. No puedo comprender cómo Scott todavía está respirando. Esa noticia debería haberlo matado. Debería haberlo dejado completamente sin vida. De algún modo, sin embargo, todavía está aquí.

No puedo hablar ni moverme. En el salón hace calor y no hay aire a pesar de que las ventanas están abiertas. Se oyen los ruidos de la calle: una sirena de policía, los gritos y las risas de unas niñas, la atronadora música de un coche que pasa por delante de casa. Pero aquí dentro, el mundo está llegando a su fin. Para Scott, el mundo está llegando a su fin, y soy incapaz de hablar. Permanezco en silencio, sin saber qué hacer, inútil.

Hasta que de repente oigo pasos en los escalones de la entrada y el familiar ruido de Cathy rebuscando las llaves de casa en su enorme bolso. Entonces vuelvo en mí. He de hacer algo: cojo a Scott de la mano. Alarmado, él levanta la mirada hacia mí.

—Ven conmigo —le digo, y tiro de él para que se ponga en pie. Él me deja arrastrarlo por el pasillo y la escalera antes de que Cathy abra la puerta. Yo cierro la de mi dormitorio detrás de nosotros—. Mi compañera de piso. Podría hacer preguntas —digo a modo de explicación—. Sé que no es eso lo que quieres en este momento.

Él asiente. Echa un vistazo alrededor de mi pequeña habitación y ve la cama sin hacer, la ropa limpia y sucia apilada en la silla del escritorio, las paredes desnudas, los muebles baratos. Me siento avergonzada. Ésta es mi vida: desordenada, desaliñada, pequeña.

Nada envidiable. Al mismo tiempo, pienso en lo ridícula que soy al creer que a Scott le podría preocupar el estado de mi vida en este instante.

Le indico que se siente en la cama. Él obedece y se seca los ojos con el dorso de la mano. Su respiración es pesada.

—¿Quieres tomar algo? —le pregunto.

—¿Una cerveza?

—No guardo alcohol en casa —digo, y noto que me sonrojo. Scott, sin embargo, no repara en ello. Ni siquiera levanta la mirada—. Puedo hacerte una taza de té. —Él asiente—. Túmbate, descansa. —Scott hace lo que le digo. Se quita los zapatos y se tumba en la cama, dócil como un niño enfermo.

En la planta baja, mientras hiervo agua, charlo un minuto con Cathy. Ella me habla sobre el nuevo lugar que ha descubierto en Northcote para almorzar («Unas ensaladas realmente buenas») y lo irritante que es la nueva mujer de su trabajo. Yo sonrío y asiento, pero casi no le presto atención. En realidad, estoy más pendiente de si oigo algún crujido o pasos. Me parece irreal tener a Scott aquí, en el piso de arriba, en mi cama. Me mareo sólo de pensarlo. Es como si estuviera soñando.

En un momento dado, Cathy se calla y se me queda mirando con el ceño fruncido.

—¿Estás bien? —me pregunta—. Pareces... como ausente.

—Sólo estoy un poco cansada —le contesto—. No me encuentro muy bien. Creo que voy a irme a la cama.

Ella sigue mirándome con recelo. Sabe que no he bebido (siempre lo nota), pero seguramente cree que voy a empezar a hacerlo ahora. No me importa; ahora no puedo pensar en ello; cojo la taza de té para Scott y me despido de ella hasta mañana.

Me detengo un segundo delante de la puerta de mi habitación y aguzo el oído. No oigo nada. Con cuidado, giro el tirador y abro la puerta. Scott sigue tumbado en la misma posición en la que lo he dejado, con las manos en los costados y los ojos cerrados. Puedo oír su respiración, suave y ronca. Su cuerpo ocupa media cama, pero me siento tentada de tumbarme a su lado y rodearle el pecho con el brazo para consolarlo. En vez de eso, toso un poco y le ofrezco la taza de té.

Él se incorpora.

—Gracias —dice hoscamente, y coge la taza—. Gracias... por ofrecerme un refugio. Desde que esa historia salió a la luz todo ha sido... No sé cómo describirlo.

—¿Te refieres a lo que supuestamente sucedió hace años?

—Sí, eso.

No está claro cómo han conseguido los tabloides esa información. Las múltiples especulaciones señalan a la policía, a Kamal Abdic y a Scott.

—Es mentira —le digo—, ¿verdad?

—Claro que sí, pero le da a alguien un motivo, ¿no? Al menos eso es lo que dicen. Megan mató a su bebé, lo cual daría a alguien (presumiblemente el padre del bebé) un motivo para matarla. Años y años después.

—Es ridículo.

—Pero ya sabes lo que dice ahora todo el mundo. Que yo me inventé esta historia no sólo para que Megan pareciera una mala persona, sino para redirigir las sospechas que recaen sobre mí hacia un desconocido. Algún tipo de su pasado al que nadie conoce.

Me siento a su lado en la cama. Nuestros muslos casi se tocan.

—¿Qué dice la policía?

Se encoge de hombros.

—En realidad, nada. Me han preguntado qué sabía yo al respecto. ¿Sabía que antes de conocernos había tenido un hijo? ¿Sabía qué sucedió? ¿Sabía quién era el padre? Les he dicho que no, que eran todo mentiras, que ella nunca había estado embarazada... —Su voz se vuelve a quebrar. Se calla un momento y le da un sorbo a su té—. Yo les he preguntado entonces de dónde había salido esa historia y cómo había llegado a los periódicos, pero ellos me han dicho que no lo saben. Supongo que habrá sido él, Abdic. —Da un largo y trémulo suspiro—. No entiendo por qué. No consigo comprender por qué está diciendo estas cosas sobre ella ni qué pretende con ello. Está claro que es un puto perturbado.

Pienso en el hombre que conocí el otro día: su serenidad, la suavidad de su voz, la calidez de sus ojos. Todo muy alejado de un perturbado. Aunque esa sonrisa...

—Es escandaloso que hayan publicado esto. Debería haber reglas...

—No se puede difamar a los muertos —dice, y se queda un instante callado. Luego añade—: Me han asegurado que no harán pública la información relativa a su embarazo. Todavía no. Puede que nunca. En cualquier caso, no hasta que estén seguros del todo.

—¿Seguros de qué?

—De que el padre no era Abdic.

—¿Han hecho pruebas de ADN?

Niega con la cabeza.

—No, pero lo sé. No puedo decir cómo, pero lo sé. El bebé es (era) mío.

—Si Kamal hubiera pensado que el hijo era suyo, habría tenido un motivo para matarlo, ¿no? —No lo digo en voz alta, pero no sería el primer hombre que pretende librarse de un hijo no deseado librándose de la madre. Tampoco digo que en realidad eso también le da un motivo a Scott. Si éste hubiera pensado que su esposa estaba embarazada del hijo de otro hombre... Pero él no puede haberlo hecho. Su *shock* y su sufrimiento han de ser reales. Nadie es tan buen actor.

317

Scott ya no me está escuchando. Tiene la mirada fija en la puerta del dormitorio y parece estar hundiéndose en la cama como si fueran arenas movedizas.

—Deberías quedarte un rato —le digo—. Intenta dormir.

Él se vuelve hacia mí y casi me sonríe.

—¿No te importa? —me pregunta—. Sería... Te lo agradecería mucho. En casa me cuesta dormir. No sólo por la gente que está fuera intentando conseguir declaraciones mías. No es sólo eso. Es por ella. Está en todas partes, no puedo dejar de verla. Voy a la planta baja y no miro, me obligo a mí mismo a no mirar, pero al pasar por delante de la ventana, he de retroceder y comprobar que no está en la terraza. —Mientras me lo cuenta, noto cómo las lágrimas comienzan a acudir a mis ojos—. Le gustaba sentarse ahí y mirar los trenes.

—Lo sé —digo, y coloco la mano en su antebrazo—. A veces la veía ahí.

—No dejo de oír su voz —explica—. Creo que me llama. Estoy en la cama y creo que me llama desde el jardín. No dejo de pensar que está ahí. —Comienza a temblar.

—Túmbate. Descansa —le pido, y le cojo la taza de las manos.

Cuando estoy segura de que se ha quedado dormido, me tumbo a su lado. Mi cara está a escasos centímetros de su omoplato. Cierro los ojos y escucho los latidos de mi corazón y siento las pulsaciones del flujo sanguíneo en el cuello. Inhalo el triste y rancio aroma que despide Scott.

Cuando me despierto horas después, ya se ha ido.

Jueves, 8 de agosto de 2013

Mañana

Tengo la sensación de estar traicionando a Scott. Hace unas pocas horas estaba con él y ahora estoy de camino a la consulta de Kamal, a punto de ver otra vez al hombre que él piensa que ha asesinado a su esposa. Y a su hijo. Me siento fatal. Me pregunto si debería haberle contado mi plan. Si debería haberle explicado a Scott que estoy haciendo todo esto por él. Claro que en realidad no estoy segura de que esté haciéndolo sólo por él, y tampoco tengo ningún plan.

Hoy le hablaré de mí. Ése es el plan. Le contaré algo auténtico, como mis deseos de tener un hijo. Me fijaré a ver si eso provoca algo; una respuesta poco natural, cualquier tipo de reacción. A ver adónde me lleva eso.

No me lleva a ningún lado.

Kamal comienza preguntándome cómo me encuentro y cuándo fue la última vez que bebí alcohol.

—El domingo —le contesto.

—Eso está bien. —Entrelaza las manos en su regazo—. Tiene buen aspecto. —Sonríe y no veo al asesino. Ahora me pregunto qué vi el otro día. ¿Acaso lo imaginé?

—La última vez me preguntó cuándo comencé a beber. —Él asiente—. Había caído en una profunda depresión —le digo—. Yo estaba intentando... Estaba intentando quedarme embarazada. No pude, así que caí en una depresión. Entonces fue cuando comencé a beber.

Al poco, me encuentro llorando otra vez. Es imposible resistirse a la amabilidad de un desconocido que te mira y te dice que no pasa nada al margen de lo que hayas hecho: has sufrido, lo estás pasando mal, mereces perdón. Así pues, confío en él y me olvido otra vez de lo que he venido a hacer aquí. No escudriño su rostro en busca de una reacción. No estudio sus ojos en busca de una señal de culpabilidad o sospecha. Dejo que me consuele.

Él se muestra amable y racional. Habla de estrategias para afrontar los problemas, me recuerda que la juventud está de mi lado.

Así pues, la visita no me lleva a ningún lado. Simplemente me voy de la consulta de Kamal Abdic sintiéndome más relajada y esperanzada. Me ha ayudado. Al sentarme en el tren, intento conjurar la imagen del asesino que vi, pero ya no puedo. Me cuesta verlo como un hombre capaz de pegar y aplastarle el cráneo a una mujer.

En un momento dado, acude a mi mente una imagen terrible y vergonzosa: Kamal y sus delicadas manos, su tranquilizadora presencia y su sibilante forma de hablar en oposición a Scott, enorme y poderoso, salvaje, desesperado. He de recordarme a mí misma que así es Scott ahora, pero que antes de todo esto era distinto. Intento rememorarlo, pero finalmente he de admitir que no sé cómo era.

Viernes, 9 de agosto de 2013

Tarde

El tren se detiene en el semáforo. Le doy un trago a la fría lata de gin-tonic y levanto la mirada hacia la terraza en la que ella se sentaba. Hacía ya varios días que no bebía, pero necesitaba esto. La valentía que sólo te da el alcohol. Estoy de camino a casa de Scott, y para llegar tendré que sortear todos los peligros de Blenheim Road: Tom, Anna, la policía, la prensa. Y el paso subterráneo, con sus recuerdos fragmentarios de miedo y sangre. Pero Scott me ha pedido que vaya, y no puedo negarme.

Anoche encontraron al bebé. O lo que queda de

ella. Estaba enterrada en los terrenos de una granja cercana a la costa de East Anglia, justo donde le habían indicado a la policía que la buscara. Esta mañana la noticia aparecía en los periódicos:

La policía ha abierto una investigación sobre la muerte de un bebé tras haber encontrado restos humanos enterrados en el jardín de una casa cerca de Holkham, en el norte de Norfolk. El descubrimiento se realizó después de que la policía recibiera el soplo de un posible asesinato durante el curso de su investigación sobre la muerte de Megan Hipwell, de Witney, cuyo cadáver fue hallado en Corly Woods la semana pasada.

Al ver las noticias esta mañana, he llamado a Scott. No me ha contestado, de modo que he dejado un mensaje diciéndole que lo sentía mucho. Él me ha llamado esta tarde.

—¿Estás bien? —le he preguntado.

—La verdad es que no. —Tenía la voz pastosa por el alcohol ingerido.

—Lo siento mucho... ¿Necesitas algo?

—Necesito a alguien que no me diga «ya te lo dije».

—¿Cómo dices?

—Mi madre ha estado aquí toda la tarde. Al parecer, ella siempre lo supo: «Había algo raro en esa chica, algo extraño; sin familia, ni amigos, venida de la nada...». Me pregunto por qué nunca me lo dijo.

—Oigo el ruido de un cristal rompiéndose.

—¿Estás bien? —le he vuelto a decir.

—¿Puedes venir aquí? —me ha preguntado.

—¿A tu casa?

—Sí.

—Yo... La policía, los periodistas... No estoy segura...

—Por favor. Sólo quiero un poco de compañía. Estar con alguien que conociera a Megs y a quien le cayera bien. Alguien que no se crea toda esta...

Él estaba borracho y yo sabía que iba a decir que sí de todos modos.

Ahora, sentada en el tren, yo también estoy bebiendo y pienso en lo que ha dicho. «Alguien que conociera a Megs y a quien le cayera bien.» Yo no la conocía, y no estoy segura de que todavía me caiga bien. Me termino la lata de gin-tonic tan rápido como puedo y abro otra.

Bajo del tren en Witney. Formo parte de la multitud de viajeros del viernes por la tarde. Soy una esclava asalariada más entre la masa de gente acalorada y cansada que se muere por llegar a casa y sentarse en el jardín con una cerveza fría, cenar con los niños y acostarse pronto. Puede que se deba a la ginebra, pero me resulta gratificante verme arrastrada por la muchedumbre de gente que consulta su móvil y rebusca en los bolsillos su billete de tren. Esto me retrotrae al primer verano en el que vivimos en Blenheim Road, cuando solía apresurarme a llegar a casa después de trabajar. Recuerdo que bajaba la escalera y salía de la estación a toda velocidad para recorrer luego la calle casi corriendo. Tom trabajaba en casa y, en cuanto yo cruzaba la puerta, ya me estaba desnudando. Incluso ahora me sorprendo a mí misma sonriendo al recordar la expectación con la que lo vivía: iba por la calle con las mejillas encendidas, mordiéndome el labio para borrar la sonrisa tonta de mi rostro, con el pulso acelerado, sin dejar de pensar en él y sabiendo que él también estaría contando los minutos hasta que yo llegara a casa.

Estoy tan ocupada pensando en esos días que se me olvida preocuparme por Tom y Anna, la policía o los fotógrafos y, antes de que me dé cuenta, estoy llamando al timbre de la casa de Scott. Cuando la puerta se abre me siento excitada, aunque no debería. En cualquier caso, no me siento culpable por ello, pues Megan no era la persona que yo creía. No era esa chica hermosa y despreocupada de la terraza. No era una esposa cariñosa. Ni siquiera era buena persona. Era una mentirosa, una embustera.

Era una asesina.

MEGAN

Tarde

Estoy sentada en el sofá de su salón con una copa de vino en la mano. La casa sigue siendo un basurero. Me pregunto si siempre ha vivido así, como un adolescente. Y luego recuerdo que perdió a su familia en la adolescencia, de modo que tal vez sí. Me sabe mal por él. Sale de la cocina y se sienta a mi lado, confortablemente cerca. Si pudiera, vendría aquí cada día a pasar una o dos horas. Me limitaría a sentarme y a beber vino mientras nuestras manos se rozan.

Pero no puedo. Esta historia tiene un final, y él quiere que llegue a él.

—Está bien, Megan —dice—. ¿Estás lista para terminar lo que me estabas contando?

Me reclino un poco contra él, contra su cuerpo cálido. Él me deja hacerlo. Cierro los ojos y no tardo en retrotraerme al episodio del cuarto de baño. Es extraño, porque a pesar de haberme pasado mucho tiempo intentando no pensar en ello, en esos días y esas noches, ahora puedo cerrar los ojos y todo acude a mí de un modo casi instantáneo, como si me quedara dormida y me encontrara directamente en mitad de un sueño.

Estaba oscuro y hacía mucho frío. Yo ya no estaba en el cuarto de baño.

—No sé qué pasó exactamente. Recuerdo despertarme y saber que algo iba mal, y lo siguiente que recuerdo es que Mac había regresado a casa. Estaba llamándome. Lo oía en la planta baja gritando mi nombre, pero yo no podía moverme. Estaba sentada en el suelo del cuarto de baño con el bebé en mis brazos. La lluvia caía con fuerza y las vigas del techo crujían. Tenía mucho frío. Mac subió al piso de arriba sin dejar de llamarme. Por fin llegó a la puerta del cuarto de baño y encendió la luz. —Todavía puedo sentir cómo me quema las retinas y tiñe todo de un severo y horrendo color blanco.

»Recuerdo decirle a gritos que la apagara. No quería mirar, no quería verla así. No sé bien qué sucedió a continuación. Él comenzó a chillarme a la cara. Yo le di el bebé y salí corriendo. Salí de casa y, bajo la lluvia, fui corriendo hasta la playa. No recuerdo qué sucedió a continuación. Pasó mucho rato hasta que vino a buscarme. Seguía lloviendo. Creo que yo estaba en las dunas. Pensé en meterme en el agua, pero tenía demasiado miedo. Al final, Mac vino a por mí y me llevó de vuelta a casa.

»La enterramos por la mañana. Yo la envolví en una sábana y Mac cavó la tumba. Lo hicimos en el límite de la propiedad, cerca de las vías de tren abandonadas. Señalamos el lugar con unas piedras. No hablamos sobre ello, no hablamos sobre nada, ni nos miramos el uno al otro. Aquella noche, Mac volvió a salir. Dijo que había quedado con alguien. Yo pensé que quizá iba a la policía. No sabía qué hacer. Estuve esperándolo, esperando que viniera alguien. No lo hizo. Ya nunca regresó.

Estoy sentada en el confortable salón de Kamal con su cálido cuerpo a mi lado, pero no dejo de tiritar.

—Todavía puedo sentirlo —le digo—. Por las noches, todavía puedo sentirlo. Es lo que más temo, lo que me mantiene despierta: la sensación de estar sola en esa casa. Tenía mucho miedo, demasiado para irme a dormir. Deambulaba por esas habitaciones oscuras y creía oír sus lloros, oler su piel. Veía cosas. Me despertaba por la noche y estaba segura de que había alguien más, o algo, en la casa conmigo. Pensaba que me estaba volviendo loca. Pensaba que me iba a morir. Pensaba que, si me quedaba ahí, quizá algún día me encontraría alguien. Al menos así no tendría que dejarla.

Me sorbo la nariz y me inclino hacia delante para coger un pañuelo de papel de la caja que hay en la mesita. La mano de Kamal me recorre la columna vertebral hasta la parte baja de la espalda y se queda ahí.

—Al final no tuve valor para quedarme. Creo que esperé unos diez días y cuando ya no quedó más comida (ni siquiera una lata de judías, nada), empaqueté mis cosas y me marché.

—¿Volviste a ver a Mac?

—No, nunca. La última vez que lo vi fue esa noche. No me dio un beso ni hubo ninguna despedida propiamente dicha. Sólo me dijo que tenía que salir un rato. —Me encojo de hombros—. Eso fue todo.

—¿Más adelante no intentaste ponerte en contacto con él?

Niego con la cabeza.

—No. Al principio, estaba demasiado asustada. Temía lo que pudiera hacer si me ponía en contacto con él. Y no sabía dónde estaba; ni siquiera tenía un teléfono móvil. Además, había perdido todo contacto con la gente que le conocía. Sus amigos eran más bien nómadas. *Hippies*, vagabundos. Hace unos meses, después de hablarte de él por primera vez, lo busqué en Google pero no lo encontré. Es extraño...

—¿El qué?

—Al principio, creía verlo todo el rato. Me parecía reconocerlo en la calle, o veía a un hombre en un bar y estaba tan segura de que era él que el corazón se me aceleraba, o creía oír su voz en la multitud. Pero hace mucho tiempo que dejó de pasarme esto. Ahora tengo la sensación de que debe de estar muerto.

—¿Por qué piensas eso?

—No lo sé. Es sólo que... tengo esa sensación.

Kamal yergue la espalda, aparta el cuerpo del mío y se vuelve para mirarme directamente a la cara.

—Creo que se trata de tu imaginación, Megan. Es normal que creas seguir viendo a gente que en un momento dado formó una parte importante de tu vida. Al principio, yo creía ver a mis hermanos todo el rato. En cuanto a lo de tu sensación de que Mac está muerto, seguramente no es más que una consecuencia del hecho de que lleve tanto tiempo fuera de tu vida. En cierto sentido, él ya no es real para ti.

Ahora vuelve a hablarme como un psicólogo. Ya no somos sólo dos amigos sentados en el sofá. Me gustaría cogerlo y tirar de él hacia mí, pero no quiero pasarme de la raya. Pienso en el beso que le di la última vez que nos vimos y recuerdo su expresión de deseo, frustración y enojo.

—Me pregunto si ahora que hemos hablado de esto y me has contado tu historia has pensado en volver a intentar ponerte en contacto con él. Para pasar página y cerrar ese capítulo de tu pasado.

Sabía que quizá me sugeriría eso.

—No puedo —le digo—. No puedo.

—Piénsalo por un momento.

—No puedo. ¿Y si todavía me odia? ¿Y si hace que todo vuelva a mí o llama a la policía? ¿Y si —esto no puedo decirlo en voz alta, apenas puedo susurrarlo— le cuenta a Scott lo que soy en realidad?

Kamal niega con la cabeza.

—Quizá no te odia, Megan. Quizá nunca lo hizo. Quizá él también tenía miedo y se sentía culpable. A juzgar por lo que me has contado, no es un hombre que se comportara de un modo muy responsable. Acogió a una chica muy joven y vulnerable y la dejó sola cuando más apoyo necesitaba. Quizá ahora es consciente de que ambos sois responsables de lo que sucedió. Quizá eso es de lo que huyó.

No sé si Kamal realmente se cree lo que me está diciendo o si sólo está intentando que me sienta mejor. Lo único que tengo claro es que no es verdad. No puedo culpar a Mac. Esto es sólo cosa mía.

—No quiero empujarte a hacer algo que no quieras —dice Kamal—. Sólo me gustaría que consideraras la posibilidad de que ponerte en contacto con Mac pueda ayudarte. Y no es porque crea que le debes algo. Creo que él te lo debe. Comprendo tu sentimiento de culpabilidad, de verdad, pero él te abandonó. Estabas sola y asustada y él te abandonó en esa casa. No me extraña que no puedas dormir. Es nor-

330

mal que la idea de dormir te asuste: te quedaste dormida y te pasó algo terrible. Y la persona que debería haberte ayudado te dejó sola.

En boca de Kamal, no suena tan mal. Oigo cómo las palabras se deslizan seductoras por su cálida y melosa lengua y casi me las creo. Casi creo que hay un modo de dejar todo esto atrás, pasar página, volver a casa con Scott y vivir mi vida como lo hace la gente normal, sin estar mirando todo el rato por encima del hombro ni esperar con todas mis fuerzas que llegue algo mejor. ¿No es eso lo que hace la gente normal?

—¿Te lo pensarás? —me pregunta al tiempo que coloca la mano sobre la mía.

Sonrío ampliamente y le digo que sí. Puede incluso que lo diga en serio, no lo sé. Él me acompaña entonces a la puerta con el brazo alrededor de mis hombros. Siento ganas de volverme hacia él y besarlo, pero no lo hago.

En vez de eso, le pregunto:

—¿Es ésta la última vez que nos vamos a ver? —Él asiente—. En ese caso, ¿no podríamos...?

—No, Megan. No podemos. Debemos hacer lo correcto.

Sonrío.

—No soy muy buena en eso —digo—. Nunca lo he sido.

—Puedes serlo. Lo serás. Ahora ve a casa. Ve con tu marido.

Cuando cierra la puerta me quedo un largo rato delante de su casa. Me siento más ligera, creo. Más libre. También más triste y, de repente, quiero ir a casa junto a Scott.

Me dispongo a ir a la estación cuando veo a un hombre corriendo por la acera con los auriculares puestos y la cabeza gacha. Viene directo hacia mí y, al apartarme para que no se me eche encima, resbalo en el bordillo y me caigo.

El hombre no se disculpa. De hecho, ni siquiera se vuelve hacia mí y yo estoy demasiado desconcertada para gritar. Me pongo de pie y me quedo un momento apoyada en un coche, intentando recobrar el aliento. Toda la paz que había sentido en casa de Kamal se ha hecho añicos.

Hasta que llego a casa no me doy cuenta de que al caer me he hecho un corte en la mano. En algún momento, además, debo de haberme pasado la mano por la boca, porque también tengo los labios manchados de sangre.

RACHEL

Sábado, 10 de agosto de 2013

Mañana

Me despierto temprano. Puedo oír el ruido que hace el camión de reciclaje al pasar por la calle y el suave repiqueteo de la lluvia contra la ventana. La persiana está medio levantada: anoche nos olvidamos de bajarla. Sonrío para mí. Puedo sentirlo a mi lado, cálido, adormilado y duro. Muevo la cadera y me pego un poco más a él. No tardará en despertarse, cogerme y darme la vuelta.

—No, Rachel —dice, y yo me detengo de golpe. No estoy en casa. Esto no es mi casa. Todo esto está mal.

Me doy la vuelta. Scott se incorpora y se sienta en el borde de la cama, dándome la espalda. Cierro los ojos con fuerza e intento recordar qué pasó ayer, pero es todo borroso. Cuando los vuelvo a abrir, puedo pensar con claridad porque es el mismo dormitorio en el que me he despertado mil veces o más: la cama está en el mismo sitio y tiene el mismo aspecto. Si me siento, podré ver las copas de los robles que hay al otro lado de la calle; ahí, a la derecha, está el cuarto de baño y a la izquierda el ropero. Es un dormitorio idéntico al que compartía con Tom.

—Rachel —vuelve a decir, y yo extiendo la mano para tocarle la espalda.

Él, sin embargo, se pone en pie de golpe y se vuelve hacia mí. Parece que lo hayan ahuecado, como la primera vez que lo vi de cerca en la comisaría de policía. Es como si le hubieran vaciado las entrañas y sólo quedara la cáscara de su cuerpo. Puede que este dormitorio sea como el que yo compartía con Tom, pero es el que él compartía con Megan. Este mismo dormitorio, esta misma cama.

—Lo sé —digo—. Lo siento. Lo siento mucho. Esto no ha estado bien.

—No, no lo ha estado —dice sin mirarme a los ojos, y luego se va al cuarto de baño y cierra la puerta.

Yo me tumbo otra vez en la cama y cierro los ojos. El pánico se apodera de mí y vuelvo a sentir una punzada en el estómago. ¿Qué he hecho? Recuerdo que, cuando llegué, Scott hablaba sin parar. Estaba enfadado con su madre por Megan, con los periódicos por lo que estaban escribiendo sobre ella y sugerir que se lo había buscado, con la policía por su lamentable investigación y por haberle fallado a ella y también a él. Nos sentamos en la cocina a beber cervezas y le estuve escuchando. Y cuando se terminaron las cervezas, nos sentamos en el patio. Para entonces él ya no estaba enfadado. Seguimos bebiendo mientras veíamos pasar los trenes y hablábamos de cosas triviales como dos personas normales: televisión, trabajo, adónde había ido a la escuela. Me olvidé de sentir lo que se suponía que debía sentir. Ambos lo hicimos, pues ahora lo recuerdo sonriéndome y tocándome el pelo.

Acude todo a mi mente como una oleada y noto cómo la sangre llega a mi rostro. Recuerdo admitírmelo a mí misma. Pensarlo y no sólo no descartarlo, sino aceptarlo. Lo quería. Quería estar con Jason. Quería sentir lo que Jess sentía cuando se sentaba aquí fuera con él, bebiendo vino al atardecer. Me olvidé de lo que se suponía que debía de sentir e ignoré el hecho de que, en el mejor de los casos, Jess era fruto de mi imaginación y, en el peor, no era nada, era Megan. Una mujer muerta, un cuerpo apaleado y abandonado. Todavía peor: no lo olvidé, simplemente no me importó. No me importó porque había comenzado a creer lo que decían sobre ella. ¿Acaso yo también, siquiera por un breve instante, creía que se lo había estado buscando?

Scott sale del cuarto de baño. Se ha dado una ducha y ha eliminado mi rastro de su piel. Tiene mejor aspecto, pero sigue sin mirarme a los ojos cuando me pregunta si me apetece un café. Esto no es lo que yo quería: nada de esto está bien. No quiero hacer esto. No quiero volver a perder el control.

Tras vestirme rápidamente, voy al cuarto de baño y me lavo la cara con agua fría. La máscara de los ojos se me ha corrido y se ha extendido por el rabillo de los ojos. También tengo los labios oscuros por sus mordiscos. Y la cara y el cuello rojos por culpa de su barba incipiente. Me viene a la mente un recuerdo fugaz de anoche —sus manos en mi cuerpo— y se me revuelve el estómago. Algo mareada, me siento en el borde de la bañera. El cuarto de baño está más sucio que el resto de la casa: la porquería se extiende por todo el lavamanos y hay manchas de pasta de dientes en el espejo. Veo una taza con un solo cepillo de dientes. No hay perfumes, ni cremas hidratantes, ni maquillaje. Me pregunto si se lo llevó ella cuando se marchó o si habrá sido él quien ha tirado todo.

De vuelta al dormitorio, echo un vistazo a mi alrededor en busca de rastros de ella —una bata en la parte trasera de la puerta, un cepillo de pelo en la cómoda, un bote de protector labial, un par de pendientes—, pero no veo nada. Cruzo la habitación en dirección al armario y, cuando tengo la mano en el tirador y estoy a punto de abrirlo, me sobresalta su grito:

—¡He preparado café!

Bajo a la cocina y me da una taza sin mirarme a la cara, luego se da la vuelta y permanece de espaldas a mí, con la mirada puesta en las vías o más allá. Echo un vistazo a la derecha y me doy cuenta de que las fotografías ya no están. Ninguna de ellas. Siento un cosquilleo en la parte trasera del cuero cabelludo y se me eriza el vello de los antebrazos. Le doy un sorbo al café y me cuesta tragarlo. Nada de esto está bien.

Puede que haya sido su madre quien ha limpiado todo y ha quitado las fotografías. Tal y como él no ha dejado de decirme una y otra vez, a su madre no le gustaba Megan. Aun así, ¿quién hace lo que él hizo anoche? ¿Quién se folla a una desconocida en la cama marital cuando su esposa ha sido asesinada hace menos de un mes? Entonces Scott se da la vuelta y me mira y yo tengo la sensación de que me ha leído la mente, pues tiene una expresión rara en el rostro —desprecio, o asco— y de repente yo también me siento asqueada. Dejo la taza.

—Debería marcharme —digo, y él no me lo impide.

Ha dejado de llover y el sol matutino me obliga a entrecerrar los ojos. En cuanto llego a la acera, veo que un hombre se acerca a mí. Yo levanto las manos, me coloco de lado y lo empujo con el hombro para poder seguir adelante. Él me dice algo, pero yo no le escucho. Mantengo las manos alzadas y la cabeza gacha de modo que, hasta que me encuentro a apenas un metro y medio de ella, no veo a Anna. Está de pie junto a su coche, mirándome con los brazos en jarra. Cuando intercambiamos una mirada, comienza a negar con la cabeza, se da la vuelta y se aleja rápidamente —casi corriendo— en dirección a la puerta de su casa. Me quedo un segundo inmóvil, observando su esbelta figura en mallas negras y una camiseta roja y siento un intenso *déjà vu*. Ya la he visto huir así antes.

Fue justo después de que yo dejara de vivir aquí. Había venido a ver a Tom para recoger algo que me había dejado. No recuerdo de qué se trataba, pero no era importante. Sólo quería verlo. Creo que era un domingo, y yo me había mudado el viernes, así que sólo había estado cuarenta y ocho horas ausente de la casa. Al acercarme a la puerta, la vi a ella descargando cosas de un coche. Se estaba mudando apenas dos días después de que yo me hubiera marchado, cuando mi presencia en la cama todavía no se había enfriado. Ella me vio y yo comencé a caminar hacia ella. No tengo ni idea de qué pensaba decirle. Nada irracional, estoy segura. Sí recuerdo que yo estaba llorando. Y, como ahora, ella huyó. Afortunadamente, no me di cuenta de lo peor: la barriga todavía no se le notaba. Creo que eso me habría matado.

Mientras espero el tren en el andén, me vuelvo a

sentir mareada. Me siento en un banco y me digo a mí misma que no es más que una resaca: hacía cinco días que no bebía nada y ayer me emborraché. Pero sé que es algo más que eso. Se trata de Anna y la sensación que he tenido cuando la he visto huir así. Miedo.

ANNA

Sábado, 10 de agosto de 2013

Mañana

Esta mañana he ido al gimnasio de Northcote para mi clase de *spinning* y, de vuelta a casa, he pasado por la tienda Matches para hacerme un regalo a mí misma y comprarme un precioso minivestido de Max Mara (Tom me perdonará cuando me vea con él). Estaba disfrutando una mañana perfecta hasta que, al aparcar el coche, he visto que había cierto bullicio frente a la casa de los Hipwell —ahora hay fotógrafos haciendo guardia a todas horas— y de repente la he visto a ella. ¡Otra vez! Casi no podía creérmelo. Rachel con un aspecto lamentable y empujando a un fotógrafo para abrirse paso. Estoy segura de que acababa de salir de casa de Scott.

Ni siquiera me ha molestado. Simplemente, me he quedado pasmada. Y cuando se lo he comentado a Tom —de un modo tranquilo, limitándome a exponer los hechos—, él se ha mostrado igual de estupefacto.

—Me pondré en contacto con ella —ha dicho—. Averiguaré qué está pasando.

—Eso ya lo has intentado. No sirve de nada —he explicado yo tan delicadamente como he podido, y luego he sugerido que quizá había llegado el momento de emprender acciones legales y obtener una orden de alejamiento o algo así.

—El problema es que en realidad ella ya no nos está acosando, ¿no? —ha señalado él—. Ya no nos llama a todas horas, ni se acerca a nosotros, ni tampoco ha venido a casa. No te preocupes, cariño. Ya lo solucionaré yo.

Tiene razón con lo del acoso, pero a mí no me importa. Aquí está sucediendo algo y no pienso limitarme a ignorarlo. Estoy cansada de que Tom me diga que no me preocupe. Estoy cansada de que me diga que lo solucionará, que hablará con ella, que al final ella desaparecerá. Creo que ha llegado el momento de que yo haga algo al respecto. La próxima vez que la vea, llamaré a la policía. A esa mujer, la sargento Riley. Parecía agradable y empática. Sé que a Tom le da pena Rachel, pero creo que ha llegado el momento de que me ocupe de esa zorra de una vez por todas.

RACHEL

Lunes, 12 de agosto de 2013

Mañana

Estamos en el aparcamiento de Wilton Lake. Antes solíamos venir aquí a nadar cuando hacía mucho calor. Hoy sólo estamos sentados en el coche de Tom, con las ventanillas bajadas para que entre la brisa. Desearía reclinar la cabeza en el reposacabezas, cerrar los ojos y limitarme a oler los pinos y a escuchar el canto de los pájaros. Me gustaría cogerlo de la mano y pasarme aquí todo el día.

Me llamó anoche y me preguntó si nos podíamos ver. Yo le pregunté si estaba relacionado con Anna y el hecho de que nos hubiéramos encontrado en Blenheim Road. Le dije que mi presencia en su calle no tenía nada que ver con ellos, que no había ido a molestarlos. Él me creyó, o al menos dijo que lo hacía, pero siguió mostrándose receloso e inquieto. Explicó que necesitaba hablar conmigo.

—Por favor, Rach —dijo, y ya no me hizo falta oír nada más. El modo en el que pronunció mi nombre me recordó a los viejos tiempos y tuve la sensación de que el corazón me iba a estallar—. Iré a recogerte, ¿de acuerdo?

Me he despertado antes del amanecer y a las cinco ya estaba en la cocina preparando café. Me he lavado el pelo, me he depilado las piernas y me he maquillado. También me he cambiado de ropa cuatro veces. Y me he sentido culpable. Ya sé que es una estupidez, pero he pensado en Scott —en lo que hicimos y en cómo me sentía al respecto— y he deseado que no hubiera sucedido. He tenido la sensación de que había traicionado a Tom. El hombre que me dejó por otra mujer hace dos años. No he podido evitarlo.

Tom ha llegado poco antes de las nueve. He salido de casa y ahí estaba, apoyado en su coche, vestido con unos pantalones vaqueros y una vieja camiseta gris (suficientemente vieja para que yo pudiera recordar el tacto de su tela contra mi mejilla cuando la apoyaba contra su pecho).

—Tengo la mañana libre —ha dicho en cuanto me ha visto—. He pensado que podíamos ir a dar una vuelta.

No hemos hablado mucho de camino al lago. Me

ha preguntado cómo estaba y luego me ha dicho que tenía buen aspecto. No ha mencionado a Anna hasta que ya estábamos sentados en el aparcamiento y yo estaba pensando en cogerlo de la mano.

—Esto... Anna dice que te vio... y que al parecer estabas saliendo de casa de Scott Hipwell, ¿es eso cierto? —Se vuelve hacia mí, pero en realidad no me está mirando. Casi parece avergonzado de hacerme esta pregunta.

—No tienes nada de lo que preocuparte —le contesto—. Scott y yo nos hemos estado viendo. No es que esté saliendo con él, sólo nos hemos hecho amigos. Eso es todo. Es difícil de explicar. Sólo he estado ayudándolo un poco. Ya sabes, obviamente, que está pasando por una época terrible.

Tom asiente, pero sigue sin mirarme. En vez de eso, se muerde la uña del dedo índice de la mano izquierda, señal inequívoca de que está preocupado.

—Pero Rach...

Me gustaría que dejara de llamarme así, pues me aturulla y me entran ganas de sonreír. Hacía mucho que no lo oía llamarme Rach, y esto está alimentando mis esperanzas. Quizá las cosas con Anna ya no van tan bien, quizá recuerda algunas de las cosas buenas de nuestra relación, quizá haya una parte de él que todavía me echa de menos.

—Es sólo que... todo esto me preocupa mucho.

Finalmente, levanta la vista hacia mí. Sus grandes

ojos marrones me miran de frente y mueve un poco la mano como si fuera a coger la mía, pero parece pensárselo mejor y al final no lo hace.

—No sé... bueno, en realidad no es que sepa mucho del tema, pero Scott... Sé que parece un buen tipo pero nunca se sabe, ¿no?

—¿Crees que lo hizo él?

Tom niega con la cabeza y hace ruido al tragar saliva.

—No, no. No estoy diciendo eso. Sé que... Bueno, Anna dice que discutían mucho y que a veces Megan parecía tenerle un poco de miedo.

—¿Eso dice Anna? —Mi instinto es no hacer caso de nada de lo que diga esa zorra, pero no puedo evitar recordar la sensación que tuve en casa de Scott el sábado, la de que había algo extraño, algo que no estaba bien.

Tom asiente.

—Cuando Evie era pequeña, Megan nos hizo de canguro durante un tiempo. La verdad es que, después de todo lo que se ha publicado, no me gusta mucho pensar en ello. En cualquier caso, demuestra eso de que uno cree conocer a alguien y luego... —Suspira ruidosamente—. No quiero que te pase nada malo, Rach. —Y entonces sonríe y se encoge un tanto de hombros—. Todavía me importas —añade, y yo he de apartar la mirada porque no quiero que me vea llorar. Aun así, sabe que lo estoy haciendo y, tras colocar la mano en mi hombro, me dice—: Lo siento mucho.

Permanecemos un rato en un cómodo silencio. Yo me muerdo con fuerza el labio inferior para dejar de llorar. No quiero hacerle esto todavía más duro, de verdad que no.

—Estoy bien, Tom. Estoy mejorando, en serio.

—Me alegro mucho de oír eso. ¿No estás...?

—¿Bebiendo? Menos. Lo llevo mejor.

—Genial. Tienes buen aspecto. Se te ve... guapa. —Me sonríe y noto que me sonrojo. Él aparta la mirada deprisa—. Esto... ¿Económicamente te va todo bien?

—Sí, todo me va bien.

—¿De verdad? ¿Seguro, Rachel? Porque no me gustaría que...

—Sí, sí...

—¿Me dejas que te ayude? Joder, no quiero sonar como un idiota, pero me gustaría que me dejaras ayudarte, para sacarte del apuro.

—Todo me va bien, de verdad.

Entonces él se inclina hacia delante y yo apenas puedo respirar. Tengo tantas ganas de tocarlo... Quiero oler su cuello, enterrar la cara en ese amplio hueco que forman sus omoplatos. Él abre la guantera.

—Deja que te haga un cheque por si acaso, ¿de acuerdo? No tienes por qué cobrarlo.

Yo me pongo a reír.

—¿Todavía guardas una chequera en la guantera?
Él también se ríe.

—Nunca se sabe —dice.

—¿Nunca se sabe cuándo vas a tener que echar un cable a la loca de tu exesposa?

Él me acaricia el pómulo con un pulgar. Yo le cojo la mano y le doy un beso en la palma.

—Prométeme que te mantendrás alejada de Scott Hipwell —dice hoscamente—. Prométemelo, Rach.

—Te lo prometo —le digo yo disimulando apenas la alegría que siento, pues me doy cuenta de que no está preocupado por mí, sino celoso.

Martes, 13 de agosto de 2013

Primera hora de la mañana

Estoy en el tren, mirando la pila de ropa que hay a un lado de las vías. Una tela de color azul oscuro. Se trata de un vestido, creo, con un cinturón negro. No tengo ni idea de cómo ha terminado aquí. Desde luego, *eso* no lo ha dejado ningún ingeniero. El tren vuelve a ponerse en marcha, pero lo hace tan poco a poco que puedo seguir mirando la ropa y, de repente, tengo la sensación de que ya he visto ese vestido antes. Lo llevaba puesto alguien, no recuerdo cuándo. Hace mucho frío. Demasiado para un vestido como ése. Creo que pronto nevará.

Tengo ganas de llegar a la altura de la casa de Tom, mi casa. Sé que él estará ahí, sentado en el jardín. También que estará solo, esperándome. Cuando el tren pase por delante, se pondrá en pie, sonreirá y me saludará con la mano. Lo sé.

Primero, sin embargo, nos detenemos delante del número 15. Jason y Jess están bebiendo vino en la terraza, lo cual es extraño porque no son ni siquiera las ocho y media de la mañana. Jess lleva un vestido con un estampado de flores rojas y unos pequeños pendientes de plata con unos pájaros (puedo ver cómo se mueven adelante y atrás mientras habla). Jason está detrás de ella, con las manos en sus hombros. Les sonrío. Me gustaría saludarlos con la mano, pero no quiero que la gente del vagón piense que soy rara. Así pues, me limito a mirarlos. A mí también me gustaría haberme tomado un vaso de vino.

Llevamos aquí mucho rato y el tren sigue sin moverse. Me gustaría que se pusiera en marcha de una vez o Tom ya no estará en el jardín. En un momento dado, puedo ver el rostro de Jess más claramente de lo habitual. Se debe a que la luz es muy brillante y le da de lleno en la cara. Jason sigue detrás de ella, pero sus manos ya no están en sus hombros, sino en el cuello, y ella parece incómoda y angustiada. Jason la está estrangulando. Puedo ver cómo el rostro de ella enroje-

ce. Está llorando. Me pongo en pie y comienzo a gol-
pear el cristal y a decirle a gritos a Jason que pare, pero
no puede oírme. Alguien me coge del brazo. Es el tipo
pelirrojo. Me dice que me siente, que ya queda poco
para la siguiente parada.

—Para entonces ya será demasiado tarde —le digo
yo, a lo que él me contesta:

—Ya lo es, Rachel. —Y cuando vuelvo a mirar a la
terraza, Jess está de pie y Jason la ha agarrado por el
pelo rubio y está a punto de aplastarle el cráneo contra la pared.

Mañana

Me he levantado hace horas, pero cuando me siento
en el tren todavía estoy algo aturdida y las piernas me
tiemblan. Me he despertado del sueño asustada y con
la sensación de que todo lo que creía saber no era
cierto y que lo que había visto sobre Scott y Megan
me lo había inventado. Ahora bien, si mi mente me
está jugando malas pasadas, ¿no sería más probable
que lo ilusorio fuera el sueño? Lo más probable es que
el sueño que he tenido no haya sido más que una reacción de mi mente a todas esas cosas que Tom me dijo
en el coche y a la culpa que siento por lo que sucedió
con Scott la otra noche.

Aun así, esta familiar sensación de pánico va a más

cuando el tren se detiene en el semáforo y casi temo levantar la mirada. La ventana está cerrada, no se ve nada. Todo está tranquilo. O abandonado. En la terraza sólo se ve la silla de Megan, vacía. Hoy hace calor, pero yo no puedo dejar de tiritar.

He de tener en cuenta que las cosas que Tom dijo de Scott procedían de Anna, y nadie sabe mejor que yo que ella no es de fiar.

Esta mañana el doctor Abdic me recibe sin demasiado entusiasmo. Anda prácticamente encorvado, como si le doliera algo, y cuando me estrecha la mano su apretón es más débil que las otras veces. Scott me dijo que la policía no haría pública la información sobre el embarazo de Megan, pero me pregunto si a Kamal sí se lo han contado. Me pregunto si está pensando en el hijo de Megan.

Me gustaría hablarle del sueño que he tenido, pero no se me ocurre ningún modo de describírselo sin desvelar mis intenciones, de modo que en vez de eso le pregunto acerca de la posibilidad de recuperar la memoria mediante la hipnosis.

—Bueno —dice al tiempo que extiende los dedos en el escritorio—, algunos psicólogos creen que mediante la hipnosis pueden recuperarse recuerdos reprimidos, pero es un tema controvertido. Yo no lo hago, ni se lo recomiendo a mis pacientes. No estoy convencido de sus beneficios, y en algunos casos creo que puede resultar incluso dañino —dice con una media sonrisa—. Lo siento, sé que esto no es lo que quería oír, pero con los asuntos de la mente no creo que haya remedios rápidos.

—¿Conoce a algún psicólogo que lo haga?

Niega con la cabeza.

—Lo siento, pero no puedo recomendarle ninguno. Ha de tener en cuenta que los sujetos bajo hipnosis son muy sugestionables. Los recuerdos que se «recuperan» —hace unas comillas en el aire con las manos— no siempre son fiables. No son necesariamente recuerdos auténticos.

No puedo arriesgarme. No podría soportar tener todavía más imágenes en mi cabeza, más recuerdos poco fidedignos mezclándose y transformándose hasta hacerme creer que aquello que ha pasado no lo ha hecho y haciéndome mirar en una dirección cuando debería estar haciéndolo en otra.

—Entonces ¿qué me sugiere? —le pregunto—. ¿Hay algo que pueda hacer para recuperar los recuerdos perdidos?

Se frota repetidamente los labios con sus largos dedos.

—Es posible, sí. El mero hecho de hablar sobre un recuerdo en particular puede ayudarla a clarificar las cosas. Tiene que repasar los detalles en un entorno en el que se sienta segura y relajada.

—¿Como éste, por ejemplo?

Kamal sonríe.

—Como éste, si es que en efecto aquí se siente segura y relajada. —Su entonación me indica que me está haciendo una pregunta. No respondo y su sonrisa desaparece—. Concentrarse en otros sentidos aparte de la vista puede ayudar. Sonidos, el tacto de las cosas... El olor es especialmente importante a la hora de recordar. Y la música también es poderosa. Si está pensando en una circunstancia en concreto o en un día en concreto, podría rehacer sus pasos y, por así decir, regresar a la escena del crimen. —Sé que se trata de una frase hecha, pero el vello de la nuca se me eriza y siento un picor en el cuero cabelludo—. ¿Quiere hablar sobre un incidente en concreto, Rachel?

Claro que quiero, pero no puedo hacerlo, de modo que en su lugar le cuento lo de la vez que ataqué a Tom con un palo de golf después de una pelea.

A la mañana siguiente me desperté llena de ansiedad y supe al instante que algo terrible había pasado. Tom no estaba en la cama conmigo y me sentí aliviada. Me quedé un momento tumbada, intentando recordar qué había pasado. Recordé estar llorando y llorando y decirle que lo quería. Él estaba enojado y me decía que me fuera a la cama, que ya no quería oírme más.

Intenté evocar entonces el momento en el que había comenzado la discusión. Unas horas antes, nos lo estábamos pasando muy bien. Yo había cocinado

gambas a la plancha con mucho chili y cilantro y estábamos tomando ese delicioso Chenin Blanc que le
había regalado a Tom un cliente satisfecho. Estábamos en el patio, escuchando The Killers y Kings of
Leon (discos que solíamos escuchar al inicio de nuestra relación).

No dejábamos de reírnos y de besarnos y, en un
momento dado, le conté una historia que a él no le
pareció tan divertida como a mí, cosa que me moles-
tó. Empezamos a gritarnos y, al entrar en casa, yo tropecé con las puertas correderas. Me enfadó mucho
que no viniera corriendo a ayudarme.

—A la mañana siguiente, bajé a la planta baja pero
Tom no quería hablar conmigo y casi ni me miraba.
Tuve que suplicarle que me contara qué era lo que
había hecho. No dejaba de decirle lo mucho que lo
sentía. Estaba desesperadamente asustada. No puedo
explicar por qué, sé que no tiene sentido, pero si no
eres capaz de recordar lo que has hecho, es tu mente
la que rellena los huecos y no puedes evitar pensar en
lo peor posible...

Kamal asiente.

—Me lo imagino. Prosiga.

—Sólo para que me callara, finalmente me lo contó. Al parecer, me ofendí por algo que él había dicho
e, incapaz de dejarlo estar, comencé a provocarlo. En
un momento dado, él intentó besarme y hacer las paces pero yo no quería. Así que decidió dejarme sola e

irse a la cama, y es entonces cuando sucedió: fui detrás de él con un palo de golf en la mano e intenté golpearlo en la cabeza. Por suerte, fallé. Sólo hice un agujero en el yeso de la pared del pasillo.

La expresión de Kamal permanece inmutable. No parece sorprenderle. Se limita a asentir.

—Así pues, sabe lo que sucedió pero no consigue recordarlo del todo, ¿no? Y lo que le gustaría es ser capaz de hacerlo por sí misma, poder verlo y experimentarlo mediante su propia memoria. Así, ¿cómo lo dijo?, esa experiencia le pertenecería y podría sentirse del todo responsable de ella, ¿es así?

—Bueno. —Me encojo de hombros—. Sí. Es decir, en parte sí. Pero hay algo más. Sucedió más adelante, mucho más adelante; semanas después, o puede que incluso meses. No podía dejar de pensar en aquella noche. Cada vez que pasaba por delante de ese agujero en la pared me venía a la cabeza. Tom me había dicho que lo iba a arreglar, pero no lo hacía y yo no quería fastidiarlo con eso. Hasta que un día me quedé ahí plantada al salir del dormitorio y lo recordé: me vi a mí misma sentada en el suelo con la espalda apoyada en la pared, llorando con el palo de golf a mis pies y Tom inclinado sobre mí y rogándome que me tranquilizara. Entonces lo sentí. Lo sentí. Estaba aterrorizada. El recuerdo no se ajusta a la realidad porque no recuerdo ira o furia. Lo que recuerdo es miedo.

Tarde

He estado pensando en lo que Kamal ha dicho, lo de regresar a la escena del crimen, de modo que en lugar de volver a casa, he venido a Witney y en vez de pasar por delante del paso subterráneo sin mirarlo, me dirijo lenta y deliberadamente a su boca. Una vez ahí, coloco las manos en los fríos y rugosos ladrillos de la entrada y cierro los ojos. Nada. Abro los ojos y miro a mi alrededor. La calle está muy tranquila: sólo hay una mujer caminando en mi dirección a unos pocos cientos de metros, nadie más. Ni coches, ni niños gritando, sólo una leve sirena a lo lejos. Una nube se desliza por delante del sol y siento frío. Inmovilizada en el umbral del túnel, incapaz de adentrarme en él. Me doy la vuelta para marcharme.

La mujer que venía hacia mí hace un momento está ahora torciendo la esquina. Lleva una gabardina de color azul marino. Al pasar a mi lado, levanta la mirada y entonces lo recuerdo. Una mujer... Azul... La luz que la ilumina. Recuerdo entonces a Anna. Llevaba un vestido azul con un cinturón negro, y se alejaba de mí caminando con rapidez, casi como el otro día, sólo que ese sábado por la noche *sí* miró hacia atrás. Echó un vistazo por encima del hombro y se detuvo. Al mismo tiempo, un coche se paró a su lado. Un coche rojo. El coche de Tom. Ella se inclinó para hablar con él a través de la ventanilla y luego abrió la puerta y se metió dentro. Entonces el coche volvió a arrancar y se alejó.

Eso es lo que recuerdo de ese sábado por la noche. Estaba aquí, en la entrada del paso subterráneo, y vi cómo Anna se metía en el coche de Tom. El problema es que no debo de estar recordándolo bien, porque eso no tiene mucho sentido. Tom había salido en coche a buscarme a mí. Anna no iba en el coche con él. Estaba en casa. Eso es lo que la policía me dijo. No tiene sentido y, frustrada con la inutilidad de mi propio cerebro, me entran ganas de gritar.

Cruzo la calle y comienzo a recorrer la acera izquierda de Blenheim Road. Cuando llego al número 23, me detengo bajo los árboles. Han repintado la puerta de entrada. Cuando yo vivía aquí era de color verde oscuro. Ahora es negra. No recuerdo haber reparado antes en ello. La prefería de color verde. Me pregunto qué más ha cambiado dentro. La habitación del bebé, obviamente, pero no puedo evitar preguntarme si todavía duermen en nuestra cama o si ella se pinta los labios delante del mismo espejo que colgué yo. También si habrán repintado la cocina o si habrán arreglado ese agujero en el yeso del pasillo del piso de arriba.

Me gustaría mucho cruzar la calle y llamar a la puerta negra con la aldaba. Quiero hablar con Tom y preguntarle por la noche en la que Megan desapareció. Quiero preguntarle por nuestro encuentro de

ayer en el coche, cuando le besé la mano. Quiero preguntarle qué sintió. En vez de eso, me quedo aquí un
rato, mirando mi antiguo dormitorio hasta que noto
que las lágrimas comienzan a acudir a mis ojos y sé
que he de marcharme.

ANNA

Martes, 13 de agosto de 2013

Mañana

Esta mañana he observado a Tom mientras se ponía la camisa y la corbata para ir a trabajar. Parecía un poco distraído. Seguramente estaba repasando la agenda del día —reuniones, citas, quién, qué, dónde—. He sentido celos. Por primera vez, he envidiado el lujo de vestirse, salir de casa y estar todo el día de un lado a otro con un propósito, en pos de un sueldo.

No es trabajar lo que echo de menos —era agente inmobiliaria, no neurocirujana; no tenía exactamente el trabajo con el que una sueña de niña—, pero sí me gustaba deambular por las casas realmente caras cuando los propietarios no estaban y pasar los dedos por las superficies de mármol o echar un vistazo a sus roperos. Solía imaginar cómo sería mi vida si viviera en ellas y qué tipo de persona sería. Soy consciente de que no hay ningún trabajo más importante que criar a un hijo, el problema es que esto no se valora. Al menos no económicamente, que es lo que a mí me importa en este momento. Me gustaría que tuviéramos más dinero para poder dejar esta casa y esta calle. Es tan sencillo como eso.

Aunque puede que no lo sea tanto. Cuando Tom se va a trabajar, me siento a la mesa de la cocina y me dispongo a pelearme con Evie para que tome el desayuno. Hace dos meses, juro que comía de todo. Ahora, si no es yogur de fresa, no quiere nada. Sé que esto es normal. No dejo de decírmelo mientras intento sacarme restos de yema de huevo del pelo y me meto debajo de la mesa para recoger las cucharas y los boles que tira al suelo. No dejo de decirme que esto es normal.

Aun así, cuando por fin hemos terminado y ella está jugando, me pongo a llorar. Me permito hacerlo con moderación, únicamente cuando Tom no está aquí y sólo durante un momento, para soltarlo todo. Ha sido luego, cuando me estaba lavando la cara y he visto lo cansada que se me veía, lo sucio, zarrapastroso y jodidamente lamentable que era mi aspecto, que he vuelto a sentir la necesidad de ponerme un vestido, unos zapatos de tacón, secarme el pelo con secador, maquillarme y salir a la calle para que los hombres se den la vuelta cuando paso a su lado.

Echo de menos trabajar, pero también lo que el trabajo significaba para mí durante mi último año de empleo remunerado, cuando conocí a Tom. Echo de menos ser la querida.

Me gustaba. De hecho, me encantaba. Nunca me sentí culpable. Pero hacía ver que sí. Tenía que hacerlo por mis amigas casadas, las que vivían con el miedo de la *au pair* coqueta, o de la guapa y divertida chica de la oficina con la que se podía hablar de fútbol y se pasaba media vida en el gimnasio. Tenía que decirles que *por supuesto* que me sentía fatal, por supuesto que lo sentía por la esposa, yo no había querido que pasara todo esto, simplemente nos habíamos enamorado, ¿qué podíamos hacer?

Lo cierto es que nunca me llegué a sentir mal por Rachel, ni siquiera antes de enterarme de su problema con la bebida y saber hasta qué punto le estaba haciendo la vida imposible a Tom. Para mí, ella no era real y, en cualquier caso, yo estaba disfrutando demasiado. Lo de ser la otra es algo que a mí me pone mucho, no puedo negarlo: supone ser la mujer con la que él no puede evitar traicionar a su esposa a pesar del amor que siente por ella. Así de irresistible es una.

Yo estaba vendiendo una casa. La del número 34 de Cranham Street. Y me estaba costando. Al último comprador interesado no le habían concedido la hipoteca. Al parecer, había habido algún problema con la tasación, de modo que, para asegurarnos de que

todo estaba bien, encargamos una tasación independiente. Los vendedores ya se habían mudado y la casa
estaba vacía, así que fui yo quien fue a abrirle la puerta al tasador.

Desde el momento en que le abrí la puerta, tuve
claro lo que iba a suceder. Yo nunca había hecho algo
así, ni siquiera lo había soñado, pero había algo en su
mirada, en su sonrisa. No pudimos evitarlo: lo hicimos en la cocina, apoyados en la encimera. Fue una
locura, pero así éramos entonces. Eso era lo que él
siempre me decía: «No esperes que esté cuerdo, Anna.
No contigo».

Cojo a Evie y salimos al jardín. Una vez ahí, ella se
pone a empujar su carrito de arriba abajo sin dejar de
reír. Ya se ha olvidado del berrinche de esta mañana.
Cada vez que me sonríe, tengo la sensación de que me
va a explotar el corazón. No importa cuánto eche de
menos trabajar, esto lo echaría todavía más en falta.
Y, en cualquier caso, no sucederá. Es imposible que la
vuelva a dejar con una canguro, por más cualificada o
recomendada que esté. No pienso volver a dejarla con
nadie, no después de lo de Megan.

Tarde

Tom me ha enviado un mensaje de texto para decirme que iba a llegar un poco tarde porque tiene que ir

a tomar algo con un cliente. Lo he recibido cuando Evie y yo estábamos preparándonos para nuestro paseo vespertino en el cuarto de baño que compartimos Tom y yo. La luz en esos momentos era maravillosa: inundaba la casa un increíble resplandor naranja que se ha vuelto repentinamente azul grisáceo cuando el sol se ha escondido detrás de una nube. Las cortinas del dormitorio estaban medio corridas para que no entrara tanto calor, de modo que he ido a descorrerlas y ha sido entonces cuando he visto a Rachel. Estaba de pie en la acera opuesta, mirando nuestra casa. Ha permanecido ahí un rato y luego se ha marchado rumbo a la estación.

Estoy sentada en la cama temblando de rabia y clavándome las uñas en las palmas. Evie no deja de agitar los pies en el aire pero estoy tan cabreada que no quiero cogerla por miedo a aplastarla.

Tom me dijo que lo había solucionado. Me dijo que el domingo la había llamado y que habían hablado. Ella había reconocido que había entablado cierta amistad con Scott Hipwell, pero le había asegurado que no pensaba volver a verlo y que ya no rondaría más por aquí. Tom me dijo que ella se lo había prometido y que él la creía. También me dijo que Rachel se había mostrado razonable y no parecía borracha, ni histérica, ni le había amenazado o suplicado para que volviera con ella. También añadió que ella parecía estar mejor.

Tras respirar hondo varias veces, cojo a Evie, la coloco boca arriba en mi regazo y la agarro de las manos.

—Creo que ya he tenido suficiente. ¿Tú no, cariño?

Es todo tan cansino: cada vez que creo que las cosas están mejor y que por fin hemos superado el Problema de Rachel, ella aparece de nuevo. En ocasiones creo que no nos va a dejar nunca en paz.

Una semilla podrida ha sido plantada en mi interior. El hecho de que ella nos siga molestando cuando Tom me ha dicho que todo estaba arreglado hace que me pregunte si realmente él está haciendo todo lo posible para librarse de ella, o si, en el fondo, a una parte de él le gusta que ella siga colgada de él.

Bajo a la planta baja y rebusco en el cajón de la cocina la tarjeta de la sargento Riley. En cuanto la encuentro, me apresuro a llamarla antes de que cambie de idea.

Miércoles, 14 de agosto de 2013

Mañana

En la cama, mientras sus manos me sujetan por las caderas y siento su aliento cálido en el cuello y su piel cubierta de sudor contra la mía, me dice:

—Ya no lo hacemos con la misma frecuencia.

—Lo sé.

—Tenemos que buscar más tiempo para nosotros.

—Sí.

—Te echo de menos —dice—. Echo de menos esto. Quiero más.

Me doy la vuelta y lo beso en los labios con los ojos cerrados mientras intento reprimir la culpabilidad que siento por haber acudido a la policía a sus espaldas.

—Creo que deberíamos hacer un viaje —dice—. Sólo nosotros dos. Salir un poco.

Me entran ganas de preguntarle que con quién dejaríamos entonces a Evie. Con sus padres no se habla, y mi madre está tan débil que apenas puede cuidar de sí misma.

Pero no lo hago. No digo nada. En vez de eso, vuelvo a besarlo más intensamente. Su mano se desliza hasta la parte posterior de mi muslo y me agarra con fuerza.

—¿Qué te parece? ¿Adónde te gustaría ir? ¿Mauricio? ¿Bali?

Yo me río.

—Lo digo en serio —dice, saliendo de mí y mirándome directamente a los ojos—. Nos lo merecemos, Anna. Tú te lo mereces. Ha sido un año duro, ¿no?

—Pero...

—Pero ¿qué? —dice, y me ofrece su perfecta sonrisa—. Ya solucionaremos lo de Evie, no te preocupes.

—Tom, el dinero.

—Nos las apañaremos.

—Pero... —No quiero decirlo, pero he de hacerlo—. ¿No tenemos suficiente dinero para considerar la posibilidad de mudarnos de casa, pero sí para pasar unas vacaciones en Mauricio o Bali?

Él resopla y se da la vuelta. No debería haberlo dicho. Justo en ese momento oigo por el monitor del bebé que Evie se está despertando.

—Ya voy yo —dice él, y se levanta y sale de la habitación.

Durante el desayuno, Evie vuelve a la carga. Para ella se ha convertido en un juego: rechaza la comida, niega con la cabeza, levanta la barbilla con los labios cerrados, golpea el bol con sus pequeños puños. La paciencia de Tom se agota rápido.

—No tengo tiempo para esto. Tendrás que hacerlo tú —dice, y se pone en pie y me da la cuchara con una expresión de pena en el rostro.

Yo respiro hondo.

No pasa nada. Está cansado, tiene mucho trabajo y está cabreado porque no he accedido a las fantasiosas vacaciones que ha propuesto.

Pero sí que pasa. Yo también estoy cansada y me gustaría tener una conversación sobre dinero que no terminara con él marchándose de la habitación. Por supuesto, esto no se lo digo. En lugar de eso, rompo la promesa que me había hecho a mí misma y menciono a Rachel.

—Ha estado rondando otra vez por aquí. Al parecer, lo que le dijiste el otro día no ha funcionado.

Él se vuelve hacia mí de golpe.

—¿Qué quieres decir con que ha estado rondando por aquí?

—Ayer la vi en la calle, justo delante de casa.

—¿Estaba con alguien?

—No. Estaba sola. ¿Por qué lo preguntas?

—¡Joder! —exclama, y su rostro se ensombrece como cuando se enfada de verdad—. Le dije que se mantuviera alejada. ¿Por qué no me lo contaste anoche?

—No quería molestarte —digo en voz baja y lamento haber sacado el tema—. No quería que te preocuparas.

—¡Mierda! —suelta, y deja la taza de golpe en la encimera. El ruido hace que Evie se asuste y comience a llorar. Esto no ayuda—. No sé qué decir, la verdad. Cuando hablé con ella, parecía estar bien. Escuchó lo que le dije y me prometió que no vendría más por aquí. Tenía buen aspecto. Se la veía incluso sana, de vuelta a la normalidad...

—¿Tenía buen aspecto? —le pregunto y, antes de que me dé la espalda, puedo ver en su rostro que sabe que lo he pillado—. ¿No me dijiste que habías hablado con ella por teléfono?

Él respira hondo, luego suspira ruidosamente y por último se vuelve otra vez hacia mí con el rostro inexpresivo.

—Sí, bueno, te dije eso porque sabía que te molestaría que la hubiera visto en persona. Así que te mentí. Lo que haga falta para mantener la paz.

—¿Estás de coña?

Él niega con la cabeza y se acerca a mí con una sonrisa y las manos alzadas como si suplicara.

—Lo siento, lo siento. Ella quería hablar conmigo en persona y a mí me pareció que sería mejor. Lo siento, ¿vale? Sólo hablamos. Quedamos en una cafetería cutre de Ashbury y estuvimos hablando durante veinte o treinta minutos, no más.

Luego me rodea con los brazos y me atrae hacia sí. Yo intento resistirme, pero él es más fuerte que yo y, además, huele muy bien y yo no quiero pelea. Quiero que estemos del mismo lado.

—Lo siento —vuelve a mascullar con su boca en mi pelo.

—Está bien, no pasa nada —digo yo.

No insisto porque ahora ya me estoy encargando yo de este asunto. Ayer llamé a la sargento Riley y, en cuanto comenzamos a hablar, supe que había hecho lo correcto poniéndome en contacto con ella. Cuando le dije que había visto a Rachel saliendo de casa de Scott Hipwell «en varias ocasiones» (una pequeña exageración), ella se mostró muy interesada. Quiso saber fechas y horas (le pude dar dos; respecto a las demás veces fui más imprecisa), y me preguntó si antes de la desaparición de Megan Hipwell ya tenían algún tipo de relación y si yo pensaba que su vínculo era de carácter sexual. He de decir que la idea no se me había pasado por la cabeza; me cuesta imaginarlo pasar de Megan a Rachel. En cualquier caso, el cadáver de su esposa todavía no se había enfriado.

También le volví a contar lo del intento de secuestro de Evie, por si se le había olvidado.

—Es muy inestable —dije—. Puede pensar que estoy reaccionando de un modo exagerado, pero tratándose de mi familia no puedo tomar ningún riesgo.

—Para nada —me contestó ella—. Muchas gracias por ponerse en contacto conmigo. Si ve otra cosa que le resulte sospechosa, hágamelo saber.

No tengo ni idea de qué harán con ella. Puede que simplemente le den una advertencia. En cualquier caso, será de utilidad si más adelante contemplamos la posibilidad de solicitar una orden de alejamiento. Por el bien de Tom, esperemos que no haga falta.

En cuanto Tom se va a trabajar, llevo a Evie al parque y estamos un rato jugando con los columpios y los caballitos de madera. Cuando la vuelvo a meter en el cochecito, se queda dormida casi de inmediato, lo cual significa que puedo ir a comprar. Decido ir al Sainsbury's por calles secundarias. Este camino implica dar un rodeo, pero hay muy poco tráfico y, además, así podemos pasar por delante del número 34 de Cranham Street.

Incluso ahora siento escalofríos al pasar por delante de esa casa. De repente, tengo mariposas en el estómago, una sonrisa se forma en mis labios y se me sonrojan las mejillas. Recuerdo subir la escalinata de la entrada a toda velocidad con la esperanza de que ningún vecino me viera entrar y prepararme en el cuarto de baño poniéndome perfume y el tipo de ropa interior que una se pone para que se la quiten. Cuando él llegaba a la puerta me enviaba un mensaje de texto y nos pasábamos una o dos horas en el dormitorio del piso de arriba.

Él solía decirle a Rachel que estaba con un cliente, o que había quedado con unos amigos para tomar una cerveza.

«¿No temes que lo compruebe?», le preguntaba yo, y él negaba con la cabeza. «Miento muy bien», me contestó en una ocasión con una sonrisa. Y otra vez me dijo: «Incluso si lo comprobara, mañana ya no lo recordaría». Entonces empecé a darme cuenta de hasta qué punto era mala la situación de Tom con ella.

Pero pensar en esas conversaciones me borra la sonrisa del rostro. No me gusta recordarlo riendo en plan conspirador mientras recorre mi tripa con los dedos, sonríe y me dice «Miento muy bien». Efectivamente, lo hace. Lo he comprobado en persona: he visto cómo convencía al personal de un hotel de que estábamos celebrando nuestra luna de miel, por ejemplo, o cómo se libraba de hacer horas extra en el trabajo asegurando tener una emergencia familiar. Ya sé que todo el mundo lo hace, pero a Tom le crees.

Pienso en el desayuno de esta mañana. Lo he pillado mintiéndome, pero lo ha admitido de inmediato. No tengo nada de lo que preocuparme. ¡No está viendo a Rachel a mis espaldas! La idea es ridícula. Puede que antaño ella fuera atractiva (he visto fotografías; cuando él la conoció era una imponente mujer de enormes ojos oscuros y curvas generosas), pero ahora es simplemente gorda. Y, en cualquier caso, él nunca volvería con ella. No después de todo lo que ella le ha hecho —nos ha hecho a ambos—: todo ese acoso, todas esas llamadas de madrugada en las que colgaba en cuanto descolgábamos, todos esos mensajes de texto.

Estoy en la sección de conservas mientras por suerte Evie sigue durmiendo en el cochecito y comienzo a pensar en las llamadas y la vez —¿o fue más de una?— en la que me desperté y la luz del cuarto de baño estaba encendida. A través de la puerta cerrada, podía oír la voz de Tom baja y suave. Sé que estaba tranquilizando a Rachel. En una ocasión me contó que a veces ella estaba tan enfadada que amenazaba con venir a casa, o presentarse en su trabajo, o incluso arrojarse delante de un tren. Puede que mienta muy bien, pero yo noto cuándo no me está diciendo la verdad. A mí no me engaña.

Tarde

Sólo que, ahora que lo pienso, sí me ha engañado, ¿no? Cuando me dijo que había hablado con Rachel por teléfono y que parecía estar mejor, casi feliz, yo no lo dudé ni por un momento. Y cuando vino a casa el lunes por la noche y le pregunté por su día, me habló de una reunión realmente agotadora que había tenido esa mañana y yo lo escuché muy comprensiva sin sospechar ni una sola vez que esa reunión no había tenido lugar y que en realidad había estado en una cafetería de Ashbury con su exesposa.

Esto es lo que estoy pensando mientras vacío el lavaplatos con mucho cuidado y gestos precisos, pues Evie está echándose una siesta y el ruido de la cubertería contra la vajilla podría despertarla. Me ha engañado. Sé que no siempre es honesto sobre todo al ciento por ciento. Pienso por ejemplo en esa historia sobre sus padres, lo de que los invitó a la boda pero que se negaron a venir porque estaban muy enfadados con él por haber dejado a Rachel. Siempre he pensado que era extraño, pues en las dos ocasiones en las que he hablado con su madre, ella pareció alegrarse de hablar conmigo y se mostró amable y se interesó por mí y por Evie. «Espero que podamos verla pronto», me dijo, pero cuando se lo comenté a Tom, él lo descartó.

—Sólo está intentando que los invite para luego no venir. Se trata de un juego de poder —dijo él.

A mí no me lo había parecido, pero no insistí. Las particularidades de las familias de los demás son siempre inescrutables. Estoy segura de que Tom tendrá sus razones para mantenerlos alejados, y que éstas tienen como objetivo protegerme a mí y a Evie.

Entonces ¿por qué estoy preguntándome si era cierto? Es culpa de esta casa, de esta situación, de todas las cosas que han pasado aquí. Hacen que dude de mí y de nosotros. Si no tengo cuidado, me volverán loca y terminaré como ella. Como Rachel.

Estoy sentada esperando a poder sacar las sábanas de la secadora. Mientras tanto, pienso en encender el televisor y ver si emiten algún episodio de *Friends* que no haya visto trescientas veces, pienso en mis estiramientos de yoga y pienso en la novela que descansa en mi mesita de noche. Pienso en el portátil de Tom, que está en la mesita de centro del salón.

Y entonces hago algo que nunca había imaginado que llegaría a hacer. Tras coger la botella de vino tinto que abrimos anoche para cenar y servirme un vaso, agarro su portátil, lo enciendo e intento averiguar su contraseña.

Estoy haciendo lo mismo que hacía ella: bebiendo sola y espiándolo. Lo que él odiaba. Pero recientemente —esta mañana, de hecho— las tornas han cambiado. Si él puede mentirme, yo puedo husmear en sus cosas. Es lo justo, ¿no? Creo que merezco un poco de justicia, de modo que intento descifrar su contraseña. Pruebo distintas combinaciones de varios nombres: el mío y el suyo, el suyo y el de Evie, el mío y el de Evie, los tres juntos, hacia delante y hacia atrás. Nuestros cumpleaños en varias combinaciones. Aniversarios: la primera vez que nos vimos, la primera vez que nos acostamos. El número treinta y cuatro, por Cranham Street. El número veintitrés, por esta casa. Luego intento pensar otras cosas más creativas. Muchos hombres utilizan como contraseña nombres de equipos de fútbol, pero a Tom no le gusta el fútbol, le va más el *cricket*. Pruebo «Boycott», «Botham» y «Ashes». No conozco el nombre de ningún jugador actual. Me termino el vaso de vino y me sirvo otro hasta la mitad. Lo cierto es que me lo estoy pasando bien intentando resolver el puzle. Pienso en grupos de música, películas o actrices que le gustan. Tecleo «contraseña». Tecleo «1234».

De repente, fuera se oye un terrible chirrido parecido al de unas uñas arañando una pizarra. El tren de Londres se ha detenido en el semáforo. Aprieto los dientes y le doy otro largo trago a mi vaso de vino. Mientras lo hago, me doy cuenta de la hora que es. Dios mío. Casi las siete, Evie todavía está durmiendo y Tom llegará a casa de un momento a otro. Efectivamente, justo cuando lo pienso oigo el repiqueteo de las llaves en el ojo de la puerta y el corazón se me detiene.

Cierro el portátil de golpe y me pongo en pie de un

salto, tirando con ello la silla al suelo. El ruido despierta a Evie y se pone a llorar. Yo vuelvo a dejar el ordenador en la mesita de centro antes de que Tom entre en el salón. Cuando me ve, sin embargo, nota algo raro. Se me queda mirando y pregunta:

—¿Qué sucede?

—Nada, nada —le contesto yo—. He tirado la silla al suelo sin querer.

Él se dirige al cochecito para coger a Evie y yo entonces me veo la cara en el espejo del vestíbulo: estoy extremadamente pálida y tengo los labios manchados de rojo por el vino.

RACHEL

Jueves, 15 de agosto de 2013

Mañana

Cathy me ha conseguido una entrevista de trabajo. Una amiga suya ha montado su propia empresa de relaciones públicas y necesita una asistente. Básicamente, se trata de un empleo de secretaria y el sueldo es ridículo, pero me da igual. Esta mujer está dispuesta a verme sin referencias (Cathy le ha contado que sufrí una crisis nerviosa, pero que ya estoy recuperada del todo). La entrevista es mañana por la tarde en su casa (en el jardín trasero de su casa ha instalado uno de esos cobertizos pensados para emplearlos como oficina), y resulta que está en Witney. Así pues, pensaba pasarme el día puliendo mi currículo y practicando la entrevista. Eso era lo que pensaba hacer, pero entonces Scott me ha llamado.

—Me gustaría hablar contigo —ha dicho.

—No hace falta... Es decir, no tienes por qué decir nada. Ambos sabemos que fue un error.

—Sí, lo sé —ha respondido. El tono de su voz era extremadamente triste, no como el Scott enfadado de mis pesadillas, sino más bien como el tipo desconsolado que se sentó en mi cama y me contó lo del embarazo de su esposa asesinada—. Pero me gustaría hablar contigo de todos modos.

—Claro —he dicho—. Claro que podemos hablar.

—Quiero decir en persona.

—¡Ah! —he exclamado. Lo último que quería era tener que ir a esa casa—. Lo siento, hoy no puedo.

—Por favor, Rachel. Es importante. —Parecía desesperado y, a mi pesar, me he sentido mal por él. Estaba intentando pensar en una excusa cuando ha vuelto a decirlo—: Por favor. —De modo que al final he accedido. Y nada más hacerlo me he arrepentido de ello.

En los periódicos hay una noticia sobre la hija de Megan —su primera hija, la que mató—. Bueno, en realidad es sobre el padre. Han descubierto quién era. Se llamaba Craig McKenzie, y murió en España hace cuatro años por una sobredosis de heroína. Eso lo descarta como asesino y, en cualquier caso, a mí nunca me pareció que tuviera un motivo plausible. Si alguien hubiera querido castigarla por lo que hizo, lo habría hecho hace años.

Así pues, ¿quién queda ahora? Los sospechosos

habituales: el marido y el amante. Scott y Kamal. Aunque también existe la posibilidad de que el asesinato de Megan lo llevara a cabo un hombre cualquiera que la asaltara por la calle. Puede que lo llevara a cabo un asesino en serie que está comenzando y ella fuera su primera víctima, como Wilma McCann, o Pauline Reade. ¿Y quién dice que el asesino tenga que ser un hombre? Megan Hipwell era una mujer pequeña. Tenía la constitución de un pajarillo. No haría falta mucha fuerza para reducirla.

Tarde

Lo primero que advierto cuando Scott abre la puerta es su olor rancio y amargo. Huele a sudor y cerveza. Y, por debajo, a otra cosa, algo peor. Algo podrido. Va vestido con unos pantalones de chándal y una camiseta gris manchada y tiene el pelo grasiento y la piel aceitosa, como si tuviera fiebre.

—¿Estás bien? —le pregunto, y él me sonríe. Ha estado bebiendo.

—Sí, sí. Estoy bien. Pasa, pasa. —No quiero, pero lo hago.

Las cortinas de las ventanas que dan a la calle están echadas y el salón está teñido de un tono rojizo acorde con el calor y el olor del lugar.

Scott va a la cocina, abre la nevera y coge una cerveza.

—Entra y siéntate —ofrece—. Tómate algo. —La sonrisa de su cara es una mueca estática y triste. Detecto cierta animosidad en su expresión. El desprecio que vi el sábado por la mañana, después de que nos hubiéramos acostado, sigue ahí.

—No puedo quedarme mucho rato —le digo—. Mañana tengo una entrevista de trabajo y necesito prepararme.

—¿De verdad? —Enarca las cejas y luego se sienta y empuja una silla hacia mí con el pie—. Siéntate y tómate algo —sugiere.

Se trata de una orden, no de una invitación. Yo hago lo que me dice y él empuja hacia mí su botella de cerveza. La cojo y le doy un trago. Fuera se oyen gritos —unos niños que juegan en el jardín trasero de otra casa— y, más allá, el leve y familiar murmullo del tren.

—Ayer la policía recibió los resultados del ADN —me cuenta Scott—, y la sargento Riley vino a verme por la noche. —Se queda un momento callado, a la espera de que yo diga alguna cosa, pero temo decir algo equivocado, de modo que opto por guardar silencio—. No era mío. El niño no era mío. Lo curioso es que tampoco era de Kamal. —Se ríe—. Al parecer, Megan tenía otro amante más. ¿Te lo puedes creer? —En su rostro vuelve a dibujarse esa horrible sonrisa—. Tú no sabías nada de esto, ¿verdad? Ella no te *confió* que había ningún otro hombre, ¿no?

La sonrisa desaparece de su cara y todo esto comienza a darme mala espina. Muy mala espina. Me pongo en pie y doy un paso en dirección a la puerta, pero él se interpone, me coge del brazo y me empuja hacia la silla.

—Siéntate, joder. —Coge mi bolso y lo tira a un rincón del salón.

—Scott, no entiendo qué está pasando...

—¡Vamos! —exclama, inclinándose hacia mí—. ¿Megan y tú no erais tan buenas amigas? ¡Seguro que estabas al tanto de todos sus amantes!

Se ha enterado. Y, en cuanto lo pienso, debe de notármelo en la cara porque se acerca todavía más a mí hasta que puedo oler su aliento rancio y me dice:

—Vamos, Rachel. Cuéntamelo.

Niego con la cabeza y él extiende el brazo y le da un golpe a la botella que tengo delante. Rueda por la mesa y cae al suelo de baldosas.

—¡Ni siquiera la llegaste a conocer! —exclama—. ¡Todo lo que me contaste era una puta mentira!

Me pongo de pie y, con la cabeza gacha, mascullo:

—Lo siento, lo siento. —Trato de rodear la mesa para recoger mi bolso y mi móvil, pero él me vuelve a agarrar del brazo.

—¿Por qué lo hiciste? —pregunta—. ¿Qué te impulsó a hacer esto? ¿Se puede saber qué es lo que te pasa?

Scott me mira fijamente a los ojos y siento pánico. Al mismo tiempo, sin embargo, su pregunta es razonable. Le debo una explicación. Así pues, no tiro del brazo y, mientras sus dedos se me clavan en la piel, intento hablar con calma y claridad. Intento no llorar. Intento no entrar en pánico.

—Quería que supieras lo de Kamal —le explico—. Como te dije, los vi juntos, pero no me habrías tomado en serio si yo sólo era una chica del tren. Necesitaba...

—¿*Necesitabas?* —Me suelta y se aparta—. ¿Me estás diciendo lo que tú *necesitabas*...? —Su tono de voz es ahora más suave, se está tranquilizando. Yo respiro hondo y procuro ralentizar los latidos de mi corazón.

—Quería ayudarte —le digo—. Sabía que la policía siempre sospecha del marido y quería que supieras que había otra persona...

—¿Y decidiste inventarte la historia de que conocías a mi esposa? ¿Tienes idea de lo chiflada que pareces?

—Sí.

Me dirijo a la encimera de la cocina para coger una bayeta y luego me agacho para limpiar la cerveza que se ha derramado. Mientras tanto, Scott se sienta, coloca los codos en las rodillas y agacha la cabeza.

—Ella no era quien yo pensaba —dice—. La verdad es que no tengo ni idea de quién era.

Escurro la bayeta en el fregadero y luego me limpio las manos con agua fría. Mi bolso está a apenas medio metro, en un rincón del salón. Justo cuando voy a ir a por él, Scott levanta la mirada hacia mí, de modo que me quedo quieta. Con la espalda contra la encimera y agarrada a su borde para mantener el equilibrio.

—Me lo contó la sargento Riley. Me estuvo preguntando por ti. Quería saber si tú y yo teníamos una relación. —Scott se ríe—. ¡Una relación! ¡Por el amor de Dios! Le pregunté si había visto el aspecto de mi mujer. Mis estándares no han caído tan rápido. —Yo me sonrojo y noto un sudor frío en las axilas y en la base de la columna vertebral—. Al parecer, Anna se ha estado quejando de ti. Te ha visto rondando por aquí. Así es como salió todo. Yo le dije a Riley que tú y yo no teníamos ninguna relación y que no eras más que una vieja amiga de Megan que me estaba ayudando... —suelta una risita triste—, y entonces ella me dijo que no conocías a Megan y que no eras más que una mentirosa sin vida propia. —La sonrisa desaparece de su rostro—. Sois todas unas mentirosas. Todas y cada una de vosotras.

De repente, suena mi móvil. Doy un paso hacia el bolso, pero Scott llega antes.

—Espera un momento. Todavía no hemos terminado —dice y, tras coger el bolso, vuelca su contenido en la mesa: móvil, monedero, llaves, pintalabios,

Tampax, recibos de la tarjeta de crédito—. Quiero saber exactamente cuántas de las cosas que me has contado son patrañas. —Entonces coge el móvil y le echa un vistazo a la pantalla. Luego vuelve a levantar la mirada hacia mí y se me hiela la sangre. Lee en voz alta—: «Este mensaje es para confirmar su cita con el doctor Abdic el lunes 19 de agosto a las 16.30. En caso de que no pueda acudir a la cita, le agradeceríamos que nos avisara con veinticuatro horas de antelación».

—Scott...

—¿Qué demonios está pasando? —pregunta en un tono de voz apenas más alto que un carraspeo—. ¿Qué has estado haciendo? ¿Qué has estado contándole?

—No he estado contándole nada... —Deja caer el móvil en la mesa y se acerca a mí con las manos cerradas. Yo retrocedo hasta que mi espalda queda arrinconada en el ángulo que forman la pared y la puerta corredera de cristal.

Él levanta la mano y yo me encojo y agacho la cabeza a la espera del dolor y de repente tengo la sensación de que esto ya lo he hecho antes, lo he sentido antes, pero no puedo recordar cuándo y ahora tampoco tengo tiempo para pensarlo porque aunque no me pega, sí me agarra de los hombros con fuerza y me clava los pulgares en las clavículas. Duele tanto que suelto un grito.

—Todo este tiempo —dice entre dientes—, todo este tiempo he creído que estabas de mi lado, pero en realidad has estado actuando en mi contra. Le has estado pasando información, ¿verdad? Le has estado diciendo cosas sobre mí y sobre Megs. Has sido tú quien ha hecho que la policía sospechara de mí. Has sido tú...

—¡No! ¡Por favor, no! ¡No ha sido así! ¡Yo quería ayudarte! —Me suelta los hombros, desliza una mano hasta mi nuca y me agarra del pelo con fuerza—. ¡Scott, por favor, no! ¡Por favor! ¡Me estás haciendo daño! ¡Por favor!

Entonces comienza a arrastrarme hacia la puerta de entrada y me invade una sensación de alivio. Va a echarme a la calle. Gracias a Dios.

Pero no lo hace. Sin dejar de escupir y maldecir, sigue arrastrándome y me lleva al piso de arriba y yo intento resistirme, pero él es demasiado fuerte y no puedo. Empiezo a llorar.

—¡Por favor, no! ¡Por favor! —Sé que está a punto de suceder algo terrible. Intento gritar, pero no puedo. De mi boca no sale sonido alguno.

Las lágrimas y el pánico me ciegan. Scott me mete a empujones en una habitación y cierra la puerta de golpe tras de mí. Luego oigo cómo la llave gira en la cerradura. La bilis caliente asciende entonces por mi garganta y vomito en la moqueta. Espero con los oídos aguzados. No sucede nada y no aparece nadie.

Me encuentro en una habitación de sobra. En mi casa, esta habitación era el estudio de Tom. Ahora, es la habitación del bebé, la que tiene la persiana de color rosa claro. En casa de Scott, es un cuarto trastero repleto de papeles y archivos, una cinta para correr plegable y un ordenador Apple antiguo. También hay una caja de papeles con números —tal vez contabilidad del negocio— y otra llena de viejas postales —en blanco y con restos de masilla adhesiva en el dorso, como si antaño hubieran estado pegadas a una pared: los tejados de París, niños que están patinando en un callejón, viejas traviesas cubiertas de musgo, una vista del mar desde una cueva—. Rebusco entre todas las postales. No sé qué estoy buscando, sólo intento mantener a raya el pánico. Intento no pensar en el cuerpo de Megan siendo arrastrado por el barro. Intento no pensar en sus heridas, en lo asustada que debía de estar cuando comprendió lo que le iba a pasar.

Mientras rebusco en la caja, noto una punzada de dolor en un dedo y retrocedo de un salto. Al sacar la mano, descubro que me he hecho un corte en la punta del dedo índice y unas gotas de sangre caen sobre mis pantalones vaqueros. Detengo la hemorragia con el dobladillo de la camiseta y sigo rebuscando entre las postales con más cuidado. Al instante, descubro la causa de la herida que me he hecho: una fotografía enmarcada con el cristal hecho añicos. En la parte superior falta un trozo y se puede ver la mancha de sangre en el borde afilado.

No había visto nunca esta fotografía. Es un retrato de Megan y Scott. Sus rostros están cerca de la cámara. Ella se está riendo y él la mira a ella con veneración. ¿O son celos? Las grietas del cristal forman una estrella que irradia desde el rabillo del ojo de Scott, de modo que es difícil interpretar su expresión. Mientras estoy sentada en el suelo contemplando la fotografía, pienso en que continuamente se rompen cosas de manera accidental y a veces nunca llegamos a arreglarlas. Pienso en todos los platos que rompí en mis peleas con Tom, o en el agujero en el yeso de la pared del pasillo.

Al otro lado de la puerta cerrada, oigo reír a Scott y se me hiela la sangre. Me dirijo entonces a la ventana, la abro y, tras ponerme de puntillas para poder asomarme, pido ayuda. Llamo a Tom a gritos. Es inútil. Patético. Aunque por casualidad estuviera en su jardín, éste se encuentra a varias casas de distancia y no me oiría, está demasiado lejos. Miro hacia abajo y pierdo el equilibrio, de modo que me vuelvo a meter dentro, devuelvo y comienzo a sollozar entrecortadamente.

—¡Por favor, Scott! —exclamo—. ¡Por favor!

Odio el sonido de mi voz, su tono engatusador, su desesperación. Bajo la mirada a mi camiseta manchada de sangre y me digo a mí misma que todavía tengo opciones. Cojo la fotografía enmarcada y la tiro al suelo. Luego cojo el trozo de cristal más largo y me lo guardo con cuidado en el bolsillo trasero de los pantalones.

Oigo unos pasos subiendo la escalera y retrocedo hasta que mi espalda toca la pared opuesta a la puerta. Una llave gira en la cerradura.

Scott tiene mi bolso en una mano y lo arroja a mis pies. En la otra mano sujeta un trozo de papel.

—¡Pero si está aquí Nancy Drew![3] —dice con una sonrisa, luego pone voz de chica y comienza a leer en voz alta—: «Megan ha huido con su novio, a quien a partir de ahora me referiré como N... —Suelta una risita burlona—. N le ha hecho daño... Scott le ha hecho daño...». —Arruga el papel y me lo tira a los pies—. ¡Por Dios! ¡Eres realmente patética! —Entonces mira a su alrededor y, al ver el vómito en el suelo y la sangre en mi camiseta, pregunta—: Pero ¿qué cojones has hecho? ¿Acaso has intentado suicidarte? ¿Es que quieres ahorrarme el trabajo? —Se vuelve a reír—. Debería romperte el puto cuello, pero ¿sabes qué? No mereces el esfuerzo. —Se hace a un lado—. Sal de mi casa.

Recojo el bolso del suelo y me dirijo hacia la puer-

---

3. Personaje de ficción creado en 1930 por el escritor estadounidense Edward Stratemeyer y protagonista de una célebre serie de novelas de misterio para niños. (*N. del t.*)

ta. Al pasar a su lado, Scott hace un amago de boxeador y por un momento pienso que me va a detener y a agarrar otra vez. Él debe de percibir el terror en mis ojos porque, en vez de eso, suelta una sonora carcajada. Cuando cierro la puerta detrás de mí todavía se está riendo.

Viernes, 16 de agosto de 2013

Mañana

Apenas he dormido. Antes de ir a dormir, me bebí una botella y media de vino para ver si así conseguía calmar mis nervios y que me dejaran de temblar las manos, pero no sirvió de nada. Cada vez que comenzaba a quedarme dormida, me volvía a despertar de golpe con la sensación de que Scott estaba en mi dormitorio. En un momento dado, encendí la luz y, tras incorporarme, agucé el oído pero sólo oí ruidos en la calle y la gente del edificio deambulando por sus apartamentos. Hasta que ha empezado a clarear no me he sentido lo bastante relajada para dormir. He vuelto a soñar que estaba en el bosque. Tom estaba conmigo, pero yo seguía asustada.

Ayer le dejé una nota. Cuando salí de casa de Scott, fui corriendo al número 23 y comencé a aporrear la puerta para que me abrieran. Me encontraba en tal estado de pánico que ni siquiera me importó que Anna pudiera estar en casa o que le molestara mi aparición. Como no abrió nadie, al final escribí una nota en un trozo de papel y la metí en el buzón. No me importa que ella la pueda ver; de hecho, creo que una parte de mí lo desea. La nota no entraba en detalles, sólo le decía que teníamos que hablar sobre lo del otro día. No mencionaba a Scott porque no quería que Tom fuera a su casa y se encarara con él (sólo Dios sabe qué podría pasar).

Cuando llegué a casa, me tomé un par de vasos de vino para tranquilizarme y a continuación llamé a la policía. Pregunté por el inspector Gaskill, pero me dijeron que no estaba disponible y terminé hablando con Riley. No era lo que quería, sé que Gaskill habría sido más amable.

—Me ha encerrado en su casa —le expliqué—. Me ha amenazado.

Ella me preguntó cuánto tiempo había estado «encerrada». Casi pude oír cómo hacía el gesto de comillas en el aire con las manos.

—No lo sé —dije—. Media hora, quizá.

Hubo un largo silencio.

—Y dice que la ha amenazado. ¿Podría detallarme la naturaleza exacta de la amenaza?

—Ha dicho que me rompería el cuello. Ha dicho... ha dicho que debería romperme el cuello...

—¿Que debería romperle el cuello?

—Ha dicho que lo haría, si mereciera la pena molestarse.

Silencio. Luego:

—¿Le ha pegado o herido de algún modo?

—Moratones. Sólo tengo moratones.

—¿Y le ha pegado?

—No, me ha agarrado.

Más silencio. Y luego:

—Señorita Watson, ¿por qué estaba usted en la casa de Scott Hipwell?

—Me había pedido que fuera a verlo. Me había dicho que necesitaba hablar conmigo.

Riley exhaló un largo suspiro.

—Le pedimos que no se entrometiera en todo esto. Aun así, se ha puesto usted en contacto con Scott Hipwell y ha estado mintiéndole, diciéndole que era usted amiga de su esposa y contándole todo tipo de historias cuando, déjeme terminar, se trata de una persona que, en el mejor de los casos, está bajo una gran tensión y se encuentra extremadamente afligida. Eso en el mejor de los casos. En el peor, puede que sea peligroso.

—Es que *es* peligroso, eso es justo lo que estoy diciéndole, por el amor de Dios.

—Lo que está haciendo (ir a su casa, mentirle, provocarle) no es de ninguna ayuda. Estamos en plena investigación por asesinato. Tiene que comprenderlo. Podría poner en peligro nuestros avances. Podría...

—¿Qué avances? —solté—. No han hecho ni un solo avance. Hágame caso, Scott asesinó a su esposa. Hay una fotografía rota, un retrato de ellos dos. Está enfadado, es inestable.

—Sí, ya hemos visto la fotografía. En su momento registramos la casa. No es ninguna prueba de que haya cometido un asesinato.

—Entonces ¿no va a arrestarlo?

Ella volvió a exhalar un largo suspiro.

—Venga mañana a la comisaría. Le tomaremos declaración y a partir de ahí ya nos haremos cargo nosotros. Mientras tanto, señorita Watson, manténgase alejada de Scott Hipwell.

Cuando Cathy llegó a casa me pilló bebiendo. No le hizo mucha ilusión pero ¿qué podía decirle? No tenía modo alguno de explicárselo. Me limité a farfullar que lo sentía y subí a mi habitación como si fuera una adolescente enfurruñada. Ya en mi dormitorio, me tumbé en la cama e intenté quedarme dormida mientras esperaba que Tom me llamara. No lo hizo.

Esta mañana me he despertado temprano, he mirado a ver si había recibido alguna llamada en el móvil (ninguna) y luego me he lavado el pelo y me he vestido para la entrevista de trabajo con las manos trémulas y un nudo en el estómago. He salido pronto de casa porque antes tenía que pasar por la comisaría para que me tomaran declaración. No servirá de nada. Nunca me han tomado en serio y no creo que vayan a empezar a hacerlo ahora. Me pregunto qué hace falta para que me consideren algo más que una mitómana.

De camino a la estación, no puedo evitar ir mirando por encima del hombro; el repentino aullido de una sirena de policía hace que —literalmente— dé un bote. En el andén, ando tan cerca de la verja como puedo y arrastrando los dedos por sus barrotes metálicos por si acaso necesito agarrarme a ella. Sé que es ridículo, pero me siento extremadamente vulnerable ahora que he visto cómo es en realidad Scott, ahora que entre nosotros ya no hay secretos.

Tarde

Debería olvidarme de una vez de este asunto. Durante todo este tiempo, no he dejado de pensar que había algo que no conseguía recordar, algo que se me escapaba. Pero no es así. Aquella noche no vi nada importante ni hice nada terrible. Simplemente, estuve en la misma calle en la que vivía Megan. Gracias al tipo pelirrojo, ahora ya lo sé. Y sin embargo, hay algo que sigue dándome mala espina.

Ni Gaskill ni Riley se encontraban en la comisaría

de policía. La declaración me la ha tomado un aburrido agente de uniforme. Supongo que la archivarán y se olvidarán de ella a no ser que aparezca muerta en alguna zanja. La entrevista la tenía en el extremo opuesto de la zona de Witney en la que vive Scott, pero aun así he cogido un taxi. No quería arriesgarme. Por lo demás, la cosa ha ido tan bien como podía ir: el puesto está por debajo de mi cualificación, pero yo misma también lo estoy desde hace uno o dos años. He de volver a comenzar de cero. El gran inconveniente (además de la mierda de sueldo y lo humilde del puesto mismo) será tener que venir a Witney y caminar por estas calles con el consiguiente riesgo de toparme con Scott o Anna y su hija.

Puesto que toparme con personas es lo único que parece ser que hago por estos lares. Antes era precisamente una de las cosas que me gustaban de este lugar: la sensación de que era algo parecido a un pueblo en la periferia de Londres. Puede que no conozcas a todo el mundo, pero los rostros de la gente resultan familiares.

Justo cuando paso por delante del pub Crown y ya casi he llegado a la estación noto una mano en el brazo. Al darme la vuelta de golpe, resbalo en la acera y casi me caigo a la calzada.

—¡Hey, hey! ¡Lo siento! ¡Lo siento! —Es él otra vez. El tipo pelirrojo. En una mano tiene una pinta y alza la otra como pidiendo perdón—. ¡Qué asustadi-

392

za eres! —Está sonriendo, pero debo de tener un aspecto verdaderamente aterrorizado porque su sonrisa desaparece al instante—. ¿Estás bien? No quería asustarte.

Me dice que ha salido temprano de trabajar y que me invita a tomar algo con él. Le digo que no, pero luego cambio de idea.

—Te debo una disculpa por cómo me comporté en el tren —le digo a Andy (pues así se llama el pelirrojo) cuando me trae un gin-tonic—. La última vez, quiero decir. Tenía un mal día.

—No pasa nada —contesta Andy. Sonríe de un modo lento y perezoso: debe de llevar ya varias pintas. Nos hemos sentado en la terraza interior del pub; aquí me siento más segura que en la de la calle. Puede que sea esta sensación de seguridad lo que me envalentona. Decido aprovechar la oportunidad.

—Quería preguntarte por lo que sucedió la noche en la que te conocí —le digo—. La noche en la que Meg, esa mujer de las noticias, desapareció.

—Ah, sí. ¿Por qué? ¿A qué te refieres?

Respiro hondo. Noto que mi rostro se sonroja. No importa cuántas veces lo admita, siempre resulta vergonzoso y al decirlo no puedo evitar encogerme.

—Estaba muy borracha y no lo recuerdo. Hay algunas cosas que no tengo del todo claras. Sólo quiero saber si tú sabes algo, si me viste hablar con alguien, cualquier cosa que... —Bajo la mirada a la mesa, no puedo mirarlo a los ojos.

Él me da un golpecito en el pie con el suyo.

—No pasa nada, no hiciste nada malo. —Levanto la mirada y veo que está sonriendo—. Yo también iba borracho. Estuvimos un rato charlando en el tren, no recuerdo sobre qué. Luego bajamos en Witney. Tu paso era algo inestable y resbalaste en la escalera. ¿Lo recuerdas? Yo te ayudé y tú te sonrojaste como ahora. —Se ríe—. Salimos juntos de la estación y te pregunté si querías venir al pub, pero tú me dijiste que habías quedado con tu marido.

—¿Eso es todo?

—No. ¿De verdad no te acuerdas? Nos volvimos a ver un poco más tarde (no sé, ¿media hora, quizá?). Yo había ido al Crown, pero me llamó un amigo y me dijo que estaba en un bar que hay al otro lado de las vías, de modo que me dirigí al paso subterráneo y te vi allí. Te habías caído y no tenías muy buen aspecto. Te habías hecho un corte. Me preocupé y te pregunté si querías que te acompañara a casa, pero no quisiste saber nada al respecto. Estabas... bueno, estabas muy contrariada. Creo que habías discutido con tu pareja. Iba alejándose calle abajo y te pregunté si querías que fuera a buscarlo, pero me dijiste que no. Él entonces se metió en un coche y se marchó. Iba con... esto... iba con alguien.

—¿Una mujer?

Andy asiente y agacha ligeramente la cabeza.

—Sí, se metieron en un coche juntos. Supuse que la discusión se había debido a eso.

—¿Y luego?

—Luego te largaste. Parecías un poco... confundida o algo así y te largaste. No dejabas de decir que no necesitabas ayuda. Como te he dicho, yo también estaba un poco borracho, así que lo dejé estar. Seguí mi camino y me encontré con mi amigo en el pub. Eso fue todo.

Mientras subo la escalera del apartamento creo ver sombras sobre mí y oír pasos por delante, como si alguien me estuviera esperando en el siguiente rellano. Por supuesto, ahí no hay nadie y el piso también está vacío: todo parece intacto y el lugar huele a vacío, pero eso no impide que mire en todas las habitaciones (incluso debajo de mi cama y la de Cathy o en los armarios de los dormitorios y en el de la cocina, donde no cabe ni un niño).

Finalmente, tras dar tres vueltas enteras al apartamento, me relajo. Subo al piso de arriba, me siento en la cama y pienso en la conversación que he tenido con Andy y el hecho de que su relato concuerde con lo que yo recuerdo. No ha habido grandes revelaciones: Tom y yo discutimos en la calle, me hice daño al caerme y luego él se metió en el coche con Anna. Más tarde, vino a buscarme pero yo ya me había ido. Supongo que yo habría cogido un taxi o un tren de vuelta.

Sentada en la cama, me pongo a mirar por la ventana y me pregunto por qué no me siento mejor. Puede que simplemente se deba a que no tengo ninguna respuesta. Puede que se deba a que, si bien mis recuerdos concuerdan con los de Andy, algo sigue sin encajar. Y entonces caigo en ello: Anna. No es sólo que Tom nunca mencionara que ella fuera con él, sino que cuando la vi a ella, alejándose y metiéndose en el coche, no iba con el bebé. ¿Dónde estaba Evie?

Sábado, 17 de agosto de 2013

Tarde

Necesito hablar con Tom para aclararme la cabeza. Cuantas más vueltas le doy a todo este asunto, menos sentido le encuentro y no puedo evitar seguir pensando en él. Además, estoy preocupada. Hace más de dos días que le dejé la nota y todavía no se ha puesto en contacto conmigo. Anoche no contestó al teléfono cuando lo llamé, y hoy tampoco lo ha hecho. Algo no va bien, y estoy convencida de que está relacionado con Anna.

Sé que él también querrá hablar conmigo cuando sepa lo que sucedió con Scott. Sé que querrá ayudarme. No puedo dejar de pensar en cómo se comportó aquel día en el coche y en las buenas sensaciones que hubo entre ambos. Así pues, cojo una vez más el móvil y, como antaño, al marcar su número siento mariposas en el estómago; la expectación de oír su voz sigue siendo tan intensa ahora como años atrás.

—¿Diga?

—Hola, Tom. Soy yo.

—Sí.

Anna debe de estar a su lado y por eso no dice mi nombre. Espero un momento para darle tiempo a que se vaya a otra habitación donde ella no lo pueda oír. Él exhala un suspiro.

—¿Qué pasa?

—Esto... Quería hablar contigo... Como te decía en mi nota, yo...

—¿Qué? —Suena irritado.

—Hace un par de días te dejé una nota. Pensaba que debíamos hablar...

—No he recibido ninguna nota. —Exhala otro sonoro suspiro—. ¡Joder! ¡Por eso está cabreada conmigo! —Anna debió de verla y no se la ha dado—. ¿Qué es lo que necesitas?

Me gustaría colgar, llamar otra vez y volver a comenzar. Decirle lo mucho que me gustó verlo el lunes, cuando fuimos al lago.

—Sólo quiero preguntarte algo.

—¿Qué? —dice en tono hosco. Parece realmente molesto.

—¿Va todo bien?

—¿Qué quieres, Rachel? —La ternura de hace una semana ha desaparecido por completo. Me maldigo a mí misma por haberle dejado esa nota. Obviamente, le ha causado más problemas en casa.

—Quería preguntarte por esa noche, la noche en la que Megan Hipwell desapareció.

—Oh, Dios mío. Ya hemos hablado sobre eso. ¿No puedes dejarlo estar de una vez?

—Yo sólo...

—Estabas borracha —dice en un tono de voz alto y severo—. Te dije que te fueras a casa. No querías escucharme y te largaste. Luego cogí el coche y estuve buscándote, pero no pude encontrarte.

—¿Dónde estaba Anna?

—En casa.

—¿Con el bebé?

—Con Evie, sí.

—¿No iba contigo en el coche?

—No.

—Pero...

—Oh, por el amor de Dios. Anna había quedado con unas amigas y yo iba a quedarme con la niña. Entonces te vio en la calle, así que canceló sus planes y volvió a casa. Y yo me vi obligado a perder todavía más horas de mi vida buscándote.

Desearía no haber llamado. Ver aplastadas así las ilusiones que me había hecho después de nuestro último encuentro es como si me retorcieran las entrañas con el frío acero de un puñal.

—Está bien —digo—. Es sólo que yo lo recuerdo de otro modo... Tom, cuando me viste, ¿estaba herida? ¿Estaba...? ¿Tenía un corte en la cabeza?

Otro sonoro suspiro.

—Me sorprende que puedas recordar algo, Rachel. Estabas completamente borracha. Asquerosa y apestosamente borracha. Incapaz de mantenerte en pie. —Al oírlo pronunciar esas palabras se me comienza a hacer un nudo en la garganta. Le había oído decir este tipo de cosas antes, en nuestros peores días, cuando él ya no podía más de mí. Con cierto tono de desgana, Tom prosigue—: Te habías caído en la calle, estabas llorando y tenías un aspecto lamentable. ¿Por qué es tan importante? —No se me ocurre qué explicarle y tardo mucho en contestar, de modo que él prosigue—: Mira, tengo cosas que hacer. No me llames más, por favor. Ya hemos pasado por esto. ¿Cuántas veces he de decírtelo? No me llames, no me dejes notas, no vengas a casa. Molestas a Anna. ¿De acuerdo?

Y cuelga.

Domingo, 18 de agosto de 2013

Primera hora de la mañana

Me he pasado toda la noche en el salón de la planta baja con el televisor encendido. Sintiendo el flujo y reflujo del miedo. El flujo y reflujo de mi fortaleza. Tengo la sensación de que he retrocedido en el tiempo. La herida que Tom me hizo años atrás vuelve a estar abierta. Es una tontería, ya lo sé. He sido una idiota por creer que tenía posibilidades de volver a estar con él basándome en una mera conversación, en unos pocos momentos que tomé por ternura y que probablemente no eran nada más que sentimentalismo y culpabilidad. Aun así, duele. Y he de permitirme sentir este dolor porque si no, si sigo enterrándolo en mi interior, nunca conseguiré que se marche del todo.

Y he sido una idiota por creer que entre Scott y yo se había establecido una conexión y podía ayudarlo. Así pues, soy una idiota. Ya estoy acostumbrada. Pero no tengo por qué seguir siéndolo, ¿no? Me quedo aquí toda la noche y me prometo a mí misma ponerme las pilas. Me iré lejos de aquí. Encontraré un nuevo trabajo. Volveré a utilizar mi nombre de soltera, cortaré todo vínculo con Tom, haré que sea difícil encontrarme. Si es que alguien decide buscarme.

No he dormido demasiado. Me he pasado la noche tumbada en el sofá, haciendo planes. Cada vez que comenzaba a quedarme dormida oía la voz de Tom en mi cabeza, tan clara como si estuviera aquí mismo, a mi lado, hablándome al oído —«Estabas completamente borracha. Asquerosa y apestosamente borracha»— hasta que me despertaba de golpe sintiendo una oleada de vergüenza. También una fuerte sensación de *déjà vu*, pues ya había oído esas palabras antes. Justo esas mismas palabras.

Y entonces he comenzado a darle vueltas a una escena: yo despertándome con sangre en la almohada, sintiendo un intenso dolor en el interior de la boca como si me hubiera mordido los carrillos, con las uñas sucias, un dolor de cabeza terrible, Tom saliendo del cuarto de baño, su expresión —medio herido, medio enojado— y el miedo creciendo como una riada en mi interior.

—¿Qué ha sucedido?

Tom me muestra entonces los moratones que le he hecho en el brazo y en el pecho.

—No me lo creo, Tom. Yo nunca te he pegado. No he pegado a nadie en mi vida.

—Estabas completamente borracha, Rachel. ¿Recuerdas algo de lo que hiciste anoche? ¿Algo de lo que dijiste?

Y entonces me lo cuenta, pero yo sigo sin creérmelo. Nada de lo que dice parece propio de mí. Ni por asomo. Y luego está lo del palo de golf, ese agujero en el yeso de la pared, gris y vacío como un ojo ciego que no deja de mirarme cada vez que paso por delante. O mi incapacidad para reconciliar la violencia de la que él me habla con el miedo que yo recordaba.

O que creía recordar. Al cabo de un tiempo, aprendí a no preguntar qué había hecho ni a discutir al respecto cuando era él quien me lo contaba directamente. No quería conocer los detalles, no quería oír lo peor, las cosas que había dicho cuando estaba asquerosa y apestosamente borracha. A veces él amenazaba con grabarme y luego ponérmelo para que me oyera. Por suerte, nunca lo hizo.

Al cabo de un tiempo, aprendí que cuando te despiertas así, no preguntas lo que ha pasado, tan sólo dices que lo lamentas: lamentas lo que has hecho y la persona que eres y nunca nunca más te volverás a comportar así.

Y ahora ya no lo hago. De verdad que no. Esto puedo agradecérselo a Scott: ahora tengo demasiado miedo para salir en mitad de la noche a comprar alcohol. Tengo demasiado miedo de cometer un desliz, porque entonces me vuelvo vulnerable.

Voy a tener que ser fuerte, no me queda otro remedio.

Mis párpados vuelven a pesar y comienzo a cabecear de nuevo. Bajo el volumen de la televisión hasta que prácticamente no se oye y me doy la vuelta para quedar de cara al respaldo del sofá, me acurruco y me tapo bien con el edredón. Estoy quedándome dormida, puedo sentirlo, voy a dormir y entonces... ¡Bang! El suelo tiembla y me incorporo de golpe con el corazón en la garganta. Lo he visto. Lo he visto.

Estoy en el paso subterráneo y él viene hacia mí. Me da una bofetada en la boca y luego alza el puño con las llaves en la mano. Siento un intenso dolor cuando el metal dentado impacta contra mi cráneo.

ANNA

Sábado, 17 de agosto de 2013

Tarde

Me odio a mí misma por llorar, es patético. Pero estoy agotada. Estas últimas semanas han sido muy duras. Y Tom y yo volvimos a discutir por culpa de Rachel (no podía ser de otro modo).

Supongo que se veía venir. Llevo días torturándome por la nota y el hecho de que me mintiera sobre lo de su encuentro con Rachel. No dejo de decirme que es una estupidez, pero no puedo evitar tener la sensación de que hay algo entre ellos. He estado dándole vueltas y más vueltas: después de todo lo que ella le ha hecho —nos ha hecho a los dos—, ¿cómo va a ser capaz de hacerlo? ¿Cómo va siquiera a contemplar estar con ella otra vez? Si nos colocas a ambas una al lado de la otra, ningún hombre en la Tierra la escogería a ella antes que a mí. Y eso sin tener en cuenta todos sus problemas.

Pero entonces pienso que a veces sucede, ¿no? Alguien con quien tienes un pasado no te deja estar y, por más que lo intentes, no consigues desembarazarte de esa persona y liberarte de ella. Puede que, al cabo de un tiempo, simplemente dejes de intentarlo.

Ella vino el jueves y se puso a aporrear la puerta y a llamar a Tom. Yo estaba furiosa, pero no me atreví a abrirle la puerta. Tener un hijo te vuelve vulnerable y débil. Si hubiera estado sola le habría plantado cara, no habría tenido problemas para enfrentarme a ella. Pero con Evie aquí, no podía arriesgarme. No tengo ni idea de lo que ella podría hacer.

Sé por qué vino. Estaba cabreada porque le había hablado a la policía de ella. Seguro que vino llorando para decirle a Tom que la dejara en paz. Dejó una nota («Tenemos que hablar. Por favor, llámame tan pronto como puedas. Es *importante*»: esta última palabra subrayada tres veces). La tiré directamente a la papelera. Más tarde, la cogí otra vez y la guardé en el cajón de mi mesita de noche, junto con una impresión de ese desagradable email que envió y el registro que he ido llevando con todas las llamadas que nos ha hecho y las veces que se ha presentado en casa. El registro de su acoso. Mis pruebas, en caso de que las necesite. Luego llamé a la sargento Riley y le dejé un mensaje diciendo que Rachel había vuelto a venir a casa. Todavía no me ha devuelto la llamada.

Debería haberle mencionado la nota a Tom, sé que debería haberlo hecho, pero no quería que se enfadara conmigo por haber llamado a la policía, así que la metí en el cajón con la esperanza de que Rachel se olvidara de ella. No lo ha hecho, claro está. Esta noche ha llamado a Tom. Cuando han colgado, él estaba echando humo.

—¿Qué cojones es todo esto sobre una nota? —me ha espetado.

Le he contado que la había tirado.

—No pensé que quisieras leerla —he dicho—. Creía que la querías fuera de nuestras vidas tanto como yo.

Él ha puesto entonces los ojos en blanco.

—No se trata de eso y lo sabes. Por supuesto que quiero que Rachel desaparezca. Lo que no quiero es que comiences a espiar mis llamadas y a tirar mi correo. Estás... —Ha suspirado.

—Estoy ¿qué?

—Nada. Es sólo... Éstas son las cosas que *ella* solía hacer.

Eso ha sido un auténtico puñetazo en el estómago. He roto a llorar y he salido corriendo hacia el cuarto de baño del piso de arriba. Aquí he estado esperando a que él viniera a tranquilizarme, a darme un beso y a hacer las paces como suele hacer, pero al cabo de media hora ha exclamado desde la planta baja:

—Me voy al gimnasio un par de horas. —Y antes de que pudiera contestarle he oído cómo cerraba la puerta de la entrada.

Y ahora me sorprendo a mí misma comportándome exactamente igual que ella: estoy terminándome la media botella de vino tinto que sobró de la cena de anoche y fisgoneando en su ordenador. Es más fácil comprender el comportamiento de Rachel cuando te sientes como yo ahora. No hay nada más doloroso y corrosivo que la desconfianza.

Al final, consigo averiguar su contraseña: es «Blenheim». Tan inocuo y soso como eso, el nombre de la calle en la que vive. No encuentro ningún email comprometedor, ni fotografías sórdidas ni cartas apasionadas. Me he pasado media hora leyendo emails de trabajo tan aburridos que consiguen incluso apaciguar la punzada de celos que sentía. Al final, cierro el portátil y lo dejo a un lado. La verdad es que, gracias al vino y al tedioso contenido del ordenador de Tom, me siento realmente alegre. Me digo a mí misma que sólo estaba comportándome de un modo ridículo.

Subo al cuarto de baño a lavarme los dientes —no quiero que sepa que he estado bebiendo vino otra vez— y luego decido que cambiaré las sábanas de la cama, echaré un poco de Acqua di Parma en las almohadas, me pondré ese picardías de seda negra que me compró el año pasado por mi cumpleaños y, en cuanto regrese, se lo compensaré todo.

Al quitar las sábanas, casi tropiezo con una bolsa negra que hay debajo de la cama: su bolsa del gimnasio. Se la ha olvidado. Hace más de una hora que ha salido y no ha vuelto a por ella. El corazón me da un vuelco. Tal vez tenía intención de hacerlo pero luego ha preferido ir al pub. O tal vez tiene ropa de sobra en la taquilla del gimnasio. O tal vez ahora mismo está en la cama con ella.

La cabeza me da vueltas. Me arrodillo y hurgo en la bolsa. Todas sus cosas están ahí, la ropa lavada y lista para ponérsela, el iPod Shuffle, las únicas zapatillas deportivas con las que corre... Y algo más: un teléfono móvil. Un móvil que yo no había visto nunca.

Me siento en la cama con el teléfono en la mano y el corazón latiéndome con fuerza. He de encenderlo, es imposible que pueda resistirme a ello. Y, sin embargo, estoy segura de que cuando lo haga, lo lamentaré, porque esto no puede tratarse de nada bueno. Uno no esconde teléfonos móviles en la bolsa del gimnasio a no ser que esté ocultando algo. Una voz en mi cabeza me dice que lo vuelva a guardar y me olvide de él, pero no puedo hacerlo. Presiono el botón de encendido y espero que la pantalla se ilumine. Y espero. Y espero. No tiene batería. Una sensación de alivio se propaga por mi cuerpo como si fuese morfina.

Me siento aliviada porque no he podido confirmar nada, pero también porque un móvil sin batería sugiere un móvil sin utilizar, un móvil indeseado, no el móvil de un hombre implicado en una apasionada aventura. Éste querría el móvil consigo a todas horas. Puede que sea un móvil antiguo, puede que lleve meses en la bolsa y simplemente no haya llegado a tirarlo. Puede que ni siquiera sea suyo: quizá lo encontró en el gimnasio y se olvidó de dejarlo en el mostrador de la entrada.

Abandono la cama a medio hacer y bajo al salón. La mesita de centro tiene un par de cajones llenos con los típicos cachivaches que se acumulan con el tiempo: rollos de celo, adaptadores de enchufes para los viajes, cintas métricas, un kit de costura, viejos cargadores de móvil. Cojo los tres que hay y el segundo que pruebo funciona. Enchufo el móvil en mi lado de la cama y lo escondo junto al cargador detrás de mi mesita de noche.

Luego espero.

Horas y fechas, básicamente. No fechas. Días. «¿Lunes a las 3?» «Viernes, 4.30» A veces, una negativa: «Mañana no puedo. Mierc. no». No hay nada más: ni declaraciones de amor, ni sugerencias explícitas. Sólo mensajes de texto, más o menos una docena, todos de un número desconocido. En la agenda del móvil no hay contactos y el historial de llamadas ha sido borrado.

No necesito fechas, porque el teléfono las almacena. Los encuentros tuvieron lugar hace meses. Casi un año. Cuando me doy cuenta de esto, cuando veo que el primer mensaje es de septiembre del año pasado, se me hace un nudo en la garganta. ¡Septiembre! Evie tenía seis meses. Yo todavía estaba gorda, agotada y sin ganas de sexo. Luego me pongo a reír. Esto es ridículo, no puede ser cierto. En septiembre éramos rematadamente felices, estábamos enamoradísimos y acabábamos de tener un bebé. Es imposible que tuviera una aventura con ella, me cuesta creer que haya estado viéndola todo este tiempo. Me habría enterado. No puede ser cierto. El móvil no puede ser suyo.

Aun así, saco el cuaderno en el que registro el acoso de Rachel y comparo las llamadas con las citas acordadas mediante mensajes de texto. Algunas de ellas coinciden. Otras son un día o dos antes, otras un día o dos después. Algunas otras no se corresponden para nada.

¿De verdad ha estado viéndola durante todo este tiempo? ¿Es posible que asegurara que ella estaba agobiándolo y acosándolo cuando en realidad estaban haciendo planes para verse a mis espaldas? Entonces ¿por qué lo llamaba ella al fijo si tenía el número de este móvil? No tiene sentido. A no ser que ella quisiera que yo me enterara. A no ser que ella estuviera intentando provocar problemas entre Tom y yo.

Hace ya casi dos horas que Tom se ha marchado.

Pronto volverá de a dondequiera que haya ido. Hago la cama, vuelvo a guardar el diario y el móvil en el cajón de la mesita de noche y bajo a la planta baja. En la cocina, me sirvo un último vaso de vino y me lo bebo a toda prisa. Podría llamarla y plantarle cara. Ahora bien, ¿qué le diría exactamente? Con ella, no tengo ninguna autoridad moral. Y no estoy segura de que pudiera soportar sus burlas por el hecho de que esta vez la engañada haya sido yo. Si lo hace contigo, te lo hará a ti también.

Oigo pasos en la acera y sé que es él. Conozco su forma de andar. Dejo rápidamente el vaso en el fregadero y me quedo de pie en la cocina, apoyada en la encimera y sintiendo las pulsaciones del flujo sanguíneo en las orejas.

—Hola —dice cuando me ve. Parece avergonzado y su paso es algo inestable.

—¿Ahora sirven cerveza en el gimnasio?

Él sonríe.

—Me he dejado la bolsa y he ido al pub.

Lo que yo pensaba. ¿O lo que él esperaba que yo pensara?

Se acerca a mí.

—¿Qué has estado haciendo? —me pregunta con una sonrisa en los labios. Luego me rodea la cintura con los brazos y me atrae hacia sí. El aliento le huele a cerveza—. Tienes pinta de haber estado tramando algo.

—Tom...

—Shhh... —dice, y me da un beso en la boca y comienza a desabrocharme los pantalones vaqueros.

Luego me da la vuelta. No quiero, pero no sé cómo decirle que no, de modo que cierro los ojos e intento no pensar en ellos dos juntos y hacerlo en cambio en el principio de nuestra relación, cuando nos apresurábamos a llegar a la casa vacía de Cranham Street, sin aliento, desesperados, hambrientos.

Domingo, 18 de agosto de 2013

Primera hora de la mañana

Me despierto asustada. Fuera todavía está oscuro. Creo oír a Evie llorando, pero cuando voy a verla la encuentro profundamente dormida y con los puños agarrados con fuerza a la manta que la cubre. Vuelvo a la cama, pero ya no puedo dormir. Sólo puedo pensar en el móvil del cajón de la mesita de noche. Me vuelvo hacia Tom. El brazo izquierdo le cuelga por un costado de la cama y tiene la cabeza echada hacia atrás. A juzgar por la cadencia de su respiración, se encuentra muy lejos de la conciencia. Vuelvo a salir de la cama, abro el cajón y cojo el móvil.

En la cocina, jugueteo con el teléfono en la mano

mientras hago acopio del valor necesario. Quiero y no quiero saber la verdad. Quiero estar segura, pero al mismo tiempo deseo con todas mis fuerzas estar equivocada. Lo enciendo, mantengo pulsada la tecla «1» y escucho el saludo del buzón de voz. Me dice que no tengo nuevos mensajes ni mensajes guardados. ¿Me gustaría cambiar el saludo? Termino la llamada de golpe porque de repente se apodera de mí el miedo irracional de que el teléfono suene de repente y que Tom lo oiga desde el piso de arriba, así que abro las puertas correderas y salgo al jardín.

La hierba está húmeda y el aire huele a lluvia y rosas. A lo lejos se oye el débil y distante murmullo de la lluvia. Hasta que llego a la cerca no vuelvo a llamar al buzón de voz: ¿me gustaría cambiar el saludo? Sí, me gustaría. Oigo un pitido y una pausa y entonces oigo la voz de ella. La de ella, no la de él. «Hola, soy yo, déjame un mensaje.»

El corazón me da un vuelco.

No es el móvil de él. Es de ella.

Vuelvo a escuchar el saludo.

«Hola, soy yo, déjame un mensaje.»

Es la voz de ella.

No puedo moverme. No puedo respirar. Vuelvo a escuchar el saludo de nuevo, y luego otra vez más. Se me hace un nudo en la garganta. Tengo la sensación de que me voy a desmayar y, de repente, se enciende la luz del dormitorio.

RACHEL

Domingo, 18 de agosto de 2013

Primera hora de la mañana

Un recuerdo conduce a otro. Es como si hubiera estado avanzando a tientas en medio de la oscuridad durante días, semanas, meses y por fin hubiera topado con alguna cosa. Como si hubiera estado palpando la pared a ciegas hasta encontrar la puerta que conduce de una habitación a la siguiente. Finalmente, mis ojos se han acostumbrado a la oscuridad y las sombras han comenzado a formar siluetas concretas. Ahora puedo ver.

Al principio no. Aunque parecía un recuerdo, al principio pensé que se trataba de un sueño. Me quedé sentada en el sofá, paralizada por el *shock* y diciéndome a mí misma que no sería la primera vez que pienso que las cosas han sucedido de un modo cuando en realidad lo han hecho de otro.

Como aquella vez que fuimos a una fiesta de un colega de Tom. Nos lo pasamos bien a pesar de que me emborraché mucho. Al día siguiente recordaba haber ido a darle un beso de despedida a Clara, la esposa del colega de Tom. Era una mujer encantadora, afectuosa y amable. También recordaba que me había dicho que teníamos que vernos de nuevo mientras sostenía mi mano entre las suyas.

Lo recordaba con absoluta claridad, pero en realidad no había sucedido eso. Lo supe a la mañana siguiente cuando intenté hablar con Tom y él me dio la espalda. Lo supe porque me dijo lo decepcionado y avergonzado que estaba. Me contó que había acusado a Clara de flirtear con él, y que me había comportado de un modo paranoico y violento.

Al cerrar los ojos, podía recordar las cálidas manos de Clara sosteniendo la mía, pero no era eso lo que había pasado. En realidad, Tom había tenido que sacarme a rastras de la casa, mientras yo lloraba y gritaba y Clara permanecía escondida en la cocina.

Así que, cuando ahora cierro los ojos, cuando me sumerjo en una especie de ensueño y me encuentro a mí misma en ese paso subterráneo, puede que sea capaz de sentir el frío y oler su aire rancio y nauseabundo, y puede asimismo que sea capaz de ver una figura que viene hacia mí, enfurecida y con el puño alzado, pero seguramente nada de eso sea cierto. El miedo que siento no es cierto. Tampoco es cierto que la sombra me golpease y me dejase tirada en el suelo, llorando y sangrando.

Sólo que sí lo es y yo lo vi. Resulta tan estremecedor que apenas puedo creérmelo pero, del mismo modo que veo salir el sol, tengo la sensación de que se levanta la niebla que nublaba mi entendimiento. Lo que él me contó es mentira. No son imaginaciones mías que me pegara. Lo recuerdo. Igual que recuerdo despedirme de Clara aquella noche después de la fiesta y su mano sosteniendo la mía. E igual que recuerdo el miedo que sentí cuando me encontré a mí misma en el suelo junto a ese palo de golf. Y ahora sé, lo sé con total certeza, que no fui yo quien lo blandió.

No sé qué hacer. Subo corriendo al piso de arriba, me pongo unos pantalones vaqueros y unas zapatillas deportivas y vuelvo rápidamente a la planta baja. Marco el número de la comisaría y lo dejo sonar un par de veces. Luego cuelgo. No sé qué hacer. Preparo café. Dejo que se enfríe. Marco el número de la sargento Riley y luego vuelvo a colgar de inmediato. No me creerá. Sé que no lo hará.

Me dirijo a la estación. Es domingo, así que el primer tren no pasará hasta dentro de media hora. No tengo nada que hacer salvo permanecer sentada en el banco y darles vueltas y más vueltas a mis pensamientos, pasando de la incredulidad a la desesperación y luego vuelta a comenzar.

Todo era mentira. No eran imaginaciones mías que me golpeara. No eran imaginaciones mías que se alejara de mí con los puños cerrados. Vi cómo se daba la vuelta y gritaba. Vi cómo se alejaba calle abajo con una mujer. Vi cómo se metía en el coche con ella. No eran imaginaciones mías. Y entonces me doy cuenta de que es todo muy simple. Extremadamente simple. Ya lo recordaba: el problema es que había confundido dos recuerdos. Había insertado la imagen de Anna alejándose de mí en su vestido azul en otro escenario: Tom y una mujer metiéndose en el coche. Porque por supuesto que esta mujer no llevaba un vestido azul, sino pantalones vaqueros y una camiseta roja. Era Megan.

ANNA

Domingo, 18 de agosto de 2013

Primera hora de la mañana

Tiro con todas mis fuerzas el móvil por encima de la cerca y aterriza en algún lugar del terraplén de las vías del tren. Me parece oír cómo cae cuesta abajo. Me parece que todavía puedo oír su voz. «Hola. Soy yo. Déjame un mensaje.» Me parece que la estaré oyendo durante mucho tiempo.

Para cuando vuelvo a entrar en la casa, él ya ha llegado al pie de la escalera. Parpadea repetidamente y me mira con cara de sueño. Todavía está adormilado.

—¿Qué sucede?

—Nada —digo, pero yo misma percibo el temblor de mi voz.

—¿Qué estabas haciendo afuera?

—Me ha parecido oír a alguien —le digo—. Algo me ha despertado y ya no he podido volver a dormirme.

—El teléfono ha sonado —explica mientras se frota los ojos.

Entrelazo las manos para evitar que tiemblen.

—¿Cómo? ¿Qué teléfono?

—El nuestro. —Me mira como si estuviera loca—. Ha sonado. Alguien ha llamado y luego ha colgado.

—Oh. Pues no se me ocurre quién habrá podido ser.

Él se ríe.

—Claro que no. ¿Estás bien? —Se acerca a mí y me rodea la cintura con los brazos—. Estás algo rara. —Me mantiene sujeta durante un rato con la cabeza apoyada en mi pecho—. Si has oído algo, deberías haberme despertado. No deberías haber salido al jardín tú sola. Eso es cosa mía.

—Estoy bien —le digo, pero he de apretar con fuerza los dientes para evitar su castañeteo. Él me besa en los labios y mete la lengua en mi boca.

—Volvamos a la cama —sugiere.

—Creo que me voy a tomar un café —le contesto yo, intentando liberarme de su abrazo.

Él no me suelta. Desliza una mano en mi nuca y sus brazos me sujetan con fuerza.

—Vamos —dice—. Ven conmigo. No aceptaré un no por respuesta.

RACHEL

Domingo, 18 de agosto de 2013

Mañana

No estoy muy segura de qué hacer, así que me limito a llamar al timbre. Me pregunto si debería haber llamado antes por teléfono. No es de buena educación presentarse en casa de alguien sin avisar un domingo por la mañana, ¿no? Suelto una risita nerviosa. Estoy algo histérica. La verdad es que no sé muy bien qué estoy haciendo.

Nadie me abre la puerta. La sensación de histeria aumenta cuando me meto por el estrecho callejón lateral y comienzo a rodear la casa. Tengo asimismo una fuerte sensación de *déjà vu*. Me acuerdo de aquella mañana en la que vine y cogí a la niña. No pretendía hacerle ningún daño. Ahora estoy segura de ello.

Mientras recorro el callejón lateral bajo la fresca sombra de la casa me parece oír la voz de la pequeña Evie y me pregunto si son imaginaciones mías. Pero no, ahí está, sentada en el patio con Anna. Llamo a ésta al tiempo que salto la cerca. Ella se vuelve hacia mí. Esperaba que me recibiera con sorpresa, o ira, pero apenas parece inmutarse.

—Hola, Rachel —dice y se pone en pie; tras coger a su hija de la mano, se me queda mirando con expresión seria y tranquila. Tiene los ojos rojos y el rostro pálido y limpio, sin rastro alguno de maquillaje—. ¿Qué quieres? —me pregunta.

—He llamado al timbre —le digo.

—No lo he oído —contesta, y luego coge a su hija en brazos y comienza a dar media vuelta como si fuera a meterse en casa. De repente, sin embargo, se detiene. No entiendo por qué no está gritándome.

—¿Dónde está Tom, Anna?

—Ha salido. Había quedado con sus amigos del ejército.

—Tenemos que marcharnos de aquí, Anna —le digo entonces, y ella comienza a reírse.

ANNA

Domingo, 18 de agosto de 2013

Mañana

Por alguna razón, de repente todo este asunto me parece muy gracioso. La pobre Rachel en mi jardín, toda roja y sudorosa, diciéndome que tenemos que marcharnos. *Nosotras dos*.

—¿Adónde? —le pregunto cuando dejo de reír, y ella se me queda mirando con la expresión en blanco y sin saber qué decir—. No pienso ir a ninguna parte contigo.

Evie se retuerce y se queja, de modo que la vuelvo a dejar en el suelo. Tengo la piel irritada y sensible de lo mucho que me la he frotado esta mañana en la ducha, y el interior de la boca —tanto los carrillos como la lengua— doloridos por los mordiscos que me he dado.

—¿Cuándo volverá? —me pregunta.

—Todavía tardará un rato. No lo sé bien.

En realidad, no tengo ni idea de cuándo volverá. A veces puede pasarse todo el día en el muro de escalada. O al menos eso creía yo. Ahora ya no lo sé.

Sí sé que esta vez ha cogido la bolsa del gimnasio. No tardará mucho en darse cuenta de que el móvil ha desaparecido.

Había pensado en ir con Evie a casa de mi hermana, pero el móvil me preocupa. ¿Y si alguien lo encuentra? En esta zona de las vías suele haber trabajadores ferroviarios: uno de ellos podría encontrarlo y entregárselo a la policía. En él están ahora mis huellas dactilares.

Luego he pensado que quizá no es tan difícil recuperarlo, pero para ello tendría que esperar hasta que fuera de noche para que nadie me viera.

De repente, me vuelvo a dar cuenta de que Rachel todavía está hablando y haciéndome preguntas. No estaba escuchándola. Me siento muy cansada.

—Anna —dice, acercándose a mí y escrutándome con sus intensos ojos negros—. ¿Los has visto alguna vez?

—¿A quiénes?

—A sus amigos del ejército. ¿Te los ha presentado alguna vez? —Yo niego con la cabeza—. ¿No te parece extraño? —Lo que me parece realmente extraño es que ella aparezca en mi jardín un domingo por la mañana.

—En realidad, no —contesto—. Forman parte de otra vida. De otra de sus vidas. Como tú. O eso esperábamos. Lamentablemente, nunca conseguimos librarnos de ti. —Ella encoge el rostro. Eso le ha dolido—. ¿Qué estás haciendo aquí, Rachel?

—Ya sabes por qué estoy aquí —dice—. Sabes que algo... algo está pasando. —Su expresión es grave, como si estuviera preocupada por mí. Bajo otras circunstancias, resultaría conmovedor.

—¿Te apetece una taza de café? —le ofrezco. Ella asiente.

Preparo café y nos sentamos en el patio en un silencio que resulta casi amigable.

—¿Qué estás sugiriendo? —pregunto finalmente—. ¿Que sus amigos del ejército no existen? ¿Que se los ha inventado? ¿Que en realidad está con otra mujer?

—No lo sé —dice.

—¿Rachel? —Levanta la mirada hacia mí y advierto en sus ojos que tiene miedo—. ¿Hay algo que quieras decirme?

—¿Has conocido alguna vez a la familia de Tom? —me pregunta—. ¿A sus padres?

—No. No se hablan. Dejaron de hacerlo cuando te dejó por mí.

Ella niega con la cabeza.

—Eso no es cierto —dice—. Yo tampoco los llegué a conocer nunca, ¿por qué les iba a importar que Tom me dejara?

En mi cabeza hay una oscuridad, justo en la base de mi cráneo. He intentado mantenerla a raya desde que oí la voz de Megan en el móvil, pero ahora está comenzando a crecer y cada vez va a más.

—No te creo —le digo yo—. ¿Por qué iba Tom a mentir acerca de algo así?

—Porque miente acerca de todo.

Me pongo en pie y me alejo de ella. Me molesta que me diga esto. Pero también estoy molesta conmigo misma porque me parece que la creo. En el fondo, siempre he sabido que Tom miente. Es sólo que, en el pasado, sus mentiras me convenían.

—Miente muy bien —le digo—. Tú nunca te enteraste de lo nuestro, ¿verdad? Durante todos esos meses en los que él y yo quedábamos para follar como animales en esa casa de Cranham Street, tú nunca sospechaste nada.

Rachel traga saliva ruidosamente y se muerde el labio con fuerza.

—Megan —dice—. ¿Qué hay de Megan?

—Ya lo sé todo. Tuvieron una aventura. —Estas palabras me suenan extrañas... Me parece que es la primera vez que las digo en voz alta. Me ha engañado. *A mí*—. Estoy segura de que te hace gracia —prosigo—, pero ahora ella ya no está, así que ya no importa, ¿verdad?

—Anna...

La oscuridad es cada vez mayor. Siento su fuerte

presión en el cráneo y me nubla la vista. Cojo a mi hija de la mano y comienzo a tirar de ella hacia la casa. Evie protesta a gritos.

—Anna...

—Tuvieron una aventura. Eso es todo. Nada más. No significa necesariamente que...

—¿Que la matara?

—¡No digas eso! —le grito—. No digas eso delante de mi hija.

Le doy a Evie su desayuno de media mañana y ella se lo come sin quejarse por primera vez en semanas. Es casi como si supiera que ahora mismo tengo otras cosas de las que preocuparme, y la adoro por ello. Me siento mucho más tranquila cuando volvemos a salir al jardín a pesar de que Rachel todavía está aquí, junto a la cerca del fondo, mirando cómo pasan los trenes. Al cabo de un rato, se da cuenta de que he vuelto a salir y se acerca a mí.

—Te gustan los trenes, ¿verdad? Yo los odio. Los detesto con todas mis fuerzas —le digo.

Ella se me queda mirando con una media sonrisa. Advierto que tiene un profundo hoyuelo en el costado izquierdo de la cara. No había reparado en ello antes. Supongo que no la había visto sonreír demasiado. O nunca.

—Otra cosa sobre la que me mintió —dice—. A mí me dijo que te encantaba esta casa, trenes incluidos. También que no tenías intención alguna de buscar una nueva y que querías mudarte con él aunque yo hubiera vivido aquí antes.

Niego con la cabeza.

—¿Por qué demonios iba Tom a decirte eso? —le pregunto—. Es una absoluta patraña. Llevo dos años intentando convencerlo para que venda esta casa.

Ella se encoge de hombros.

—Porque miente, Anna. Todo el rato.

La oscuridad sigue creciendo. Cojo a Evie y ella se sienta alegremente en mi regazo. Al poco, empieza a quedarse adormilada bajo la luz del sol.

—Entonces ¿todas esas llamadas no eran tuyas? —digo. De repente, todo comienza a tener sentido—. Es decir, sé que algunas sí lo eran, pero otras...

—Supongo que eran de Megan, sí.

Es curioso. A pesar de que ahora sé que he estado odiando a la mujer equivocada, sigo sintiendo aversión por Rachel. Es más, verla así —tranquila, preocupada, sobria— hace que la vea como era antes y todavía me cae peor, pues empiezo a vislumbrar lo que él debió de ver en ella. Lo que debió de amar.

Bajo la mirada al reloj y miro la hora. Son poco más de las once. Creo que Tom ha salido de casa sobre las ocho. Puede incluso que un poco antes. A estas horas ya debe de haberse dado cuenta de lo del móvil. A lo mejor cree que se ha caído de la bolsa. A lo mejor cree que está debajo de la cama.

—¿Desde cuándo lo sabes? —le pregunto—. Me refiero a lo de la aventura.

—No lo sabía —contesta—. Hasta hoy. Desconozco los pormenores, pero sé que la tuvieron.

Afortunadamente, se queda callada pues ahora mismo no estoy segura de que pudiera oírla hablar acerca de la infidelidad de mi marido. La idea de que ella y yo —la gorda y triste Rachel y yo— estemos ahora en el mismo barco me resulta insoportable.

—¿Crees que era suyo? —me pregunta—. ¿Crees que el bebé era suyo?

La estoy mirando, pero no la veo. No veo nada salvo la oscuridad y no oigo nada salvo un rumor como el del mar o el motor de un avión.

—¿Qué has dicho?

—El... Lo siento —dice sonrojándose—. No debería haber... Cuando murió estaba embarazada. Megan estaba embarazada. Lo siento mucho.

Pero no lo siente para nada, estoy segura de ello, y no quiero venirme abajo delante de ella. Bajo la mirada hacia Evie y me acomete una oleada de tristeza como nunca antes la había sentido, que me deja sin aliento. El hermano de Evie. La hermana de Evie. Muertos. Rachel se sienta a mi lado y me rodea los hombros con el brazo.

—Lo siento —vuelve a decir y me entran ganas de darle un puñetazo. La sensación de su piel contra la mía me provoca repelús. Quiero empujarla y gritarle, pero no puedo. Ella me deja llorar durante un rato y luego dice en un tono de voz claro y decidido—: Anna, creo que deberíamos marcharnos. Creo que deberías hacer una maleta con algo de ropa para ti y para Evie y luego deberíamos marcharnos. Si quieres, puedes venir a casa. Hasta... hasta que solucionemos esto.

Yo me seco los ojos y me aparto de ella.

—No pienso dejarlo, Rachel. Tuvo una aventura, sí, pero tampoco era la primera vez, ¿no? —Comienzo a reírme y Evie se une a mí.

Rachel suspira y se pone en pie.

—Sabes perfectamente que no se trata sólo de una aventura, Anna. Sé que lo sabes.

—No sabemos nada —digo, a lo que ella contesta en un tono de voz tan bajo como un susurro:

—Ella subió al coche con él. Aquella noche. La vi. No lo recordaba. Al principio pensaba que eras tú. Pero lo recuerdo. Ahora lo recuerdo.

—¡No! —Evie mete su pegajosa mano en mi boca.

—Tenemos que hablar con la policía, Anna —señala, y da un paso hacia mí—. Por favor. No puedes quedarte aquí con él.

A pesar del sol, estoy tiritando. Intento pensar en la última vez que Megan vino a casa y en la expresión de su rostro cuando me dijo que ya no podría seguir trabajando para nosotros. Trato de recordar si parecía contenta o triste. De pronto, otra imagen acude a mi mente: una de las primeras veces que vino a cuidar de Evie. Yo había quedado con mis amigas, pero estaba tan cansada que al final preferí irme a la cama. Tom debió de llegar mientras yo estaba durmiendo porque cuando volví a la planta baja ella estaba apoyada en la encimera y él estaba un poco demasiado cerca de ella. Evie estaba en la trona, llorando sin que ninguno de los dos le prestara atención.

Tengo mucho frío. ¿Me di cuenta entonces de que él la deseaba? Megan era rubia y hermosa, se parecía a mí. Así que sí, seguramente me di cuenta, del mismo modo que, cuando voy caminando por la calle, me doy cuenta si hombres casados que van con sus esposas y sus hijos en brazos me miran y piensan en ello. Así que quizá me di cuenta. La deseaba y la tuvo. Pero lo otro no me lo creo. Lo otro no puede haberlo hecho.

Tom no. Amante, esposo en dos ocasiones. Un padre. Un buen padre y sostén incansable de su familia.

—Tú lo querías —le recuerdo—. Y todavía lo quieres, ¿verdad?

Ella niega con la cabeza, pero lo hace sin convicción.

—Sí que lo haces. Y sabes... sabes que lo que estás diciendo es imposible, ¿verdad?

Me pongo en pie al tiempo que me llevo a Evie a los brazos y me acerco a ella.

—Él no puede haberlo hecho, Rachel. Sabes perfectamente que no. Tú no podrías querer a un hombre capaz de hacer algo así.

—Pero lo hice —dice—. Ambas lo hicimos.

Comienzan a resbalar lágrimas por sus mejillas. Se las seca y, al hacerlo, su expresión cambia y pierde su color. Ya no me está mirando a mí. Ahora lo hace por encima de mi hombro. Cuando me vuelvo y sigo su mirada, veo a Tom observándonos a través de la ventana de la cocina.

MEGAN

Mañana

Ella me ha obligado a cambiar de planes. O quizá él, pero mi instinto me dice que es niña. O es mi corazón quien me lo dice, no lo sé. Puedo sentirla del mismo modo que lo hice entonces, hecha un ovillo, una semilla dentro de una vaina, sólo que esta semilla está sonriendo. Esperando que llegue su momento. No puedo odiarla. Y tampoco puedo librarme de ella. No puedo. Creía que sería capaz, creía que estaría desesperada por hacerlo, pero cuando pienso en ella lo único que puedo ver es el rostro de Libby y sus grandes ojos negros. Puedo oler su piel. Puedo sentir lo fría que estaba al final. No soy capaz de librarme de ella. No quiero. Quiero amarla.

No puedo odiarla, pero me da miedo. Me da miedo lo que me hará, o lo que yo le haré a ella. Es ese miedo lo que me ha despertado poco después de las cinco de la mañana, bañada en sudor a pesar de dormir con las ventanas abiertas y estar sola. Scott ha ido a una conferencia a alguna parte de Hertfordshire, o Essex, o algo así. Regresa esta noche.

¿Por qué siempre me muero por estar sola cuando él está aquí y, en cambio, cuando se marcha no puedo soportarlo? No puedo soportar el silencio. He de hablar en voz alta sólo para disiparlo. Esta mañana, en la cama, no he podido dejar de hacerme preguntas. ¿Y si vuelve a suceder? ¿Qué pasará cuando esté a solas con ella? ¿Qué pasará si él no quiere saber nada de mí, de nosotras? ¿Qué pasará si sospecha que no es hija suya?

Puede que sí lo sea, claro está. En realidad, no lo sé. Pero tengo la sensación de que no lo es. Del mismo modo que tengo la sensación de que es niña. En cualquier caso, ¿cómo va a enterarse de que no es suya? No lo hará. No puede. Estoy siendo ridícula. Estará muy feliz. Saltará de alegría cuando se lo diga. La idea de que pueda no ser suya ni se le pasará por la cabeza. Decírselo sería cruel, le rompería el corazón, y yo no quiero hacerle daño. Nunca he querido hacerle daño.

No puedo evitar ser como soy.

«Pero sí lo que haces», eso es lo que dice Kamal.

Poco después de las seis lo he llamado. El silencio me estaba asfixiando y estaba comenzando a entrarme el pánico. Primero se me ha ocurrido llamar a Tara —sabía que vendría corriendo—, pero luego he pensado en lo empalagosa y sobreprotectora que se pondría y no podría soportarlo. Kamal es la única persona que se me ha ocurrido a continuación. Lo he llamado a casa y le he dicho que tenía un problema, que no sabía qué hacer y que estaba histérica. Ha venido de inmediato. No sin más, pero casi. Puede que yo haya exagerado un poco. Puede que él haya temido que fuera a hacer Algo Estúpido.

Estamos en la cocina. Todavía es temprano, poco más de las siete y media. Él tiene que marcharse pronto si quiere llegar a tiempo a su primera cita. Me lo quedo mirando. Está sentado a la mesa de la cocina, enfrente de mí, con las manos cuidadosamente entrelazadas y mirándome de frente con sus profundos ojos de ciervo. Siento amor. Ha sido tan bueno conmigo a pesar de lo lamentable que ha sido mi comportamiento...

Tal y como esperaba que hiciera, él me ha perdonado todo. Todos mis pecados. Ha hecho borrón y cuenta nueva. Me ha dicho que, a no ser que me perdone a mí misma, ese episodio de mi vida seguiría atormentándome y nunca sería capaz de dejar de huir. Y ya no puedo seguir haciéndolo, ¿verdad? No ahora que ella está aquí.

—Tengo miedo —le digo—. ¿Y si vuelvo a hacerlo mal? ¿Y si hay algo mal en mí? ¿Y si las cosas van mal con Scott? ¿Y si vuelvo a terminar sola? No sé si puedo hacerlo. Tengo tanto miedo de volver a quedarme sola; es decir, sola con una hija...

Él se inclina hacia delante y pone la mano sobre la mía.

—No lo harás mal. No. Ya no eres una niña perdida y afligida. Ahora eres una persona completamente distinta. Eres más fuerte. Eres una adulta. No debes tener miedo a estar sola. No es lo peor posible, ¿verdad?

No digo nada, pero no puedo evitar preguntarme si no lo es, pues al cerrar los ojos puedo evocar la sensación que me invade cuando estoy a punto de dormirme y me despierto de golpe. Es la sensación de estar sola en una casa oscura, escuchando los lloros de la niña y esperando oír los pasos de Mac en el suelo de madera de la planta baja y a sabiendas de que no aparecerá.

—No puedo decirte qué debes hacer con Scott. Tu relación con él... bueno, yo ya he expresado mis inquietudes al respecto, pero has de ser tú quien decida si confías en él y si *quieres* que cuide de ti y tu hija. Esa decisión ha de ser únicamente tuya. En cualquier caso, sí creo que puedes confiar en ti misma, Megan. Puedes confiar en que harás lo correcto.

Me trae una taza de café al jardín. Yo la dejo a un lado y lo rodeo con los brazos, atrayéndolo hacia mí. A nuestra espalda, un tren se detiene en el semáforo.

El ruido que hace al frenar es como una barrera, un muro que nos rodea y tengo la sensación de que estamos verdaderamente solos. Él me rodea con los brazos y me besa.

—Gracias —le digo—. Gracias por haber venido. Por estar aquí.

Él sonríe y, tras apartarse de mí, me acaricia la mejilla con el pulgar.

—Todo irá bien, Megan.

—¿No podría huir contigo? Tú y yo... ¿no podríamos huir juntos?

Él se ríe.

—No me necesitas. Y no necesitas seguir huyendo. Todo irá bien. Tú y tu hija estaréis bien.

Sábado, 13 de julio de 2013

Mañana

Sé lo que tengo que hacer. Ayer estuve dándole vueltas todo el día y toda la noche. Apenas he dormido. Scott volvió a casa agotado y de un humor de perros. Lo único que quería hacer era comer, follar y dormir. No hubo tiempo para nada más. Desde luego, no era el momento adecuado para hablar acerca de nada de esto.

Me paso casi toda la noche despierta, con su caliente e inquieto cuerpo a mi lado, y finalmente tomo una decisión. Voy a hacer lo correcto. Voy a hacerlo todo bien. Si lo hago todo bien, nada puede salir mal. O, si lo hace, no puede ser culpa mía. Amaré a esta niña y la criaré sabiendo que hice lo correcto desde el principio. Bueno, puede que no desde el principio, pero sí desde el momento en el que supe que estaba embarazada. Se lo debo a esta bebé, pero también a Libby. A ella le debo hacerlo todo de forma distinta esta vez.

Mientras permanezco tumbada, pienso en lo que me dijo aquel profesor y en todas las cosas que he sido: niña, adolescente rebelde, fugitiva, puta, amante, mala madre, mala esposa. No estoy segura de que pueda reinventarme a mí misma como buena esposa, pero como buena madre he de intentarlo.

Será difícil. Puede que lo más difícil que haya hecho nunca, pero voy a contar la verdad. Se acabaron las mentiras, se acabó esconderse, se acabó huir, se acabaron las tonterías. Voy a poner todo encima de la mesa y luego ya veremos. Si él deja de quererme, que así sea.

Tarde

Tengo la mano en su pecho y lo empujo tan fuerte como puedo, pero él es mucho más fuerte que yo y

apenas puedo respirar. Me está presionando la tráquea con el antebrazo y comienzo a sentir las pulsaciones del flujo sanguíneo en las sienes y se me nubla
la vista. Con la espalda pegada a la pared, intento gritar y lo agarro de la camiseta. Finalmente me suelta y
se aparta de mí. Yo me deslizo poco a poco por la pared hasta el suelo de la cocina.

Toso y escupo mientras las lágrimas me resbalan
por las mejillas. Él se encuentra a unos pocos metros y
cuando se vuelve hacia mí me llevo instintivamente la
mano a la garganta para protegerla. En su rostro advierto vergüenza y quiero decirle que no pasa nada, que
estoy bien, pero al abrir la boca, no consigo pronunciar
palabra alguna, sólo toser más. El dolor es increíble. Él
me dice algo pero no puedo oírlo. Es como si estuviéramos debajo del agua y el sonido estuviera apagado y me
llegara en ondas imprecisas. No consigo entender nada.

Creo que me está diciendo que lo siente.

Me pongo de pie, lo empujo a un lado para poder
pasar y, tras subir corriendo al dormitorio, cierro la
puerta a mi espalda con llave. Luego me siento en la
cama y espero que venga a por mí, pero no lo hace. Al
final, me pongo en pie, cojo la bolsa que guardo debajo de la cama y me dirijo a la cómoda a buscar algo de
ropa. De repente, me veo en el espejo y me llevo la
mano a la cara: está sorprendentemente blanca en
contraste con la piel enrojecida de mi rostro, los labios púrpura y los ojos inyectados en sangre.

Una parte de mí está escandalizada, pues él nunca antes me había puesto la mano encima de este modo. Otra parte de mí, sin embargo, esperaba algo así. En el fondo, siempre supe que esto era una posibilidad, que esto era hacia lo que nos dirigíamos. El lugar al que yo lo estaba conduciendo. Muy despacio, comienzo a coger cosas de los cajones (ropa interior, un par de camisetas) y las meto en la bolsa.

Ni siquiera he llegado a contárselo todo. Sólo he comenzado a hacerlo. Quería decirle primero lo malo y luego pasar a las buenas noticias. No quería hablarle primero del bebé y luego decirle que quizá no era suyo. Eso me parecía demasiado cruel.

Estábamos en el patio. Él me estaba hablando del trabajo y me ha pillado ausente.

—¿Te estoy aburriendo? —me ha preguntado.

—No. Bueno, quizá un poco —he dicho, él no se ha reído—. No, sólo estoy distraída. Necesito decirte algo. En realidad, necesito decirte unas cuantas cosas y algunas no te van a gustar. En cambio otras...

—¿Qué es lo que no me va a gustar?

Debería haberme dado cuenta de que ése no era el momento. No estaba de humor. De inmediato se ha mostrado receloso, y ha examinado mi rostro en busca de pistas. Debería haberme dado cuenta de que esto era una idea terrible. Supongo que lo he hecho, pero ya era demasiado tarde para echarme atrás. Y, en cualquier caso, ya había tomado una decisión. Hacer lo correcto.

Me he sentado a su lado en el bordillo del pavimento y he deslizado la mano entre las suyas.

—¿Qué es lo que no me va a gustar? —me ha vuelto a preguntar, pero no me ha soltado la mano.

Yo le he dicho que lo quería y he notado cómo se tensaban todos los músculos de su cuerpo. Ha sido como si supiera lo que estaba a punto de oír y se estuviera preparando para ello. Cuando a uno le dicen que lo quieren de este modo, intuye lo que viene a continuación, ¿no? Te quiero, de verdad, pero... Pero.

Le he dicho que había cometido algunas equivocaciones y me ha soltado la mano, se ha puesto en pie y se ha alejado unos metros en dirección a las vías antes de volverse hacia mí.

—¿Qué tipo de equivocaciones? —me ha preguntado. Su tono de voz era tranquilo, pero he notado que estaba haciendo un esfuerzo para mantenerla así.

—Siéntate aquí conmigo —le he dicho—. Por favor.

Él ha negado con la cabeza.

—¿Qué tipo de equivocaciones, Megan? —me ha vuelto a preguntar, esta vez más alto.

—Hubo... Ya no, pero hubo... otro —le he dicho al fin manteniendo la vista en el suelo. No podía mirarlo a la cara.

Él entonces ha dicho algo entre dientes pero no he podido oírlo bien. Cuando he levantado la mirada, él se había vuelto otra vez y estaba mirando las vías con las manos en las sienes. Yo me he puesto en pie y me he acercado a él. Al llegar a su altura he colocado las manos en sus caderas, pero él se ha apartado, se ha dado la vuelta para volver a entrar en casa y, sin mirarme, ha soltado:

—¡No me toques, so puta!

Debería haber dejado que se marchara para que tuviera tiempo de asimilarlo todo, pero no he podido. Quería dejar atrás lo malo para llegar a lo bueno, así que lo he seguido a la casa.

—Scott, por favor, escúchame. No es tan terrible como piensas. Ya ha terminado. Del todo, por favor, escúchame, por favor...

Él ha cogido entonces la fotografía de ambos que tanto le gusta —la que hice enmarcar y le regalé por nuestro segundo aniversario de boda— y me la ha tirado a la cabeza tan fuerte como ha podido (por suerte, ha impactado contra la pared que había a mi espalda). Luego ha venido a por mí, me ha agarrado por los brazos y tras arrastrarme por el salón, me ha arrojado contra la pared opuesta, haciendo que me golpeara la cabeza con el yeso. Entonces se ha inclinado hacia delante con el antebrazo en mi tráquea y ha comenzado a presionar cada vez más fuerte sin decir nada. Ha cerrado los ojos para no tener que ver cómo me asfixiaba.

En cuanto la bolsa está llena, la deshago y vuelvo a meter otra vez las cosas en los cajones. Si intento salir de aquí con ella, no me dejará marchar. He de salir con las manos vacías, sólo con el bolso y el móvil. Luego vuelvo a cambiar de idea y empiezo a meter todo en la bolsa de nuevo. No sé adónde voy a ir, pero aquí no puedo quedarme. Si cierro los ojos, puedo volver a sentir su antebrazo en mi garganta.

No se me ha olvidado lo que he decidido —se acabó huir, se acabó esconderse—, pero esta noche no puedo quedarme aquí. Oigo pasos en la escalera, lentos y pesados. Tardan siglos en llegar arriba. Normalmente, Scott sube los escalones de dos en dos. Hoy, en cambio, parece un hombre que asciende al cadalso. Lo que no sé es si se trata del condenado o del verdugo.

—¿Megan? —dice. No intenta abrir la puerta—. Megan, siento haberte hecho daño. De verdad, siento mucho haberte hecho daño.

El tono de su voz delata sus lágrimas. Eso me enfurece y me entran ganas de salir de aquí y arañarle la cara. «No te atrevas a llorar, no después de lo que me acabas de hacer.» Estoy furiosa con él. Tengo ganas de decirle a gritos que se largue y se aleje de mí, pero me muerdo la lengua. No soy idiota. Tiene razones para estar enfadado. Y yo he de pensar de forma racional. He de pensar con claridad. Ahora lo hago por dos. Esta confrontación me ha dado fuerzas, me ha vuelto más determinada. Oigo cómo Scott me suplica perdón, pero ahora no puedo pensar en eso. Ahora mismo tengo otras cosas que hacer.

En el fondo del armario, detrás de tres hileras de cajas de zapatos cuidadosamente etiquetadas, hay una caja de color gris oscuro en la que pone «botas de cuña rojas». Dentro hay un viejo móvil de tarjeta que compré hace años y que guardé por si acaso. Hace tiempo que no lo utilizo, pero hoy voy a hacerlo. Voy a ser honesta. Voy a poner todo encima de la mesa. Se acabaron las mentiras, se acabó esconderse. Ha llegado el momento de que Papá asuma sus responsabilidades.

Me siento en la cama y presiono el botón de encendido del móvil con la esperanza de que todavía tenga batería. Cuando se enciende, noto cómo la adrenalina inunda mi cuerpo. Me hace sentir algo mareada y con náuseas, pero también me provoca cierta euforia, como si estuviera colocada. Estoy comenzando a disfrutar de la idea de poner todo encima de la mesa y preguntarle —a él y a todos— qué somos y hacia dónde vamos. Al final del día, todo el mundo sabrá en qué lugar se encuentra.

Marco su número. Como era de esperar, me salta directamente el buzón de voz. Cuelgo y le envío un mensaje de texto: «Necesito hablar contigo. ES URGENTE. Llámame». Luego espero.

Miro el registro de llamadas. No utilizaba este móvil desde el pasado abril. Hice muchas llamadas, todas ellas sin contestar, entre finales de marzo y principios de abril. Llamé y llamé y llamé, pero él me ignoró. Ni siquiera respondió a las amenazas de que iría a su casa y hablaría con su esposa. Creo que ahora me escuchará. No voy a dejarle otra opción.

Cuando comenzamos todo esto, no era más que un juego. Una distracción. Solíamos vernos de vez en cuando. Él aparecía por la galería y sonreía y flirteaba. Era inofensivo: había muchos hombres que aparecían por la galería y sonreían y flirteaban. Pero luego la galería cerró y yo comencé a pasar los días en casa, aburrida e inquieta. Necesitaba algo más, algo distinto. Y entonces un día nos encontramos por la calle, comenzamos a hablar y lo invité a tomar una taza de café (Scott estaba de viaje). Por cómo me miró, supe exactamente qué estaba pensando y, en efecto, terminó sucediendo. Y luego otra vez. Nunca esperaba que la cosa fuera más allá. No quería que la cosa fuera más allá. Sólo disfrutaba sintiéndome deseada; me gustaba la sensación de control. Tan sencillo y estúpido como esto. No quería que dejara a su esposa; sólo quería que quisiera dejarla. Que me deseara hasta ese punto.

No recuerdo cuándo comencé a creer que la cosa podía ser algo más, que deberíamos ser algo más, que éramos perfectos el uno para el otro. En cuanto lo hice, noté que él comenzaba a distanciarse. Dejó de escribirme mensajes de texto y de contestar mis llamadas. Nunca me había sentido tan rechazada. Nunca. Lo odiaba. Entonces se convirtió en otra cosa: una obsesión. Al final, pensé que podría salir indemne de todo ello; quizá algo magullada, pero sin daños mayores. Ahora, sin embargo, la cosa ya no es tan sencilla.

Scott sigue al otro lado de la puerta. No puedo oírlo, pero lo noto. Me meto en el cuarto de baño y vuelvo a marcar el número. Otra vez salta el buzón de voz, así que cuelgo y vuelvo a marcar. Y luego otra vez. Al final, dejo un mensaje: «Coge el teléfono o iré a tu casa. Esta vez lo digo en serio. Tenemos que hablar. No puedes simplemente ignorarme».

Dejo el móvil en el borde del lavabo y me quedo de pie, esperando a que me llame. La pantalla permanece obstinadamente gris. Mientras tanto, me cepillo el pelo, me lavo los dientes y me maquillo un poco. Estoy recuperando mi color de piel. Mis ojos siguen enrojecidos y todavía me duele la garganta, pero ya tengo mejor aspecto. Comienzo a contar. Si el móvil no suena antes de que llegue a cincuenta, iré hasta su casa y llamaré a su puerta. No lo hace.

Tras guardármelo en el bolsillo de los pantalones vaqueros, salgo del cuarto de baño, cruzo rápidamente el dormitorio y abro la puerta. Scott está sentado en el suelo del pasillo con las manos en las rodillas y la cabeza gacha. No levanta la mirada, de modo que paso por delante de él y empiezo a bajar la escalera tan rápido que casi me quedo sin aliento. Temo que venga detrás de mí y me empuje. Oigo cómo se pone en pie y exclama:

—¿Megan? ¿Adónde vas? ¿Vas a ver ese tipo?

Al llegar al pie de la escalera, me doy la vuelta.

—No hay ningún *tipo*, ¿de acuerdo? Eso ya terminó.

—Por favor, espera, Megan. No te vayas.

No quiero oírlo suplicar. No quiero oír ese tono de voz quejumbroso y autocompasivo. No cuando tengo la garganta como si alguien me hubiera obligado a tragar ácido.

—¡No me sigas! —exclamo—. ¡Si lo haces, no regresaré! ¿Lo entiendes? ¡Si me doy la vuelta y te veo detrás de mí, no me volverás a ver nunca más!

Cuando cierro la puerta de entrada detrás de mí le oigo exclamar mi nombre.

Espero un momento en la acera para asegurarme de que no me sigue y luego comienzo a recorrer Blenheim Road. Primero lo hago a toda prisa, pero poco a poco mi paso se va haciendo más lento. Cuando llego al número 23, he perdido el valor. Me doy cuenta de que todavía no estoy preparada para esta escena. Antes necesito un minuto para recobrar la compostura. Unos minutos. Así pues, sigo adelante y dejo la casa de Tom atrás. Tras pasar por delante del paso subterráneo y de la estación, llego por fin al parque. Una vez ahí, vuelvo a marcar su número.

Le digo que estoy en el parque y que lo esperaré aquí, pero que si no aparece, pienso presentarme en su casa. Es su última oportunidad.

Es una tarde encantadora. Son poco más de las siete pero todavía hay luz y hace calor. Unos niños están jugando en los columpios y en el tobogán mientras sus padres permanecen a un lado, charlando animadamente. Es una escena agradable y normal, pero mientras la contemplo tengo la terrible sensación de que Scott y yo no traeremos a nuestra hija aquí a jugar. Soy incapaz de imaginarnos así de felices y relajados. Ya no. No después de lo que he hecho.

Esta mañana estaba convencida de que poner las cartas sobre la mesa era la mejor opción. No sólo la mejor, sino la única posible. Se acabaron las mentiras, se acabó esconderse. Y cuando Scott me ha hecho daño, todavía me he convencido más de ello. Sentada aquí a solas, sin embargo, pienso en el hecho de que por mi culpa Scott no sólo está enfadado sino destrozado, y ya no estoy tan segura de que fuera una buena idea. Creo que no estaba siendo fuerte sino insensata, y es innegable que he causado un gran daño.

Puede que la valentía que necesito no tenga que ver con contar la verdad sino con huir. No es sólo el desasosiego lo que me empuja a ello. Por el bien de mi hija y el mío, he de marcharme y huir de ambos, de todo esto. Puede que huir y esconderme sea justo lo que necesito hacer.

Me pongo en pie y doy otra vuelta más por el parque. En parte deseo que suene el móvil, pero por otro lado lo temo. Al final me alegro de que permanezca en silencio. Lo tomo como una señal. Enfilo el camino de vuelta a casa.

Acabo de pasar por delante de la estación cuando lo veo. Está saliendo del paso subterráneo a grandes zancadas, con los hombros encorvados y los puños cerrados. Antes de que pueda pensarlo mejor, exclamo su nombre.

Él se vuelve hacia mí.

—¡Megan! ¿Qué diablos...? —La expresión de su rostro es de pura rabia, pero me hace una señal para que me acerque a él—. Ven —dice cuando estoy a su lado—. Aquí no podemos hablar. Tengo el coche ahí.

—Sólo necesito...

—¡Aquí no podemos hablar! ¡Vamos! —exclama al tiempo que me agarra del brazo. Luego, en un tono más calmado, añade—: Iremos a algún lugar más tranquilo, ¿de acuerdo? A algún sitio en el que podamos hablar.

Cuando subo al coche, echo un vistazo por encima del hombro. El paso subterráneo está oscuro, pero me parece ver a alguien en la oscuridad. Alguien que nos mira.

RACHEL

Domingo, 18 de agosto de 2013

Tarde

En cuanto lo ve, Anna se da la vuelta y sale corriendo hacia el interior de la casa. Con el corazón latiéndome con fuerza y mucha cautela, la sigo y me detengo antes de llegar a las puertas correderas. Desde ahí, veo cómo Tom la abraza. Sus brazos envuelven a Anna y a la niña que ésta lleva. Ella inclina la cabeza. Los hombros le tiemblan. Él le da un beso en lo alto del cuero cabelludo, pero me está mirando a mí.

—¿Qué está pasando aquí? —pregunta con una leve sonrisa en los labios—. He de decir que encontraros a ambas charlando en el jardín no es lo que esperaba cuando he llegado a casa.

Su tono de voz es animado, aunque a mí no me

engaña. Ya no. Abro la boca para hablar, pero no se me ocurre qué decir. No sé por dónde empezar.

—¿Rachel? ¿Vas a decirme qué está pasando? —Tom suelta a Anna y da un paso hacia mí. Yo retrocedo y él comienza a reír—. ¿Qué diantre te pasa? ¿Estás borracha? —pregunta, pero advierto en su mirada que sabe que estoy sobria y, por una vez, estoy segura de que desearía que no lo estuviera.

Meto la mano en el bolsillo trasero de los pantalones vaqueros y toco el móvil que llevo dentro. Su tacto es duro, compacto y reconfortante. Sólo desearía tener el valor para hacer la llamada de una vez. No importa si me creen o no. Si le digo a la policía que estoy con Anna y su hija, vendrán de inmediato.

Tom se encuentra ahora a medio metro. Él está a un lado de la puerta corredera y yo al otro.

—Te vi —digo finalmente y siento una fugaz pero innegable sensación de euforia cuando pronuncio esas palabras en voz alta—. Te crees que no me acuerdo de nada, pero sí que lo hago. Después de que me pegases y me dejases ahí, en el paso subterráneo...

Él comienza a reírse, pero ahora puedo verlo y me pregunto cómo puede ser que antes no me diera cuenta. En sus ojos hay pánico. Él se vuelve entonces hacia Anna, pero ésta no le devuelve la mirada.

—¿De qué estás hablando?

—Del paso subterráneo. El día en el que Megan Hipwell desapareció...

—¡Oh, por el amor de Dios! —dice, alzando una mano—. Yo no te pegué. Te caíste —explica, y entonces coge a Anna de la mano y la atrae hacia él—. ¿Es esto por lo que estás tan rara, querida? No le hagas caso. No dice más que tonterías. Yo no le he pegado. Nunca le he puesto la mano encima. No de ese modo. —Rodea los hombros de Anna con un brazo y la atrae todavía más hacia él—. Ya te he contado cómo es Rachel. Cuando bebe no se entera de lo que pasa y se inventa la mayoría de...

—Te metiste en el coche con ella. Vi cómo os marchabais juntos.

Él todavía está sonriendo, pero ahora lo hace sin convicción y no sé si me lo imagino pero parece un poco más pálido. Vuelve a soltar a Anna y ella se sienta a la mesa, de espaldas a su marido y con la niña en el regazo.

Tom se pasa una mano por la boca y, tras apoyar el cuerpo en la encimera de la cocina, cruza los brazos sobre el pecho.

—¿Me viste meterme en el coche con quién?

—Con Megan.

—¡Ah, claro! —Vuelve a reírse con una carcajada alta y forzada—. La última vez que hablamos sobre esto, dijiste que me habías visto en el coche con Anna. Ahora es Megan. ¿Quién será la semana que viene? ¿Lady Di?

Anna levanta la mirada hacia mí. Una expresión de duda y esperanza asoma fugazmente en su rostro.

—¿No estás segura? —me pregunta.

Tom se arrodilla a su lado.

—Claro que no está segura. Se lo está inventando. Es lo que siempre hace. Cariño, por favor, ¿por qué no subes al dormitorio? Yo hablaré con Rachel. Te prometo que esta vez me aseguraré de que no nos vuelva a molestar —añade volviéndose hacia mí.

Advierto que Anna vacila. Examina el rostro de Tom en busca de la verdad mientras él la mira directamente a los ojos.

—¡Anna! —exclamo intentando que vuelva a ponerse de mi lado—. Lo sabes. Sabes que está mintiendo. Sabes que estaba acostándose con ella.

Durante un segundo, nadie dice nada. La mirada de Anna va de Tom a mí y luego de vuelta a él. Abre un momento la boca para decir algo, pero al final no lo hace.

—¿A qué se refiere, Anna? Eso es... ¡Entre Megan Hipwell y yo no había nada!

—He encontrado el móvil, Tom —dice ella. Su tono de voz es tan bajo que resulta casi inaudible—. Así que, por favor, no. No mientas. No me mientas.

La niña comienza a quejarse y a lloriquear. Con mucho cuidado, Tom la coge y se dirige hacia la ventana acunándola y arrullándola. No puedo oír qué dice. Mientras tanto, Anna tiene la cabeza inclinada y las lágrimas le caen de la barbilla a la mesa.

—¿Dónde está? —pregunta Tom volviéndose hacia nosotras. Ahora ya no ríe—. El móvil, Anna. ¿Se lo has dado a ella? —Me señala con un movimiento de cabeza—. ¿Lo tienes tú?

—No sé nada de ningún móvil —le digo, deseando que Anna hubiera mencionado antes su existencia.

Tom me ignora.

—¿Anna? ¿Se lo has dado a ella?

Anna niega con la cabeza.

—¿Dónde está?

—Lo he tirado —responde—. Por encima de la cerca. A las vías.

—Buena chica. Buena chica —dice distraídamente. Está intentando pensar qué hacer a continuación. Me mira un momento y luego aparta la mirada. Por un segundo, me parece verlo derrotado.

Se vuelve hacia Anna.

—Siempre estabas cansada —explica—. Nunca te apetecía. Todo giraba alrededor de la niña, ¿no es así? O alrededor de ti, ¿verdad? ¡Todo giraba alrededor de ti! —De repente, está otra vez animado y, como si nada, comienza a hacerle muecas y cosquillas en la barriga a su hija, consiguiendo que sonría—. Y Megan era... Bueno, estaba disponible.

»Al principio, lo hacíamos en su casa —prosigue—, pero ella tenía tanto miedo de que Scott la descubriera que comenzamos a encontrarnos en el Swan. Era... Bueno, tú ya lo sabes, ¿no, Anna? Como cuando íbamos a aquella casa de Cranham Street. Ya sabes a lo que me refiero. —Me echa un vistazo por encima del hombro y me guiña un ojo—. Ahí es donde Anna y yo nos encontrábamos en los buenos viejos tiempos.

Cambia el brazo con el que sostiene a su hija y deja que apoye la cabeza en su hombro.

—Pensarás que estoy siendo cruel, pero no es así. Estoy diciéndote la verdad. Esto es lo que querías, ¿no, Anna? Me has pedido que no mienta.

Anna no levanta la mirada. Permanece completamente rígida y con las manos agarradas al borde de la mesa.

Tom exhala entonces un sonoro suspiro.

—Lo cierto es que es un alivio. —Ahora se dirige a mí. Me mira directamente a los ojos—. No tienes ni idea de lo agotador que resulta tratar con gente como tú. Y lo he intentado. He hecho todo lo posible por ayudarte. Por ayudaros a ambas. Ambas sois... Es decir, os he querido a ambas, de verdad, pero podéis llegar a ser increíblemente débiles.

—¡Que te jodan, Tom! —exclama Anna al tiempo que se pone de pie—. Ni se te ocurra meternos a ella y a mí en el mismo saco.

Me la quedo mirando y me doy cuenta de lo perfectos que son el uno para el otro. Sin duda, hace mucha mejor pareja con él que yo. Le preocupa más que su marido me acabe de comparar con ella que el hecho de que sea un mentiroso y un asesino.

Tom se acerca a ella y, en un tono dulce, le dice:

—Lo siento, cariño. Ha sido injusto por mi parte. —Ella hace entonces un gesto como quitándole importancia y él se vuelve hacia mí—. Hice lo posible y lo sabes. Fui un buen marido, Rach. Aguanté mucho. Tus problemas con la bebida y la depresión. Aguanté todo durante mucho tiempo antes de tirar la toalla.

—Me mentiste —digo y me mira con expresión de sorpresa—. Me dijiste que era todo culpa mía. Me hiciste creer que era una inútil. Me viste sufrir...

Él se encoge de hombros.

—¿Tienes idea de lo aburrida y fea que te volviste, Rachel? Demasiado triste para salir de la cama por la mañana, demasiado cansada para ducharte o lavarte el puto pelo... ¡Por el amor de Dios! Tampoco es tan raro que perdiera la paciencia, ¿no? Tuve que buscar formas para entretenerme. La culpa es únicamente tuya.

Se vuelve otra vez hacia su esposa y su expresión cambia de desdén a preocupación.

—Contigo fue diferente, Anna, te lo juro. Lo de Megan fue sólo... un pequeño divertimento. Sólo eso. Admito que no estuvo bien por mi parte, pero necesitaba una válvula de escape. Nada más. No era algo que fuera a durar. Ni a interferir con nosotros, con nuestra familia. Debes creerme.

—Tú... —Anna intenta decir algo, pero no puede pronunciar nada.

Tom le coloca una mano en el hombro y aprieta ligeramente.

—¿Qué, cariño?

—Tú propusiste que cuidara de Evie. ¿Te la estuviste follando mientras trabajaba aquí? ¿Mientras cuidaba de nuestra hija?

Él retira la mano y adopta una expresión de remordimiento y profunda vergüenza.

—Eso fue terrible. Pensaba... Pensaba que sería... Honestamente, no sé qué es lo que pensaba. No estoy seguro de que lo hiciera, la verdad. Estuvo mal. Estuvo muy mal por mi parte. —Y entonces la máscara vuelve a cambiar. Ahora su expresión es de inocencia y su tono suplicante—: Tienes que creerme, Anna. Desconocía su pasado. No tenía ni idea de que había matado a su bebé. Si lo hubiera sabido, nunca le habría dejado cuidar de Evie. Tienes que creerme.

Sin previo aviso, Anna se pone en pie de golpe empujando la silla hacia atrás. El ruido que hace al caer al suelo despierta a su hija.

—Dámela —dice Anna extendiendo los brazos. Tom retrocede un poco—. Ahora, Tom. Dámela. ¡Dámela!

Pero él no lo hace. Se aleja de ella acunando y arrullando a la niña para que vuelva a quedarse dormida, y entonces Anna comienza a gritar. Al principio repite «¡Dámela! ¡Dámela!», pero luego emite un indistinguible aullido de furia y dolor, lo cual provoca que la niña también se ponga a llorar. Tom intenta tranquilizar a la pequeña e ignora a Anna, de modo que soy yo quien se encarga de ésta. Me la llevo afuera y, en un tono de voz bajo y apremiante, le digo:

—Tienes que tranquilizarte, Anna. ¿Me comprendes? Necesito que hables con él y lo distraigas un momento mientras yo llamo a la policía, ¿de acuerdo?

Ella está temblando. Todo su cuerpo lo hace. Me agarra de los brazos y, mientras sus uñas se clavan en mi piel, me dice:

—¿Cómo ha podido hacerme esto?

—¡Escúchame, Anna! Tienes que mantenerlo ocupado un momento.

Finalmente vuelve en sí, me mira y asiente.

—Está bien.

—Sólo... No sé. Aléjalo de la puerta corredera e intenta mantenerlo distraído.

Ella vuelve a entrar en la casa y, tras respirar hondo, yo me doy la vuelta y me alejo unos cuantos pasos de la puerta corredera. No mucho, sólo hasta el césped. Antes de llamar, echo un vistazo por encima del hombro. Todavía están en la cocina. Me alejo un poco más. Se está levantando viento: pronto dejará de hacer calor. Los vencejos vuelan bajo y ya puedo oler la inminente lluvia. Me encanta este olor.

Meto la mano en el bolsillo trasero del pantalón y

cojo el móvil. Las manos me tiemblan y no consigo desbloquear el teclado hasta el tercer intento. En un primer instante, pienso en llamar a la sargento Riley, alguien que me conoce, pero al revisar el registro de llamadas no consigo encontrar su número, de modo que me doy por vencida y finalmente decido marcar el 999. Cuando estoy marcando el segundo «9», noto una patada en la base de la columna vertebral que me tira al suelo y me deja sin respiración. El móvil sale despedido y él lo recoge del suelo antes de que yo pueda ponerme siquiera de rodillas y recobrar el aliento.

—Será mejor que no hagas ninguna tontería, Rach —dice al tiempo que me agarra del brazo y me pone de pie sin el menor esfuerzo.

Luego me conduce de nuevo a la casa y yo le dejo, pues sé que no serviría de nada que me opusiera. Tras meterme dentro, cierra la puerta corredera detrás de nosotros y tira la llave encima de la mesa de la cocina. Anna se encuentra de pie a su lado. Me sonríe tímidamente y no puedo evitar preguntarme si le habrá dicho que yo iba a llamar a la policía.

Anna comienza a prepararle el almuerzo a su hija y enciende el hervidor de agua para hacernos a los demás una taza de té. En medio de este extraño facsímil de la realidad, tengo la sensación de que podría despedirme educadamente de ambos, cruzar el salón y salir a la seguridad de la calle. Es muy tentador. Incluso me atrevo a dar unos pocos pasos en esa dirección, pero Tom se interpone, coloca una mano en mi hombro y luego desliza los dedos hasta mi garganta y aplica una ligera presión.

—¿Qué voy a hacer contigo, Rach?

MEGAN

Sábado, 13 de julio de 2013

Tarde

Hasta que llegamos al coche no me doy cuenta de que tiene sangre en la mano.

—Te has cortado —le digo.

Él no me contesta. Sus manos se aferran con tanta fuerza al volante que sus nudillos palidecen.

—Necesito hablar contigo, Tom —digo. Procuro hacerlo en un tono conciliatorio y comportarme como una adulta, aunque supongo que ya es demasiado tarde para eso—. Lamento haber estado agobiándote, pero ¡por el amor de Dios, Tom! ¡Dejaste de contestar mis llamadas! Tú...

—No pasa nada —dice él en voz baja—. No estoy... Estoy cabreado por otra cosa. No tiene nada que ver contigo. —Se vuelve hacia mí e intenta sonreírme, pero no lo consigue—. Problemas con mi ex —añade—. Ya sabes cómo son esas cosas.

—¿Qué te ha pasado en la mano? —le pregunto.

—Problemas con mi ex —vuelve a decir, y advierto un desagradable tono en su voz. El resto del camino hasta Corly Wood lo hacemos en silencio.

Al llegar, vamos a un extremo del aparcamiento. Ya habíamos estado aquí antes. Por la tarde no suele haber nadie; a veces, algunos adolescentes bebiendo latas de cerveza, pero eso es todo. Esta noche estamos solos.

Tom apaga el motor y se vuelve hacia mí.

—Bueno, ¿de qué querías hablarme? —Sigue enfadado, pero ahora se está reprimiendo y ya no es tan perceptible. Aun así, después de lo que acaba de pasar, no me apetece estar en un espacio cerrado con un hombre enfadado, de modo que le sugiero que demos una vuelta. Él pone los ojos en blanco y suspira ruidosamente, pero acepta.

Todavía hace calor. Hay nubes de mosquitos debajo de los árboles y la luz del sol se filtra a través de las hojas bañando el sendero con una luz extrañamente subterránea. Sobre nuestras cabezas, las urracas cantan con furia.

Caminamos un rato en silencio. Yo voy delante; Tom, unos pocos pasos detrás. Intento pensar en qué decir, en cómo explicárselo. No quiero empeorar las cosas. He de recordarme a mí misma que estoy intentando hacer lo correcto.

En un momento dado, me detengo y me doy la vuelta. Él está muy cerca de mí.

Coloca las manos en mis caderas.

—¿Aquí? ¿Es esto lo que quieres? —pregunta. Parece aburrido.

—No —digo, apartándome de él—. No es eso lo que quiero.

Aquí el sendero desciende un poco. Aminoro la marcha, pero él adapta su paso al mío.

—Entonces ¿qué quieres?

Respiro hondo. La garganta todavía me duele.

—Estoy embarazada.

No hay ninguna reacción. Su rostro permanece inexpresivo, como si le hubiera dicho que necesito pasar por el Sainsbury's de camino a casa o que tengo cita con el dentista.

—Felicidades —dice al fin.

Vuelvo a respirar hondo.

—Tom, te lo estoy contando porque... bueno, existe la posibilidad de que sea tuyo.

Él se me queda mirando fijamente unos segundos y luego se echa a reír.

—¿Cómo dices? ¡Qué suerte la mía! Y entonces ¿qué? ¿Pretendes que huyamos los tres juntos? ¿Tú, el bebé y yo? ¿Adónde querías ir? ¿España?

—Pensaba que debías saberlo porque...

—Aborta —dice—. Bueno, si es de tu marido, haz lo que quieras. Pero si es mío, líbrate de él. Lo digo en serio, no juegues con esto. No quiero otro hijo. Y la verdad es que no creo que estés hecha para ser madre. ¿No te parece, Megs? —añade mientras me pasa los dedos por un costado de la cara.

—Puedes involucrarte tanto como quieras...

—¿Es que no has oído lo que acabo de decirte? —Entonces se da la vuelta y comienza a recorrer el sendero de regreso al coche—. Serías una madre terrible, Megan. Líbrate de él.

Yo salgo detrás de él, caminando rápidamente al principio y luego ya corriendo. Cuando estoy lo bastante cerca, le doy un empujón y empiezo a gritarle y a intentar arañarle ese petulante rostro suyo. Él me esquiva con facilidad sin dejar de reírse. Yo comienzo entonces a decirle las peores cosas que se me ocurren. Insulto su hombría, a su aburrida mujer, a su fea niña.

Ni siquiera sé por qué estoy tan enfadada. ¿Qué reacción esperaba? Enfado, quizá. Preocupación, fastidio. No esto. Ni siquiera es un rechazo. Está intentando *deshacerse* de mí. Lo único que quiere es que desaparezcamos mi hija y yo, así que le digo..., no, le *grito*:

—¡No pienso desaparecer! ¡Vas a pagar por esto! ¡Durante el resto de tu puta vida vas a estar pagando por esto!

Él deja de reírse.

Viene hacia mí. Tiene algo en la mano.

Me he caído. Debo de haber resbalado. Me he golpeado la cabeza con algo. Creo que voy a vomitar. Está todo rojo. No puedo levantarme.

Una por la pena, dos por la alegría, tres por una chica. Tres por una chica. Me he quedado atascada en el tres, soy incapaz de seguir. Tengo la cabeza llena de ruidos y la boca llena de sangre. Tres por una chica. Oigo las urracas, están riéndose, burlándose de mí. Oigo su estridente carcajada. Una noticia. Malas noticias. Ahora puedo verlas, sus siluetas negras se recortan contra el sol. Los pájaros no, otra cosa. Alguien viene. Alguien me está hablando. «Mira. Mira lo que me has hecho hacer.»

RACHEL

Domingo, 18 de agosto de 2013

Tarde

Nos sentamos en el salón formando un pequeño triángulo: en el sofá, el padre cariñoso y marido diligente con su hija en el regazo. A su lado, la esposa. Y, enfrente, la exmujer tomando una taza de té. Todo muy civilizado. Yo estoy en el sillón de piel que compramos en Heal's al poco de casarnos. Fue el primer mueble que adquirimos como matrimonio: piel increíblemente suave, caro, lujoso. Recuerdo lo excitada que estaba cuando nos lo trajeron y lo segura y feliz que me sentía siempre que me acurrucaba en él. «En esto consiste el matrimonio —pensaba entonces—: Seguridad, calidez, comodidad.»

Tom me mira con el ceño fruncido. Está intentando averiguar qué hacer, cómo arreglar las cosas. No está preocupado por Anna. El problema soy yo.

—Os parecíais un poco —dice de repente. Se reclina en el sofá y cambia de posición a su hija para que esté más cómoda—. Bueno, al menos en parte. Megan también era un poco... caótica, ya sabes. No puedo resistirme a eso. —Sonríe—. Soy un auténtico caballero de brillante armadura.

—No eres el caballero de nadie —digo yo en voz baja.

—Vamos, Rach, no seas así. ¿No recuerdas lo triste que estabas porque tu padre había muerto? Necesitabas a alguien con quien formar un hogar, alguien que te quisiera. Yo te di todo eso. Te hice sentir a salvo. Luego decidiste echarlo todo por la borda, pero no puedes culparme por eso.

—Puedo culparte de muchas cosas, Tom.

—No, no —protesta al tiempo que agita el dedo índice en mi dirección—. No reescribas la historia. Me porté bien contigo. A veces... Bueno, a veces me obligabas a hacer cosas que no quería. Pero fui bueno contigo. Me hice cargo de ti —explica, y entonces me doy cuenta: se miente a sí mismo tanto como a mí. Se cree lo que dice. Realmente cree que fue bueno conmigo.

De pronto, la niña comienza a llorar y Anna se pone en pie de golpe.

—He de cambiarla —dice.

—Ahora no.

—Está mojada, Tom. Necesita que la cambien. No seas cruel.

Él la mira con severidad, pero al final le da la niña. Yo intento atraer la atención de Anna, pero ella evita mi mirada. Cuando se da la vuelta para ir al piso de arriba el corazón me da un vuelco, pero se vuelve a tranquilizar con la misma rapidez cuando Tom se pone en pie y la coge del brazo.

—Hazlo aquí —dice—. Puedes hacerlo aquí.

Anna se dirige entonces a la cocina y comienza a cambiarle el pañal a la niña sobre la mesa. El olor a heces inunda la estancia y me revuelve el estómago.

—¿Vas a decirnos por qué? —le pregunto.

Anna deja de hacer lo que está haciendo y se vuelve hacia nosotros. A excepción de los balbuceos de la niña, la estancia está en silencio.

Tom niega con la cabeza casi con incredulidad.

—Erais muy parecidas, Rach. Ella tampoco dejaba estar las cosas. No sabía cuándo algo había terminado. Simplemente... no escuchaba. ¿Recuerdas que cuando discutíamos siempre querías tener la última palabra? Megan era igual. No escuchaba.

Entonces cambia de posición y se inclina hacia delante con los codos en las rodillas como si estuviera contándome una historia:

—Al principio, lo nuestro no era más que un divertimento. No dejábamos de follar. Ella me hizo creer que sólo quería eso. Luego, sin embargo, cambió de idea. No sé por qué. Entonces empezó a atosigarme. En cuanto tenía un mal día con Scott o estaba un poco aburrida, me proponía que dejara a Anna y a Evie, huyéramos juntos y comenzáramos de nuevo. ¡Como si yo tuviera intención alguna de hacer algo así! Y si yo no estaba disponible cuando ella quería, se enfadaba, me llamaba a casa y amenazaba con venir y contárselo todo a Anna.

»Hasta que, en un momento dado, dejó de hacerlo. Yo creía que por fin había aceptado que no estaba interesado en ella, pero entonces ese sábado me llamó y me dijo que necesitaba hablar conmigo y decirme algo importante. No le hice caso, así que volvió a amenazarme con venir a casa y todo eso. Al principio no estaba muy preocupado porque Anna tenía intención de salir. ¿Te acuerdas, cariño? Habías quedado para cenar con tus amigas y yo iba a quedarme en casa con la niña. Que Megan viniera, pues, no tenía por qué suponer ningún problema. Le haría entender de una vez que lo nuestro había terminado. Pero entonces apareciste tú, Rachel, y lo jodiste todo.

Tom se reclina en el sofá con las piernas abiertas. El gran hombre necesita su espacio.

—Fue culpa tuya. Todo lo que pasó fue culpa tuya, Rachel. Al final, Anna no fue a cenar con sus amigas. Regresó cinco minutos después, alterada y enfadada porque te había visto con un tipo en la estación.

Como siempre, estabas borracha. Anna temía que vinieras a casa. Estaba preocupada por Evie.

»De modo que, en vez de arreglar las cosas con Megan, tuve que salir a buscarte. —Me mira con el labio fruncido—. ¡Dios mío qué mal ibas! Tenías un aspecto lamentable y apestabas a vino... Intentaste besarme, ¿te acuerdas? —Hace ver que vomita y luego se ríe. Anna también lo hace. No sé si de verdad le parece gracioso o sólo está intentando seguirle la corriente.

»Necesitaba hacerte comprender que no quería que te acercaras a mí. Ni a Anna. Así pues, te llevé al paso subterráneo para que no me montaras una escena en medio de la calle y te dije que te mantuvieras alejada. Tú no dejabas de llorar y protestar, así que te di una bofetada para que te callaras. Entonces te pusiste a llorar y a quejarte todavía más. —Habla con los dientes apretados; puedo ver los músculos de su mandíbula en tensión—. Eso me cabreó todavía más. Sólo quería que te largaras y nos dejaras en paz. Tanto tú como Megan. Tengo a mi familia. Tengo una buena vida. —Le echa un vistazo a Anna, que está tratando de sentar a la niña en la trona con el rostro completamente inexpresivo—. He conseguido tener una buena vida a pesar de ti. A pesar de Megan. A pesar de todo.

»Cuando te dejé, me topé con Megan. Iba de camino a Blenheim Road. No podía dejar que llegara a casa. No iba a permitirle que hablara con Anna, ¿no?

469

Le dije que fuéramos a otro sitio a hablar. E iba en serio. Eso era lo único que quería hacer. Así pues, subimos al coche y fuimos a Corly, al bosque. Es un sitio al que íbamos a veces si no teníamos ninguna habitación. Lo hacíamos en el coche.

Desde el sillón, noto cómo Anna se encoge de dolor.

—Tienes que creerme, Anna. No pretendía que las cosas salieran de ese modo. —Tom se vuelve hacia ella y luego se inclina y se queda mirando las palmas de las manos—. Ella comenzó a hablar del bebé. Me dijo que no sabía si era mío o de Scott. Quería dejarlo todo bien claro y, en el caso de que fuera mío, le parecía bien que lo viera... Yo le dije que no estaba interesado en su bebé, que no tenía nada que ver conmigo. —Niega con la cabeza—. Se enfadó mucho. Y cuando Megan se enfadaba... no era como Rachel. No se limitaba a llorar y a gimotear. Comenzó a gritarme y a insultarme. Me dijo de todo: que se lo iba a contar a Anna, que no iba a permitir que la ignorara, que no descuidaría a su bebé... No cerraba el puto pico, así que... No lo sé, sólo quería que se callara. Agarré una roca y... —Baja la mirada a su mano derecha como si ahora mismo pudiera verla. Luego cierra los ojos y coge aire—. Sólo fue un golpe, pero ella... —Exhala un lento suspiro—. No era mi intención. Sólo quería que se callara. Sangraba mucho. Lloraba y emitía unos ruidos horribles. Intentó alejarse de mí a gatas. No podía hacer otra cosa. Tuve que rematarla.

470

El sol se pone y la estancia se queda a oscuras. A excepción de la respiración de Tom, áspera y rápida, todo está en silencio. No hay ruidos en la calle. No recuerdo la última vez que oí un tren.

—Luego la metí en el maletero del coche y me adentré más en el bosque —prosigue—. No había nadie alrededor. Tuve que cavar... —Su respiración es cada vez más rápida—. Tuve que cavar con las manos. Tenía miedo. —Levanta la mirada hacia mí. Tiene las pupilas muy dilatadas—. Temía que apareciera alguien. Y me estaba haciendo daño. Me rompí varias uñas cavando. Tardé mucho. Tuve que parar para llamar a Anna y decirle que te estaba buscando.

Se aclara la garganta.

—La tierra estaba bastante blanda, pero aun así no pude cavar tan hondo como quería. Tenía mucho miedo de que apareciera alguien. Pensaba que ya tendría oportunidad de volver más adelante, cuando se hubiera calmado todo. Pensaba que podría trasladarla a un sitio... mejor. Pero entonces comenzó a llover y ya no pude hacerlo.

Me mira con el ceño fruncido.

—Estaba casi seguro de que la policía iría a por Scott. Ella me comentó lo paranoico que andaba con que ella estuviese follando por ahí. Me dijo que solía leer sus emails y vigilarla. Pensé... Bueno, mi intención era dejar el móvil en su casa. No sé, se me ocurrió que podía ir a tomar una cerveza o algo así, en plan vecino amigable. No tenía ningún plan. No lo pensé detenidamente. No fue algo premeditado. Se trató sólo de un terrible accidente.

Y entonces su comportamiento vuelve a cambiar. Es como las nubes que cruzan el cielo: un momento está oscuro, al siguiente claro. De repente, se pone de pie y se dirige despacio hacia la cocina, donde Anna está ahora sentada a la mesa dando de comer a Evie. Le da un beso en la cabeza a su mujer y coge a su hija de la trona.

—Tom... —comienza a protestar Anna.

—No pasa nada. —Sonríe a su esposa—. Sólo quiero hacerle un mimo, ¿a que sí, bonita? —Luego se dirige al frigorífico con su hija en brazos y coge una cerveza. Antes de cerrar la puerta, se vuelve hacia mí—. ¿Quieres una?

Niego con la cabeza.

—No, supongo que será mejor que no.

Apenas lo oigo. Estoy calculando si desde donde estoy sentada podría llegar a la puerta de entrada antes de que él me alcanzara. Si no ha cerrado con llave, creo que podría hacerlo. Ahora bien, si lo ha hecho, tendré un buen problema. Al final, me pongo en pie de golpe y salgo corriendo hacia el pasillo. Mi mano está a punto de alcanzar el tirador de la puerta cuando noto que una botella me golpea en el cráneo. Siento una explosión de dolor cegador y me caigo al suelo. Cuando Tom llega a mi lado, me agarra del pelo y me lleva a rastras de vuelta al salón, donde me suelta. Él está de pie, sobre mí, con un pie a cada lado de mis caderas. Todavía tiene a su hija en brazos, pero Anna está junto a él y se la pide.

—Dámela, Tom, por favor. Le vas a hacer daño. Por favor, dámela.

Él le entrega la gimoteante Evie a Anna.

Luego creo que me dice algo, pero es como si estuviera muy muy lejos, o como si ya estuviese debajo del agua. Distingo las palabras, pero por alguna razón no parecen tener nada que ver conmigo y lo que me está pasando. Es como si todo sucediera muy lejos de mí.

—Sube al dormitorio y cierra la puerta —le dice a Anna—. No llames a nadie, ¿de acuerdo? Lo digo en serio. Es mejor que no llames a nadie. No con Evie aquí. No queremos que las cosas se pongan feas.

Anna evita mirarme. Se aferra con fuerza a Evie, pasa por encima de mí y se aleja a toda velocidad escaleras arriba.

Tom se inclina, me agarra por la cintura de los pantalones vaqueros y me arrastra por el suelo hasta la cocina. Yo pataleo e intento agarrarme a algo, pero no consigo hacerlo. No veo bien (las lágrimas me lo impiden). El dolor de la cabeza es atroz y siento una oleada de náusea. De repente, noto el intenso y cegador dolor de un golpe en la sien. Y luego nada.

ANNA

Domingo, 18 de agosto de 2013

Tarde

Rachel está en el suelo de la cocina. Está sangrando, pero no creo que se deba a una herida grave. Tom todavía no la ha matado. No sé a qué espera. Supongo que no le resulta fácil. Antes la quería.

Mientras tanto, yo he ido al dormitorio del piso de arriba para acostar a Evie. Al principio, pensaba que esto era lo que quería: Rachel por fin desaparecería de una vez por todas y ya no volvería. Es lo que había soñado. Bueno, no exactamente esto, claro está. Pero sí quería que desapareciera. Soñaba con una vida sin Rachel, y ahora por fin podría tenerla. Estaríamos sólo nosotros tres: Tom, Evie y yo, tal y como debe ser.

Por un momento me he entregado a la fantasía pero, al bajar la mirada, he visto a mi hija dormida y me he dado cuenta de que no era más que eso, una fantasía. Me he besado el dedo y lo he llevado a los perfectos labios de mi hija. En realidad, nunca estaríamos a salvo. Yo no estaría nunca a salvo. Sé lo que ha hecho y él no sería capaz de confiar en mí. ¿Y quién dice que no pueda haber otra Megan? ¿O —peor todavía— otra Anna, otra como yo?

Cuando he vuelto a la planta baja, Tom estaba sentado a la mesa tomando una cerveza. Al principio no la he visto. Luego he vislumbrado sus pies en el suelo y he creído que ya estaba hecho, pero él me ha dicho que Rachel estaba bien.

—Sólo un poco aturdida —ha dicho. Esta vez no podrá decir que ha sido un accidente.

De modo que hemos esperado. Yo también me he servido una cerveza y hemos estado bebiendo juntos. Él me ha dicho que lamentaba mucho lo de su aventura con Megan. Luego me ha besado, me ha dicho que me lo compensaría y que no me preocupara, que todo iría bien.

—Nos mudaremos de aquí, tal y como siempre has querido. Iremos a donde quieras. A cualquier lugar.

Me ha preguntado si podría perdonarlo y yo le he contestado que con tiempo podría y él me ha creído. Creo que lo ha hecho.

La tormenta ha comenzado tal y como indicaba la previsión. El retumbar de los truenos la despierta, vuelve en sí y empieza a hacer ruidos y a moverse por el suelo.

—Deberías irte —me dice Tom—. Vuelve arriba.

Yo lo beso en los labios y me voy del salón, pero no regreso al dormitorio. En vez de eso, descuelgo el teléfono del pasillo, me siento en el primer peldaño de la escalera y, con el auricular en la mano, espero el momento adecuado.

Desde aquí puedo oír cómo Tom le habla en un tono de voz suave y bajo, y luego la oigo a ella. Creo que está llorando.

RACHEL

Domingo, 18 de agosto de 2013

Tarde

Oigo algo, un fragor. Luego veo un destello de luz y me doy cuenta de que está lloviendo. El cielo está oscuro, se trata de una tormenta con truenos. No recuerdo cuándo ha oscurecido. El dolor de cabeza me recuerda la situación en la que me encuentro y el corazón se me acelera. Estoy en el suelo. En la cocina. Con dificultad, consigo alzar la cabeza y apoyarme en un codo. Tom está sentado a la mesa de la cocina, contemplando la tormenta con una botella de cerveza en las manos.

—¿Qué voy a hacer contigo, Rach? —me pregunta cuando me ve alzar la cabeza—. Llevo aquí sentado... casi media hora haciéndome esta pregunta. ¿Qué se supone que debo hacer contigo? No me dejas otra opción.

Le da un largo trago a su cerveza y me observa atentamente. Yo consigo incorporarme en el suelo y apoyo la espalda en el armario de la cocina. La cabeza me da vueltas y la saliva inunda mi boca. Me siento como si fuera a vomitar. Me muerdo el labio y me clavo las uñas en las palmas de las manos. Necesito salir de este estupor, no puedo permitirme ser débil. No va a venir nadie a rescatarme. Lo sé. Anna no va a llamar a la policía. No va a arriesgar la vida de su hija por mí.

—Has de admitir que esto te lo has buscado tú solita —dice Tom—. Piénsalo: si nos hubieras dejado en paz, no te encontrarías en esta situación. Yo no me encontraría en esta situación. Ninguno de nosotros se encontraría en ella. Si no hubieras estado ahí esa noche, si Anna no hubiera vuelto corriendo después de verte en la estación, probablemente habría podido resolver las cosas con Megan. No habría estado tan... desquiciado. No habría perdido los estribos. No le habría hecho daño. Nada de esto habría pasado.

Comienza a formarse un sollozo en la base de mi garganta, pero lo reprimo. Siempre hace lo mismo. Es su especialidad. Me hace sentir como si todo fuera culpa mía y yo fuera una inútil.

Se termina la cerveza y hace rodar la botella por la

mesa. Luego se pone de pie negando tristemente con la cabeza, se acerca a mí y extiende las manos.

—Vamos—me dice—. Cógete a mí. Vamos, Rach, arriba.

Dejo que me ayude a ponerme de pie y apoyo la espalda en la encimera de la cocina. Él pega entonces las caderas a las mías, lleva una mano a mi cara y me seca las lágrimas de las mejillas.

—¿Qué voy a hacer contigo, Rach? ¿Qué crees tú que debería hacer?

—No tienes que hacer nada —le digo, e intento sonreír—. Ya sabes que te quiero. Todavía lo hago. Y sabes que no se lo contaría a nadie... No podría hacerte eso.

Él sonríe (esa amplia y hermosa sonrisa que solía derretirme) y yo comienzo a sollozar. No me lo puedo creer. No me puedo creer que hayamos llegado a esto, que la mayor felicidad que he conocido nunca —nuestra vida conjunta— no fuera más que una ilusión.

Él me deja llorar un rato, pero debo de aburrirlo porque finalmente esa deslumbrante sonrisa desaparece y su labio forma una mueca de desdén.

—Vamos, Rach, ya basta. Deja ya de lloriquear. —Se aparta de mí y coge un puñado de pañuelos de papel de una caja que hay sobre la mesa de la cocina—. Suénate la nariz —me ordena, y yo hago lo que me dice.

Él se me queda mirando. Su expresión es de sumo desprecio.

—Aquel día que fuimos al lago pensaste que tenías posibilidades conmigo, ¿verdad? —dice, y comienza a reírse—. ¿A que sí? Me mirabas con ojos de corderita y expresión suplicante... Podría haberme aprovechado de ti, ¿a que sí? Eres tan fácil, Rach... —Yo me muerdo con fuerza el labio y él se acerca otra vez a mí—. Eres como uno de esos perros maltratados a los que nadie quiere. Por más que los eches a patadas, una y otra vez, siempre vuelven agitando la cola y con la cabeza gacha. Suplicantes. Esperando que esta vez sea distinta. Convencidos de que esta vez harán algo bien y los querrás. Eres así, ¿verdad, Rach? Eres una perra. —Lleva la mano a mi cintura y pega la boca a la mía. Yo dejo que su lengua se deslice entre mis labios y presiono las caderas contra las suyas. Noto cómo se le pone dura.

No sé si todo se encuentra en el mismo lugar que cuando yo vivía aquí. Ignoro si Anna ha reorganizado los armarios de la cocina y ha puesto los espaguetis en otro tarro y ha trasladado las pesas del cajón inferior izquierdo al cajón inferior derecho. No lo sé. Sólo espero que no lo haya hecho y, sin que Tom se dé cuenta, deslizo la mano en el cajón que hay detrás de mí.

—Puede que tengas razón —digo cuando termina de besarme, y levanto la mirada hacia él—. Puede que si no hubiera venido a Blenheim Road aquella noche, Megan aún siguiera viva.

Él asiente al tiempo que los dedos de mi mano derecha alcanzan un objeto familiar. Sonrío, me pego todavía más a él, más cerca, más cerca, rodeo su cintura con la mano izquierda y le susurro al oído:

—Pero teniendo en cuenta que fuiste tú quien le aplastó el cráneo, ¿de verdad crees que la responsable soy yo?

Tom levanta de golpe la cabeza y entonces lo empujo con todo el cuerpo haciendo que pierda el equilibrio y vaya a parar a la mesa de la cocina. Rápidamente, levanto el pie y lo golpeo tan fuerte como puedo. Y mientras él se dobla de dolor, lo agarro del pelo por la nuca y lo atraigo hacia mí al mismo tiempo que le doy un rodillazo en la cara. Noto cómo cruje el cartílago. Él suelta un grito y cae al suelo. Yo aprovecho para coger las llaves de la mesa de la cocina y salgo corriendo por la puerta corredera antes de que él tenga tiempo de ponerse de rodillas.

Corro hacia la cerca, pero resbalo en el barro y pierdo el equilibrio, así que Tom me alcanza antes de que pueda llegar. Me agarra del pelo y de la cara y tira de mí hacia atrás sin dejar de proferir maldiciones con la boca ensangrentada —«¡Zorra estúpida! ¿Por qué no puedes mantenerte alejada de nosotros? ¿Por qué no puedes dejarme en paz?»—. Yo consigo escaparme otra vez de él, pero no tengo adónde ir. No llegaría a casa ni tampoco a la cerca. Suelto un grito, pero nadie puede oírme, no con esta lluvia, los truenos y el ruido del tren que se acerca. Corro hacia el fondo del jardín, en dirección a las vías. No hay salida. Me quedo en el lugar en el que, hace un año o poco más, estuve con su hija en brazos. Me doy la vuelta y pego la espalda a la cerca. Él viene hacia mí. Se limpia la boca con el antebrazo y escupe sangre al suelo. Noto las vibraciones de las vías en la cerca: el tren casi ha llegado a nuestra altura, suena como un grito. Veo que los labios de Tom se mueven. Me está diciendo algo, pero no puedo oírlo. Lo veo aproximarse, lo veo, y no me muevo hasta que casi lo tengo encima. Entonces arremeto con fuerza y le clavo la horrífica espiral del sacacorchos en el cuello.

Tom abre los ojos como platos y cae al suelo sin emitir sonido alguno. Se lleva las manos a la garganta sin apartar la mirada de mí. Parece como si llorara. Yo me lo quedo mirando hasta que ya no puedo más y le doy la espalda. A través de las ventanillas iluminadas del tren puedo ver las caras de los pasajeros, absortos en sus libros y sus móviles, al abrigo y seguridad del vagón que los lleva de camino a casa.

Martes, 10 de septiembre de 2013

Mañana

Cuando el tren se detiene en el semáforo en rojo se nota, es como el zumbido de la luz eléctrica: el ambiente en el vagón de tren ha cambiado. Ahora no soy la única que levanta la mirada. Tampoco creo que antes lo fuera. Supongo que todo el mundo lo hace. Todo el mundo mira las casas al pasar por delante, sólo que todos las vemos de forma distinta. Todos las veíamos de forma distinta. Ahora todo el mundo ve lo mismo. A veces incluso se oye a alguien comentándolo.

«Ahí, es ésa. No, no, esa otra, la de la izquierda. Sí, ésa, la que tiene las rosas en la cerca. Ahí es donde sucedió.»

Las casas están vacías. Tanto la del número 15 como la del 23. No lo parece porque las persianas y las puertas están abiertas, pero yo sé que se debe a que las están enseñando. Ambas están en venta, aunque seguramente pasará tiempo hasta que aparezca un comprador serio. Supongo que, de momento, los agentes inmobiliarios sólo escoltan por esas habitaciones a personas macabras y a husmeadores desesperados por ver de cerca el escenario en que él cayó al suelo y su sangre empapó la tierra.

La idea de que deambulen por la casa (mi casa, el lugar en el que una vez tuve esperanza) resulta dolorosa.

Intento no pensar en lo que sucedió después. Intento no pensar en esa noche. Lo intento pero no lo consigo.

Empapadas con su sangre, Anna y yo nos sentamos en el sofá una al lado de la otra: las dos esposas esperando a que llegara la ambulancia. Anna fue quien llamó a la policía y se encargó de todo. La ambulancia no llegó a tiempo para salvar a Tom. Poco después, llegaron los agentes de policía y luego los detectives Gaskill y Riley. Cuando nos vieron, se quedaron literalmente boquiabiertos. Nos hicieron algunas preguntas, pero yo era incapaz de pronunciar palabra alguna. Apenas podía moverme ni respirar. Anna fue quien habló, tranquila y segura de sí misma.

—Ha sido en defensa propia —les dijo—. Yo lo he visto todo. Desde la ventana. Él ha ido a por ella con el sacacorchos. La habría matado. Ella no ha tenido otro remedio. Yo he intentado... —fue la única vez que vaciló, la única vez que la vi llorar—, he intentado detener la hemorragia, pero no he podido. No he podido.

Uno de los agentes uniformados fue a buscar a Evie, que milagrosamente había permanecido dormida todo el rato, y nos llevaron a la comisaría de policía. A Anna y a mí nos condujeron a habitaciones separadas y nos hicieron más preguntas que no recuerdo. Me costaba concentrarme y contestar. Me costaba articular las palabras. Les dije que Tom me había atacado, que me había golpeado con una botella. También que había venido a por mí con el saca-

484

corchos y que había conseguido arrebatarle el arma y la había utilizado para defenderme. Luego me examinaron: me miraron la herida que tenía en la cabeza, las manos y las uñas.

—No parece haber muchas heridas defensivas —dijo Riley mostrando sus dudas.

Luego se marcharon de la sala de interrogatorio y me dejaron a solas con un agente uniformado en la puerta que evitaba mi mirada —era el del acné en el cuello que siglos atrás había ido al piso de Cathy en Ashbury—. Más tarde, Riley regresó y, sin mirarme tampoco a los ojos, dijo:

—La señora Watson ha confirmado tu historia, Rachel. Puedes irte.

Otro policía uniformado me llevó entonces al hospital para que me cosieran la herida de la cabeza.

Los periódicos han dicho muchas cosas sobre Tom. He descubierto que nunca estuvo en el ejército. Intentó entrar dos veces, pero fue rechazado en ambas ocasiones. La historia de sus padres también era mentira, la tergiversó por completo. En realidad, había cogido sus ahorros y los había perdido todos. Ellos lo perdonaron, pero él cortó todo vínculo cuando el padre se negó a rehipotecar su casa para prestarle más dinero. Tom mentía sin parar y sobre cualquier cosa. Incluso cuando no necesitaba hacerlo, incluso cuando no tenía sentido alguno.

Recuerdo perfectamente el momento en el que

Scott me dijo que no tenía la menor idea de quién era Megan. Yo ahora siento justo lo mismo respecto a Tom. Toda su vida estaba construida sobre mentiras: falsedades y verdades a medias que contaba para parecer mejor, más fuerte y más interesante de lo que en realidad era. Y yo me las creí. Me lo tragué todo. Anna también. Lo queríamos. Me pregunto si habríamos querido igual la versión más débil, imperfecta y sin adornos. Creo que yo sí. Le habría perdonado sus errores y sus fallos. Yo misma he cometido un buen número.

Tarde

Estoy en un hotel de un pequeño pueblo de la costa de Norfolk. Mañana iré más al norte. Hasta Edimburgo, quizá, o puede que incluso más lejos. Todavía no lo he decidido. Sólo quiero asegurarme de poner suficiente tierra de por medio. Tengo algo de dinero. Mi madre fue bastante generosa cuando se enteró de todo lo que había pasado, de modo que no tengo que preocuparme. Al menos de momento.

Esta tarde he alquilado un coche y he ido a Holkham. En las afueras del pueblo se encuentra la iglesia en la que están enterradas las cenizas de Megan junto a los huesos de su hija, Libby. Lo leí en los periódicos. El entierro provocó cierta controversia a causa del papel que había tenido ella en la muerte de su pequeña, pero al final lo permitieron y me parece bien. Hiciera lo que hiciese Megan, ya recibió suficiente castigo.

Cuando he llegado ha comenzado a llover, pero aun así he aparcado el coche y he ido hasta el cementerio. No había nadie. Su tumba estaba en el rincón más lejano, casi escondida debajo de una hilera de abetos. De no haber estado buscándola, no la habría encontrado jamás. En la lápida están escritos su nombre y las fechas de su vida; nada de «en memoria de», ni «querida esposa», ni «hija», ni «madre». En la lápida de su hija sólo pone «Libby». Al menos ahora su tumba está debidamente señalizada y ya no está sola junto a las vías del tren.

Ha empezado a llover con más fuerza y, al cruzar el cementerio en dirección a la salida, he visto a un hombre en la puerta de la capilla y por un instante me ha parecido que se trataba de Scott. Con el corazón en la boca, me he secado los ojos y he aguzado la mirada. Ha resultado ser un sacerdote que me ha saludado con la mano.

Casi he corrido de vuelta al coche, me sentía innecesariamente preocupada. No dejaba de pensar en la violencia de mi último encuentro con Scott y su comportamiento al final, salvaje y paranoico, prácticamente al borde de la locura. Para él ahora ya no habrá paz. ¿Cómo podría haberla? Pienso en ello y en cómo era él antes (en cómo eran ambos antes; o en cómo me los imaginaba yo) y me siento desolada. También lamento su pérdida.

A Scott le envié un email pidiéndole perdón por todas las mentiras que le había contado. También quería disculparme por Tom: debería haberme dado cuenta antes de que era un mentiroso. Si hubiera estado sobria todos esos años, ¿lo habría hecho? Puede que yo tampoco consiga encontrar paz.

Él no ha contestado mi email. No esperaba que lo hiciera.

Vuelvo al coche, me dirijo al hotel y me registro. Decido ir a dar un paseo hasta el puerto para dejar de pensar en lo agradable que sería sentarme en un sillón de piel de su acogedor y tenuemente iluminado bar con un vaso de vino en la mano.

Puedo imaginar al detalle lo bien que me sentiría al tomar mi primera bebida. Para alejar esta sensación, cuento los días desde que tomé la última: veinte. Veintiuno, si incluyo el día de hoy. Hace tres semanas exactas: mi periodo más largo sin beber.

Paradójicamente, fue Cathy quien me sirvió mi última copa. Cuando la policía me llevó a casa toda pálida y ensangrentada y le contó lo que me había pasado, ella cogió una botella de Jack Daniel's de su dormitorio y nos sirvió a ambas unos vasos bien cargados. No podía dejar de llorar y de decir lo mucho que lo sentía, como si de algún modo todo eso hubiera sido culpa suya. Me bebí el whisky, pero lo vomité al segundo. Desde entonces no he probado ni una gota. Ahora bien, eso no significa que no tenga ganas de hacerlo.

Cuando llego al puerto, tuerzo a la izquierda y me dirijo a la playa por la que, si quisiera, podría hacer andando todo el camino de regreso hasta Holkham. Ya casi ha oscurecido y cerca del mar hace frío, pero sigo adelante. Quiero continuar andando hasta que esté agotada, hasta que esté tan cansada que no pueda pensar. A lo mejor así esta noche seré capaz de dormir.

La playa está desierta y hace tanto frío que he de apretar los dientes para evitar que castañeteen. Camino con rapidez por la playa de guijarros y paso por delante de las casetas de madera, tan bonitas a la luz del día pero realmente siniestras a estas horas. Cada una de ellas es un escondite cuyos tablones de madera cobran vida con el viento y crujen entre sí. De repente, oigo unos ruidos por debajo del sonido del mar: alguien o algo se acerca.

Me doy la vuelta y aprieto a correr.

Sé que no hay nada que temer, pero eso no evita que el miedo que ha nacido en mi estómago se desplace al pecho y luego a la garganta. Corro tan rápido como puedo y no me detengo hasta que vuelvo a estar en el puerto, bajo la luz de las farolas.

De vuelta a mi habitación, me siento en la cama y coloco las manos debajo de los muslos hasta que dejan de tiritar. Luego abro el minibar y cojo una botella de agua y nueces de Macadamia. Dejo el vino y las botellitas de ginebra, a pesar de que me ayudarían a dormir, a deslizarme en la inconsciencia. Incluso me ayudarían a olvidar, durante un rato, la mirada en su rostro cuando me di la vuelta y lo vi morir.

El tren había pasado. Oí un ruido detrás de mí y, al volverme, vi que Anna salía de casa y se acercaba rápidamente a nosotros. Cuando llegó al lado de Tom, se arrodilló junto a él y colocó las manos en su garganta.

Él tenía una expresión de desconcierto y dolor en el rostro. Tuve ganas de decirle a Anna que sus esfuerzos no servirían de nada y que ya no podría ayudarlo, pero entonces me di cuenta de que no estaba intentando detener la hemorragia, sino asegurándose de que muriera. Estaba clavándole el sacacorchos más profundamente, destripándole la garganta, sin parar de decirle algo, en voz baja, muy baja. No pude oír qué le decía.

La última vez que la vi fue en la comisaría de policía, cuando nos tomaron declaración. A ella la condujeron a una sala y a mí a otra, pero antes de separarnos, me tocó el brazo:

—Cuídate, Rachel —dijo, y algo en su forma de decírmelo me sonó a una advertencia.

Ahora estamos unidas para siempre por las historias que contamos: yo no tuve más remedio que clavarle el sacacorchos en el cuello y Anna hizo lo posible por salvarlo.

Me meto en la cama y apago la luz. No podré dormir, pero he de intentarlo. En algún momento, espero, dejaré de tener pesadillas y podré dejar de rememorar lo sucedido una y otra y otra vez, pero ahora mismo sé que me espera una larga noche. Y mañana he de despertarme pronto para coger el tren.

AGRADECIMIENTOS

Muchas personas me han ayudado en la escritura de este libro, pero nadie más que mi agente Lizzy Kremer, una persona maravillosa y sabia. Muchas gracias también a Harriet Moore, Alice Howe, Emma Jamison, Chiara Natalucci y a toda la gente que trabaja en David Higham, así como a Tine Neilsen y Stella Giatrakou.

Estoy muy agradecida a mis brillantes editores a ambos lados del Atlántico: Sarah Adams, Sarah Mc-Grath y Nita Pronovost. También a Alison Barrow, Katy Loftus, Bill Scott-Kerr, Helen Edwards, Kate Samano y el fantástico equipo de Transworld: sois demasiados para poder mencionaros a todos.

Gracias a Kate Neil, Jamie Wilding, mamá, papá y Rich por todo vuestro apoyo y ánimos.

Finalmente, gracias a las personas que viajan cada mañana a trabajar a Londres por proporcionarme esa pequeña chispa de inspiración.